MIRA®

Der Preis dieses Bandes versteht sich einschließlich der gesetzlichen Mehrwertsteuer.

*Umwelthinweis:*
Dieses Buch wurde auf chlor- und säurefreiem Papier gedruckt.

# *Wer die Sehnsucht spürt*

MIRA® TASCHENBUCH
Band 20044
1. Auflage: Oktober 2013

MIRA® TASCHENBÜCHER
erscheinen in der Harlequin Enterprises GmbH,
Valentinskamp 24, 20354 Hamburg
Geschäftsführer: Thomas Beckmann



Titel der nordamerikanischen Originalausgaben:

Demon Rumm

erschienen bei: Bantam Books, New York
Genehmigte Lizenzausgabe der Verlagsgruppe Weltbild GmbH,
Steinerne Furt, 86167 Augsburg

Sunny Chandler's Return

erschienen bei: Bantam Books, New York
Genehmigte Lizenzausgabe der Verlagsgruppe Weltbild GmbH,
Steinerne Furt, 86167 Augsburg

Konzeption / Reihengestaltung: fredebold&partner gmbh, Köln
Umschlaggestaltung: pecher und soiron, Köln
Redaktion: Mareike Müller
Titelabbildung: Thinkstock / Getty Images, München; pecher und soiron, Köln
Autorenfoto: Harlequin Enterprises S.A., Schweiz
Satz: GGP Media GmbH, Pößneck
Druck und Bindearbeiten: CPI – Ebner & Spiegel, Ulm
Printed in Germany
Dieses Buch wurde auf FSC®-zertifiziertem Papier gedruckt.
ISBN 978-3-86278-831-6

www.mira-taschenbuch.de

*Sandra Brown*

# Heiße Küsse für den Playboy

Roman

Aus dem Amerikanischen von
Sonja Sajlo-Lucich

MIRA®

# 1. KAPITEL

„Die Tür war offen."

Er hatte nicht gewusst, dass sie eine Brille trug, bis jetzt ihr Kopf beim Klang seiner Stimme hochfuhr. Sie riss sie sich von der Nase und legte sie auf das Manuskript, das vor ihr auf dem Queen-Anne-Schreibtisch lag. Der rote Stift, den sie eben noch in der Hand gehalten hatte, glitt ihr aus den Fingern und fiel auf den Papierstapel, und mit der Hand griff sie sich einen Augenblick an die linke Brust, wie um ein wild klopfendes Herz zu beruhigen. „Sie haben mich erschreckt, Mr North."

„Tut mir leid. Dabei bin ich eigentlich völlig harmlos."

In dem hellen, makellos ordentlichen Büro musste er allerdings wie jemand wirken, der an der tätowierten Brust einer Hell's-Angels-Braut groß geworden war. Mit ihrer pikierten Miene ließ sein Gegenüber ihn auch unmissverständlich wissen, dass er nicht willkommen war.

Er lächelte leicht zerknirscht, ließ die große Leinentasche zu Boden fallen und nahm die Sonnenbrille ab.

„Ich hab geklopft, aber niemand hat reagiert."

„Vielleicht hätten Sie es mit der Klingel versuchen sollen."

Ja, sie war verschnupft, eindeutig. Einhundert Pfund – großzügig geschätzt – verärgerte Weiblichkeit. Ganz schön spröde, die Frau. Ob diese Begegnung nun den Ton für die nächsten Wochen festlegen sollte? Nicht, wenn er etwas zu sagen hatte.

Er verlagerte sein Gewicht, winkelte ein Knie leicht an und warf sich damit in eine lässige, Mundtrockenheit und Herzstillstand verursachende Pose, mit der er selbst Farrah Fawcetts berühmtes Poster vom Bestsellerrang verdrängt hatte.

„Soll ich es mit einem zweiten Auftritt probieren?" Auf seinen Lippen lag nun das jungenhaft-arrogante Lächeln, für das er berüchtigt war. „Mein Timing war ganz offensichtlich nicht das beste."

Sie erwiderte sein Lächeln nicht. „Wozu? Sie sind doch schon hier."

„Stimmt."

Sie stand auf und kam um den Schreibtisch herum. Erst nachdem sie ein paar Schritte auf den Terracottafliesen getan hatte, fiel ihm auf, dass sie barfuß war. Sie sah seinen neugierigen Blick auf ihre bloßen Füße, aber weder suchte sie nach einer Entschuldigung, noch erging sie sich in den verlegenen Erklärungen, in die Frauen normalerweise ausbrachen, wenn man sie in einem unvorteilhaften Moment überraschte. Im

Gegenteil, der Ausdruck in ihrem Gesicht besagte eindeutig: „Wenn Ihnen meine nackten Füße nicht passen – Ihr Pech."

Nun, sicherlich war es besser, wenn sie nicht wusste, dass ihm ihre nackten Füße gefielen. Ganz außerordentlich sogar. Um genau zu sein, gefiel ihm alles an ihr, angefangen bei ihrem glänzenden dunklen Haar bis hinunter zu den zehn süßen, verlockenden Zehen. Sie trug enge weiße Jeans, die ihre schlanke Figur perfekt zur Geltung brachten. Dafür war das weiße Hemd mindestens drei Nummern zu groß – und somit noch viel verführerischer als jeder anliegende Stoff. Die Ärmel hatte sie bis zum Ellbogen aufgerollt, der Saum spielte um ihre Schenkel. Eindeutig ein Männerhemd, das sie von irgendjemandem geerbt hatte. Er fragte sich, ob es ihrem verstorbenen Ehemann gehört hatte.

Auf jeden Fall sah sie anbetungswürdig darin aus.

„Habe ich Sie mitten in der Arbeit erwischt?", fragte er.

„Ja, haben Sie."

„An dem Buch?"

„Richtig."

„Verzeihen Sie mir die Unterbrechung. Ich weiß, wie schwierig es ist, einen einmal unterbrochenen Gedanken wieder aufzunehmen."

Ungeduldig strich sie sich den Pony aus der Stirn. „Meine Haushälterin ist beim Einkaufen auf dem Markt. Ich werde Ihnen Ihr Zimmer zeigen. Wo ist Ihr Gepäck?"

„Das ist alles." Er wies auf den Seesack, dessen gerissener Saum behelfsmäßig mit Paketband zusammengehalten wurde. Der zerschlissene, vor Schmutz starrende Leinensack wirkte wie das vergessene Überbleibsel nach einer Stadtstreicherversammlung. „Meinen Louis-Vuitton-Koffer habe ich diesmal zu Hause gelassen", behauptete er trocken. „Mehr kann ich auf dem Motorrad nicht transportieren."

„Auf dem Motorrad?"

„Ja, genau."

Angewidert starrte sie erst ihn, dann den Leinensack an. Zu gern hätte er aufgelacht, doch er wagte es nicht. Stattdessen ging er zu der großen Glasfront, die einen Panoramablick auf den Strand unterhalb des Hauses und den Pazifischen Ozean bot.

„Sie sind mit dem Motorrad aus L. A. gekommen? Nicht geflogen?"

„Kommt darauf an, was Sie unter ‚fliegen' verstehen. Die kalifornische Highway Patrol würde es vielleicht so nennen – Tiefflug." Er grinste sie über die Schulter zurück an und steckte die Hände in die

Gesäßtaschen einer Jeans, die wohl schon wesentlich bessere Tage – nein, Jahre! – gesehen hatte. „Großartiger Ausblick."

„Danke. Der Blick war einer der Gründe, weshalb Charlie und ich dieses Haus gekauft haben."

Er drehte sich auf den Absätzen seiner Cowboystiefel zu ihr um. Sein Schuhwerk war so zerschlissen, dass kein Cowboy, der noch einen Funken Ehrgefühl im Leibe hatte, sich jemals damit blicken gelassen hätte. Nicht einmal tot. „Charlie? Sie haben ihn nicht Demon genannt?"

„Nein."

„Wieso nicht?"

„Er war mein Mann, nicht mein Idol."

Er richtete seine ausdrucksvollen grünbraunen Augen, über denen schwarze, geschwungene Augenbrauen waren, auf sie. Die meisten Leute glaubten, Rylan Norths durchdringender Blick beruhe auf dem richtigen Kamerawinkel und raffinierten Lichteinstellungen – Hilfsmitteln, um dem Schauspielergesicht eine breitere Palette an intensiven Ausdrucksmöglichkeiten zu verschaffen –, doch es war eine völlig natürliche Eigenschaft. Eine Augenbraue hatte er stets minimal höher gezogen als die andere, schwarz waren seine dichten Wimpern, die grüne Iris mit den braunen Punkten regungslos.

Rylan unterzog sie nicht bewusst diesem eindringlichen Blick. Er wollte einfach nur feststellen, ob es da einen versteckten Sinn in Mrs Rumms Worten gab. Vielleicht, vielleicht auch nicht. Deshalb war er ja hier – um es herauszufinden. Und als sie sich nervös mit der Zunge über die Lippen fuhr, hatte er das bestimmte Gefühl, dass sich seine Vermutungen bestätigen könnten.

„Wenn Sie Ihre Tasche nehmen", sagte sie leichthin, „zeige ich Ihnen Ihr Zimmer."

„Mir gefällt dieses Zimmer hier." Er hatte nicht vor, sich wie ein ungehorsames Kind abschieben zu lassen. Er wollte sie noch ein wenig länger ansehen.

„Ich arbeite hier, Mr North, und Sie lenken mich nur ab."

„Wirklich?"

In diesem Augenblick wurde ihm etwas klar: Sie mochte es nicht, geneckt zu werden. Missbilligend verzog sie den Mund. Wie weit würde er sie drängen müssen, bevor sie die eiserne Selbstbeherrschung verlor, die sie sich selbst auferlegt hatte? Es reizte ihn ungemein, das festzustellen, aber nicht jetzt. Nicht, wenn er gerade erst angekommen war. „Na schön. Dann lasse ich Sie in Ruhe arbeiten, während ich mich draußen ein wenig umschaue und die Gegend genieße. Ist das in Ordnung?"

„Sicher."

„Gut."

Er hob einen Fuß, streifte den Stiefel ab und zog den Socken aus. Dasselbe wiederholte er mit dem anderen Bein. Dann fasste er an den Saum seines schwarzen T-Shirts und zog es sich über den Kopf, ohne auf ihr empörtes Nach-Luft-Schnappen zu achten.

Das T-Shirt fiel auf den Haufen zu den Stiefeln und Socken. „Arbeiten Sie ruhig weiter, wir sehen uns dann später", warf er lässig über die Schulter zurück, schob die Glastüren auf und trat nach draußen. Er umrundete den Swimmingpool und ging auf die Treppen zu, die über die Felsen zum Strand führten, wobei er sich still fragte, ob sie ihm hinterherschaute. Er hätte seine nächste Oscar-Nominierung verwettet, dass sie es tat.

Rylan war versucht, sich umzudrehen und es zu überprüfen, aber er hielt sich zurück. Schließlich hatte er ein Image zu wahren – das des selbstgefälligen Mistkerls, der sich nicht die Spur dafür interessierte, was die Vertreterinnen des weiblichen Geschlechts dachten. Und diese Art Mistkerl reagierte nun mal nicht auf Frauen, ganz gleich, wie attraktiv sie auch sein mochten. Schon letzte Woche hätte er seine eiserne Regel fast gebrochen, als Kirsten Rumm in der Anwaltskanzlei aufgetaucht und sie sich zum ersten Mal begegnet waren.

Das Treffen war auf Rylans Initiative hin arrangiert worden. Als Mrs Rumm mit gereckten Schultern und hoch erhobenem Kinn das Zimmer betrat, hatte er sofort gewusst, dass sie diese Zusammenkunft für eine Zumutung hielt. Nur in ihren Augen war eine gewisse Verletzlichkeit zu sehen gewesen. Auch Argwohn hatte darin gestanden – und unendliche Müdigkeit.

Im Vergleich zu ihrem makellos sitzenden Leinenkostüm war ihm sein Aufzug fast peinlich gewesen. Er hatte bis spät in die Nacht über einem Drehbuch gesessen, hatte Manuskripte durchgearbeitet und Anmerkungen an den Rand geschrieben. So kam es, dass er am nächsten Morgen verschlief und keine Zeit zum Rasieren mehr hatte. Er griff sich die ersten Klamotten, die ihm unterkamen, aus dem Schrank – eine leichte Sommerhose und ein Jackett aus Rohseide. Das nur halb zugeknöpfte Hemd unter dem Jackett war ungebügelt. Zum Glück war dieser Knitterlook gerade in.

Dass sein Schädel schier platzte und seine Augen von der nächtlichen Arbeit rot gerändert waren, hatte er mit einer Sonnenbrille zu kaschieren versucht. Man hätte ihn auch für jemanden halten können, der gerade eine durchzechte Nacht hinter sich hatte.

Nein, sie kam nicht zu spät. Es war nur so, dass er und sein Agent zu früh angekommen waren, weil die Fahrt auf der Autobahn relativ zügig vonstatten gegangen war. Die Wartezeit hatten sein Agent und der Anwalt sich mit langweiligem Smalltalk vertrieben. Rylan hatte sich in typischer Manier in den tiefen Ledersessel gelümmelt und gedöst, bis die vierte Interessentin eingetroffen war.

Wie sich dann herausstellte, war er derjenige, der interessiert war. Kirsten Rumm hatte Blumenduft in dieses trockene, überklimatisierte Büro getragen. Nicht den Duft, den man in kristallenen Flakons in teuren Parfümerien auf dem Rodeo Drive kaufen konnte, nein. Es war ein Duft, der Rylan an Blumen erinnerte, die nach einem Sommerregenschauer frisch aus Großmutters Garten gepflückt wurden.

In dem Augenblick, als er Kirsten Rumm erblickte, war er hin und weg. Er hörte weder das arthritische Knacken in den Kniegelenken seines Agenten, als dieser aufsprang, um sich vorzustellen, noch die geschraubte Begrüßung des Anwalts. Er nahm nur das leise Rascheln von Seidenstrümpfen wahr, die aneinanderrieben, während sie ihm über den Teppichboden entgegenschritt.

„Mrs Kirsten Rumm. Rylan North“, übernahm Mel, ihr Anwalt, die Vorstellung.

Rylan North stand allgemein im Ruf, die Manieren eines Flegels zu haben. Wenn er von etwas überhaupt nichts hielt, dann von Konventionen und Normen. Er behandelte ausnahmslos jeden mit derselben inakzeptablen Rüpelhaftigkeit. Doch für die Vorstellung mit Kirsten Rumm brachte er sich tatsächlich abrupt in die Senkrechte und schüttelte ihre Hand, allein um sich die Möglichkeit, sie zu berühren, nicht entgehen zu lassen.

Ihre Hand fühlte sich ebenso fein und schmal an, wie sie aussah. Am liebsten hätte er ihre beiden Hände in seine genommen und ihr versichert, dass alles bestens verlaufen und in Ordnung kommen werde. Warum er sich in diesem Augenblick einbildete, sie brauche diese Zusicherung, wusste er nicht zu sagen.

„Mrs Rumm.“

„Mr North.“

Ihre Stimme passte perfekt zum Rest ihrer Erscheinung – dezent, sanft, sexy. Fast war es, als würde diese Stimme körperhaft seinen Mund berühren, fast schon verspürte er ihren Geschmack auf den Lippen. Die Stimme fuhr ihm in die Lenden, und er war erregt, noch bevor er sich wieder setzte.

Sie ließ sich auf einem Stuhl mit steifer Rückenlehne nieder, den der Anwalt für sie zurechtrückte. Als sie die Beine kreuzte, erhaschte Rylan einen Blick auf ihren Unterrock – elfenbeinfarbene Seide mit einem feinen Spitzenrand in Kakaobraun. Nur gut, dass er die Sonnenbrille aufbehalten hatte. So konnte er ausgiebig auf diese großartigen Knie starren, ohne dass irgendjemand etwas davon mitbekam. Sie hatte schöne Waden und schlanke Fesseln.

Das Top ihres Kostüms war … eine Wickeljacke? Nannte man das so in der Modewelt? Wie auch immer … die Hälften waren übereinandergeschlagen. Als sie sich vorbeugte, klaffte der Stoff ein wenig auf, und er konnte den BH sehen, der zu dem Unterrock passte. Darüber wölbte sich der sanfte Halbmond einer Brust, schimmernd gebräunte Haut. Nicht verbrannt, wie bei so vielen weiblichen Sonnenanbeterinnen im südlichen Kalifornien. Die Perlenkette hatte sich in ihr Dekolleté genestelt und rollte mit jeder ihrer Gesten in dem sanften Tal. Wie hypnotisiert verfolgte er auch noch die leichteste Bewegung.

Sie mochte zerbrechlich und hilflos wirken, doch der Eindruck täuschte. „Wozu bin ich überhaupt hier?“, kam sie direkt auf den Punkt, nachdem die üblichen Begrüßungsfloskeln ausgetauscht waren.

„Weil ich um ein Treffen gebeten habe“, erwiderte Rylan.

Es war auffällig, wie sie bewusst vermied, ihn anzusehen. Rylan war daran gewöhnt, dass Frauen ihn anstarrten, meist überwältigt und sprachlos.

„Das weiß ich bereits, Mr North. Aber aus welchem Grund?“

„Ich will bei Ihnen wohnen.“

Jetzt starrte sie ihn allerdings an, und zwar überwältigt und sprachlos. Schließlich richtete sie den Blick auf ihren Anwalt. „Was soll das, Mel?“

„Nun, es ist genau so, wie Mr North sagt. Er … äh … möchte für eine Weile zu Ihnen in Ihr Haus ziehen.“

Rylans Agent mischte sich ein. „Rylan hält es für wesentlich, dass er die gleichen Räume bewohnt wie Demon Rumm. Damit er sozusagen die Atmosphäre absorbieren kann, den privaten Lebensstil von Mr Rumm im Alltag.“

Sie sah überall hin, nur nicht zu ihm. Er war schon versucht, die Sonnenbrille abzunehmen, nur damit sie auf ihn aufmerksam wurde.

„Wesentlich für was?“, fragte sie in die Stille hinein.

„Für meine Darstellung Ihres verstorbenen Mannes“, antwortete Rylan.

„Diese Bitte mag ein wenig unorthodox erscheinen“, setzte der Agent zu einer Erklärung an. „Jedoch nicht, wenn Sie wissen, wie Rylan arbeitet.“

„Richtig“, warf Rylan ein. „Und niemand kann das Mrs Rumm besser erklären als ich. Lassen Sie uns allein.“

Er fragte nun mal nicht höflich. Sein Agent war an barsche Anweisungen gewöhnt und erhob sich, und auch der Anwalt legte seine empörte Miene ab, nachdem er fragend zu Kirsten geschaut und von ihr ein knappes Nicken erhalten hatte. Sobald die beiden Männer den Raum verlassen hatten, schlug Kirsten die Beine übereinander und nahm eine unnahbare Haltung auf ihrem Stuhl ein.

„Wie schon gesagt, ich will eine Weile bei Ihnen wohnen“, wiederholte Rylan.

In Hollywood besaß er eine nicht unerhebliche Macht. Er brauchte nur etwas vorzuschlagen, und schon überschlugen sich Dutzende von Leuten, um es ihm recht zu machen. Kirsten Rumm jedoch schien keineswegs beeindruckt.

„Tut mir leid, Mr North, aber das ist unmöglich.“

„Wieso?“

„Ich habe einen Termin für mein Manuskript einzuhalten. Das Buch und der Film werden gleichzeitig veröffentlicht.“

„Das ist mir bewusst.“

„Der Verlag musste das Veröffentlichungsdatum bereits zwei Mal verschieben. Ich kann nicht noch eine weitere Fristverlängerung verlangen.“

„Was hat das mit der Frage zu tun, ob ich in Ihrem Haus wohne?“

Seine Hände lagen locker auf den breiten Armlehnen. Einen Fuß, bedeckt mit feinstem italienischen Leder, hatte er auf das Knie des anderen Beines gestützt. Diese lässige Sitzhaltung war so typisch die seine, dass er sie sich hätte patentieren lassen können.

Rylan hegte nicht die geringsten Zweifel, dass alles genau nach Plan laufen würde – nach seinem Plan. Jetzt, da sie sich so sträubte, war er umso entschlossener, das zu bekommen, was er haben wollte. Und wieso sperrte die Witwe sich überhaupt so gegen diese harmlose Idee? Hatte sie etwas zu verbergen?

„Ich kann Ihnen mein Haus nicht überlassen“, sagte sie. „Es wäre jetzt der ungünstigste Zeitpunkt für mich, alles zusammenzupacken und …"

„Ich verlange ja gar nicht, dass Sie gehen."

„Sie wollen doch nicht ernsthaft vorschlagen, dass wir zusammen unter einem Dach wohnen?"

Der Anflug eines Lächelns huschte über sein Gesicht. „Doch. Wir leben dort zusammen. So wie Sie und Rumm es getan haben."

Er nahm den Fuß herunter, streckte die langen Beine vor sich aus und kreuzte die Füße auf Knöchelhöhe. Die verschränkten Finger legte er ungezwungen auf den Bauch. Nur er selbst wusste, dass sein Puls schneller ging. Seit Langem war ihm nicht mehr etwas so Aufregendes begegnet wie Kirsten Rumm. Gott, wie ihn die Leute anödeten, die ständig um ihn herumflatterten.

„Schauen Sie nicht so schockiert drein, Mrs Rumm. Wir müssen uns ja nicht das Bett teilen." Still zählte er bis drei, bevor er hinzufügte: „Es sei denn natürlich, Ihr eheliches Sexleben ist essenziell für meine Darstellung."

Das war der Moment, in dem Kirsten aufstand. Sie trat an den Schreibtisch des Anwalts, den Rücken zu Rylan, fingerte an den marmornen Utensilien, die auf der glänzenden Ebenholzplatte standen, fand heraus, dass das schwere Tischfeuerzeug nicht funktionierte, rückte den Aschenbecher zurecht, nahm den Brieföffner zur Hand und schlug mit der Schmalseite einige Male gegen ihre Handfläche. Schließlich drehte sie sich zu ihm um und lehnte sich mit dem Po – den Rylan zu gern befühlt hätte – an die Schreibtischkante.

„Ich denke, diese ganze Geschichte ist nur ein PR-Gag, den Sie und Ihr Agent sich ausgedacht haben, Mr North. Und er gefällt mir nicht. Weshalb ich auch nicht mitmachen werde."

„Habe ich jemals auf PR-Gags zurückgegriffen?"

Sie richtete den Blick auf den Boden. „Nein."

„Also?"

„Vielleicht ist das bewusste Unterlassen solcher Taktiken ja der Clou an sich."

Schon immer hatte die menschliche Natur Rylan fasziniert. Bereits als Kind hatte er die Reaktionen anderer auf bestimmte Reize genau analysiert und versucht, die Motivationen dahinter zu entschlüsseln. Und Kirstens Einwände auf seinen Vorschlag waren nicht stimmig.

Das, was sie sagte, wurde durch den Ausdruck in ihren blauen Augen nicht unterstützt. Sie sprach die Worte aus, aber ihre Gedanken gingen in eine ganz andere Richtung. Mit seinem Vorschlag war er nicht nur auf Ablehnung gestoßen, sondern auf Angst. Warum? Wovor sollte sie Angst haben? Vor ihm?

„Sie wollten nicht, dass ich die Rolle Ihres Mannes in dem Film spiele?“, fragte er, während er ihrem Blick standhielt.

„Nein.“

Jeder andere hätte sich gewunden, ihm eine ehrliche Antwort zu geben. Doch er respektierte und schätzte ihre Ehrlichkeit. „Wieso nicht?“

„Mein Mann war lebenslustig, offen, freundlich und ging großzügig mit seiner Zeit um. Er liebte die Menschen, liebte die Fans, die sich um ihn scharten. Er hätte stundenlang nichts anderes tun können, als Autogramme zu geben, um seine Verehrer glücklich zu machen.“

Während sie sprach, begann sie im Zimmer auf und ab zu laufen. Abrupt drehte sie sich zu ihm herum. „Sie dagegen schauen abfällig auf Ihre Bewunderer herab. Sie kapseln sich bewusst ab. Ich habe noch nie gehört, dass jemand Sie als freundlich, offen oder gar großzügig bezeichnet hätte, im Gegenteil. Sie sind barsch, aufbrausend und unbeherrscht. Sie ... Sie lächeln einfach nicht oft genug, um ein wirklichkeitsnahes Porträt meines Mannes liefern zu können.“

„Vielleicht hatte er mehr Grund zu lächeln als ich.“ Er musterte sie abermals gründlich von Kopf bis Fuß. „Vielleicht sind Sie ja der Grund, weshalb Demon Rumm immer gelächelt hat. Genau das will ich herausfinden.“

Ihre Augen sprühten Funken über seine anzügliche Bemerkung. Er konnte es ihr nicht verübeln. Schließlich wusste er, wie es war, wenn man sich wie ein Aufziehspielzeug vorkam, von dem erwartet wurde, dass es zum Vergnügen desjenigen funktionierte, der es in Gang gesetzt hatte. Damit hatte er genug eigene Erfahrungen gemacht.

Ihre Stimme war nun eiskalt. „Ist es nicht ein wenig spät, sich jetzt noch Gedanken um eine authentische Darstellung zu machen? Soviel ich weiß, ist der Film doch schon fast abgedreht.“

„Ist er. Haben Sie die ersten Szenen schon gesehen?“

„Nein.“

„Sie waren vom Regisseur eingeladen, sie sich anzuschauen.“

„Ich wollte den Film aber nicht gucken. Ich will ihn immer noch nicht sehen.“

Das überraschte ihn. „Warum nicht?“

„Ich war mit einem Stuntpiloten verheiratet, Mr North. Wenn mein Mann sich morgens von mir verabschiedete, um zur Arbeit zu gehen, dann fuhr er nicht in ein nettes, sicheres Büro und setzte sich an einen ordentlichen Schreibtisch. Dass ich Szenen und Erlebnisse niedergeschrieben habe, an die ich nie wieder denken wollte, ist schlimm genug. Ich muss sie nicht auch noch auf der Leinwand im Großformat wiederholt sehen."

Es gab noch so viele Fragen, die er ihr stellen wollte. Doch die würde er vorerst zurückhalten. Er musste einen besseren Zeitpunkt abwarten. „Nun, nur zu Ihrer Information ... sowohl der Produzent als auch der Regisseur sind von meiner Darstellung begeistert. Beide sind der Meinung, dass ich Rumms Lächeln und sein Auftreten in der Öffentlichkeit aufs i-Tüpfelchen getroffen habe."

„Herzlichen Glückwunsch. Und warum machen Sie sich dann jetzt noch Gedanken um die richtige Darstellung?"

„Ich sprach von seinem Auftreten in der *Öffentlichkeit*, Mrs Rumm." Rylan stand auf und trat zu ihr an das Fenster, das einen Blick über die San Diego Bay bot. „Ich habe mir die Interviews und Fotos angeschaut, ich habe die Artikel durchgearbeitet, ich habe so viele Informationen über Ihren verstorbenen Ehemann gesammelt wie nur möglich. Ja, ich habe durchaus das Gefühl, dass ich seine öffentliche Seite authentisch verkörpert habe."

Er drehte sich halb zu ihr. „Aber wie war er, wenn er nicht im Rampenlicht stand? Im Privaten? Mit Ausnahme von ein paar Stunts müssen nur noch ein paar Innenszenen gedreht werden, die Rumms Privatleben zeigen. Aber ich habe noch kein wirkliches Gefühl für den Mann, der hinter diesem legendären Lächeln steckte."

„Sie wissen doch, dass er tollkühn war."

„Oder einfach nur verboten leichtsinnig."

Er wusste, dass er zu weit gegangen war, als sie sich wütend zu ihm herumdrehte. „Man braucht eine Menge Mut, um so zu fliegen, wie er geflogen ist. Wie können Sie es wagen, auch nur anzudeuten ..."

„Hören Sie, ich weiß, Rumm hatte eine Menge Mumm, aber bei manchen seiner Stunts drängt sich die Frage auf, ob er auch genügend Verstand besessen hat. Das heißt nicht, dass ich ihm irgendetwas absprechen will, okay?"

Sie erwiderte nichts, funkelte ihn nur mit offener Feindseligkeit an.

„Ich muss versuchen, mich in seinen Kopf zu versetzen", bemühte er sich, sie zu beschwichtigen, „muss wissen, was in ihm vorgegangen ist."

„Sein Leben ist doch ohnehin ein offenes Buch", gab sie kühl zurück.

„Im wahrsten Sinne des Wortes. Ich schicke Ihnen eine Kopie meines Manuskripts, sobald ich fertig bin."

Rylan schüttelte den Kopf. „Das reicht nicht. Ich will mit den Dingen zu tun haben, die ihn tagtäglich umgeben haben. Die Musik hören, die er gehört hat. Sein Lieblingsessen essen. Mich in den Räumen aufhalten, in denen er gelebt hat."

„Das ist ja verrückt! Und absolut unnötig."

Er hakte die Daumen in die Gürtelschlaufen seiner Hose. „So haben Sie aber nicht reagiert, als die weibliche Hauptrolle Ähnliches wollte." Er sprach die Worte lauernd aus, triumphierend, so wie ein Pokerspieler sein Siegerass ausspielt. Er hatte gewartet, diesen Trumpf einzusetzen, hatte sich nicht anmerken lassen, dass er wusste, dass sie der Schauspielerin, die ihren Part im Film übernahm, diesen Gefallen gewährt hatte. Die hatte nämlich mehrere Tage mit Kirsten Rumm in ihrem Haus in La Jolla verbracht.

„Das ist etwas ganz a…anderes", setzte sie an.

„Inwiefern?"

„Das sollte wohl offensichtlich sein."

„Wegen der verschiedenen Geschlechter?"

„Zum einen."

Sie standen einander gegenüber und blitzten sich unversöhnlich an, da ertönte ein leises Klopfen an den schweren Flügeltüren.

„Herein."

„Draußen bleiben."

Beide hatten sie gleichzeitig geantwortet. Kirsten bedachte Rylan mit einem vernichtenden Blick, den er eher süß als bedrohlich fand. Dann durchquerte sie entschlossen das Zimmer und zog die Türen auf.

„Nun, was haben Sie beschlossen?", wollte Rylans Agent sofort wissen.

„Ich möchte mit Mel reden", sagte sie kühl. „Allein."

Rylan verbeugte sich spöttisch vor ihr, bevor er zusammen mit seinem Agenten auf den Korridor hinausmarschierte. Im Vorzimmer warteten sie bei der Empfangssekretärin, einer jungen Frau mit dem Aussehen einer Barbiepuppe. In ihrem eng anliegenden Strickkleid wand sie sich wie eine Raupe im Kokon und versuchte sich an einem strahlenden Lächeln für Rylan. Er ignorierte sie. Sie bot Kaffee an, den beide Männer ablehnten.

„Wie ist es gelaufen?", hakte der Agent flüsternd nach.

Rylan zuckte mit den Schultern. Er fragte sich, ob das Mädchen überhaupt ahnte, wie lächerlich die Pose wirkte, in die sie sich gerade geworfen hatte. Entweder hatte sie einen schmerzhaften Haltungsschaden, oder sie wollte ihn tatsächlich mit den bombastischen Proportionen ihrer Oberweite beeindrucken.

„War wahrscheinlich eine gute Idee, dass du persönlich mit ihr redest, anstatt es über den Anwalt laufen zu lassen", fuhr der Agent fort. „Mit Frauen konntest du schon immer gut." Der Anflug von Neid war nicht zu überhören.

Rylan schnaubte nur. „Mrs Rumm ist immun gegen Frauenlieblinge. Sie hat schließlich mit einem gelebt."

„An dein Kaliber hat er nicht rangereicht."

„Danke, aber Sexappeal ist Geschmackssache."

„Was wirst du tun, wenn sie ablehnt?"

Rylan zog die Sonnenbrille ein Stückchen auf die Nase herunter und schaute seinen Agenten über den Rand hinweg an. „Nervös?"

„Allerdings", gab der andere Mann zu. „Denk bloß nicht daran, noch einen Film hinzuschmeißen. Diese Sache mit Steven Spielberg ist immer noch nicht ausgestanden. Ich habe keine Lust, mich auf den nächsten Disput einstellen zu müssen."

„Dafür wirst du aber bezahlt – oder etwa nicht? Und zwar mit astronomisch hohen Summen, wenn ich das mal so krass klarstellen darf."

„Du brauchst dich nicht zu entschuldigen, bei dir ist doch alles krass."

Das war nicht zu bestreiten. Rylan North war bekannt dafür, dass er alles hinwarf und einfach das Set verließ, wenn der „Ton" eines Films ihm nicht passte, wenn er das Gefühl hatte, dass die Integrität seiner Rolle in Gefahr war. Integrität – ein Wort, das häufig in Zusammenhang mit ihm genannt wurde. Mehr als jeder andere Schauspieler der neueren Zeit versuchte er, seiner jeweiligen Rolle Authentizität zu verleihen. Was zur Folge hatte, dass er keine Kompromisse einging, weder für die Oscar-Jury noch für die Verkaufszahlen an den Kinokassen.

Besäße er nicht dieses außergewöhnliche Talent, wäre nicht jede Hollywood-Kamera verliebt in sein Gesicht und brächten seine Filme an den Kinokassen nicht mehr ein als die Streifen von Brad Pitt und Tom Cruise zusammen, würde niemand freiwillig mit ihm zusammenarbeiten. Man war sich einig – er war ein Querkopf, und die Arbeit mit ihm war unbequem bis unmöglich. Und doch war er immer die erste Wahl, sobald ein prestigeträchtiger Film anstand.

„Bevor du dir jetzt die Fingernägel blutig kaust", sagte er lässig, „lass uns doch erst einmal abwarten, was Mrs Rumm zu sagen hat." Rylan schloss die Lider und döste. Sein Agent kaute derweil an den Nägeln. Irgendwann wurden sie wieder in das Allerheiligste der Anwaltskanzlei zurückgerufen.

Kirsten Rumm hatte zugestimmt.

Und so war er jetzt hier und ließ sich in den sanften Wellen des Pazifischen Ozeans hinter dem Haus treiben. Nach einem anstrengenden Tagen am Set und zwei Monaten ohne einen einzigen freien Tag war dieser spontane kleine Schwimmausflug eine wahre Wohltat.

Seine Augen brannten leicht, als er zum wolkenlosen Himmel aufschaute. Kirsten Rumms Augen waren von einem tieferen Blau als der Himmel da oben, schoss es ihm in den Kopf. Sie blitzten wie Juwelen. Nur lag da auch etwas Dunkles in ihnen, das das Funkeln dämpfte. Er würde herausfinden, was es war.

Er war gekommen, um den Charakter von Charles „Demon" Rumm zu erforschen. Jetzt da er die Witwe des Mannes getroffen hatte, war er überzeugt, dass sie diesbezüglich die wertvollste Informationsquelle war, die es gab. Sozusagen der Schlüssel zur Seele des toten Mannes.

An Mrs Rumm war Rylan fast ebenso sehr interessiert wie an ihrem verstorbenen Ehemann. Dabei hatte er schon entschieden, dass Demon Rumm einer der komplexesten Charaktere war, die er je gespielt hatte. Warum war ein Mann, der verdammt noch mal alles hatte, was man sich nur wünschen konnte, von einer derartigen Todessehnsucht besessen gewesen? Rylan war entschlossen, es aufzudecken, bevor er dieses Haus wieder verließ.

Er drehte sich auf den Bauch und schwamm mit ausholenden Kraulzügen zum Strand zurück. Das Salzwasser umspülte seinen durchtrainierten nackten Körper und tropfte schließlich an seiner schlanken Gestalt herab, als er aus dem Wasser watete.

Fast unwillig stieg er in seine Jeans, die er im Sand hatte liegen lassen. Aber wenn die alles andere als lustige Witwe seinen Seesack schon mit einem so angewiderten Blick betrachtet hatte – als wäre etwas Schleimiges aus dem Meer gekrochen gekommen –, konnte er sich bestens vorstellen, wie sie ihn ansehen würde, sollte er nackt und nass in ihrem Arbeitszimmer auftauchen. Ein solcher Auftritt würde ihr jede sensationslüsterne Klatschgeschichte, die sie je irgendwo über ihn aufgeschnappt hatte, nur bestätigen.

Weil er sehr genau darauf achtete, seine Privatsphäre zu schützen, trieben die Gerüchte und Spekulationen um ihn die wildesten Blüten.

Von Drogenmissbrauch über Sektenkult bis hin zu Sadomasochismus war alles vertreten. Erst neulich hatte ein Reporter ein Foto von ihm geschossen, wie er von einer Entziehungsklinik abfuhr. Er hatte dort einen Freund besucht. Allerdings hatte der Artikel zu dem Foto eine ganz andere Geschichte erzählt: Rylan North sei angeblich sechs Wochen lang in dem Sanatorium untergebracht gewesen, um trocken zu werden, nachdem man ihn im Vollrausch aus einem Nobelclub hinausgeworfen hatte.

Häufig wurde auch behauptet, das er schwul sei. Ebenso wie man munkelte, dass seine allseits bekannten Affären mit einer Gouverneurin und einer Olympiasiegerin im Eiskunstlaufen lediglich geschickt geplante Schachzüge gewesen seien, um von seiner Homosexualität abzulenken.

Keines dieser Gerüchte jedoch schadete seiner Popularität. Das Gegenteil war der Fall. Ganz gleich, ob Mann oder Frau, die haarsträubenden Storys in der Klatschpresse machten der Öffentlichkeit den Mund wässrig nach mehr. Und das galt nicht nur für die eingeschworenen Kinofans. Die Schönen und Reichen von ganz Beverly Hills verstopften den Briefkasten seines Agenten mit Einladungen zu allen möglichen Anlässen. Dabei ging er nur selten auf Partys. Und wenn er sich dann mal irgendwo sehen ließ, wurde es sofort von den Medien zu dem gesellschaftlichen Event des Jahres hochgejubelt. Rylan interessierte das alles nicht, und er ignorierte die Gerüchte – bis auf die, die anderen schadeten.

Selbst die gerissensten Hollywood-Bosse besaßen einen gesunden Respekt vor seiner Intelligenz, seinem Talent und seiner Maxime, sich nicht von Geld korrumpieren zu lassen. Manuskripte wählte er grundsätzlich sehr sorgfältig aus und diskutierte lange mit Produzenten und Regisseuren über die Interpretation des Stoffs, bevor er seinen Namen unter einen Vertrag setzte. Und auch dann hatte er keinerlei Bedenken, jederzeit auszusteigen, wenn er der Meinung war, dass das Produktionsteam die vertraglich festgelegten Konditionen verletzte.

Ihm war gleich, was die Leute von ihm hielten, wenn sie den Kinosaal erst verlassen hatten. Sie sollten von dem Charakter fasziniert sein, den er auf der Leinwand darstellte, nicht von ihm persönlich. Was ging es das Publikum an, ob er schwul, bi oder hetero war? Ob er frühstückte oder nicht, ob er Unterwäsche trug oder nicht? Für ihr Eintrittsgeld bekamen die Leuten zwei Stunden Unterhaltung. Gute Unterhaltung. Mehr war er ihnen nicht schuldig.

Sein Aussehen betrachtete er lediglich als Vorteil, wenn es darum ging, die besten Rollenangebote zu bekommen, im Übrigen legte er nicht viel Wert auf sein attraktives Gesicht und seinen gut proportionierten Körperbau. Angst vor dem Älterwerden – der Fluch der Filmstars – hatte er nicht. Mit zunehmendem Alter würde er Rollen übernehmen können, die ihm jetzt noch nicht offenstanden.

Alles zusammengenommen, wunderte er sich, weshalb es ihn eigentlich so viel kümmern sollte, was Kirsten Rumm von ihm hielt. In dieser speziellen Situation sah er sein Aussehen sogar eher als Nachteil an. Sein bekanntes Gesicht könnte eher eine Barriere zwischen ihnen sein …

Eine Barriere zwischen ihnen? fragte er sich, als er die Stufen zum Haus hinaufstieg. Es gab kein Anzeichen dafür, dass sie Interesse an ihm haben könnte, im Gegenteil. Ihr einziges Interesse lag darin, ihn so schnell wie möglich loszuwerden.

Außerdem musste er immer aufpassen, mit wem er sich auf eine Beziehung einließ, mehr um die andere Person zu schützen als sich selbst. Kirsten Rumm hatte in den letzten Jahren genug durchgemacht. Er wäre ein verantwortungsloser Mistkerl, würde er sie jetzt mit sich in Blitzlichtgewitter und Medienrummel zerren.

Seine guten Vorsätze schwanden allerdings, als er auf der Anhöhe ankam und sie durch die Glasfront im Inneren des Hauses sah. Sie saß an ihrem Schreibtisch, die nackten Füße unter dem Stuhl verschränkt, das Kinn in eine Hand gestützt, und kaute an dem roten Stift, mit dem sie das Manuskript redigierte.

Sie konzentrierte sich völlig auf ihre Arbeit, ihren Hausgast hatte sie offensichtlich vergessen. Bizarr, aber er wollte, dass sie ihre Aufmerksamkeit weg von ihrer Arbeit und auf ihn lenkte. Also ging er auf die Glaswand zu, mit seinem arroganten Lächeln, seiner Sonnenbrille und der feuchten Jeans, und klopfte.

Sie zuckte zusammen und fuhr herum. Sie trug wieder ihre Brille, und sie sah verdammt attraktiv damit aus – ein schmales Schildpattgestell, nicht ganz so dunkel wie ihr kurzes Haar. Wenige Frauen konnten einen solchen Streichholzschnitt tragen, dem nur ein paar feine Strähnen um Stirn, Ohren und Nacken die Strenge nahmen. Doch für ihr Gesicht bildete diese Frisur den perfekten Rahmen.

Er schob die Tür auf. „Haben Sie vielleicht ein Handtuch?“

Unmut und Irritation troffen aus jeder ihrer Poren. Stumm stand sie auf und verließ den Raum, kam gleich darauf mit einem Strandlaken zurück.

„Danke“, sagte er und nahm das Handtuch entgegen, das sie ihm durch die Tür reichte. Er trocknete sich nur das Gesicht ab und ließ die Tropfen auf seinem Oberkörper stehen. „Das Wasser ist großartig.“

„Nicht zu kalt?“

Starrte sie etwa auf seine Brustwarzen? Die hatten sich nämlich zusammengezogen, schon fast schmerzhaft. „Nein, genau richtig.“

„Ach.“

„Stört es Sie, wenn ich mich für eine Weile an den Pool lege?“

„Tun Sie, was Sie nicht lassen können.“

Ihre Überheblichkeit hätte ihn zur Weißglut bringen können, hätte er nicht geahnt, dass sie mit ihrem dünkelhaften Ton nur etwas zu verdecken suchte. Vielleicht ein gewisses Interesse an ihm, das sie sich selbst nicht eingestehen wollte?

Er schlang sich das Handtuch um den Nacken. Ihr Blick folgte unwillkürlich der Bewegung, glitt über seine Brust und hinunter bis zum Knopf seiner Jeans. Zwischen Nabel und Jeansbund verlief ein dunkles V auf seiner Haut, und Wassertropfen glitzerten in den feinen Härchen. Erregung durchzuckte ihn bei ihrer wohl unfreiwilligen Musterung.

„Warum kommen Sie nicht mit hinaus?“, fragte er mit rauer Stimme.

Seine Einladung verstörte sie, sie fasste sich jedoch schnell wieder. „Nein, ich habe zu arbeiten.“

„Zu schade aber auch.“

Jetzt war sie ganz offensichtlich verärgert. Mit einer brüsken Bewegung schob sie die Tür zurück ins Schloss. Nur wenige öffneten ihre Türen *nicht* für Rylan North, doch niemand schlug ihm die Tür vor der Nase zu. Aber genau das war eben passiert, und es wurmte ihn maßlos.

Abrupt drehte er sich um und griff an den Reißverschluss seiner Hose, zog sie noch auf dem Weg zur Sonnenliege aus und kickte sie mit einem Fuß achtlos fort. Er war sich bewusst, dass Kirsten von ihrem Schreibtisch aus den vollen Blick auf ihn hatte. Lässig breitete er das Strandlaken über die Liege und legte sich auf den Bauch.

Er verkniff es sich, gepeinigt das Gesicht zu verziehen, als er seine protestierende Männlichkeit zwischen sich und der Fiberglasliege einquetschte. Mit dem Ausdruck eines unschuldigen Babys rollte er sich auf der Seite zusammen, legte die Hände unter die Wange und schloss die Augen … nicht ohne vorher noch Kirstens perplexe Miene hinter der großen Glasfront zu erhaschen.

## 2. KAPITEL

Er hatte nicht bemerkt, dass er tatsächlich eingeschlafen war, bis er langsam erwachte. Und dann hatte er keine Lust, sich zu bewegen. Eine leichte Brise streifte seine nackte Haut, wie das sanfte Streicheln einer Frauenhand fuhr der Wind über seine Schenkel, über sein Hinterteil. Die Sonne brannte angenehm auf ihn herunter, wärmte Muskeln und Blut – auch wenn es Körperregionen gab, die ohne zusätzliche Hitze ausgekommen wären. Seit er Kirsten Rumm begegnet war, schwelte eine stetige Glut in seinen Lenden.

Die Lady mochte ihn nicht.

Eine bittere Pille, aber leider Fakt. Oder? Vielleicht fand sie ihn ja gar nicht unsympathisch, sondern reagierte nur nicht auf ihn, weil sie um ihren Mann trauerte?

So oder so ... beide Vorstellungen waren irgendwie deprimierend.

Er machte ein paar Liegestütze, bevor er sich von der Liege stemmte. Das Sprungbrett war bestens gefedert und ermöglichte ihm einen vollendeten Kopfsprung in den Pool. Er schwamm ein paar Bahnen, kletterte dann über die chromblitzende Leiter wieder hinaus, griff nach dem Handtuch und wickelte es sich um die Hüften. Wegen des hellen Sonnenscheins konnte er nur sein eigenes Spiegelbild sehen, als er auf die Glasfront zuging – und war freudig überrascht, als er die Türen aufschob und Kirsten an ihrem Schreibtisch über dem Manuskript sitzend fand.

„Noch immer bei der Arbeit?"

„Ja." Sie schaute nicht auf.

Er trat in den Raum und schloss die Tür hinter sich. Sie blickte noch immer nicht zu ihm hin. Es ärgerte ihn, bis ihm ein möglicher Grund einfiel: Vielleicht glaubte sie ja, er sei nackt? Er lächelte und war froh, dass sie dieses Lächeln nicht sah.

„Schreiben Sie eigentlich gern?", fragte er.

„Manchmal."

„Und ist es schwierig für Sie, über Ihr Leben mit Rumm zu schreiben?"

„Teils."

„Um welche Teile geht es?"

Sie warf den Kopf zurück und funkelte ihn an.

„Na, das hat immerhin Ihre Aufmerksamkeit erregt", sagte er mit einem listigen Lächeln. „Welche Teile?"

„Möchten Sie jetzt vielleicht Ihr Zimmer sehen?“ Kirsten stand auf und warf den roten Stift auf den Tisch.

Na, der macht heute ja einiges mit, dachte er.

Sie schob sich an ihm vorbei. In der Doppeltür zur Halle blieb sie stehen und tippte ungeduldig mit einer ihrer bloßen Zehenspitzen gegen den Boden. Sie war geradezu die Verkörperung der Ungeduld und wartete nur mühsam beherrscht, bis er Seesack, Stiefel und Socken aufnahm und ihr folgte.

„Meine Jeans habe ich auf der Terrasse gelassen. Zum Trocknen“, meinte er.

„Alice wird sie für Sie waschen und trocknen, sobald sie zurück ist.“

„Die Haushälterin?“

„Ja.“

„War sie schon immer hier? Ich meine, auch als Rumm noch gelebt hat?“

„Ja. Warum?“

„Weil ich alles gern genauso hätte, wie es war, als Sie beide hier zusammen gelebt haben.“ Folgsam wie ein junger Hund tappte er hinter ihr her. „Alles, außer natürlich der Schlafordnung.“

Sie blieb so abrupt stehen, dass er fast in sie hineingestolpert wäre. Schwungvoll drehte sie sich zu ihm herum. „Was wollen Sie damit sagen?“

Überrascht über ihre Reaktion, studierte er einen Augenblick lang ihr Gesicht. „Ich will damit sagen, dass wir nicht im selben Bett schlafen werden. Oder doch?“

Sein Timing war eine der Fähigkeiten, die ihn zu einem guten Schauspieler machten. Alle rühmten ihn für seine hervorragenden Dialoge. Auch jetzt hatte er zwischen seinem ersten Satz und der Frage eine Pause eingeschoben. Kurz nur, aber äußerst effektvoll.

Eigentlich hatte er sie nur ein wenig provozieren wollen. Doch während er sie jetzt beobachtete, wie sie sich den Pony aus der Stirn strich, stellte er fest, dass er auf eine ernst gemeinte Antwort wartete. Die Vorstellung, mit ihr zu schlafen, lauerte schon die ganze Zeit über im Hintergrund seiner Fantasie. Und jetzt schnellte sie plötzlich hervor, wie ein Springteufel – präsent und nicht zu umgehen.

Er wollte diese Frau.

„Mr North, ich bin sicher, manche Frauen begrüßen solche Bemerkungen. Ich nicht. Es schmeichelt mir keineswegs, wenn Sie mich einladen, mit Ihnen zu schlafen.“

Er zog eine Augenbraue in der für ihn so charakteristischen Weise hoch. „Ich habe Sie nicht eingeladen, mit mir zu schlafen. Hätte ich das, wäre ich sicherlich nicht so zurückhaltend gewesen. Ich hätte klar und offen gefragt."

Sie zögerte einen winzigen Augenblick, bevor sie sagte: „Nun, die Mühe können Sie sich von vornherein sparen." Mit diesen Worten drehte sie sich um und führte ihn durch das weitläufige Haus. Da sie ihn mehr oder weniger zurechtgestutzt hatte, folgte er ihr zivilisiert und ließ nur die eine oder andere Anmerkung fallen, wie sehr ihm ihr Heim gefiel.

„Danke", antwortete sie. „Es war meine erste Wahl, als Charlie und ich damals ein Haus gesucht haben. Ich glaube, er hätte etwas Traditionelleres vorgezogen, aber ich habe ihn zu diesem hier überredet."

Jetzt wusste er auch, warum es ihm so gefiel. Das Haus war nicht vollgestopft mit Teppichen, Vorhängen und Möbeln. Es bestach durch klare Linien, weiße Wände, hohe Decken mit schweren Holzbalken und durch die rustikalen Terracottafliesen. Einrichtung und Dekoration waren auf ein Minimum beschränkt, aber jedes Stück passte hundertprozentig an seinen Platz. Nichts lenkte von dem fantastischen Ausblick jenseits der großen Glasfenster ab.

„Setzen Sie immer Ihren Kopf durch?", fragte er.

Sie hielt sich ein wenig abseits, um ihm den Vortritt ins Gästezimmer zu lassen. Und sie vermied es, ihn anzuschauen, während sie leise antwortete: „Nein, nicht immer."

„War das Haus die Wiedergutmachung für eine Auseinandersetzung, bei der Sie den Kürzeren gezogen haben?"

Statt zu antworten, deutete sie auf die Spiegelschranktüren. „Dahinter sind Regale eingebaut. Wenn Sie wollen, können Sie das Auspacken auch Alice überlassen. Das Bad ist dort." Sie zeigte auf eine Verbindungstür, dann beugte sie sich vor und zog eine Schranktür auf, hinter der ein kleiner Kühlschrank zum Vorschein kam. „Ich denke, Sie werden alles Nötige finden. Falls nicht, lassen Sie es mich oder Alice wissen."

„Ich werde das Gefühl nicht los, dass ich hier ins Sommercamp geschickt werde. ‚Alles dabei? Zahnbürste, Unterwäsche, Bettzeug? Fein, dann verabschiede dich jetzt von Mami.'"

Kirsten ignorierte die Bemerkung. „Mel erwähnte, Sie würden sich gern Charlies Fotoalben ansehen. Ich habe sie in seinem Arbeitszimmer herausgelegt. Es ist die Tür am gegenüberliegenden Ende der Halle. Wenn Sie mich dann jetzt entschuldigen ..."

„Warum mögen Sie mich nicht?“ Verdammt, es reichte ihm. Er konnte sich viele Einsatzmöglichkeiten für ihren Mund vorstellen; Befehle herunterzurattern wie ein Feldwebel stand dabei allerdings ganz unten auf der Liste. Sich den ersten Punkt auf dieser Liste auszumalen, wagte er im Moment nicht, schließlich trug er noch immer nicht mehr als ein Handtuch um die Hüften. Mit drei Schritten war er bei ihr.

Seine abrupte Attacke überrumpelte sie. Ihr Blick ruhte leer auf seiner Brust. „Ich habe nichts gegen Sie.“

„Dann haben Sie eine seltsame Art, das zu zeigen.“

„Immerhin genießen Sie meine Gastfreundschaft.“

„Eine Gastfreundschaft, wie ich sie in jedem Holiday Inn bekommen kann.“

Er hatte sie gegen die großen Fenster zurückgedrängt, die sich über die gesamte Länge des Raumes zogen und einen überwältigenden Blick auf den Ozean boten. Er erstarrte beinahe, als sie sich gezwungenermaßen an ihm vorbeiwand und dabei leicht seine nackte Brust streifte. In diesem Moment brachte er zwei wichtige Dinge in Erfahrung: Erstens, sie trug keinen BH, und zweitens ... nicht nur gefiel es ihr nicht, aufgezogen zu werden, sie hielt auch nichts davon, wenn man sie in die Ecke drängte.

„Was wollen Sie eigentlich von mir, Mr North?“

Hätte sie auch nur geahnt, welche Türen sie mit dieser Frage aufstieß, hätte sie sie bestimmt nicht gestellt. Da er ihr die offensichtliche Antwort nicht geben konnte, griff er den erstbesten Gedanken auf, der ihm in den Kopf schoss. „Ich möchte, dass Sie mich mit meinem Namen anreden.“

„Tue ich doch.“

„Sie nennen mich ‚Mr North‘. Ich heiße Rylan.“

„Ist das überhaupt Ihr richtiger Name?“

„Nein, aber er passt.“

Sie drehte sich leicht zur Seite und inspizierte angelegentlich die üppig blühenden Geranien in den großen Holzkübeln, die den Terrassenrand schmückten. „Na schön. Sie können mich Kirsten nennen.“

„Danke. Und jetzt ... warum schauen Sie mich eigentlich nie an?“

„Wie bitte?“

„Sie haben mich schon verstanden.“

„Ich sehe Sie an.“

„Nein, tun Sie nicht. Ihr Blick streift mich gelegentlich, aber seit ich hier bin, haben Sie mich kein einziges Mal richtig angesehen.“ Wenn er schon die ganze Zeit ihren verführerischen Anblick ertragen musste – ihren Mund, ihre Figur, ihre bloßen Füße – und damit riskierte, sich hinter dem Handtuch zu blamieren, dann konnte gefälligst auch sie ihn ansehen. Das Ziehen in seinen Lenden goss Öl in das Feuer seines Unmuts. „Wieso sehen Sie mich nie an?“, wiederholte er verärgert.

„Ich bin weder eines Ihrer Groupies noch voyeuristisch veranlagt.“

„So hatte ich Sie auch nicht eingeschätzt, Kirsten.“

Jetzt sah sie ihn an. Als er ihren Namen aussprach, hob sie ihre blauen Augen zu ihm auf. Und er hatte das Gefühl, darin zu versinken.

„Berühmtheiten beeindrucken mich nicht“, sagte sie. „Ich war mit einer verheiratet. Er war auch nur ein Mensch, genau wie Sie.“

Und ob er nur ein Mensch war! Sein Körper vibrierte vor grundlegenden menschlichen Bedürfnissen. Er wollte ihre kühle weiße Erscheinung an seine sonnenwarme Haut pressen, wollte sie bei der Taille fassen und sie an jenen Teil seiner Anatomie ziehen, an der das Handtuch spannte, trotz seiner verzweifelten Bemühungen, gelassen zu bleiben.

„Es passt Ihnen nicht, dass ich hier bin, oder?“

„Genau“, erwiderte sie unverblümt.

„Warum haben Sie dann zugestimmt?“

„Weil mein Anwalt mich unter Druck gesetzt hat.“

„Ihr Anwalt?“ Er lachte trocken auf. „Ich habe ihn ja nur kurz getroffen, aber es ist offensichtlich, dass der Mann Ihnen völlig verfallen ist. Er würde sich aus dem zwanzigsten Stock stürzen, wenn Sie es von ihm verlangten.“

„Ich lasse mich von ihm beraten und höre auf seine Ratschläge. Es ist das, was er mir geraten hat.“

„Vor dem Hintergrund der Drohung, dass ich sonst den Film hinwerfe?“

„Sie geben zu, dass dies passieren könnte?“

„Es wäre nicht das erste Mal.“

„Nun, dafür würde ich ungern die Verantwortung übernehmen. Ich will diesen Film so schnell wie möglich fertiggestellt wissen.“

„Ich verstehe. Sie opfern sich für den Film.“

„Richtig. Ich werde mit Ihnen zusammenarbeiten, damit Sie bekommen, weshalb Sie hergekommen sind, und so schnell wie möglich wieder gehen können. Nur erwarten Sie nicht von mir, dass ich Sie unterhalte.“

Schon wieder schwang in ihrer Stimme dieser überhebliche Ton, der an seinen Nerven rieb wie grobes Sandpapier. Das würde er ihr auf jeden Fall abgewöhnen müssen. Nur wie? Geplänkel mochte sie nicht, und mit Offenheit war er bisher auch nicht weit gekommen. Vielleicht sollte er es mit Schock oder Überraschung versuchen? Er beschloss, sie nicht zu unterbrechen, sondern die Leine locker zu lassen, bevor er sie mit einem Ruck wieder anzog.

„Meiner Meinung nach“, schloss sie, „ertragen wir diese merkwürdige Situation am besten, wenn wir unseren Umgang miteinander auf das rein Professionelle beschränken.“

„Ihrer Meinung nach, ja?“

„Genau.“

„Hm. Dann möchte ich einen Vorschlag machen.“

„Und zwar?“

„Sie sollten einen BH tragen.“

„Wa…?!“

„Es fällt mir nämlich extrem schwer, mich auf das Professionelle zu konzentrieren, wenn ich ständig Ihre Brustwarzen sehe, die durch das Hemd schimmern.“

Er hatte sich weit vorgewagt, dann konnte er auch gleich weitermachen. Geschah ihr nur recht. Er würde ihr zeigen, dass er auf Kratzbürstigkeit nicht gut reagierte. Und außerdem konnte er dann endlich dem Impuls nachgeben, der sich schon den ganzen Nachmittag in ihm meldete.

Er hob beide Hände und fuhr mit der Rückseite seiner Finger über die Rundungen unter ihrem Hemd.

Ihre Reaktion war geradezu brutal. Sie schlug seine Hände fort und wandte sich abrupt von ihm ab. Dann drehte sie sich wieder zu ihm um, die Arme steif und angespannt an den Seiten wie Fahnenmasten, die Hände zu Fäusten geballt. Sie atmete heftig.

„Tun Sie das nie wieder.“

„Es hat Ihnen nicht gefallen?“

„Eindeutig nicht.“

Sein Blick wanderte zu ihren Brüsten. Die Spitzen hatten sich aufgerichtet und zeichneten sich deutlich unter dem weichen Stoff ab. „Ja, ganz eindeutig“, meinte er süffisant.

Sie stolzierte aus dem Raum, die nackten Füße lautlos auf den Fliesen – was ihrem hoheitsvollen Abgang die Wirkung nahm. Sie machte es wett, indem sie die Tür laut hinter sich in Schloss warf.

„Wie lange ruht sie denn schon?"

„Sie war in ihrem Zimmer, als ich zurückkam. Alle Jalousien sind heruntergelassen", teilte Alice, die Haushälterin, Rylan mit.

„Vielleicht sollten Sie nachschauen gehen."

Alice warf ihm einen streitlustigen Blick zu. „Ich habe ihr längst zwei Aspirin gegen die Kopfschmerzen gegeben und …"

„Sie hatte Kopfschmerzen?"

„Das hat sie gesagt. Ich habe ihr auch eine kalte Kompresse auf die Stirn gelegt und ihr empfohlen, bis zum Dinner liegen zu bleiben." Alice wedelte mit einer geschälten Möhre vor seiner Nase herum. „Sie arbeitet zu hart an diesem Buch, das ist es."

Rylan bezweifelte, dass harte Arbeit und Kopfschmerzen allein der Grund waren, weshalb seine Gastgeberin sich in ihr Schlafzimmer zurückgezogen hatte. Es lag an ihm. Und dem, was er getan hatte.

Welcher Teufel hatte ihn geritten, sie anzufassen? Er war kein Grapscher, solche Lüstlinge hatten ihn schon immer angewidert. Ihm als Mann war es peinlich, wenn Frauen einem solchen Gehabe ausgesetzt waren, er fühlte mit ihnen.

Warum also hatte er Kirsten betatscht? Fein, er war provoziert worden, gleich auf mehreren Ebenen – professionell, sexuell, emotional. Dennoch war das keine Entschuldigung. Er hätte es niemals tun dürfen.

Sie hatte jedes Recht der Welt, stinkwütend zu sein. Mit Wut konnte er umgehen. Was er nicht verstehen konnte, was ihn am meisten aufwühlte, war die Angst, die er in ihrer Miene gelesen hatte. Aber war es überhaupt Angst gewesen, die sie die Zähne in ihre Unterlippe hatte graben lassen? Vielleicht war es ja Entsetzen gewesen? Worüber? Über seine Berührung – oder über die prompte Reaktion ihres Körpers?

Verflucht, er hatte nicht die geringste Ahnung. Die Antwort entzog sich ihm noch immer gänzlich, während er duschte, sich umzog und eine Stunde lang im Arbeitszimmer Fotoalben von Demon Rumm durchsah.

Dort hatte Alice ihn dann gefunden. In der Hoffnung, mehr über Kirsten zu erfahren, war Rylan ihr für einen Plausch in die Küche gefolgt. Alice war ihm auf Anhieb sympathisch gewesen. Wie auch ihre Chefin scharwenzelte sie nicht unterwürfig um ihn herum, sondern beschwerte sich über die sandige Jeans, die er auf der Terrasse zurückgelassen hatte. Dass sie mit ihm schimpfte, machte sie für ihn nur umso liebenswerter.

Was nun die Rumms betraf, erwies Alice sich als mitteilungsfreudig, aber taktvoll. Sie erzählte nichts Indiskretes, falls es da überhaupt etwas zu erzählen gäbe. Die Filmwelt faszinierte sie offensichtlich, und sie fragte ihn enthusiastisch nach ihrer Lieblingsschauspielerin aus, mit der er schon zusammen vor der Kamera gestanden hatte.

So schmückte er seine Anekdoten aus, während Alice Käse in eine Schüssel raspelte. „Sie geht also zum Bett, wie es im Drehbuch steht, und ich wende ihr den Rücken zu. In diesem Moment ziehe ich mein Hemd aus."

„Oh ja, ich weiß noch. Das war eine wunderbare Liebesszene."

„Danke. Letztendlich sah es so aus. Aber bei dieser Einstellung, gerade als ich mein Hemd abstreife, stößt sie einen gellenden Schrei aus, und ich denke sofort: ‚Mein Gott, ist mein Rücken etwa voller Blattern?' Nein, das nicht, aber die Crew fand es wohl lustig, ihr einen Streich zu spielen. Sie hatten eine riesige Echse unter die Bettdecke gelegt, und als sie ..."

„Nein!", rief Alice aus.

„Doch. Und als sie die Bettdecke zurückschlug, da starrte ihr dieses monströse Tier entgegen, in seiner ganzen schuppigen Hässlichkeit."

Atemlos hörte Alice zu. „Was hat sie getan?"

„Nach dem ersten Schrei? Nichts. Sie lachte und hat den Spaß mitgemacht. Doch am nächsten Tag hat sie es ihnen allen heimgezahlt."

Alice kicherte. „Wie?"

Rylan warf sich eine Olive in den Mund und erzählte kauend weiter. „Sie stand schon im Morgengrauen auf und hat ihre Kinder – die waren mit ihr zusammen am Set – losgeschickt, um sämtliche Schuhe einzusammeln, während alle noch schliefen. Bis zum Frühstück lagen gut vierzig Paar Reeboks, Adidas' und Nikes auf einem großen Haufen, alle bei den Schnürsenkeln zusammengebunden. Haben Sie schon mal versucht, vierzig Paar Turnschuhe zu entknoten, wenn hinter Ihnen ein tyrannischer Regisseur auf die Einhaltung des Zeitplans pocht?"

„Wer hätte gedacht, dass sie so gemein sein kann! Sie ist doch immer so elegant und würdevoll." Alice schaute an seiner Schulter vorbei und lächelte. „Hallo. Geht's dem Kopf besser?"

Rylan drehte sich leicht und entdeckte Kirsten. Sie vermied es, ihn anzusehen. „Ja, danke", beantwortete sie Alices Frage.

Das Atmen bereitete ihm plötzlich Schwierigkeiten. Draußen spielte sich ein überwältigender Sonnenuntergang ab. Kirsten stand zwischen ihm und der untergehenden Sonne, und die Konturen ihrer schlanken

Gestalt schimmerten durch den dünnen Stoff ihres Sommerkleides. Das Oberteil schmiegte sich über Kreuz an ihre Brust und lief in dünnen Trägern hinter ihrem Nacken zusammen. Unmöglich, unter diesem Kleid einen BH zu tragen.

Nur die Tatsache, dass ihre Erscheinung ihn völlig gefangen nahm, bewahrte ihn davor, laut herauszulachen. Sie hatte dieses Kleid aus reinem Trotz gewählt. Er wollte ihr zu ihrem Mumm gratulieren, aber ihr Anblick hatte ihm momentan die Sprache verschlagen.

„Das Dinner ist gleich fertig", sagte Alice und drehte sich um, um etwas aus dem Kühlschrank zu holen.

„Hübsches Kleid, Kirsten", brachte er schließlich heraus.

„Danke."

Der Blick, mit dem sie durch ihn hindurchsah, sagte ihm eindeutig, dass sie von seinem Aufzug fürs Dinner nicht viel hielt. Die Jeans, die er jetzt trug, war zwar sauber, aber in keinem viel besseren Zustand als die, mit der er hier angekommen war. Von seinem verwaschenen T-Shirt gähnte dem Betrachter das weit aufgerissene Maul von Spielbergs unvergesslichem weißen Hai entgegen. Seine bloßen Füße steckten in einem eher traurigen Paar Turnschuhe.

Schon seit Langem achtete er bei der Wahl seiner Garderobe ausschließlich auf Bequemlichkeit. Nicht dass er keine Konzessionen machte, wenn der Anlass es verlangte, und dann Smoking oder Dinnerjackett trug, aber … was er lässig fand, würden andere höchstwahrscheinlich als „schäbig" bezeichnen.

Kirsten schaute zu ihm. „Ich werde mir einen Drink auf der Terrasse genehmigen, solange sich Alice noch um das Dinner kümmert. Möchten Sie mitkommen?"

Die Einladung entstammte reiner Höflichkeit. Er nahm sie dennoch an. „Ja, gern."

„Hier entlang."

Sie geleitete ihn durch die Glastüren in einen überdachten Bereich der Sonnenterrasse, von dem aus man über den Pool und den Ozean blickte. In einer Ecke befand sich eine Bar. „Ich trinke eine Weißweinschorle."

„Für mich bitte ein Mineralwasser mit einer Zitronenscheibe." Er konnte die Überraschung in ihren Augen aufblitzen sehen, bemerkte aber nichts dazu. „Danke", sagte er nur, als sie ihm das Glas reichte. „Es ist wirklich großartig hier. Vielleicht sollte ich mir überlegen, in ein Heim zu investieren."

„Ich dachte, Sie hätten eines – in Malibu."

„Will man der Presse Glauben schenken, so besitze ich ein Haus dort, eine Ranch in Arizona und ... wer weiß, vielleicht sogar ein Iglu in Alaska."

„Und das stimmt nicht?"

„Ich lebe in einer Zweizimmerwohnung in der Nähe des Sunset Boulevards."

Diese Eröffnung verdatterte sie. „Wieso?"

Schulterzuckend ließ er sich neben ihr auf der niedrigen Terrassenmauer nieder – rittlings, um sie ansehen zu können. „Ich brauche nicht mehr." Er lachte über ihren ungläubigen Gesichtsausdruck. „Jetzt erzählen Sie mir nicht, Sie hätten all den Blödsinn über Leopardenfelle auf dem Boden, verspiegelte Schlafzimmerdecken und Statuen präkolumbianischer Fruchtbarkeitsgöttinnen für bare Münze genommen?"

„Wie ich gehört habe, sollen es Zebrafelle sein, und ägyptische Sarkophage, randvoll mit Kokain."

Sie hatte ein wunderbares Lachen. Der Laut als solcher war angenehm, aber Rylan freute sich viel mehr darüber, dass ihre Anspannung anscheinend langsam nachließ.

„Ich kann Ihnen versichern, für meine Wohnung musste kein Tier seine Haut lassen."

Sie senkte den Blick auf ihr Weinglas, fuhr mit einer Fingerspitze leicht über den Rand.

„Und Sie werden dort auch keine Drogen finden", fügte er hinzu.

„Danach habe ich nicht gefragt."

„Doch, haben Sie." Er sprach so leise, dass die Brise seine Worte fast ungehört auf den Ozean hinaustrieb. „Die Frage stand in Ihren Augen. Wo ist übrigens Ihre Brille?"

Die Unterhaltung verlief viel zu leise, war viel zu intim. Kirsten räusperte sich geräuschvoll, hob dann übertrieben laut an: „Die brauche ich nur zum Arbeiten. Sonst überanstrenge ich meine Augen."

Er starrte jetzt durchdringend in genau diese Augen, so als suche er nach Zeichen von Müdigkeit oder Überanstrengung. Sie starrte ebenso durchdringend zurück.

Nach einem Moment erhob sie sich abrupt. „Möchten Sie noch etwas trinken?"

„Gern, danke."

Sie schenkte beide Gläser nach, für sich dieses Mal mehr Wein als Mineralwasser, wie ihm auffiel. Er stand von der Mauer auf und ging zu einem Spalier, an dem sich roter Hibiskus emporrankte. Die prächtigen Blüten wippten leise im Wind, und er berührte eine leicht. Sie ließen ihn an Kardinäle denken, die milde ihre Zustimmung zum päpstlichen Erlass nickten.

Er stieß mit dem Finger vorsichtig in das samtene Innere. Eine harmlose Geste der Neugier, doch prompt überfluteten ihn erotische Bilder und verdrängten alles andere – erotische Bilder von Kirsten.

Er fuhr herum, geplagt vom schlechten Gewissen, und ertappte sie dabei, wie sie hypnotisiert auf seine Hand starrte. Ihre Blicke trafen sich mit einer überwältigenden körperlichen Wirkung, so als gäbe es keinen Abstand zwischen ihnen. Kirstens Wangen strahlten plötzlich fast so rot wie die Blüten, und Rylan wusste in dieser Sekunde, dass sie die gleichen Gedanken gehabt hatte wie er.

Er war klug genug, diesen Vorteil nicht auszunutzen. So legte er nur den Kopf etwas schief und deutete zu einem kleinen Holzschuppen. „Was ist das?"

„Die Sauna."

„Hört sich verlockend an."

„Sie können sie gern benutzen, wenn Sie möchten."

Sie ließen sich wieder auf der Mauer nieder. Sein Knie berührte versehentlich ihres. Sie zuckte nicht zurück, und er ließ seines, wo es war. Es fiel ihm immer schwerer, sie nicht unablässig anzustarren. An seinem Wasser nippend, musterte er sie über den Rand seiner Sonnenbrille hinweg.

„Wenn Sie nicht wollen, dass ich Ihre Gedanken lese", sagte er, „sollten Sie Ihre Brille besser immer tragen. Ihre Augen sind viel zu ausdrucksstark, man kann alles an ihnen ablesen. Und sie sind unglaublich blau."

„Und woran denke ich?", hakte sie herausfordernd nach.

„Sie denken über mich nach. Sie fragen sich, was wahr und was erfunden ist."

„Das geht mich doch nichts an."

„Ich lebe unter Ihrem Dach, somit geht es Sie etwas an. Fragen Sie sich gerade, ob ich nach dem Essen mein Drogenbesteck heraushole?" Ihre Miene besagte, dass ihr dieser Verdacht gekommen war. „Ich nehme keine Drogen, Kirsten. Abgesehen von ein paar Joints während meiner Collegezeit habe ich nie Drogen konsumiert."

Sie suchte in seinem Blick nach Anzeichen, dass er log. „Nicht?"

Er schüttelte den Kopf. „Und Sie?"

„Nein."

„Dann gibt es da also kein Problem zwischen uns." Er nahm einen Schluck Mineralwasser. „Auch bin ich kein Alkoholiker, der sich von Hochprozentigem fernhalten muss."

„Sie trinken Mineralwasser."

„Weil ich entzündungshemmende Tabletten eingenommen habe. Die Stirnhöhlen machen mir öfter zu schaffen."

Sie wirkte nicht überzeugt. „Es hat Berichte in den Zeitungen gegeben, die anderes behaupten."

„Unwahre Berichte."

„Sie haben sie nie dementiert."

„Sich gegen so etwas zu wehren hieße, dass man es ernst nimmt. Außerdem weiß ich Besseres mit meiner Zeit anzufangen."

Sie lächelte schwach. „Die Berichte habe ich auch gelesen."

„Die über meine romantischen Eskapaden? Soll ich Ihnen von meinem Liebesleben erzählen?"

„Nein, davon will ich gar nichts wissen. Solange Sie nicht …" Sie brach ab.

„Solange Sie nicht unter Ihrem Dach stattfinden, richtig?"

„Ich kann mir nicht vorstellen, dass Sie das tun würden."

„Danke für Ihr Vertrauen", meinte er sarkastisch.

„Was sollen die Leute denn von Ihnen glauben?", fuhr sie auf. „Sie geben nie Interviews. Wenn all diese Gerüchte falsch sind, warum klären Sie sie dann nicht auf? Stattdessen kapseln Sie sich ab und geben sich medienscheu."

„Gerüchte, die nicht stimmen, stören mich nicht. Scheinbar ganz im Gegensatz zu Ihnen."

„Wie können Sie die Leute falsche Dinge denken lassen?"

„Das ergibt sich bei meinem Job zwangsläufig."

„Trotzdem …"

Bevor ihm bewusst wurde, was er tat, griff er nach ihrer Hand. Eine Geste, um zu unterstützen, was er zu sagen hatte. „Hören Sie, Kirsten … Würde ich auf jedes Gerücht reagieren und es entsprechend dementieren, würden am nächsten Tag zehn neue in der Zeitung stehen. Es wäre eine zeitraubende, anstrengende und unangenehme Aufgabe – wie ein Straßenfeger, der Hundehaufen vom Gehsteig einsammelt." Sie lachte über den Vergleich, und er lächelte. „Solange die Leute, die ich mag, außen vor bleiben, lasse ich mich von den haarsträubenden Geschichten in den Klatschspalten nicht aufregen."

Ein Schatten huschte über ihr Gesicht und dämpfte ihr Lächeln.

„Oh, oh, ich sehe schon, mein Liebesleben beschäftigt Sie immer noch. Wenn Sie meine geschlechtlichen Präferenzen wissen wollen, warum fragen Sie dann nicht einfach?"

Sie entzog ihm ihre Hand und ging ein wenig auf Distanz. „Wie gesagt, das geht mich nichts an."

Er atmete tief durch. „Ich habe so manche Männer geliebt, Kirsten."

Sie sah ihm erschrocken ins Gesicht.

„Verwandte, einige wenige gute Freunde. Aber ich hatte noch nie einen Mann als Lover." Irgendwie war seine Hand an ihren Ellbogen gekommen. Sie lag dort, und sein Daumen kreiste sanft über die empfindsame Haut ihrer Armbeuge. Er kannte die einlullende Wirkung seiner Stimme, seiner Berührung, seines Blicks. „Wäre ich schwul, hätte die flüchtige Berührung Ihrer Brüste heute Nachmittag mich dann derart erregt?"

Das Weinglas, an dem Kondenswasser herablief, glitt ihr aus den Fingern und zerschellte auf dem Terrassenboden. Im gleichen Moment rief Alice ihren Namen von der Tür her.

Die Haushälterin reagierte als Erste auf das Missgeschick – nachdem alle drei für Sekundenbruchteile wie erstarrt in der aufgeladenen Atmosphäre verharrt hatten. Alice kam herbeigeeilt, wobei sie der Pfütze aus Glasscherben und Eiswürfeln geschickt auswich.

„Oh, Kirsten, das tut mir furchtbar leid, ich wollte Sie nicht erschrecken. Ich wollte doch nur Bescheid sagen, dass das Dinner serviert ist."

Kirsten fand es plötzlich schwierig, die Knie durchzudrücken. Es war, als wollten die Beine ihr den Dienst versagen. Rylan fasste sie bei der Taille und stützte sie, bis sie ihn mit einer leichten Drehung ihres Körpers unmissverständlich wissen ließ, dass seine Hilfe weder nötig noch erwünscht war.

„Nein, es war nicht Ihre Schuld, Alice", versicherte Kirsten. „Das Glas war nass, es ist mir einfach aus den Fingern gerutscht. Das Essen ist also fertig?"

„Ja, es ist serviert. Gehen Sie beide nur hinein, ich werde das hier wegräumen."

Im Esszimmer kam Rylan sich vor wie in einem Goldfischglas. Drei der Wände waren aus Glas. Das Zimmer war auf Stützen in das Kliff hinausgezogen, und man hatte das Gefühl, mitten in der Luft zu sitzen. Einziges Mobiliar waren die Stühle und der Esstisch, dessen dicke gläserne Platte von zwei Schafsbockköpfen aus Messing gehalten wurde. Kerzenständer aus Kristall, in denen schlanke weiße Kerzen flackerten und einen angenehmen Duft verbreiteten, flankierten eine Vase mit Maiglöckchen in der Mitte des Tisches. Es war schlicht und elegant zugleich.

„Der Innenarchitekt versteht etwas von seinem Handwerk", sagte er, während er Kirsten den Stuhl zurechtrückte.

„Ich habe das Zimmer eingerichtet."

„Dann mag ich Ihren Geschmack."

Nachdem sie sich mit einem argwöhnischen Blick über die Schulter davon überzeugt hatte, dass in seinen Worten keine Doppeldeutigkeit lag, setzte sie sich. „Danke", erwiderte sie steif.

Sie verteilte Taco-Salat auf zwei Schüsseln und füllte die Gläser mit eisgekühltem Wasser. Dann breitete sie eine Serviette über ihren Schoß und reichte ihm den Korb mit den Tortilla-Chips, nachdem sie sich selbst bedient hatte. Während sie zu essen anfing, beobachtete er jede ihrer Bewegungen. Ihm war klar, dass ihre exakt ausgeführten Gesten Zeichen von Anspannung waren.

„Sie machen mir einen verärgerten Eindruck. Sind Sie verärgert?"

Die Gabel fiel klappernd auf ihren Teller. „Ja, ich bin verärgert!", stieß sie verbissen aus, sich sehr wohl bewusst, dass Alice in der nahen Küche zufrieden vor sich hin summte. „Ich verbitte es mir, dass Sie so mit mir reden."

„Wie? Beziehen Sie sich damit auf meine Bemerkung, dass ich …"

Sie hob abwehrend beide Hände. „Sie brauchen es nicht zu wiederholen. Ich habe Sie in keinster Weise ermuntert, solche Dinge zu sagen. Sich solche Dinge zu erlauben."

„Nein", sagte er leise und legte seine Gabel ebenfalls ab. „Das haben Sie nicht."

„Warum haben Sie es dann getan?"

Lange Momente drehte er das Wasserglas auf dem Tisch, starrte darauf, überlegte, was er antworten sollte. „Sie faszinieren mich, Kirsten."

Sie schluckte verkrampft, sonst rührte sich kein Muskel an ihr. Sie blinzelte nicht einmal. „Sie brauchen mir nichts vorzumachen. Üben Sie Ihre Szenen woanders."

„Weder mache ich Ihnen etwas vor, noch übe ich."

Er konnte sehen, dass sie abwägte, ob er sie auf den Arm nahm oder nicht. Je länger sie einander anstarrten, desto überzeugter schien sie zu werden, dass er ehrlich zu ihr war. Er erkannte es an verräterischen kleinen Anzeichen – ein unstetes kurzes Wegschauen, das Herausschnellen ihrer Zungenspitze, um die trockenen Lippen zu befeuchten.

„Hier geht es allein ums Geschäft“, sagte sie schließlich.

Die leichte Heiserkeit in ihrer Stimme ermutigte ihn. „Wegen des Geschäftlichen bin ich hier, stimmt. Dass ich mich zu Ihnen hingezogen fühle, hat jedoch nichts damit zu tun.“

„Sie sollten sich aber nicht zu mir hingezogen fühlen.“

„Das war auch nicht geplant.“

„Dann lassen Sie es einfach.“

Er griff nach ihrer Hand. „Ich fürchte, so etwas lässt sich nicht bewusst an- und abschalten, Kirsten.“

Sie zog ihre Hand zurück. „Sie werden es müssen. Oder es wortlos ertragen. Wie auch immer, es wird Ihnen nichts nützen.“

„Sie lehnen schon ab, bevor ich mein Anliegen überhaupt vorgetragen habe.“

„Richtig. Ich habe meinen Mann geliebt.“

Er schob seinen unberührten Teller zur Seite, stützte sich mit den Unterarmen auf den Tisch und beugte sich vor. „Ihr Mann ist seit zwei Jahren tot. Ich habe Sie heute berührt.“

„Und das hätten Sie nicht tun dürfen.“

„Vielleicht nicht. Aber ich habe es getan.“ Er lehnte sich noch weiter vor. „Glauben Sie mir, Kirsten, Sie sind lebendig. Selbst wenn Ihr Kopf sich gegen eine neue Beziehung wehrt, Ihr Körper spricht eine andere Sprache.“

„Ich werde keine neue Beziehung eingehen. Nicht mit Ihnen, mit niemandem.“

„Sie klingen so überzeugt.“

„Das bin ich auch.“

„Warum? Weil Sie Ihren Mann geliebt haben?“

„Ja.“

„Na schön. Das akzeptiere ich. Vorerst. Aber dann erzählen Sie mir, was so besonders an der Beziehung mit Ihrem Mann war, dass Sie für andere Männer auf immer verloren sind. Erzählen Sie mir, wie es war, Charles Demon Rumm zu lieben.“

## 3. KAPITEL

Lesen Sie mein Buch."

„Das habe ich", erwiderte Rylan. „Zumindest die Kapitel, die den Drehbuchautoren zur Verfügung gestellt wurden." Er senkte die Stimme. „Das Buch wird mit dem Slogan beworben, es sei das ultimative Enthüllungswerk. Ich glaube nicht, dass Sie alles enthüllt haben. Ich denke, Sie haben sogar einige essenzielle Informationen über die Beziehung zu Ihrem Mann zurückgehalten."

Kirsten nahm ihre Serviette vom Schoß und schleuderte sie auf den Tisch. „Sind Sie jetzt fertig?"

„Mit diesem speziellen Thema? Nein."

„Mit dem Essen."

„Mit dem Essen, ja", sagte er und stand auf.

Sie ging ihm voraus aus dem Esszimmer und in den großen Wohnraum. Alice hatte im Kamin ein Feuer angezündet, und die Flammen tanzten hinter einem fächerförmigen Schirm aus Messing. So nahe am Meer waren die Abende kühl, und es war angenehm, ein Feuer im Kamin brennen zu haben. Außerdem schuf es eine behagliche Atmosphäre in dem modernen, aber gemütlichen Raum. Auf dem glänzenden Fliesenboden spiegelten sich orangefarben die Flammen.

Für Kirsten jedoch schien das Feuer eher notwendig denn angenehme Dekoration zu sein. Sie rückte so nahe wie nur möglich heran, als brauchte sie die Wärme. Mit angewinkelten Knien rollte sie sich in der Ecke eines der großen Sofas zusammen und starrte mit leerem Blick in die Flammen, ein Kissen mit beiden Armen an sich gedrückt.

In einer Pose, die seinem Ruf alle Ehre machte, legte Rylan sich auf den Teppich vor dem Kamin, stützte einen Ellbogen auf und sah von dort unten zu Kirsten auf. Sein Blick strahlte mehr Hitze aus als das Feuer selbst.

„Hören Sie auf, mich so anzusehen", verlangte sie schließlich von ihm.

„Wie sehe ich sie an?"

„So, als warteten Sie darauf, dass ich jeden Moment unschöne Wahrheiten ausspucke wie ein rostiger Wasserhahn schmutziges Wasser."

„Gibt es sie denn, die unschönen Wahrheiten?"

„Nein."

„Warum reagieren Sie dann so gereizt, sobald wir auch nur in die Nähe dieses Themas kommen?"

„Wenn Sie in die Nähe des Themas kommen", korrigierte sie scharf.

„Ich will einfach nur ein Gefühl dafür bekommen, wie Ihre Beziehung mit Ihrem Mann aussah."

„Es war der Himmel auf Erden. Deshalb muss es mir aber noch lange nicht gefallen, wenn Sie in meinem Privatleben mit Charlie herumschnüffeln wollen."

Er zog ein Bein an und schwenkte das Knie hin und her. „Ich finde es höchst interessant, dass Sie meinen, das sagen zu müssen. Wenn Sie nicht wollen, dass die Leute mehr über Ihr Privatleben erfahren, warum haben Sie dann das Buch geschrieben? Ist das nicht ein Widerspruch?"

Selbst das Kissen schien sich unter dem schweren Seufzer, den sie hören ließ, aufzublähen. „Ich wünsche mir oft, ich hätte nie damit angefangen."

„Was also war der Grund, Kirsten? Geld?"

Sie bedachte ihn mit einem verächtlichen Blick. „Natürlich nicht."

„Ich bin froh, das zu hören. Das hätte mich nämlich wirklich beunruhigt. Also, warum dann?"

„Ich möchte Charlies Andenken für die Nachwelt erhalten."

Rylan setzte sich im Schneidersitz vor ihr auf. „Und wie soll ihn die Nachwelt in Erinnerung behalten?"

„So, wie er auch schon zu Lebzeiten in der Öffentlichkeit wahrgenommen wurde – als der typische Amerikaner. Stark. Mutig. Ehrenhaft. Ein Mann mit Moral. Er ist ein gutes Vorbild für die Jugend des Landes."

„Sie beziehen sich damit auf die Anti-Drogen-Kampagnen, auf die Werbespots gegen Alkohol am Steuer ... diese Dinge?"

„Ja."

Er wusste schon jetzt, dass ihr seine nächste Frage nicht gefallen würde. Dennoch stellte er sie. „Hat er sich auch selbst an das gehalten, was er gepredigt hat?"

Sie kniff verärgert die Augen zusammen. „Immer. Er lebte seine Vorbildrolle mit Überzeugung, durch und durch."

„Okay, entschuldigen Sie. Ich habe nur das Gefühl, Sie fühlten sich verpflichtet, seinen glänzenden Ruf zu schützen."

„Schutz ist da nicht notwendig."

„Es gab durchaus Kritiker, vergessen Sie das nicht. Viele glaubten, er fördere unüberlegten Leichtsinn. Bei ihm sahen die gefährlichsten Stunts so mühelos aus, dass auch Sonntagspiloten versucht sein konnten, sie nachzuahmen."

Kirsten schüttelte den Kopf. „Bei jedem Interview hat er die Gefahren betont, die mit diesen Stuntflügen einhergehen. Er hat geradezu besessen auf Sicherheitsmaßnahmen geachtet."

„Und doch hat er die Geschwindigkeit verherrlicht. Das erinnert mich an den Teenager, den die Eltern beschwören, das Gaspedal des Familienkombis nicht bis zum Anschlag durchzudrücken."

„Geschwindigkeit und Schwerkraft stellten eine Herausforderung für Charlie dar. Ihm ging es darum, den Kids klarzumachen, dass man jedes Hindernis überwinden kann, wenn man nur lang und hart genug dafür arbeitet. Er ermutigte zu Entschlossenheit und Durchhaltevermögen, die guten alten Werte. Für Leichtsinn und Verantwortungslosigkeit hatte er nie etwas übrig. Als Gegenpol zu manchen der heutigen Teenageridole halte ich Charlie für einen sehr positiven Einfluss. Ich wünsche mir, dass man ihn deshalb in Erinnerung behält, nicht wegen … wegen …"

„Seines Unfalls."

Seine Bemerkung hing seltsam schwer und lastend zwischen ihnen in der Luft.

Kirsten senkte das Kinn bis auf die Brust. „Ja."

Rylan nahm ein Holzscheit aus der bereitstehenden Kiste mit Feuerholz und legte es auf die Flammen, schlug sich die Späne von den Händen und lehnte sich mit dem Rücken ans Sofa. Seine Schulter berührte fast Kirstens Knie.

„Die Legende von Demon soll also weiterleben …" Er unterbrach sich. „Gerade letzte Woche wurde eine heiße Diskussion laut, welcher Sportreporter ihm damals nun eigentlich diesen Spitznamen verpasst hat – Dämon."

Kirsten lachte. „Als er so berühmt wurde, behaupteten viele, auf diesen Geniestreich gekommen zu sein. Tatsache ist, dass es niemand mehr genau sagen kann. Irgendjemand soll mal gesagt haben, dass er mit dem Flugzeug geflogen ist wie ein Dämon aus der Hölle."

„Also hat dann irgendein cleverer Kopf das aufgegriffen, und, voilà, hatte Charlie seinen Spitznamen weg?" Kirsten nickte bestätigend. „Wo war ich stehen geblieben? Ach ja …", hob Rylan wieder an. „Der Grund, weshalb Sie dieses Buch schreiben …"

„Das habe ich Ihnen doch schon erklärt."

„Sie haben mir erklärt, dass Sie es für ihn tun. Sozusagen, um sein Heldentum zu bewahren. Aber ich weiß noch immer nicht, was Sie davon haben, ich meine, Sie persönlich … Anders ausgedrückt, warum Sie sich das antun."

Er setzte sie nicht gern diesem Verhör aus. Hätte er aus Berichten, Artikeln, Fotos und Filmaufnahmen einen Eindruck des grundlegenden Wesens, des wahren Charakters von Demon Rumm bekommen, so würde er dessen Witwe sicherlich nicht mit inquisitorischen Fragen belästigen. Doch seine Intuition, mit der er die Regisseure, Produzenten und Autoren Hollywoods seit Jahren in Atem hielt, flüsterte ihm zu, dass Kirsten Rumm der Schlüssel zu dem Mann mit dem charismatischen breiten Lächeln war. Und wenn er noch so viel nachbohren musste, er würde es tun. Bei den Nachforschungen für seine Rollen hatte er schon Schlimmeres veranstaltet.

Als er einen Landstreicher in der Ära der Weltwirtschaftskrise gespielt hatte, da hatte er selbst eine Zeit lang wie einer gelebt. War die Gleisstrecken entlanggetippelt, hatte im Freien oder in Scheunen geschlafen und sich von der Hand in den Mund ernährt. Als er einen Footballstar dargestellt hatte, machte er wochenlang das Training der L. A. Rams mit und unterzog sich der gleichen Tortur, die ein professioneller Sportler sich antat.

Er tat immer alles Notwendige, um sich in die jeweilige Rolle hineinversetzen zu können. Jetzt versuchte er, Demon Rumm zu ergründen, und zwar mit Hilfe seiner Witwe. Die sich äußerst widerspenstig gab. Es würde für sie beide nicht einfach werden.

„Ich musste einen Weg für mich finden, damit abzuschließen", antwortete Kirsten auf seine Frage. Rylan drehte leicht den Kopf, um sie anschauen zu können. Sie sah mit starrem Blick in die Flammen. „Nach dem Unfall gab es auf einmal so vieles zu erledigen. Die Untersuchung der nationalen Flugbehörde, die Beerdigung …" Sie erschauderte. „Es war der reine Zirkus. Und überall die Medien. Dann die trauernden Fans, die übereinander stolperten, um an den Sarg zu gelangen."

Sie schlug die Hände vors Gesicht. Schmale Hände mit langen, schlanken Fingern und gepflegten kurzen Fingernägeln. Ihr Kummer berührte ihn tief. Es drängte Rylan, sie zu berühren, ihr irgendwie mit einer kleinen Geste Trost zu spenden, sich dafür zu entschuldigen, dass er kaum verheilte Wunden aufriss.

Aber was sollte er schon machen? Sie in seine Arme ziehen und halten, so wie er es sich wünschte? Nein. Sie könnte es als Mitleid missverstehen, und sie war zu stolz und unabhängig, um sich von irgendeinem Menschen bemitleiden zu lassen. Ihren Kopf mit beiden Händen zu halten und einen Schauer von kleinen Küssen über ihr unglaublich trauriges Gesicht regnen zu lassen, kam ebenfalls nicht infrage. Weil er nicht dafür garantieren konnte, dass es bei tröstenden Küssen bleiben würde. Sollte er jemals ihre Lippen mit seinem Mund berühren, dann auf die Art und Weise, die zählte.

Er begnügte sich damit, eine Hand leicht auf ihr Knie zu legen. Er fühlte das Zucken, das jähe Anspannen ihrer Muskeln, doch sie erlaubte ihm, die Hand auf ihrem Bein liegen zu lassen.

Sie nahm die Hände vom Gesicht. Ihre Wimpern schimmerten feucht, aber sie weinte nicht. „Ich habe mich völlig isoliert gefühlt, abgetrennt von allem und jedem. Ich habe funktioniert, aber das war nicht wirklich ich. Verstehen Sie, wie ich das meine?"

Als Antwort drückte er leicht ihr Knie. Ihre Haut war glatt wie Satin. Er zwang sich, seine Finger still zu halten und sie nicht zu streicheln.

„Ganz Amerika hat öffentlich getrauert, ich konnte es allerdings nicht", fuhr sie leise fort. „Das Leben im Rampenlicht war mir immer unangenehm, doch nie mehr als nach Charlies Tod. Ich konnte nicht einmal um meinen Mann trauern, ohne dass die Nachrichten darüber berichteten."

„Dieses Buch ist also Ihre Trauerarbeit, damit Sie Ihren Mann endlich begraben können. Alles niederzuschreiben bietet Ihnen die Möglichkeit, es zu verarbeiten."

Sie murmelte etwas Zustimmendes. „Wenn das Buch veröffentlicht ist und der Film endlich in den Kinos anläuft, werde ich damit abgeschlossen haben. Ich will schlicht und einfach wieder mein eigenes Leben leben. Auch wenn ich nie vergessen werde, wie es war, Mrs Charles Rumm zu sein. Das möchte ich auch gar nicht vergessen. Ich wünschte nur, die anderen würden es."

Das Schweigen wurde nur vom Knacken der brennenden Holzscheite unterbrochen. Irgendwann steckte Alice den Kopf zur Tür herein. „Kirsten? Soll ich noch Kaffee servieren?"

Sie sah zu Rylan, der den Kopf schüttelte.

„Danke, Alice, Kaffee ist nicht nötig. Gehen Sie ruhig für den Abend, wir sehen uns dann morgen früh."

Alice wünschte eine gute Nacht und verließ das Haus. Vorhin schon hatte Rylan herausgefunden, dass Alice in einem eigenen Apartment am anderen Ende des Kiespfads wohnte. Erst nachdem sie gegangen war, fragte er sich, ob sie wohl seine Hand auf Kirstens Knie bemerkt hatte.

Vermutlich stellte sich Kirsten dieselbe Frage, denn jetzt setzte sie sich aufrecht hin und brachte ihre Beine in eine andere Stellung. Als müsste sie die Spielfeldmarkierungen verwischen und neu ziehen, nur für den Fall, dass er mit seinen Fragen wieder Grenzen überschritt.

„Wollen Sie wirklich nichts mehr?“, hakte sie nach. Sie versuchte, ihre Verlegenhiet zu überspielen. „Dessert? Einen Drink vielleicht?“

„Nein, danke. Wie war Rumm, der in der Öffentlichkeit von allen bewundert wurde, als Bewunderer?“

Es dauerte einen Moment, bevor sie die beiden unzusammenhängenden Bemerkungen zugeordnet hatte. „Als Bewunderer?“

„Ja, als Ihr Bewunderer. War er höflich, schüchtern, forsch, extrovertiert, schweigsam … wie war er? Erzählen Sie mir von Ihrer ersten Begegnung.“

„Ich bin sicher, davon haben Sie längst in meinem Buch gelesen.“

„Habe ich, stimmt. Doch ich würde gern weitere Details hören als nur die, die Sie niedergeschrieben haben. Was war das Erste, das er zu Ihnen gesagt hat?“

„Auf gar keinen Fall!“

„Bitte Kirsten, ich brauche …“

„Ich erzählte es Ihnen doch gerade. ‚Auf gar keinen Fall.‘ Das waren seine ersten Worte an mich.“

„Ah, das heißt also, Sie haben ihn angesprochen.“ Rylan stützte den Ellbogen auf den Sofarand, legte die Hand unters Kinn und bedachte Kirsten mit seinem verschmitzten Lächeln, das bereits die halbe Welt verzaubert hatte. „Erzählen Sie mir davon.“

Sie holte tief Luft. „Ich hatte gerade Examen gemacht und meinen Master in der Tasche. Zu dem Zeitpunkt dachte ich, mir gehört die Welt. Ich war ziemlich überzeugt von mir, richtig hochnäsig.“

„Das hat sich bis heute nicht geändert.“

Sie funkelte ihn böse an, aber er sah das amüsierte Zucken um ihre Lippen. „Die Männer, mit denen ich ausging, waren alles Akademiker. Eine Freundin von mir lud mich ein, mit ihr in eine Kneipe zu gehen. Ich wollte gar nicht hingehen, aber sie hatte diesen Piloten kennengelernt, der bei den Marines war. Er sollte an diesem Abend dort sein, und sie wollte unbedingt hin. Da ich nichts anderes vorhatte, ließ ich mich überreden und …“

„Und Sie sind mitgegangen“, nahm Rylan die Story auf. Er streckte die Arme vor und formte mit den Fingern ein Rechteck, durch das er schaute, wie um eine Kameraeinstellung vorzunehmen. „Ich sehe Sie genau vor mir – eine junge hübsche Lady, die sich in einer dämmrigen

Kaschemme voll grölender Matrosen und trinkfester Kerle schrecklich fehl am Platz vorkommt."

„Vor allem, nachdem meine Freundin mich allein an unserem Tisch zurückgelassen hatte, um mit ihrem Kampfflieger zu tanzen. Ich gab mir alle Mühe, nicht aufzufallen. Aber dann bemerkte ich diesen Typen, der mich von der anderen Seite des Raumes her anstarrte." Ein Lächeln, echt und wunderschön, breitete sich auf ihrem Gesicht aus.

Rylans Magen zog sich vor Eifersucht auf Charlie Rumm zusammen.

„Er war groß und blond, mit breiten Schultern, und sah unglaublich gut aus", fuhr sie fort. „Und er wusste es. ‚Weint euch die Augen nach mir aus, Mädels', schien sein arrogantes Lächeln zu sagen."

„Und Sie verabscheuten solche Typen natürlich", vermutete Rylan intuitiv.

„Mit Inbrunst. Er aber bahnte sich einen Weg durch die Menge und setzte sich zu mir an den Tisch."

„Wie?"

„Wie?"

„Wie hat er sich hingesetzt? Ist er geschmeidig auf den Stuhl geglitten? Hat er sich mit Schwung darauf fallen lassen? Wie?"

„Um genau zu sein, er drehte den Stuhl um und setzte sich rittlings darauf, die Arme auf der Lehne verschränkt."

„Sehr gut, danke. Entschuldigen Sie die Unterbrechung. Erzählen Sie weiter."

„Nun, er sagte überhaupt nichts. Er saß einfach nur da, mit diesem unglaublich strahlenden Lächeln, und starrte mich an. Irgendwann habe ich dann zu ihm gesagt, er solle gefälligst mit dem Starren aufhören, und er sagte …"

„Auf gar keinen Fall!" Sie lachten beide. „Wie ging es weiter? Hat er Ihnen einen Drink spendiert?"

„Wollte er. Ich habe abgelehnt."

„Das war grausam."

Kirsten zuckte zusammen und schaute ihn verblüfft an. „Genau das hat Charlie auch gemeint. Er hat beide Hände auf sein Herz gedrückt und wie Romeo geklagt: ‚Ihr habt mir den Todesstoß versetzt, holde Maid.'"

Rylan grinste. „Ich scheine ihn besser zu kennen, als ich dachte. Kommen Sie, reden Sie weiter. Was passierte als Nächstes?"

„Sein übertriebenes Getue hat mich zum Lachen gebracht."

„Und damit war das Eis gebrochen."

„Richtig. In diesem schwachen Moment habe ich dann auch ein Glas Weißwein von ihm akzeptiert."

„Weißwein also, ja?", hakte er amüsiert nach. „Trugen Sie auch Ihre Brille auf der Nase, während Sie unter all den harten Scotch- und Biertrinkern manierlich am Weißwein genippt haben?"

Er konnte fühlen, dass sie sich ein wenig entspannt hatte, und so legte er sich vor dem Sofa auf den Rücken, die Hände unter dem Kopf verschränkt. Mit den Zehen schob er sich die Turnschuhe von den Füßen. Sein Magen lag eingesunken unter seinem Brustkorb, und jetzt merkte er, dass er Hunger hatte. Er war auch ansatzweise erregt. Er fragte sich, ob Kirsten die Ausbeulung in seinem Schritt aufgefallen war. Wahrscheinlich nicht. Seit er dieses Haus betreten hatte, war das praktisch Dauerzustand. Wenn sie überhaupt auf diese bestimmte Stelle geschaut hatte, dann würde sie wohl einfach annehmen, Mutter Natur hätte ihn in dieser Hinsicht großzügig ausgestattet. Bei dem Gedanken musste er grinsen.

Um das freche Lächeln zu rechtfertigen, fragte er: „Was hatten Sie und Rumm eigentlich gemeinsam, über das Sie reden konnten?"

„Er redete meist über sich. Ach, natürlich hat er mir auch Fragen gestellt, war höflich und aufmerksam. Und sehr beeindruckt, dass ich meinen Master in Englisch gemacht hatte. Aber seine bevorzugten Themen waren Flugzeuge und alles, was mit der Fliegerei zu tun hatte. Er hat selten an etwas anderes gedacht."

„Höre ich da so etwas wie Kritik heraus?"

„Natürlich nicht!"

Ihr Ausbruch ließ ihn eine Augenbraue in die Höhe ziehen.

„Fliegen war Charlies Leben", verteidigte sie sich. „Er war dafür geboren. Nicht zu fliegen war für ihn wie nicht zu atmen. Das war mir von Anfang an klar, gleich vom ersten Abend an."

Demon Rumm war ein Fanatiker, ein Besessener gewesen. Männer von seinem Schlag mussten das auch sein. Aber das Leben mit einem Eiferer, gleich welcher Couleur, war niemals einfach. Musste der Partner nicht eifersüchtig auf die Obsession werden? War es das, was Kirsten Rumm so verzweifelt zu verheimlichen suchte? Dass sie eifersüchtig auf Rumms Leidenschaft für das Fliegen gewesen war?

Einen Moment lang musterte Rylan sie und überlegte, ob es ratsam war, ein weiteres heikles Thema anzusprechen. Er entschied, dass Aufschieben noch nie für Klarheit gesorgt hatte. „Im Skript steht, Rumm habe einmal zu Ihnen gesagt, er bedaure das Ende des Vietnamkrieges."

„Ja, das stimmt", gab sie leise zu. „Er war ein Kampfpilot ohne Krieg. Ich glaube wirklich, er war schrecklich enttäuscht und frustriert, dass sämtliche Krisen im Persischen Golf auf friedliche Weise beigelegt wurden. Es ging ihm nur um das Fliegen, seiner festen Überzeugung nach war er dafür bestimmt, mit schnellen Jets über den Himmel zu jagen. Deshalb hat er seine Zeit bei der Navy nicht verlängert, deshalb ist er nicht Pilot bei einer Fluglinie geworden, wie die meisten seiner Freunde, nachdem ihre Dienstzeit zu Ende war."

Definitiv eine Facette dieses Mannes, die Rylan noch genauer untersuchen musste. Aber nicht jetzt. „Wir schweifen ab", sagte er. „Zurück zu diesem Abend ... Hat er Sie angemacht?"

„Sicher."

„Er wäre ja auch verrückt gewesen, hätte er es nicht versucht. Mit welchem Spruch?"

„Raten Sie."

Sie forderte ihn heraus – wie gut kannte er den Charakter des Menschen, den er im Film verkörperte? Er kniff die Augen zusammen und neigte den Kopf leicht zur Seite. „Wollen Sie mit mir schlafen?"

Sie sog scharf die Luft ein. „Nein."

„Sagen Sie das jetzt zu mir, oder war es das, was Sie ihm geantwortet haben?"

Es wurde plötzlich sehr still im Raum, nur das Knacken der Glut im Kamin war zu hören. „Sie haben diese Frage doch nicht für sich gestellt", sagte sie schließlich, „sondern für ihn, oder?"

Er grinste schief und war sehr zufrieden damit, dass er sie durcheinandergebracht hatte.

„Er meinte, dass ich nicht aussehe wie eine Frau, die sich auf einen One-Night-Stand einlässt", fuhr sie hastig fort. „Und ich versicherte ihm, dass ich das auch nicht sei."

Rylan lieferte die Erwiderung. „Gut. Denn mir schwebt etwas Längeres vor."

„Das haben Sie aus dem Filmskript."

Er nickte. „Sehr geschickt und clever, das muss man ihm lassen – zu verführen, indem man den Ansatz einer festen Beziehung nutzt."

„Mag sein. Ich habe auf jeden Fall angebissen."

„Er hat Sie hingerissen?"

„Ich schwebte wie auf Wolken, bei ihm fühlte ich mich atemlos und schwindlig. Nach der Zeit auf dem Campus mit Pfeife rauchenden Intellektuellen in Tweedjacketts war Charlie mit seiner speckigen

Lederjacke und dem umwerfenden Lächeln ein erfrischender Gegenpol." Ihre blauen Augen strahlten, und ihre Lippen schimmerten, weil sie sich mit der Zungenspitze darüber gefahren war. Der Atem kam ihr wie ein Hauch über die Lippen, während sie sprach. „Es war aufregend, in seiner Nähe zu sein."

„Kann ich mir vorstellen", lautete Rylans trockener Kommentar.

Es war ein völlig neues Gefühl für ihn – Eifersucht. Das hässliche grüne Monster hatte ihn erwischt. Ohne Vorwarnung hatte es die Fangzähne in sein Fleisch geschlagen und Gift in seine Adern gespritzt, das jetzt mit jedem Schlag seines Herzens durch seinen Körper pumpte.

Er konnte sich ausmalen, wie das Blut bei der Erinnerung an diese leidenschaftliche Zeit in ihr wallen musste, denn er fühlte es ja ebenso ... diese sexuelle Anspannung, die ein Prickeln im Körper heraufbeschwor, diese unausgesprochene Gewissheit, dass etwas Gutes begonnen hatte und nur besser werden konnte, wenn man den Dingen ihren Lauf ließ. Es stürzte die Sinne in einen wirbelnden Tumult und trickste den Verstand aus. Es war die Hölle, es war das Paradies. Poeten, Schriftsteller, Philosophen ... keiner von ihnen hatte je wirklich die treffenden Worte gefunden, um den plötzlichen Druck auf der Brust, das jähe Ziehen in den Lenden, die köstliche brodelnde Hitze des Blutes zu beschreiben.

Und er fragte sich, ob Kirsten so empfand, weil sie sich an einen anderen Mann erinnerte, oder ob es seinetwegen geschah. War Demon Rumm der Grund für das Blitzen in ihren blauen Augen? Oder Rylan North?

Sein brennender Blick, in dem sich Leidenschaft widerspiegelte, musste sie verängstigt haben. Sie bewegte sich abrupt, schwang die Beine vom Sofa und stand auf. „Es ist schon spät, und ich muss morgen noch mehrere Seiten umschreiben."

Geschmeidig erhob er sich vom Boden, stand mit einem Mal vor ihr und fasste sie leicht an den Schultern. „So spät ist es noch gar nicht. Und ich bin auch noch nicht fertig."

„Ich schon." Sie wollte sich frei winden, doch er ließ es nicht zu. Er benötigte keine Kraft, seine Augen fesselten sie mehr als seine Hände. Er hätte sie festhalten können, ohne seine Hände zu gebrauchen.

„Er hat Sie zum Tanzen aufgefordert, nicht wahr?"

„Ja."

„Welcher Song spielte gerade?"

„Ich weiß es nicht mehr."

„Das nehme ich Ihnen nicht ab. Sie erinnern sich genau. Zu welchem Song haben Sie getanzt?"

„Ist das wichtig?"

„Sehr sogar. Also?"

Sie seufzte resigniert. „Es war spät, der Abend war ruhiger geworden. Die Jukebox spielte nur noch langsame Stücke – Neil Diamond, Beatles, Carpenters."

„Haben Sie was davon hier?" Er ließ sie los und ging zu der Regalwand, in die eine Musikanlage eingebaut war, sah die CDs durch.

„Nein, nichts von diesen Musikern. Glaube ich zumindest. Ich bin nicht sicher."

„Dann müssen wir improvisieren. Chicago oder REO Speedwagon? Was ziehen Sie vor?"

„Das ist doch verrückt. Sollen wir jetzt etwa tanzen?"

„So dachte ich mir das, ja. Steht auch so im Drehbuch. Ich brauche das für meine Arbeit." Er wählte eine CD der Band Chicago und legte sie ein. Mehrere versteckte Lautsprecher erfüllten den Raum mit Musik. Er regelte die Lautstärke und ging zurück zu ihr. „Wie hat er Sie gehalten?"

„Rylan, das ist wirklich unnötig."

Es war das erste Mal, dass sie seinen Vornamen nutzte. Sicher, sie sprach ihn entnervt aus, dennoch ... Er würde alles nehmen, was er bekommen konnte. Lächelnd legte er den Arm um ihre Taille. „Für mich ist das schon nötig."

„Wieso?" Sie sperrte sich, als er sie an sich ziehen wollte.

„Weil wir diese Szene noch nicht gedreht haben. Ich will das richtig hinbekommen."

„Selbst auf die Gefahr hin, dass ich mich wiederhole – lesen Sie mein Buch."

„Habe ich. Dort steht, dass Sie miteinander getanzt haben und dass es sehr romantisch war. Ein Schauspieler kann damit nicht viel anfangen."

„Dafür ist der Regisseur da ... um eine solche Szene zu interpretieren und sie auf Film zu bannen."

„Der Regisseur bringt die Szene in den Kasten, Kirsten, aber ich muss ihr Leben einhauchen. Bei dieser Szene soll jeder Mann im Kinosaal sich wünschen, an meiner Stelle zu sein, und jede Frau soll sich wünschen, Sie zu sein. Und jetzt ... Konzentration."

Der Befehl galt ihr genau wie ihm. Sobald sich ihre Körper berührten, fühlte er den Anschlag auf seine Sinne. Er konnte nur noch daran denken, sich in ihr zu verlieren. Und in dieser Sekunde wusste er mit absoluter Sicherheit, dass es irgendwann passieren würde. Selbst wenn es ihn das Leben kostete ... er würde mit dieser faszinierenden Frau schlafen.

„Ich bin Rumm und habe soeben diese unglaublich attraktive Frau getroffen, die ich unbedingt haben will. Was also unternehme ich? Wie verhalte ich mich, um mein Ziel zu erreichen?" Er zog sie ruckartig an sich. „Wie hat Rumm Sie beim Tanzen gehalten? Vielleicht so?"

Er hatte die traditionelle Walzerstellung eingenommen, nur hielt er sie viel enger, als ein Tanzschullehrer es zulassen würde.

„Ja, zuerst."

Zu den verträumten Klängen von Inspiration begann Rylan sie zu führen. Eigentlich war es nur ein sanftes Wiegen zum Rhythmus, ein elektrisierendes Aneinanderreiben zweier Körper, das maskuline Umwerben von Weiblichkeit. Vorspiel in aufrechter Stellung.

„War er zurückhaltend? Oder hat er Sie so eng gehalten wie ich jetzt?"

„Ja."

„Ja zu Ersterem oder Letzterem?"

„Letzterem. Charlie war niemals schüchtern."

„Hat er seine Wange an Ihr Haar gelegt?" Als sie nickte, legte Rylan sein Kinn an ihre Schläfe. „So?"

„Ja, nur ..."

„Nur – was?"

„Er war größer. Er musste sich weiter hinunterbeugen."

„Nun, ich werde nicht auf Zehenspitzen tanzen, also werden wir uns damit begnügen müssen. Außerdem", er senkte seine Stimme zu einem Flüstern, „gefällt es mir, wie wir zusammenpassen."

Es stimmte, ihre Körper passten perfekt zueinander. Als wären sie füreinander geschaffen worden. Seine männliche Härte für ihre sanfte Weiblichkeit. Er konnte sich nicht zurückhalten und rieb sich leicht an ihr. Der dünne Stoff ihres Kleides war keine wirkliche Barriere, fast gab es nichts zwischen ihrem Schoß und seiner Jeans. Kaum dass er noch die Musik hörte, so laut hämmerte der Puls in seinen Ohren.

„Sollte ich noch etwas wissen?", fragte er. Sanft blies er eine Haarsträhne fort, die an ihrem Hals lag.

„Er war breiter gebaut als Sie. Ich erinnere mich noch, wie sicher ich mich fühlte, als er die Arme um ..."

Sie brach ab, und Rylan hob den Kopf, um sie anzusehen.

„Wo genau?“

„Um meine Taille“, antwortete sie heiser.

Also verschränkte er die Finger an ihrem Rücken und zog sie noch weiter zu sich heran. Hob sie minimal an, sodass seine Hände sich perfekt an ihren Körper schmiegten. „So?“

Sie nickte, legte den Kopf ein wenig in den Nacken, damit sie ihn anschauen konnte, so als wollte sie die Unterschiede zwischen Charlie Rumms Gesicht und seinem genau herausarbeiten. „Er hatte helleres Haar als Sie. Es war lockiger und hat sich anders angefühlt.“

„Angefühlt?“ Er betonte das Wort, zog es in die Länge. „Haben Sie an jenem Abend sein Haar berührt?“

„Ich …“ Sie schüttelte den Kopf, plötzlich einen verwirrten Ausdruck in den Augen. „Sie bringen mich durcheinander. Ich weiß es nicht mehr.“ Sie ließ den Kopf auf seine Brust sinken, die Arme seitlich herabfallen.

„Hielten Sie Ihre Arme an dem Abend, an dem Sie mit Charlie tanzten, auch so, Kirsten?“ Sie rollte ihre Stirn über sein Brustbein als Zeichen des Verneinens. „Wie hielten Sie sie dann?“, fragte er leise. „Wo lagen sie?“

Wie eine Schlafwandlerin hob sie die Arme und legte sie um seinen Hals. Sie hatte kleine Brüste. In dieser Haltung zeichneten sich die Brustwarzen stärker ab als sonst.

Rylan sog geräuschvoll die Luft durch die Zähne. „Haben Sie in diesem Moment sein Haar berührt?“

„Ich glaube schon. Ich muss mit den Fingern hineingefahren sein.“

Sie tat es auch jetzt bei ihm, und Rylan musste ein Stöhnen unterdrücken, als ihre Finger mit dem Haar in seinem Nacken spielten. „Welchen Unterschied fühlen Sie?“ Der Unterschied scherte ihn keinen Deut. Er wollte nur wissen, wie sich sein Haar für sie anfühlte.

„Ihres ist feiner. Weicher. Länger. Nicht so dick, auch nicht so lockig.“

Er strich mit den Lippen flüchtig über ihre Augenbraue, seine Hände lagen auf ihrem bloßen Rücken. „Haben Sie damals auch ein rückenfreies Kleid getragen?“

„Nein. Es war Herbst. Ich trug einen Pullover.“

Sie hatte die weichste, samtigste Haut, die er je unter seinen Fingern gefühlt hatte. „Trugen Sie einen BH?“

„Ja.“

„Dann habe ich es eindeutig besser.“ Das Stöhnen arbeitete sich jetzt doch empor, und er rieb seinen Oberkörper an ihrer Brust. Er fluchte verhalten, als er ihre harten Spitzen fühlte. „War Ihnen klar, dass er erregt war?“

„Ja“, wisperte sie.

„Wie lange haben Sie getanzt, Kirsten? Mehrere Stunden, hoffe ich?“ Dann musste Rumm eindeutig mehr Durchhaltevermögen gehabt haben als er.

„Nein, nur ein paar Lieder. Meine Freundin kam zu mir, um mir Bescheid zu sagen, dass sie mit ihrem Piloten nach Hause gehen würde.“

Sie ließ die Arme sinken und machte sich von ihm los. Wenn er nicht als Höhlenmensch gelten wollte, hatte er keine andere Wahl, als sie gehen zu lassen. Sie ging zur Anlage und stellte die Musik ab. Die Stille dröhnte in seinen Ohren.

„Charlie bot mir ritterlich an, mich nach Hause zu bringen.“

„Ritterlichkeit war garantiert nicht der einzige Grund“, murmelte Rylan mit belegter Stimme.

Verärgert drehte sie sich um. „Er war der vollendete Gentleman. Er hat nicht das Geringste versucht.“

„Ich bin sicher, dass er ein Gentleman war.“ Rylan verringerte den Abstand zwischen ihnen wieder. „Genau wie ich sicher bin, dass er höllisch scharf auf Sie war und nur daran dachte, mit Ihnen zu schlafen.“

„Woher …“

Sie sprach den Satz nicht zu Ende. Stattdessen verfolgte er, wie sie ihren Blick an seinem Körper hinabwandern ließ und sich Erstaunen auf ihrem Gesicht breitmachte, als sie ihren Verdacht offensichtlich bestätigt fand.

„Genau. Es ist besser, wenn Sie nicht fragen, Kirsten“, meinte er leise. „Hat Charlie Ihnen einen Gutenachtkuss gegeben? Es gibt den obligatorischen Kuss im Skript. Wir wollen schließlich auch Tickets verkaufen. Hat Rumm Sie nun geküsst oder nicht?“

Sie nickte knapp und wich zurück.

„Was für ein Kuss war das?“

„Sie sind doch für Ihre Küsse auf der Leinwand berühmt. Ich bin überzeugt, Sie werden schon wissen, wie Sie Ihr Publikum zufriedenstellen können.“

„Sicher“, erwiderte er überheblich. „Ich will nur meine eigene Neugier befriedigen. Hat er gezögert, weil er Angst hatte, sie zu überrumpeln? Oder wollte er diesen Kuss so sehr, dass es ihm völlig gleich war, ob er Sie schockiert oder nicht?“

Sein Verstand warnte ihn, dass er das Schicksal geradezu herausforderte. Keiner von ihnen beiden war im Moment sachlich genug, um mit dem umgehen zu können, was sich anbahnte.

Er musste sie küssen. Jetzt.

„War es ein sanfter Kuss? Oder war der Kuss fordernd und gierig? So ungefähr?"

Er legte seine Hand an ihren Nacken. Bevor sie wusste, wie ihr geschah, lagen seine Lippen auf ihren.

Alle Vergleiche erübrigten sich. Es war nicht mehr wichtig, ob der erste Kuss von Charles Rumm zögerlich gewesen war oder nicht. Ob der junge Navy-Pilot mit der Nase an ihre gestoßen war, sich verlegen entschuldigt und vorsichtig einen neuen Anlauf gewagt hatte. Der erste Kuss von Charles Rumm hatte nicht die geringste Ähnlichkeit mit dem, den Rylan ihr jetzt gab.

Er legte den Kopf ein wenig zur Seite und vereinte ihre Lippen mit genau dem richtigen Druck, mit genau dem richtigen Besitzanspruch. Sollte Charlie ihr erst trockene Küsse mit fest verschlossenen Lippen gegeben haben, bevor er den Mut gefunden hatte, seine Zunge zu nutzen, so war Kirsten zweifelsohne überrascht über Rylans kühnen Vorstoß. Seine Zunge verlangte forsch Einlass, suchte und fand, lockte die ihre mit meisterhafter Perfektion.

Rylan wusste, für den Rest seines Lebens würde er diese erste Vereinigung ihrer Münder nicht vergessen. Himmel, sie schmeckte unglaublich süß. Ihre Lippen öffneten sich wie eine Blume für ihn und schlossen sich sanft um seine Zunge.

Er vertiefte den Kuss, hatte Angst, vielleicht zu weit zu gehen, und doch verlangte es ihn verzweifelt nach mehr. Und Kirsten reagierte, legte die Hände an seinen Jeansbund, schlang schließlich die Arme um seine Hüften. Einladend bog sie sich ihm entgegen. Er schob seine Lenden vor, und sie spreizte unmerklich die Schenkel, sodass sie seine harte Männlichkeit umschlossen. Geleitet von purem Instinkt, begann er, sich rhythmisch zu bewegen, wollte so viel wie nur möglich von dieser wunderbar weichen Stelle auskosten …

Irgendwann drang es in seinen von Begierde vernebelten Verstand, dass ihre hektischen Bewegungen keineswegs von dem Verlangen geleitet wurden, ihm näherzukommen, sondern dass sie versuchte, sich von ihm loszumachen. Einen Moment lang standen sie voreinander und starrten sich an, beide die Lippen geschwollen von den leidenschaftlichen Küssen, beide mit keuchendem Atem.

Er hob an zu einer Erklärung, musste ihr so viel sagen. Doch sie ließ ihm keine Chance dazu, drehte sich auf dem Absatz um und rannte aus dem Zimmer. Er wollte sie noch festhalten, doch er griff nur in die Luft.

„Kirsten!“

Er eilte ihr nach, obgleich er wusste, dass es sinnlos war. Selbst wenn er sie einholte, was sollte er sagen? Dass es ihm leidtat? Es tat ihm keineswegs leid. Er würde sie wieder küssen, mit der gleichen Leidenschaft, sollte er noch einmal die Möglichkeit erhalten.

So sah er ihr nach und verfluchte in Gedanken sich selbst, seine Unbeherrschtheit und die ganze Situation, bis Kirsten schließlich in der Sicherheit des ehemals ehelichen Schlafzimmers verschwand.

## 4. KAPITEL

Rylan war schon seit einer Stunde wach, als Kirsten am nächsten Morgen im Arbeitszimmer auftauchte.

Er trank inzwischen seine dritte Tasse Kaffee. Gegen die dumpfen Kopfschmerzen, die auf eine unruhige Nacht mit nur wenig Schlaf zurückzuführen waren, half das nicht unbedingt. Er hatte sich auf einem der kleinen Sofas ausgestreckt, mehrere Kissen unter dem Kopf, und las einen Artikel über Demon Rumm in einer alten Ausgabe des *People Magazine*.

Die nackten Füße hatte er auf die Sofalehne gelegt. Das kurze T-Shirt – abgeschnitten – ließ seinen Bauch frei, die verwaschenen Jeansshorts – ebenfalls abgeschnitten – seine Beine. Er trug diese Sachen, um es bequem zu haben. Kirsten Rumm war es wohl gleich, was er trug. Sie mochte ihn so oder so nicht. Weil sie Männer generell nicht mochte.

Zu dieser Überzeugung war er während der schlaflosen Nacht gekommen. Kirstens Reaktion auf seinen Kuss war keineswegs nur Widerwille oder Empörung gewesen, nein, da hatte auch Angst mitgespielt. Ganz offensichtlich hegte sie eine tief sitzende Abscheu gegen Männer und Sex. Warum sonst sollte sie jedes Mal, wenn er auch nur in ihre Nähe kam, sich sträuben wie eine Katze beim Anblick eines Hundes? Kein Wunder, dass Rumm mit dem Tod kokettiert hatte. Der bedauernswerte Kerl hatte sich einen Eisblock ins Bett geholt.

Als er sie ins Zimmer kommen hörte, senkte er die Zeitschrift auf seine Brust und beobachtete über den Rand hinweg ihren steifen Marsch zum Schreibtisch. „Guten Morgen."

„Guten Morgen." Sie stellte die Kaffeetasse ab und setzte sich auf ihren Schreibtischstuhl.

Ihre kühle Distanziertheit wurmte ihn. Eisblock oder nicht, die Frau konnte wenigstens freundlich sein, oder? „Sie sind nicht unbedingt eine begeisterte Frühaufsteherin, was?"

„Nein."

„Gut. Ich auch nicht."

Verbissen hob er die Zeitschrift wieder an und las weiter. Somit war jede Chance auf eine mögliche Konversation von vornherein zunichte gemacht. Nach ein paar Minuten, in denen er kein Wort von dem, was er las, verstanden hatte, lugte er um den Heftrand herum.

Sie schaute aus dem Fenster. Weder wusste sie, noch interessierte es sie, ob er noch lebte. Mit ihren Gedanken war sie meilenweit weg. Was Rylan ausnutzte, um ihr Profil zu studieren. Sie hat klare, feine Züge, fällte er schließlich sein Urteil. Ihr langer, graziöser Hals passte perfekt zu ihrem eher kleinen Kopf.

Sie schnaubte kaum hörbar, kratzte sich abwesend an der Wange und begann, etwas an den Rand ihres Manuskripts zu kritzeln. Ihre Zungenspitze schnellte vor, befeuchtete die Lippen. Bei diesem Anblick fuhr die Lust wie ein Speer in seine Lenden.

Verdammt, er wollte sie tatsächlich noch immer.

Sie besaß alle typischen Merkmale einer sinnlichen Frau. Warum dann dieses gefühlskalte Gehabe? Andererseits ... es gab keine frigiden Frauen, sobald sich nur der richtige Mann ihrer annahm.

Vielleicht war Kirsten ja auch gar nicht frigide. Vielleicht war ihr Sexleben mit Rumm so fantastisch gewesen, dass er der einzige für sie existierende Mann blieb. Trotzdem ... ganz gleich, woran es nun lag, Rylan schuldete es sich, das herauszufinden.

Er grinste leicht vor sich hin. Er liebte Herausforderungen, noch nie war er vor einer zurückgeschreckt.

Kirsten war so in ihre Arbeit vertieft, dass sie ihn mit leerem Blick durch ihre Brillengläser anstarrte, als er zwei Stunden später zu ihr an den Schreibtisch trat.

„Wie bitte?“, fragte sie, nachdem sie seine Anwesenheit blinzelnd registriert hatte. „Sagten Sie etwas?“

„Ich habe gefragt, ob Sie nicht langsam hungrig werden.“

Erst schaute sie auf das Tablett, das er in Händen hielt, dann zu der Couch, auf der er gelegen hatte. Er beantwortete ihre Frage, bevor sie sie aussprach.

„Den Artikel habe ich schon vor einer Stunde zu Ende gelesen. Sie haben nicht einmal bemerkt, dass ich den Raum verlassen habe.“

Sie nahm die Brille ab und rieb sich die Augen. „Ich war völlig auf das hier“, sie zeigte auf die redigierten Manuskriptseiten, „konzentriert.“

„Interessanter Teil?“ Ohne zu fragen, stellte er das Tablett auf die Schreibtischplatte und schob es in ihre Richtung, während er mit der anderen Hand ein Synonymwörterbuch und einen Messingbecher mit unzähligen Stiften aus dem Weg räumte.

„Vorletztes Kapitel.“ Mechanisch schob sie ebenfalls Dinge beiseite, um ihm das Abstellen des Tabletts zu erleichtern. Plötzlich schien sie aus ihrem tranceartigen Zustand zu erwachen. „Was ist das?“

„Obst. Heidelbeermuffins. Alice hat sie frisch gebacken. Und hier sind noch …"

„Mir ist klar, was das ist, Rylan", unterbrach sie ihn ungeduldig. „Aber wieso steht das alles auf meinem Schreibtisch? Alice weiß, dass ich nie esse, wenn ich arbeite."

„Ja, das hat sie mir erzählt." Er lehnte sich an ihren Schreibtisch und zupfte eine Handvoll Trauben ab. „Aber da ich Sie nun schon bei Ihrer Arbeit gestört habe, können Sie genauso gut etwas essen."

Sie lehnte sich in den Stuhl zurück und starrte ihn fassungslos an.

Bevor sie sich noch gefasst hatte, traktierte er sie schon mit einer Frage. „Wieso haben Sie sich immer im Hintergrund gehalten?"

„Im Hintergrund von was?"

„Von Rumms Leben. Ich fand den Artikel im *People* deshalb so interessant, weil er einer der wenigen ist, der Sie überhaupt erwähnt."

„Charlie war der Star, nicht ich. Über ihn wollten alle etwas erfahren." Sie zog ein Bein an und schlang die Hände um den Knöchel. Die Pose war niedlich, bei Kirsten allerdings wirkte sie wie eine Verteidigungsstellung.

„Wollte er niemanden an seinem Ruhm teilhaben lassen? Nicht einmal seine Frau?"

„So war er nicht." Viel zu heftig rupfte sie einige Trauben ab, aß sie aber nicht, sondern drehte sie nur zwischen den Fingern. „Zwischen uns gab es kein Konkurrenzdenken. Ich wollte einfach nicht im Rampenlicht stehen. Und bei jenen, die es wollten, hat er nie etwas dagegen gehabt, im Gegenteil. Fragen Sie die anderen Stuntpiloten, alle werden es Ihnen bestätigen."

„Also war es Ihre eigene Entscheidung, im Hintergrund zu bleiben und sich so weit wie nur möglich aus dem Interesse der Öffentlichkeit herauszuhalten?"

„Ja."

„Warum? Waren Sie eifersüchtig auf die Groupies, die sich ständig um Ihren Mann scharten?"

„Machen Sie sich nicht lächerlich."

„Hm." Er musterte sie mit nachdenklicher Miene. „Wir haben eine Szene für den Film gedreht, die noch vor Rumms rasantem Aufstieg spielt."

„Im wahrsten Sinne des Wortes, wie?"

Sie war also schlagfertig. Dass sie ihn foppte, war mit Sicherheit ein gutes Zeichen. Vielleicht kamen sie so ja weiter.

„Was ich sagen wollte …“, fuhrt er fort. „Die Szene stellt eine Flugschau nach, und Miss Hirnlos – an ihren offiziellen Titel kann ich mich nicht mehr erinnern – in ihrem Bikini trippelt auf ihn zu, um ihm die Siegerschleife umzulegen, die übrigens um einiges breiter ist als ihr Oberteil, und küsst ihn dabei voll auf den Mund. Laut Drehbuchdialog bietet sie ihm ihren Körper im nächstbesten Motelzimmer an, ungefähr in der Art: ‚Ich zeige dir alles über Beschleunigung und Performance, was du dir je erträumt hast, Demon.‘ Fakt oder Fiktion?“

Kirsten steckte den Löffel in den Joghurt mit frischen Erdbeeren und rührte angelegentlich, ohne zu essen. „Der Wortlaut mag ausgedacht sein, aber solche Episoden kamen regelmäßig vor.“

Intensiv musterte Ryan sie. „Und das hat Sie nicht gestört?“

„Das Buch und der Film handeln nicht von mir, sondern von Charlie.“

„Sie weichen meiner Frage aus, Kirsten.“

„Was Ihnen zu verstehen geben sollte, dass ich nicht darüber sprechen möchte.“

„Also haben seine Begegnungen mit anderen Frauen Sie gestört.“

Sie sprang von ihrem Stuhl auf und betonte jedes Wort überdeutlich. „Es waren Ärgernisse, Mr North, aufdringliche Angriffe auf unsere Privatsphäre.“

„Wie ich es eines bin.“

„Dem Himmel sei Dank! Sie haben es endlich begriffen!“ Entnervt blies sie sich den Pony aus der Stirn. „Hören Sie auf, in meinem Privatleben mit meinem Mann herumzustochern. Das hat absolut nichts zu tun mit Demon Rumm, dem Kunstflieger.“ Sie marschierte um den Schreibtisch herum, und Rylan folgte ihr durch den Raum.

„Da irren Sie sich“, erwiderte er. „Wenn ein Mann mit einer Frau zusammenlebt, dann ist es egal, ob er sie hasst oder liebt oder ihr gegenüber völlig gleichgültig ist – es ist nicht zu vermeiden, dass sie Einfluss auf sein Leben nimmt.“

Er rannte hinter ihr her, durch Hallen und Korridore, bis sie vor ihrer Schlafzimmertür angekommen waren. Hier wandte sie sich zu ihm um. „Zugegeben, ich rede mir gern ein, dass ich einen positiven Einfluss auf Charlies Leben hatte. Er liebte mich, er brauchte mich. Er mochte mich sogar, was heute in den meisten Ehen nur selten zu finden ist.“ Sie holte tief Luft. „Aber ich wiederhole es ein weiteres Mal … Buch und Film handeln weder von unserer Beziehung noch von unserer Ehe. Es geht um seine Karriere. Wenn Sie über diesen Aspekt seines Lebens reden wollen … jederzeit gern. Falls nicht, dann vergeuden Sie nur Ihre Zeit – und meine übrigens auch. Das sagte ich Ihnen schon letzte Woche in Mels Kanzlei. Und jetzt entschuldigen Sie mich bitte."

Sie trat in das Schlafzimmer und schloss die Tür. Eine knappe Viertelstunde später kam sie wieder hervor. Sie hatte ihre lange Hose gegen Shorts getauscht.

Rylan lehnte an der Wand. Er hatte auf sie gewartet und nahm das Gespräch exakt an der Stelle wieder auf, wo sie abgebrochen hatten. „Hat er mit Ihnen über seine Arbeit geredet? Über das Fliegen?"

„Die ganze Zeit."

„Hat er Ihnen je gestanden, dass er Angst hat?"

Seine Frage ließ sie zusammenfahren, aber sie reagierte lange nicht so heftig, wie er erwartet hatte. Einen Augenblick verharrte sie reglos und schien ihre Antwort sehr genau abzuwägen. „Das Wort ‚Angst' würde ich nicht gebrauchen, sondern ‚Vorsicht'. Charlie war immer extrem vorsichtig. Jeden Stunt hat er vorher immer wieder genau durchüberlegt und berechnet, sonst stieg er gar nicht erst ins Flugzeug."

„Was ist mit Aberglauben?"

Sie lächelte. „Er war ganz schrecklich abergläubisch."

Sie kamen gleichzeitig bei der Terrassentür an. Kirsten griff nach dem Hebel. „Sagen Sie, haben Sie nichts zu tun? Müssen Sie nicht irgendwohin? Erwartet man Sie nicht zurück am Set?"

„Nächste Woche erst. Im Moment drehen sie die Szenen, in denen ich nicht mitspiele."

„Haben Sie keinen Text, den Sie lernen oder wiederholen müssen?"

„Ich kenne meinen Text."

Böse funkelte sie ihn an, aber er grinste nur.

„Wohin gehen wir?", wollte er wissen, während er ihr hinaus auf die Terrasse folgte.

„Ich für meinen Teil unternehme einen Strandspaziergang."

„Klingt gut."

„Meine Spaziergänge mache ich normalerweise allein."

„Nun, heute haben Sie Gesellschaft."

Ohne ihr noch die Chance zu einer Erwiderung zu lassen, nahm er ihren Arm und führte sie die steilen Stufen zum Strand hinunter.

„Ich brauche keine Hilfe von Ihnen", wehrte sie sich spröde. „Ich kenne diese Treppe in- und auswendig, ich kann sie sogar in stockfinsterer Nacht hinabsteigen."

„Sie gehen auch nachts an den Strand?"

„Manchmal."

„Wenn alle anderen schlafen? Warum geistern Sie hier nachts herum?"

Sie waren am Strand angekommen, und sie zog ihren Arm zurück. „Weil ich manchmal schlecht schlafe."

Sie führte es nicht weiter aus, und Rylan hakte nicht nach. Er hatte sich gemerkt, dass er nicht weit kam, wenn er sie in eine Ecke drängte. Barfuß wanderten sie bis ans Wasser und ließen sich die schaumigen Wellen um die Füße spülen.

„Jetzt möchte ich zur Abwechslung Ihnen mal eine Frage stellen", überraschte sie ihn.

„Sicher, warum nicht."

„Sind Sie bei den anderen Episoden des Films – denen, die nicht direkt mit Charlies persönlichem Leben zu tun haben – auch so ins Detail gegangen?"

„Ja, natürlich. Ich habe stundenlang mit der Crew zusammengesessen, vor allem mit Sam." Er verzog das Gesicht. „Der Mann verträgt mehr Bier als jeder andere, der mir je begegnet ist."

Bei der Erwähnung des Veteranen lächelte Kirsten automatisch. Sam war Charlies Mechaniker und Freund gewesen, die beiden hatten die Navy am gleichen Tag verlassen. Da er wegen seiner schwindenden Sehkraft nicht mehr selbst fliegen durfte, hatte er mit Demon Rumm mitgefiebert und seine Leidenschaft auf diese Weise ausgelebt.

„Ich kann mir die haarsträubenden Geschichten vorstellen, die Sam Ihnen erzählt hat." Kirsten lachte.

„Hat er Ihnen nicht dieselben Anekdoten für Ihr Buch erzählt?"

„Doch, schon. Aber die zensierte Version."

„Sie haben vermutlich recht. Seine Wortwahl kann manchmal ziemlich deftig sein." Rylan schwieg nachdenklich, dann sagte er ernst: „Sam hat enormen Respekt vor Ihnen. Er lobt Sie in den höchsten Tönen."

Er konnte sehen, wie sehr es sie freute, das zu hören. Und noch etwas erkannte er in diesem Moment: Sie konnte ihren Mann nicht unglücklich gemacht haben, sonst würde dessen bester Freund sie nicht so über den grünen Klee loben. Was wiederum dem Verdacht ihrer möglichen Frigidität wohl die Grundlage nahm. Allerdings … welcher Mann würde schon damit hausieren gehen, dass seine Frau gefühlskalt war? Die Frage war also immer noch offen. Verflixt!

„Der Schauspieler, der Sam darstellt … ist er gut?", fragte Kirsten und riss ihn damit aus seinen Gedanken.

„Ja, auf jeden Fall. Er ist bodenständig genug. Aber ich glaube nicht, dass er Sams sentimentale Seite schon entdeckt hat."

„Sam ist nur so brummig, um sein butterweiches Herz zu verstecken."

„Ja, das ist mir auch ziemlich schnell aufgefallen." Rylan lachte trocken auf und schüttelte den Kopf. „Der alte Haudegen hat mir allerdings sofort alle Illusionen über meine Fähigkeiten als Pilot genommen."

„Haben Sie für den Film fliegen gelernt?"

„Nein, ich hatte vorher schon den Pilotenschein. Sam hat mir lediglich ein paar von den leichteren Stunts beschrieben."

„Also sind die Gerüchte wahr, dass Sie ein eigenes Flugzeug besitzen?"

„Es ist keine 707 mit Sonderausstattung, falls Sie das Gerücht meinen. Soll das Innere nicht angeblich wie das Zelt eines Sultans ausgestattet sein?"

„Genau. Wilde Orgien in zwölftausend Metern Höhe."

Er sah freudlos zu ihr hin. „Jetzt können wir darüber lachen, aber diese Story hat die damals beteiligte Lady ziemlich kaputtgemacht."

„Die Schauspielerin?"

„Ja." Er bückte sich, hob eine Muschel auf und warf sie ins Meer zurück. „Wir trafen beide gleichzeitig für die Arbeiten an einem Film in London ein. Die Presse allerdings hielt es für unnötig zu erwähnen, dass wir mit zwei verschiedenen Flugzeugen angekommen waren. Ich war ihr vorher nur ein einziges Mal begegnet – im Büro des Regisseurs, zusammen mit der ganzen Truppe."

Der Wind spielte mit seinem Haar, doch Rylan hielt den Mund grimmig zusammengepresst, seine Augen blickten düster. In seiner Haltung lag jetzt nichts Saloppes mehr.

„Die Schlagzeilen der Boulevardzeitungen wollten jedem weismachen, wir seien mit Drogen vollgepumpt in Heathrow angekommen – nur eine weitere zügellose Eskapade unserer heißen Affäre. Ihr damaliger Freund beendete daraufhin die Beziehung, und ihre Mutter rief von der anderen Seite des Atlantiks an, um sie als Schlampe zu beschimpfen. Sie war so aufgewühlt, dass sie tagelang nicht arbeiten konnte. Dieser Film war ihre erste Hauptrolle. Der Regisseur war ein Tyrann, sie hatte Angst vor ihm und konnte sich auch bei ihrem Agenten nicht durchsetzen. Beide waren so oder so nur profitgierige Gauner."

Rylan holte tief Luft. „Sie war damals so verdammt unschuldig, doch mittlerweile hat sie sich selbst zugrunde gerichtet. Sie brauchte Pillen, damit sie morgens aufstehen konnte, und andere Tabletten, um abends einzuschlafen. Als sie dann noch mit dem Kokain anfing, wurde ihre Paranoia noch schlimmer. Heute lebt sie genau nach dem Muster, das ihr die Presse damals so voreilig aufgedrückt hat. Mistkerle."

Er hielt das Gesicht in den Wind. Ohne dass er sich dessen bewusst war, spiegelten sich seine Emotionen ausdrucksstark auf seiner Miene wider. Kein Wunder, dass die Kamera dieses Gesicht so liebte – es war fesselnd, absolut faszinierend.

Rylan wurde plötzlich bewusst, in welch düstere Stimmung er versunken war. Er drehte den Kopf und ertappte Kirsten dabei, wie sie ihn anstarrte. Sofort setzte er das zynische Lächeln auf, für das er so berüchtigt war. „Das ist eben Hollywood."

Er musterte sie kritisch. Der Wind blähte ihre Bluse wie ein Segel, um sie im nächsten Moment wieder eng an ihren schlanken Körper zu pressen. „Sie sind eigentlich recht hübsch. Haben Sie je mit dem Gedanken gespielt, Schauspielerin zu werden?"

Sie lachte auf. Der Wind trieb den Laut übers Meer, sodass Rylan das Lachen nur auf ihrem bezaubernden Mund sehen, aber nicht hören konnte. Er wollte diese großartigen Lippen wieder schmecken. Das Verlangen danach war wie ein körperlicher Schmerz.

„Nein. Ich besitze weder das Talent noch die Disziplin und schon gar nicht den Ehrgeiz."

„Sie und keine Disziplin? Das glaube ich nicht. Sie haben heute Morgen stundenlang den Kopf über ein und dieselbe Manuskriptseite gehalten."

„Das ist etwas anderes."

„Inwiefern?"

„Das ist etwas Persönliches. Etwas allein zwischen mir und den Worten auf der Seite."

„Ihre Privatsphäre ist Ihnen wirklich wichtig, nicht wahr?"

„Ja, sehr."

Er musterte sie von Kopf bis Fuß – sachlich, nüchtern, wie ein Hollywood-Boss, der ein Starlet begutachtet, um ihren potenziellen Wert für die Kinokassen einzuschätzen. „Vermutlich ist es besser, dass Sie es nicht beim Film versucht haben. Die hätten Sie wahrscheinlich völlig verändert."

Er hoffte darauf, dass sie nach dem Köder schnappen würde, und sie tat es auch prompt. Sie wollte wissen, was man an ihr verändert hätte.

„Zum Beispiel hätten sie von Ihnen gefordert, sich das Haar lang wachsen zu lassen. Dabei ist es kurz absolut perfekt für Sie." Er legte die Hände an ihre Ohren, drehte ihren Kopf hin und her, zog leicht an einer längeren Strähne, die verspielt auf ihre Wange fiel. „Überwältigende Augen", fuhr er kritisch fort. „Groß, intelligent, ausdrucksvoll. Sie brauchen definitiv keine künstlichen Wimpern, nicht, wenn Ihre eigenen so lang sind." Vorsichtig berührte er mit einer Fingerspitze die dichten, dunklen Härchen. „Guter Knochenbau, hohe Wangenknochen." Er legte eine Hand unter ihr Kinn, drängte mit dem Daumen sanft ihre Lippen auseinander. „Ebenmäßige Zähne. Verführerisches Lächeln. Und aus eigener Erfahrung weiß ich, dass Sie gut küssen können."

Damit war seine zärtliche Inspektion auch schon vorbei, bevor Kirsten überhaupt reagieren konnte. Und da sie sich vor lauter Verdutztheit nicht rührte, nutzte er ihre Willfährigkeit aus und legte die Hände um ihre Taille. Sie starrte ihn stumm und sprachlos an. Jetzt oder nie. Er musste es einfach wissen.

„Um die Taille herum sind Sie schmal genug." Langsam ließ er seine Daumen über ihren Hüftknochen kreisen. Der Stoff der Shorts, die sie trug, war so weich und dünn, dass er genauso gut nicht hätte existieren können. Es drängte Rylan, seine Handfläche auf ihren flachen Bauch zu pressen und mit den Fingern weiter hinabzufahren, hinunter bis zu der Stelle, wo sich ihre Schenkel trafen.

Doch er entschied klugerweise, dass dies zu weit ginge. „Sie würden wahrscheinlich kein einziges Gramm abnehmen müssen." Seine Stimme klang rau, fast wie ein Knurren.

Sie stieg nicht darauf ein. Hatte er möglicherweise darauf gehofft, sie würde sich gegen ihn fallen lassen, ihm die Kleider vom Leib reißen und ihn anflehen, sie hier und jetzt am Strand in Besitz zu nehmen, so ahnte er bereits, dass seine Hoffnungen bitter enttäuscht werden würden.

Aber sie wehrte sich auch nicht. Was ihn immerhin wieder ein wenig aufrichtete. War es die reine Angst oder vielleicht doch Erregung, die ihre Augen dunkler und ihren Atem unregelmäßig werden ließ?

Mit den Händen glitt er an ihren Seiten hinauf und hielt einen Herzschlag lang inne, bevor er die Finger um ihre Brüste legte. „Man würde von Ihnen verlangen, sich operieren und Silikonimplantate einlegen zu lassen." Er drückte leicht zu, füllte seine Handflächen mit ihren Rundungen. „Das wäre wirklich eine Schande, weil Ihre Brüste perfekt sind, so wie sie sind." Mit seinen Daumen reizte er die harten Brustwarzen. „Absolut perfekt."

Sie wich zurück. „Nicht!“

Im nächsten Moment umfasste er sie wieder, denn in der Sekunde, in der sie von ihm fortgestrauchelt war, hatte er doch die Reaktion ihres Körpers auf seine Berührungen gespürt. Die Knospen, die sich zu harten Perlen zusammengezogen hatten, waren Beweis genug. Er umfasste ihre Taille und zog sie an sich. „Nicht – was, Kirsten?“

„Sie sollen mich nicht so anfassen.“

„Warum nicht?“

„Ich mag das nicht. Ich mochte es schon gestern Abend nicht, und ich mag es auch jetzt nicht.“

Sein Blick bohrte sich in ihren. Sein Blick war herausfordernd, ihrer voller Argwohn. „Machen Sie sich nichts vor. Sie mögen es sogar sehr. Und genau das ärgert Sie.“

„Das stimmt nicht!“ Sie wollte sich von ihm losmachen, doch er lockerte seinen Griff nicht.

„Was verschweigen Sie in Ihrem Buch?“

„Nichts, was Bedeutung hätte.“

„Oh nein. Was Rumm für Sie empfunden hat, was Sie für ihn empfunden haben, ist sogar von großer Bedeutung.“

Sie sammelte ihre ganze Kraft und stieß ihn vehement von sich. „Lassen Sie mich in Ruhe. Zum letzten Mal, ich werde mein Privatleben weder mit Ihnen noch mit irgendjemand anderem besprechen! Wenn Sie mich weiterhin bedrängen, werde ich Sie bitten müssen, mein Haus zu verlassen.“

Während er ihr nachschaute, wie sie leichtfüßig und sicher die steilen Stufen hinaufrannte, verfluchte er seine Ungeduld und seine unkontrollierte Erregung, durch die es überhaupt so weit gekommen war.

*Die Straße zog sich endlos. Es war heiß, die Luft staubig. Im Rückspiegel konnte sie die Staubwolke sehen, die die Reifen ihres Wagens aufwirbelten. Außer dieser Wolke war nichts zu erkennen.*

*Sie schaute prüfend zum Horizont. Sie musste sich beeilen, musste ankommen, bevor …*

*Bevor – was?*

*Sie konnte es nicht sicher sagen, spürte nur diesen Drang, von dem sie wie besessen war – das Gaspedal durchzutreten, schneller zu fahren, immer weiter …*

*Großer Gott! Das war es also! Sie musste zu der Rauchsäule gelangen, so schnell es nur ging. Sie konnte sie jetzt sehen. Schwarz und kompakt wie ein Turm stieg sie in den Himmel über der Wüste. Es war noch so weit, sie würde nie rechtzeitig ankommen.*

*Charlie! Charlie!*

*Sie öffnete den Mund, um nach ihm zu rufen, um ihn wissen zu lassen, dass sie auf dem Weg zu ihm war, doch die Staubwolke hinter ihr rollte immer näher und holte sie ein. Die Wolke füllte ihren Mund und ihre Kehle mit heißem Sand. Sie bekam kein Wort heraus, nur ein verängstigtes Wimmern, wie von einem Tier in Todesangst, kam über ihre Lippen. Der wirbelnde Sand raubte ihr die Sicht, durch die gelbe Wolke, die sie jetzt einhüllte, konnte sie die schwarze Rauchsäule kaum noch ausmachen.*

*Ihre Handflächen waren schweißfeucht, sie konnte das Steuer nicht mehr halten. Immer wieder rutschten ihre Finger ab. Schweißtropfen rannen über ihr Dekolleté, über ihren Bauch, hinunter zu ihren Schenkeln, die stetig aneinanderrieben, um Gas- und Bremspedal zu bedienen. Doch die Pedale waren plötzlich nicht mehr hart und solide, sondern weich wie Watte und schienen in den Wagenboden einzusinken. Sie konnte sie gerade noch mit den Fußspitzen erreichen.*

*Aber sie durfte nicht anhalten, sie musste weiterfahren. Sie musste den schwarzen Rauch erreichen, das böse Omen, das grauenerregend in den strahlend blauen Himmel ragte.*

*Endlich kam sie an und erkannte, woher der Rauch stammte. Ein silbernes Flugzeug, schlank und schnittig. Flammen züngelten darum, dichte Rauchschwaden quollen daraus hervor.*

*Sie sprang aus dem Wagen. Charlie! Nein!*

*Aber so ein Glück – er saß im Cockpit. Schwach vor Erleichterung begann sie zu lachen. Das alles gehörte zum Stunt! Der Rauch, das Feuer … War das alles nur sorgfältig geplant, um dem Publikum etwas zu bieten? Natürlich war es das! Charlie sorgte immer dafür, dass die Leute etwas für ihr Geld bekamen.*

*Jetzt sah er sie an und lächelte. Er blinzelte ihr zu und sagte etwas, aber sie konnte ihn nicht verstehen, im Lärm der Explosionen, die das brennende Flugzeug erschütterten. Er sollte besser aus dem Cockpit steigen, bevor er vielleicht doch noch verletzt wurde. Sie rannte los, doch anstatt näher kommen zu können, gähnte plötzlich eine tiefe Kluft zwischen ihr und dem Flugzeug.*

*Charlie hob eine Hand, um ihr zuzuwinken. Nein! Einer seiner*

*Finger stand plötzlich in Flammen, dann noch einer. Und noch ein weiterer. Wie ein Handschuh aus Flammen. Und dann …*

*Entsetzt schrie sie auf.*

*Sein Gesicht! Es schmolz!*

*Seine attraktiven Züge zerflossen unter dem Helm, liefen zu einer diffusen Pfütze zusammen. Er war nicht mehr zu erkennen. Sie wollte zu ihm rennen, doch sie konnte ihre Füße nicht bewegen, sosehr sie sich auch bemühte. Sie steckten im Sand fest.*

*„Komm raus da, Charlie. Charlie, komm raus. Du hast noch genug Zeit."*

*Doch er bewegte sich nicht, weil die Menschenmenge, die urplötzlich in der Wüste aufgetaucht war, wild applaudierte und laut seinen Mut bejubelte.*

*Flammen hüllten das Cockpit ein, bis er nicht mehr zu sehen war. Sie konnte nicht mehr schreien, der eigene Atem verbrannte ihr die Lungen. Der heiße Sand schürfte ihre Haut auf, als sie sich verzweifelt auf die Knie fallen ließ.*

*„Nein! Nein! Nein! …"*

Rylan schlief nicht. Als er die erstickten Schreie vom anderen Ende des Korridors hörte, setzte er sich ruckartig im Bett auf. Hastig zog er seine abgeschnittenen Jeansshorts an, nahm sich nicht die Zeit, den Reißverschluss hochzuziehen, sondern rannte zu Kirstens Schlafzimmer und stieß die Tür auf. Das Licht, das vom Korridor einfiel, reichte aus, um zu sehen, wie sie sich wild im Bett wälzte, gefangen in einem Albtraum.

Er dachte nicht nach. Hielt nicht inne, um seine Optionen zu überdenken. Alice zu rufen, kam ihm nicht in den Sinn. Er zögerte keine Sekunde, eilte zu ihrem Bett, zog Kirsten in die Arme und hielt sie fest an sich gedrückt.

Ihre Reaktion erfolgte sofort. Ihr verkrampfter Körper entspannte sich und sackte zusammen. Ihre Finger, die sich in das Laken gekrallt hatten, lockerten sich. Sie hob die Arme und schlang sie um seinen Hals, fasste in sein Haar, hielt sich daran fest. Es machte ihm nichts aus. Er presste sie an sich.

„Schh, ich bin ja hier. Alles ist gut."

Sie klammerte sich fester an ihn, barg ihr Gesicht an seiner Schulter. Er konnte nicht sagen, ob sie aufgewacht war. Aber sie weinte. Tränen rannen warm und nass über seine Haut. Er war angezogen und abgestoßen von der beinahe unwirklichen Situation.

Es musste ein schrecklicher Albtraum gewesen sein, wenn er nach dem Entsetzen schließen wollte, das er auf ihrer Miene gesehen hatte, kurz bevor sie das Gesicht an seine Brust gedrückt hatte. Er würde nicht versuchen, es mit Plattitüden zu verharmlosen und von einem bösen Traum reden. Böse Träume waren die Hölle für denjenigen, der träumte. Er würde bei ihr bleiben, bis die Dämonen gebannt waren.

Seine Hände streichelten sie sanft. Er strich ihr über das Haar, stützte sein Kinn auf ihren Kopf und rieb an ihren bloßen Armen auf und ab. Dabei hielt er sie die ganze Zeit über eng an sich gepresst. Der Traum mochte verschwunden sein, aber die Panik noch lange nicht. Sie schmiegte sich an ihn.

Ihr Schluchzen verstummte, dennoch rückte sie nicht von ihm ab. „Arme Kleine", murmelte er an ihrem Ohr, „du bist ja völlig verschwitzt."

Sie hielt ihn nicht auf, als er ihr Nachthemd hochzog und den Saum nutzte, um ihr damit den feuchten Hals und das Dekolleté abzutupfen. Sobald er merkte, dass sie nichts anderes trug als das dünne Kleid, wurde es schwierig, Distanz zu wahren. Seine behutsamen Berührungen entlockten Kirsten ein leises Stöhnen. Endlich und nur widerwillig ließ er das Nachthemd an seinen Platz zurückfallen, um ihre Hüften zu bedecken.

Er schlang den Arm um ihre Taille und merkte erst jetzt, dass ihr gesamter Körper schweißgebadet war. Mit beiden Händen drückte er sacht das Nachthemd an ihre Haut, damit der Stoff die Feuchtigkeit aufnahm.

Sie fühlte sich so zerbrechlich an, fast wie ein Kind. Er dachte noch, dass er auf jeden Fall ihre Taille mühelos, vielleicht sogar ihren Brustkorb mit den Fingern seiner beiden Hände umspannen könnte, als er unbeabsichtigt die Wölbung ihrer Brüste berührte. Die weibliche Fülle verursachte jäh ein schmerzhaftes Sehnen in ihm. Er konnte nicht anders, als ihren Körper weiter zu erkunden …

Er legte die Handflächen unter ihre Rundungen und hörte, wie sie scharf die Luft einsog. Jede Sekunde erwartete er, von ihr weggestoßen zu werden, doch zu seinem Erstaunen und zu seiner noch größeren Freude schmiegte Kirsten sich nur enger an ihn. Er massierte die weichen Hügel, und noch immer zog sie sich nicht zurück. Auf ihr leises Stöhnen antwortete er mit einem kehligen Knurren. Jetzt spürte er ihre Lippen an seinem Hals. Sie küsste ihn! Knabberte an seiner Haut, immer drängender.

„Kirsten …“ Ihr Name entfuhr ihm als raues Flüstern.

Himmel, das war gut. So verdammt gut. Kirsten versuchte nicht, ihn mit ihren außergewöhnlichen sexuellen Fähigkeiten zu bezirzen. Sie war kein Starlet, das ihn für sich gewinnen wollte, damit das Rampenlicht auf sie fiel. Sie wollte sich keine Filmrolle durch einen erwiesenen Gefallen sichern.

Sie brauchte ihn – ihn, Rylan. Nicht den Filmstar. Das hier war ehrlich, es war real. Es war das, worum es sich bei der ganzen Mann-Frau-Geschichte drehte. Ihre stille Verzweiflung war die wirkungsvollste Verführung, die ihm seit Jahren untergekommen war.

Er war so erregt, dass er vor süßem Schmerz die Zähne zusammenbiss. Was, wenn der Beweis seiner Erregung sie ängstigte – und sie verschreckt alles abbrach?

Das feuchte Laken hatte sich um ihre Beine gewickelt, was die ganze Sache recht kompliziert machte. Er wollte sie in die Kissen zurücklegen und sie mit seinem Körper wärmen und beschützen. Erst wenn sie sich nicht mehr von ihm bedroht fühlte, wollte er ihren Mund küssen und ihren wunderbar grazilen Körper streicheln, bis sie so bereit für ihn war wie er für sie, bis sie sich ihm willig öffnete.

Aber vor allem wollte er sie nicht drängen. Auf keinen Fall wollte er durch Hast oder Ungeduld etwas verderben.

Er beugte den Kopf. Noch immer hielt sie die Augen geschlossen, aber sie reagierte auf ihn und legte den Kopf in den Nacken. Ihre Lippen waren einladend geöffnet, und er nahm ihren Mund in Besitz.

Die Lippen waren kühl, aber Hitze breitete sich von ihrem Mund aus. Er hauchte kleine, federleichte Küsse auf ihr Gesicht, strich dann flüchtig mit seinem Mund über ihren. Leckte die salzigen Tränen aus ihrem Mundwinkel, und endlich, endlich berührten sich ihre Zungen.

Es setzte eine Kaskade der Sinnlichkeit in Gang. Glühende Leidenschaft füllte seine Brust, floss in seinen Leib und in seine Lenden. Sofort packte ihn eine starke, ursprüngliche Erregung. Kirsten musste sie ebenfalls fühlen, denn sie drängte sich fiebrig an ihn.

Er reizte ihre Brustwarzen, und sie löste den Mund von seinen Lippen, um einen erstickten Schrei ausstoßen zu können. Nie im Leben hatte er sich etwas mehr gewünscht, als seinen Mund um die harten Perlen zu schließen und die erblühten Knospen spielerisch mit den Zähne zu necken.

Doch es war Kirsten, die die Initiative ergriff. Mit einer leidenschaftlichen Gier, derer er sie nie für fähig gehalten hatte, bedeckte sie seinen Hals mit Küssen, arbeitete sich hinab zu seiner Brust. Sacht hielt er ihren Kopf mit beiden Händen, folgte ihren Bewegungen und genoss es, ihren warmen Atem auf seiner Haut zu spüren.

„Du bist schön, so schön", wisperte sie.

Sie biss ihn zärtlich in die Brust, und er stöhnte rau. Sein Griff an ihrem Kopf wurde fester. Als ihre Lippen über seine harte Brustwarze strichen, hielten sie beide für Sekundenbruchteile inne. Rylan wagte nicht mehr zu atmen, verharrte in angespannter Erwartung.

Als sie ihn schließlich erneut und drängender zu liebkosen begann, murmelte er unzusammenhängende Koseworte, rief eine unbekannte Gottheit an, fuhr immer wieder mit den Fingern durch ihr Haar. Er wollte ihren Kopf hochziehen, doch sie sperrte sich, beugte sich sogar weiter hinunter und drückte Küsse auf seinen Bauch.

Seine Jeansshorts standen noch immer offen. Er wusste, wenn sie jetzt die Augen öffnete, dann würde sie dort das dunkle Haardelta sehen. Er wagte nicht, sich vorzustellen, was sonst noch alles sichtbar sein würde. Oh nein, verbock es nicht. Sie wird denken ...

Sie schob ihre Finger in die offen stehenden Shorts ...

„Kirsten", zischte er scharf.

Selbst in der Hitze einer Leidenschaft, die ihm den Atem raubte, erstaunte ihn ihre Kühnheit. Ja, ihre Berührungen waren zögernd und zurückhaltend, dennoch: Sie berührte ihn. Sie war es gewesen, die die Initiative ergriffen hatte. Wäre er nicht so unglaublich überrascht gewesen, hätte er sich ihrer Hand bestimmt entgegengeschmiegt, doch so staunte er nur über das Wunder, das hier geschah.

Ihre Zärtlichkeiten wurden mutiger, und sein Körper reagierte darauf, bis jeder vernünftige Gedanke ausgelöscht war und er sich nur noch auf ihre Berührungen konzentrieren konnte.

„Kirsten, großer Gott ... wunderschöne Kirsten ... nein, nicht so ... lass mich ..."

Und plötzlich fühlte er sie nicht mehr.

Rylan öffnete die Augen. Kirsten saß steif und aufrecht und presste die Hände an ihre Brust, als hätte sie ihre Finger in letzter Sekunde dem Maul eines menschenfressenden Ungeheuers entrissen. Pures Entsetzen lag in ihren aufgerissenen Augen. Sie starrte ihn an, als sei er direkt einem ihrer Albträume entsprungen.

Leise murmelte er ihren Namen erneut und wollte nach ihr greifen, doch sie schreckte vor ihm zurück, schlug die Hände vor den Mund, um den Schrei der Verzweiflung zu unterdrücken. Ihr Blick haftete auf seinem Gesicht, die Augen glasig vor Angst und Bestürzung.

Er lehnte sich vor und stützte sich auf die Arme. „Ich verstehe. Du hast mich mit deinem Mann verwechselt." Es war nicht angenehm, die Worte aussprechen zu müssen, ebenso wie es unangenehm war, das Verlangen zu ignorieren, das in seinem Körper tobte. „Lass mir eine Minute Zeit", knurrte er rau.

Er brauchte die doppelte Zeit wie üblich, um sich aufzusetzen und vom Bett zu erheben. Noch auf halbem Wege zum Badezimmer hatte er den Reißverschluss seiner Shorts zugezogen, nicht ohne dabei eine schmerzhafte Grimasse zu ziehen. Im Bad schaltete er Licht ein, drehte den Kaltwasserhahn am Waschbecken bis zum Anschlag auf und hielt den Kopf unter den eisigen Strahl. Gab Wasser in die hohle Hand und spritzte es sich ins Gesicht und auf die nackte Brust. Schon jetzt wusste er, dass es nicht viel gegen das rasende Fieber half, das für die restliche Nacht in ihm toben würde.

Mit einem nassen Waschlappen kehrte er an Kirstens Bett zurück. Sie zuckte zusammen, als er ihn ihr hinhielt. „Du bist nass geschwitzt, das kann unmöglich angenehm sein. Wasch dir wenigstens Hals und Gesicht ab."

Es war keine Absicht, dass er so kurz angebunden klang. Er hatte versucht, seinen Ärger zu bändigen, allerdings ohne großen Erfolg. Schließlich war er nicht in ihr Zimmer gerannt, um mit ihr zu schlafen, sondern weil ihr Weinen ihn alarmiert hatte. Er war nur gekommen, weil er ihr hatte helfen wollen. Er hatte für sie sein wollen, was immer sie brauchte. Mehr hatte er nicht getan.

Doch jetzt starrte sie ihn an, als sei er Jack the Ripper. Verdammt, sie hatte doch damit angefangen, weil sie es so gewollt hatte. Es waren ihre Hände gewesen und ihr Mund, die über seine Haut gefahren waren, nicht andersherum.

Und dann barg sie das Gesicht im kühlen Frottee, und er schaute auf ihren Kopf herunter. Und plötzlich wollte er nichts anderes, als ihr tröstend über ihr wirres Haar zu streichen und ihr zu versichern, dass alles in Ordnung kommen würde. Er hatte nicht die geringste Ahnung, woher dieses Mitgefühl kam. In Anbetracht seiner körperlichen und geistigen Verfassung war es grotesk, ausgerechnet Mitgefühl zu empfinden.

Dennoch war es da, sogar noch stärker als an jenem ersten Tag in der Kanzlei ihres Anwalts. Kirsten mochte es sich nicht eingestehen wollen, aber sie brauchte ihn. Sexuell, emotional … in jeder Hinsicht.

Sie wischte sich über Gesicht und Nacken, dann reichte sie ihm den Waschlappen zurück. „Danke."

„Gern geschehen." Er rollte den Waschlappen zusammen und legte ihn auf dem Nachttisch ab. „Sie brauchen ein frisches Nachthemd. Wo sind die?"

„In der dritten Schublade." Sie deutete auf eine Kommode.

Ohne hinzusehen, ertastete er eines und brachte es zum Bett zurück. Dann drehte er sich um, damit sie sich umziehen konnte, bis ein weiteres leises „Danke" ihm sagte, dass sie fertig war.

„Versuchen Sie zu schlafen."

Folgsam legte sie sich in die Kissen zurück. Er deckte sie zu und beugte sich über sie, bis ihre Gesichter einander fast berührten. „Was haben Sie geträumt, Kirsten?"

„Von Charlie."

Das hatte er vermutet, dennoch legte sich ein Schatten über sein Gesicht. In seiner Stimme jedoch lag felsenfeste Überzeugung, als er erwiderte: „Aber ich bin der Mann, an den Sie sich geschmiegt haben."

## 5. KAPITEL

Sie hatte nichts gegen Männer.

Seine Theorie über ihre Frigidität hatte sich glücklicherweise in der Nacht als unhaltbar erwiesen. Rylan nippte an seinem Kaffee und schaute nachdenklich durch die offen stehenden Glastüren nach draußen, wo Kirsten auf der Terrasse in der Sonne lag. Es wäre auch eine Schande gewesen, wenn ein so großartiger Frauenkörper nichts empfinden könnte.

Aber so war es ja nicht, nicht einmal annähernd. Ihr Verstand mochte sich vielleicht der Idee verschließen, mit einem Mann zu schlafen, ihr Körper sprach da eine ganz andere Sprache.

Blieb nur die alles entscheidende Frage: Für wen war ihr Körper gestern Nacht entbrannt? Er fürchtete, die Antwort bereits zu kennen. Er stieß einen derben Fluch aus. Da Alice in der nahen Küche arbeitete, verbiss er sich jedoch jede weitere Unmutsäußerung.

Hätte er Kirsten zu Charles Rumms Lebzeiten kennengelernt, so hätte er den glücklichen Kerl wahrscheinlich nur beneidet und ihm still gratuliert, aber niemals hätte er sich an sie herangemacht. Er hatte viele lockere Affären gehabt, aber niemals, einfach niemals ließ er sich mit verheirateten Frauen ein, ganz gleich, wie groß die Versuchung oder wie willig die Lady auch sein mochte.

Mit zwei Frauen hatte er zusammengelebt, und das auch nur relativ kurze Zeit. Die erste war eine junge Schauspielerin gewesen, die zur gleichen Zeit wie er in der Höhle des Löwen angekommen war. Sie waren einander sympathisch gewesen und hatten in den Armen des anderen Sicherheit vor der einschüchternden Hollywood-Maschinerie gefunden.

Nach mehreren beruflichen Rückschlägen hatte die junge Frau jedoch ihre Hoffnungen auf eine ernsthafte Schauspielkarriere fahren lassen und sich für schnelles Geld in der Pornofilmindustrie entschieden. Rylan hatte daraufhin die Beziehung beendet. Nicht einmal so sehr, weil Pornografie ihn abstieß, sondern weil sie ihr Ziel so schnell und mit solcher Leichtigkeit aufgegeben hatte. Außerdem hatten sie eine stete Debatte über Kinder geführt. Das hatte mit Sicherheit auch zu seiner Entscheidung beigetragen.

Die zweite Frau war Maklerin gewesen. Ehrgeizig, selbstbewusst und vor Unternehmergeist sprühend. Gerade ihr Ehrgeiz war einer ihrer Reize gewesen, bis sie angefangen hatte, auch im Bett von Darlehenszinsen und Prozentsätzen zu reden. Irgendwann hatte er ihr dann vorgeschlagen, sich das „Zu verkaufen"-Schild in einen höchst empfindlichen Körperteil zu stecken. Sie hatte nicht sonderlich gut auf diese Anregung reagiert und praktisch noch im gleichen Moment sowohl das Bett als auch die gemeinsame Wohnung verlassen, nicht ohne ihn vorher zu beschuldigen, neidisch auf ihren Erfolg zu sein.

Er hegte keine bitteren Gefühle, für keine der beiden. Im Gegenteil, er war froh, noch rechtzeitig entkommen zu sein. Und hier schloss sich der Kreis: Er musste sich ernsthaft fragen, was genau er von Kirsten Rumm wollte.

Sollte sie nur eine weitere lockere Affäre werden, in einer Serie von lockeren Affären, die er jedes Mal beendete, bevor eine der beiden Parteien – namentlich die weibliche – sich emotional zu sehr verwickelte? War Kirsten nur reizvoll für ihn, weil er es nicht gewöhnt war, von Frauen ignoriert zu werden? Versuchte er, ihre Distanziertheit und ihr Sträuben zu überwinden, einfach nur, weil er die Herausforderung liebte?

In aller Ehrlichkeit ... er hatte keine Ahnung. Keine dieser Fragen konnte er beantworten. Das Verlangen der vergangenen Nacht hatte nicht nur in seinen Lenden gebrannt, sondern auch in seinem Herzen. Er wollte nicht nur den Körper dieser Frau; er wollte diese Frau.

Ein Ziel, das nicht leicht zu erreichen sein würde, wenn sie sich immer noch an ihre Erinnerungen klammerte. Er würde nicht einmal anfangen können, all die anderen Barrieren zu überwinden – wie etwa die Tatsache, dass er eine öffentliche Person war und sie Privatheit schätzte –, bis er ihr klargemacht hatte, dass es in Ordnung war, sich wieder auf einen Mann einzulassen.

Er würde es langsam angehen lassen müssen. Geduld beweisen. Einfach würde es bestimmt nicht werden. Es war nun einmal eine Eigenart von Erinnerungen, das Schöne zu bewahren und Schlechtes zu verdrängen. Welche Chancen hatte da schon ein Normalsterblicher gegen einen verstorbenen Helden? Vor allem, wenn der Normalsterbliche in einem ungeduldigen Körper steckte. Jedes Mal, wenn er daran dachte, wie Kirstens Lippen sich gierig unter seinen geöffnet, wie ihre Brüste auf seine Berührungen reagiert hatten, wie ihre Hände auf seiner Haut ...

Mist! Daran durfte er eben nicht denken, wenn er sich nicht vor Alice blamieren wollte, die ihn jetzt fragte, ob er noch Kaffee haben wolle.

„Nein, danke." Er stellte seine leere Tasse auf den Tisch. „Ich denke, ich werde mich zu Kirsten nach draußen gesellen."

„Sagen Sie ihr doch bitte Bescheid, dass ich in die Stadt fahre. Ich habe noch ein paar Dinge zu erledigen."

„Mache ich."

Er trat nach draußen. Der Himmel war klar und wolkenlos, die Sonne brannte heiß. Kirsten hatte sich auf dem Rücken auf einer Liege ausgestreckt. Sie rührte sich nicht, aber er bezweifelte, dass sie schlief. Sie trug einen neonblauen Bikini, und auf ihrer Nase saß eine Sonnenbrille mit Gläsern groß wie Untertassen.

„Hier sind Sie also. Ich habe nach Ihnen gesucht." Was für eine Lüge, er hatte sie eine gute halbe Stunde lang angestarrt. Er setzte sich auf die Liege neben ihr, die nackten Füße auseinandergestellt, Ellbogen auf den Knien, Hände locker herabhängend. „Wieso sitzen Sie nicht an Ihrem Schreibtisch?"

„Ich hatte heute Morgen keine Lust zum Schreiben."

„Warum nicht?"

Hinter der Sonnenbrille hielt sie ihre Augen geschlossen. Allein die Art, wie sie sich leicht regte, sagte ihm, dass seine Gesellschaft unwillkommen war.

*Pech, Lady. Wir werden darüber reden, ob es dir nun passt oder nicht.* „Schönes Wetter heute, nicht wahr?" Herrgott, war das der beste Spruch, mit der der gefragteste Star in Hollywood aufwarten konnte?! Wie banal konnte man werden?

„Um diese Jahreszeit ist es immer schön in La Jolla."

Er fühlte sich wie ein Voyeur und konnte nichts dagegen machen – sein Blick haftete geradezu auf ihren Brüsten, die sich mit jedem Atemzug hoben und senkten. Sanfte Halbmonde ragten aus dem blauen Bikinitop hervor, und ihre Haut glänzte vom Sonnenöl. Ihr Bauch war flach, die Hüftknochen stachen hervor, und ihr Venushügel zeichnete sich deutlich unter dem knappen Stoff ab. Auf der Innenseite ihres Oberschenkels saß ein kleines Muttermal. Rylan hätte es liebend gern geküsst.

Und da er dies dachte, sagte er sich, dass dieser Eiertanz völlig unsinnig war. „Tut Ihnen leid, was gestern passiert ist?", fragte er.

Kirsten setzte sich auf, stellte die Füße auf den Boden und nahm die Sonnenbrille ab. „Ja."

„Warum?"

Mit einem Mal wirkte sie so aufgewühlt, als würde sie jeden Moment in Tränen ausbrechen. „Ihnen an meiner Stelle täte es nicht leid?"

Sie stand auf, riss das übergroße Beachshirt von der Rückenlehne der Liege und zog es über den Bikini. Sie musste gegen den Wind ankämpfen, der die Ärmel flattern ließ, und gegen ihre eigene Ungeduld. Durch die Glastür verschwand sie in der Küche. Rylan folgte ihr auf dem Fuße.

„Wir müssen reden, Kirsten."

„Wo ist Alice?"

Rylan richtete ihr die Botschaft der Haushälterin aus.

„Ach ja", Kirsten rieb sich die Stirn, „davon sprach sie gestern. Ich werde mir ein Orangensorbet mixen. Möchten Sie auch ein Glas? Es schmeckt köstlich."

Hektisch hantierte sie in der Küche herum und suchte die Zutaten zusammen. Fast hätte sie die Karaffe mit frisch gepresstem Orangensaft fallen lassen, als sie sie aus dem Kühlschrank nahm. Eiswürfel wurden von einer Hand in die andere jongliert, die meisten landeten auf dem Küchenboden. Das Tütchen mit der vorbereiteten Beimischung konnten ihre fahrigen Finger nicht öffnen. Tränen schossen ihr in die Augen, sie fluchte und versuchte frustriert, den Plastikbeutel mit den Zähnen aufzureißen.

Endlich hatte sie alle Zutaten in den Mixer gegeben, doch als sie das Gerät einschaltete, passierte gar nichts. Sie drückte den Schalter wieder und wieder und wurde immer zorniger. „Verdammt! Was stimmt mit dem blöden Ding nicht?"

„Der Stecker ist nicht eingesteckt."

Seine ruhige Anmerkung war wie der sprichwörtliche Tropfen, der das Fass zum Überlaufen brachte. „Sie halten sich wohl für sehr clever, was? Für so überlegen! Würden Sie jetzt bitte endlich mein Haus verlassen?!"

Er ließ sie sich austoben, versuchte erst gar nicht, sie zu beruhigen. Gab ihr ausreichend Zeit und Raum, um sich weiter und weiter in ihren Wutanfall hineinzusteigern. Aber irgendwann reichte es. Er trat auf sie zu und fasste sie bei den Schultern. „Kirsten, Sie verhalten sich unvernünftig."

„Ich bin sogar sehr vernünftig!", schrie sie ihn an und schlug seine Hände fort. „Warum lassen Sie mich nicht einfach in Ruhe?"

„Weil wir darüber reden müssen, was gestern Abend in Ihrem Bett zwischen uns passiert ist."

Sie streckte den Rücken durch, hielt sich steif wie ein Stock. „Nichts ist gestern passiert", behauptete sie mit eiskalter Stimme.

Ihre Weigerung, der Wahrheit ins Auge zu sehen, fachte wiederum seinen eigenen Ärger an. Er schob das Kinn vor. „Ihr Gesicht lag in meinem Schoß. Das nenne ich nicht ‚nichts'."

Alle Farbe wich aus ihren Wangen, sogar ihre Lippen wurden blass. Ihre Füße rührten sich nicht von der Stelle, aber sie schwankte wie ein Stehaufmännchen, dem man einen Stoß versetzt hatte. Der Laut, der ihrer Kehle entstieg, klang so gequält, dass Rylan sich innerlich krümmte.

Sofort schlang er die Arme um sie und zog sie an sich. „Es tut mir leid, Kirsten." Er küsste sie aufs Haar. „Das war absolut unnötig. Gemein und vulgär. Verzeihen Sie mir."

Sie ließ sich gegen ihn sinken, verließ sich darauf, dass er sie auffangen würde. „Ich kann nicht darüber reden, Rylan. Bitte, vergessen Sie es einfach."

„Das können Sie nicht von mir verlangen. Ich kann es nicht vergessen."

„Sie müssen es."

„Ich kann es nicht", wiederholte er heftig, und sie sagte nichts mehr, hielt nur den Kopf gesenkt. Er küsste ihre Schläfe, auch wenn er eigentlich ihre Lippen küssen wollte. „Ist es Ihnen peinlich?"

Wie ein Klageweib schlug sie immer wieder mit der Stirn an seine Brust. „Ob es mir peinlich ist? Natürlich ist es mir peinlich." Jäh stieß sie sich von ihm ab, warf den Kopf zurück und wischte sich die verräterischen Tränen von den Wangen. „Was sollte ich Ihrer Meinung nach denn empfinden? Als ich endlich wach wurde, da musste ich feststellen, dass ich in Ihren Armen lag, Sie küsste, Sie streichelte wie …", sie stockte einen Augenblick, „… wie eine Geliebte es tut."

„Ich weiß."

Seine Stimme war weich und sinnlich. Beide dachten sie wohl an den Tautropfen, den ihre Finger hervorgelockt hatten, den ihre Zunge gekostet hatte – in dem Moment, als er ihren Namen gestöhnt hatte und sie sich der bizarren Umstände bewusst geworden war.

Sie wandte sich ab und ließ den Kopf hängen. Am liebsten hätte er einen Kuss auf die empfindsame Haut in ihrem Nacken gepresst, der vor Verlegenheit rot glühte.

„Bitte, vergessen Sie es einfach, Rylan."

„Ich glaube wirklich nicht, dass es mir gelingen wird. Und ich vermute, Ihnen auch nicht."

Abrupt drehte sie sich zu ihm zurück. „Bilden Sie sich nichts darauf ein", schleuderte sie ihm erbost entgegen. „Mit Ihnen hatte das nichts zu tun. Ich hielt Sie für Charlie."

Bei den Dreharbeiten zu einem Western war er einmal an einem Stück Stacheldraht hängen geblieben. Nichts hatte jemals so in seinem Fleisch gebrannt. Bis zu diesem Zeitpunkt. Kirstens Worte verursachten einen noch viel größeren Schmerz. Er versuchte, es sich nicht anmerken zu lassen, ging zur Frühstücksbar und setzte sich auf einen der hohen Hocker.

„Machen Sie Ihren Drink fertig." Er war stolz auf sich, dass er so ruhig klang, während er im Grunde nichts lieber wollte, als seine Faust durch eine der riesigen Glasscheiben in Demon Rumms Haus zu stoßen.

Kirsten schaltete den Mixer aus und verteilte den dickflüssigen, eiskalten Saft in zwei bereitgestellte hohe Gläser. „Ich werde duschen ..."

Er hielt sie am Handgelenk fest, da sie an ihm vorbeirauschen wollte. „Setzen Sie sich. Wir sind noch nicht fertig."

Unsanft landete sie mit dem Hintern auf dem Hocker neben ihm, obwohl er kaum Kraft genutzt hatte.

„Wir sind fertig, wenn Sie nur über die Episode in der Nacht reden wollen", widersprach sie. „Nur zu Ihrer Information – ich hatte eine Schlaftablette genommen, bevor ich mich hinlegte. Der Arzt hat sie mir nach Charlies Tod verschrieben, und sie sollen eigentlich ganz harmlos sein. Ich hatte vorher noch keine genommen, scheinbar sind sie stärker als gedacht."

Sie holte bebend Luft. „Es war ein schrecklicher Albtraum. Sie waren ... Sie waren einfach zum richtigen Zeitpunkt da, warm und stark. Eine Trutzburg. Unter diesen Umständen kann mir niemand verübeln ...", sie fuhr sich nervös mit der Zungenspitze über die Lippen, „... was passiert ist."

„Falls es Ihnen hilft ...", sagte er leise. „Ich habe meinen Teil dazu beigetragen." Fragend schaute sie ihn an. „Ich war schon erregt, bevor Sie mich überhaupt angerührt haben."

Sie schloss die Lider. „Nicht, bitte."

„Warum sollte ich es nicht zugeben? Sie wissen es doch längst, schließlich habe ich kein Geheimnis daraus gemacht. Ich will Sie." Er sah sie schwer schlucken. „Ich habe Ihr Weinen und Ihre Schreie gehört und mir nicht einmal die Zeit genommen, meine Shorts zu verschließen, bevor ich zu Ihrem Zimmer gerannt bin. In der Sekunde, in der ich Sie an mich gezogen habe, eigentlich nur, um Sie zu trösten, wollte ich auch schon mit Ihnen schlafen."

Er lehnte sich vor. „Wenn wir hier schon jemandem die Schuld zuschieben wollen“, fuhr er ernsthaft fort, „was meiner Meinung nach unsinnig ist, weil eine Schuldfrage sich immer nur dann stellt, wenn jemand etwas falsch gemacht hat, dann kommt mir wohl der größere Teil zu. Ich habe Ihren aufgewühlten Zustand nach dem Albtraum ausgenutzt. Ich kam wirklich mit den besten Absichten, aber sobald ich …“ Rylan unterbrach sich und strich mit den Fingerknöcheln sanft über ihre Wange. „Kirsten, ich hätte meine Finger nicht von Ihnen lassen können – genauso wenig, wie ich mit dem Atmen aufhören kann.“

Sie presste die Fingerspitzen auf ihre bebenden Lippen. „Ich wollte Sie nicht anfassen. Ich hatte nur solche Angst, und Sie waren da. Real, kein Traum. Ich habe auf den Kontakt zu einem anderen Menschen reagiert, das ist alles.“

„Nein, nicht ganz. So habe ich das nicht in Erinnerung. Anfangs vielleicht. Anfangs waren Sie wie ein verängstigtes Kind, das Schutz sucht. Aber dann wurden Sie schnell zu einer Frau, die einen Mann begehrt.“

„Und das haben Sie ausgenutzt.“

Er wägte seine Antwort genau ab. „Es wäre wohl zutreffender zu sagen, dass wir uns in dieser Situation gegenseitig benutzt haben, oder?“

Sie zögerte, überlegte, dann nickte sie.

„Was war das für ein Albtraum?“, fragte er nach kurzem Schweigen.

Der plötzliche Themenwechsel schien sie zu überrumpeln. „Es ging um Charlie“, sprudelte es aus ihr heraus.

„Das sagten Sie schon. Aber worum genau?“

„Ich … Es ist immer wieder derselbe Traum, wenn auch mit Variationen. Aber letztendlich sind es immer die gleichen schrecklichen Bilder.“

„Welche Bilder?“

Ihre blauen Augen – von noch intensiverem Blau, da sich der Himmel vor den Fenstern in ihnen spiegelte – trafen auf seine. „Ich muss hilflos mit ansehen, wie er verbrennt.“

Ein Stich fuhr durch Rylan. Seine Zuversicht, er könnte ihr die verstörenden Erinnerungen nehmen, schwand. Er fluchte leise und gepresst. „Wie lange haben Sie diese Albträume schon? Seit dem Unfall?“

„Nein, schon vorher.“

„Vorher?“ Er konnte sein Verblüffung nicht verbergen. „Sie meinen, bevor der Unfall überhaupt geschah?“

„Lange vorher.“ Sie glitt vom Hocker, trug die Gläser zum Spülbecken und goss sie aus. Keiner von ihnen beiden hatte auch nur einen Schluck getrunken. „Einige Male dachte ich sogar, jetzt müsste ich genau diese Situation miterleben. Es gab mehrere Vorfälle, bei denen es knapp für Charlie wurde. Bevor dann der Unfall passierte, bei dem er umkam."

Sie stellte sich vor die Fensterfront und schaute in das Tal hinaus. „Jedes Mal, wenn er in die Luft stieg, auch wenn es nur Übungsflüge waren", fuhr sie fort, mit ihren Gedanken weit weg, „fragte ich mich, ob er am Abend wieder zurückkommen würde. Stundenlang habe ich hier gestanden und in Richtung des Flugfelds geschaut, immer in Angst, eine schwarze Rauchsäule in den Himmel steigen zu sehen, wie ein Fanal."

Die Worte kamen gedankenverloren über ihre Lippen, so als wüsste sie gar nicht, dass sie sprach. „Irgendwie erstaunte es mich immer, dass nichts passiert war und er dann pünktlich zum Dinner zu Hause auftauchte."

„Es muss die Hölle für Sie gewesen sein."

Sie nickte abwesend. „Wissen Sie noch, dass Sie mich gefragt haben, warum ich immer im Hintergrund blieb? Die Antwort, die ich Ihnen gab, stimmt, aber der eigentliche Grund war ... Ich wollte nicht, dass jemand meine Angst sah. Wenn Charlie seine Show aufführte, dann waren da überall diese staunenden, begeisterten Gesichter. Die Leute hatten Spaß. Familien bei einem gemeinsamen Ausflug, Reporter, die begeistert waren, dass sie Fotos von den Filmstunts schießen konnten. Niemandem schien klar zu sein, oder vielleicht interessierte es auch keinen, dass mein Mann jedes Mal sein Leben riskierte. Ich verabscheute sein Publikum dafür, dass es so gedankenlos und gleichgültig war." Sie richtete sich auf und drehte sich abrupt zu Rylan um. „Sie müssen mich für verrückt halten."

Rylan schüttelte ernst den Kopf. „Nein. Aber ihn. Wusste er, welche Angst Sie ausgestanden haben?"

Sie kam zum Hocker zurück und setzte sich wieder. „Das nehme ich an. Unmöglich, dass er es nicht gewusst hat. In der ersten Zeit nach unserer Heirat habe ich oft geweint und ihm immer wieder gesagt, dass ich Angst habe, ihn zu verlieren. Jedes Mal, wenn er aus dem Haus ging, habe ich mich an ihn geklammert und ihn angefleht, nicht aufzusteigen."

„Und irgendwann haben Sie dann mit dem Weinen und Klammern aufgehört."

„Nicht ganz. Aber es geschah nicht mehr so oft. Und vor ihm habe ich nicht mehr geweint. Es nutzte ja nichts, er würde fliegen, ganz gleich, wie ich dazu stand."

In diesem Moment hasste Rylan den Mann, den er nie getroffen hatte und doch so gut kannte. Hätte Demon Rumm sich jetzt mit ihnen im Zimmer befunden, Rylan wäre ihm an die Gurgel gegangen, weil er Kirsten jahrelang einer solchen Angst ausgesetzt hatte. Rumm war ein elender Egoist gewesen.

„Warum, glauben Sie, hat er immer wieder sein Leben riskiert?", fragte er.

„Es lag in seiner Natur", antwortete sie vorsichtig. „Wieso besteigt ein Mann den Mount Everest? Wieso setzt ein Mann sich in einen Rennwagen? Geld ist es nicht. In dieser Hinsicht ähneln Sie und Charlie sich. Das Finanzielle, das Materielle interessierte ihn nicht. Das war nie die treibende Kraft."

„Der donnernde Applaus der Menge?"

„Vielleicht. Er sonnte sich in der allgemeinen Anerkennung. Aber das war nicht alles. Es war das Risiko, das ihn reizte."

„Als Kompensation?"

Er wusste sofort, dass er einen wunden Punkt getroffen hatte. „Nein", schoss es defensiv aus ihr hervor. „Charlie hatte alles, was ein Mann sich nur wünschen konnte. Ich habe damit nicht auf ein mögliches Manko angespielt. Was meinen Sie überhaupt damit?"

„Das möchte ich ja von Ihnen erfahren."

„Es gab keines."

„Er ging also jeden Tag aus dem Haus und hat nur so zum Spaß den Tod herausgefordert?" Rylan schüttelte den Kopf. „Nein, das glaube ich nicht. Schon seit Jahren beschäftige ich mich damit, was Menschen antreibt, Kirsten. Und das hier passt einfach nicht."

„Manche Menschen ticken eben anders", hielt sie dagegen. „Sie gehen Gefahren ein, um der Gefahren willen. Sehen Sie sich doch nur Testpiloten an. Oder Dompteure. Oder Fensterputzer, Herrgott! Risiken einzugehen, gehört zu ihrer Arbeit."

„Sicher, aber die Frage ist doch, warum tendieren diese Menschen ausgerechnet zu dieser Arbeit? Forscht man tief genug in der Psyche dieser Leute, lässt sich mit Sicherheit ein gemeinsamer Nenner finden."

„Wahrscheinlich, weil sie ihre Arbeit mögen. So wie Charlie seine Arbeit gemocht, nein, geliebt hat."

„Mehr, als er Sie geliebt hat?"

Ihre Lippen zitterten leicht, dennoch sagte sie absolut überzeugt: „Charlie hat mich geliebt.“

„So sehr wie das Fliegen? Haben Sie ihn je vor die Wahl gestellt – Sie oder das Fliegen?“

„Nein, nie! Auf den Gedanken wäre ich nie gekommen.“

„Wieso nicht? Eine Ehe soll doch eine Partnerschaft sein, oder? Warum konnten Sie Rumm nicht bitten, das Fliegen aufzugeben?“

„Natürlich hätte ich es gekonnt. Ich habe es nicht getan, weil ich ihn zu sehr liebte, um ein solches Opfer von ihm zu verlangen.“

„Das ist unrealistisches Gewäsch.“

„Haben Sie je vor der Wahl zwischen einer Frau und Ihrer Schauspielerei gestanden?“

„So weit ist es noch nie gekommen. Bisher habe ich keine Frau so sehr geliebt.“

„Was nur mein Argument stärkt.“

Ihre Logik frustrierte ihn. Rylan strich sich mit beiden Händen durchs Haar. Sie verheimlichte etwas, er konnte es spüren. Aber ebenso wusste er, dass es klüger war, sich vorerst einen Schritt zurückzuziehen.

„Ich will Sie nicht drängen, Kirsten, ich versuche nur zu verstehen, was Rumm dazu bewegt hat, immer wieder sein Leben aufs Spiel zu setzen, es auch riskiert hat, Sie zu verlieren, Tag für Tag. Und ich versuche zu begreifen, was Sie dazu gebracht hat, dazu zu schweigen. Seine Fliegerei hat Sie offensichtlich Todesängste um ihn ausstehen lassen. Wussten Sie eigentlich von seinen Plänen, als er die Navy verließ?“

„Ich wusste, dass er fliegen wollte. Nur dachte ich, er würde vielleicht für eine Fluglinie arbeiten.“

„Haben Sie das nicht gesagt, als er über seine Zukunftspläne sprach?“

„Doch, natürlich.“

„Aber er hat Ihre Einwände ignoriert.“

Sie seufzte. „Legen Sie mir keine Worte in den Mund. Ich habe keine Einwände gemacht. Es stand mir nicht zu, Einwände vorzubringen.“

„Von wegen! Sie waren seine Frau.“

„Genau! Nicht seine Gefängniswärterin!“

„Da hat er also gesagt: ‚Ach übrigens, Kirsten, ich gedenke, ab jetzt mit Überschlägen und Pirouetten in der Luft bei dreihundert Meilen pro Stunde mein Geld zu verdienen‘, und Sie haben geantwortet: ‚Wie nett, Liebster, ich mache dir für heute Abend dein Lieblingsessen.‘

Schwachsinn! Wenn Ihnen vor Angst die Knie zittern und Sie Albträume haben …“

Zornig funkelte sie ihn an. „So war das nicht. Charlie hat ja nicht von Anfang an Weltrekorde gebrochen und sich an Stunts versucht, die vorher noch nie gemacht worden waren. Erst mit der Zeit wurde es immer gefährlicher.“

Rylan sprang vom Hocker und stellte sich herausfordernd vor sie. „Erst mit der Zeit? Wieso? Was ist passiert, das ihn dazu bewegt hat, immer größere Risiken einzugehen?“

„Nichts.“ Als er sie zweifelnd anstarrte, wiederholte sie fester: „Nichts! Genau wie jeder andere Mann seine Herausforderung braucht, hat auch Charlie …“

„Kirsten“, fiel er ihr ins Wort, „Überschläge rückwärts und simulierte Abstürze, um ein Hightech-Flugzeug erst in letzter Sekunde vor dem Aufprall abzufangen, sind nicht unbedingt Herausforderungen, die sich vergleichen lassen. Großer Gott, kein Wunder, dass Sie Albträume haben!“ Mit einer abrupten Bewegung schloss er sie in die Arme und zog sie vom Stuhl herunter. „Und wenn Sie aus dem Schlaf aufgeschreckt sind, hat Rumm Sie dann getröstet?“

„Ja.“

Bis ins Mark fühlte Rylan, dass sie log. Ihre Finger krallten sich unwillkürlich in sein Hemd, so als wollte sie etwas festhalten, das sie nie gehabt hatte. Das unmerkliche Beben in ihrer Stimme verriet sie, die leichte Verzweiflung, die ihm sagte, dass sie unbedingt selbst daran glauben wollte.

„Ich glaube, Sie haben sich gewünscht, dass er Sie tröstet, aber er hat es nie getan“, sagte er leise.

Sie setzte zu Widerspruch an, doch kein Ton kam über ihre Lippen. Durchdringend sah sie ihn an, dann wandte sie das Gesicht ab. „Sie haben recht. Charlie hat meine Albträume abgetan, weil er keinerlei Bezug zu meiner Angst herstellen konnte. Natürlich hat er Mitgefühl für mich gezeigt, aber für ihn waren meine Träume eine Art kindlicher Spleen, den ich seiner Meinung nach irgendwann ablegen würde.“

Er hielt ihren zitternden Körper an sich gepresst und strich mit beiden Händen über ihren Rücken. „Als Sie sich also letzte Nacht an mich schmiegten, dachten Sie, ich sei Rumm. Ich sollte er sein, weil er Ihnen damit endlich das Verständnis und den Trost gespendet hätte, die er Ihnen immer vorenthalten hat.“

„Vermutlich.“

„Kirsten?"

„Hm?"

„Wann wurde Ihnen klar, dass ich es bin und nicht Rumm, den Sie küssten?"

Sie sah ihn an mit einer Mischung aus Verwirrung und Erschrecken. Dann schlug sie seine Arme fort, die sie bis jetzt gehalten hatten, und floh aus dem Raum.

„Pass auf, Dylan. Er lässt dich fallen. Oh Dylan, pass nur auf!"

Rylan schaute seinem Opfer lachend ins Gesicht. Die Augen des Kindes waren grün mit braunen Pünktchen und ähnelten seinen eigenen sehr, waren auch von einem dunklen Rand dichter Wimpern gesäumt, genau wie seine. Das Haar des Kindes war dunkel und wellte sich leicht, besaß den gleichen feinen Glanz wie seines.

Rylan lag flach auf dem Rücken auf einer Liege beim Pool, die Knie angewinkelt. Mit ausgestreckten Armen hielt er den kleinen Jungen in die Luft, der wild strampelte. Ruckartig ließ er seine Arme einknicken und tat so, als würde er ihn fallen lassen. Was ihm ein begeistertes Jauchzen und Quietschen des Kindes einbrachte.

Die Mutter des Jungen, die zuschaute, schnappte jedes Mal nach Luft, klatschte in die Hände und warnte ihn mit gespieltem Entsetzen: „Oh nein, Dylan! Er lässt dich fallen!" Sie war ungewöhnlich hübsch, hatte endlose Beine und lange blonde Haare. In ihrem langen schwingenden Sommerrock und den flachen Riemchensandalen wirkte sie natürlich, lebenslustig und sinnlich, während sie lachend um die Liege hüpfte, auf der Rylan und ihr Sohn tobten.

„He, Partner, du wirst langsam zu schwer für dieses Spiel." Schwungvoll setzte Rylan sich auf und verpasste dem Kind einen leichten Klaps auf den Po.

Das war der Moment, in dem er Kirsten erblickte. Vor Stunden war sie aus dem Haus gegangen, unter dem Vorwand, etwas erledigen zu müssen. Drei Tage war es inzwischen her, dass er sie auf ihre Albträume angesprochen hatte – und auf Rumms Ignoranz. Seither hatte sie geflissentlich einen großen Bogen um ihn gemacht.

Tagsüber verbarrikadierte sie sich in ihrem Büro, während Rylan über Berichten und Fotoalben in Rumms Arbeitszimmer saß. Nach dem Dinner, das im wahrsten Sinne des Wortes schweigend eingenommen wurde, zog sie sich in ihr Schlafzimmer zurück und überließ es ihm, allein für seine Unterhaltung zu sorgen.

Am Morgen war sie so kalt gewesen wie der frisch gepresste Orangensaft, den Alice ihnen zum Frühstück servierte. Kirsten hatte ihr Glas ausgetrunken und war dann mit ihrem Mercedes Cabrio geflohen.

Jetzt trafen sich ihre Blicke kurz über die sonnenbeschienene Terrasse hinweg, bevor Kirsten hastig im Haus verschwand.

„Du hast ihn müde gemacht, Dylan. Es wird Zeit zu gehen“, sagte die blonde Frau und hob den Jungen auf ihre Arme. Von Kirstens kurzem Auftritt hatte sie nichts bemerkt. Rylan wusste nicht zu sagen, warum er Kirsten nicht herangewinkt und die beiden einander vorgestellt hatte. Es gab keinen Grund, warum er es nicht hätte tun sollen. Er wusste nur, dass er die Begegnung um Kirstens willen vermieden hatte, nicht um Cheryls.

„Wieso müsst ihr schon gehen?“, beklagte er sich. „Ich bekomme Dylan doch nur so selten zu sehen, Cheryl.“

„Ich weiß. Mit deinem und meinem vollen Terminkalender ist es schwierig, euch beide zusammenzubekommen.“

Eine Debatte wäre fruchtlos. Cheryl hatte recht, und er konnte schlecht von ihr verlangen, ihre Termine nach seinen zu richten. Das wäre nicht fair.

Er nahm ihr den Jungen ab. „Komm, ich trage ihn bis zum Auto“, sagte er und legte einen Arm um die grazilen Schultern der Frau.

Minuten später fand er Kirsten an ihrem Schreibtisch sitzen. Sie blätterte durch die Seiten ihres Manuskripts. Sie hatte sich umgezogen und das Kleid, in dem sie in die Stadt gefahren war, gegen eine schwarze Hose, einen schwarzen Pullover und schwarze flache Schuhe getauscht. Er wollte schon fragen: „Wer ist gestorben?“, hielt sich aber gerade noch rechtzeitig zurück. Unter den gegebenen Umständen wäre das ein mehr als geschmackloser Witz gewesen. Außerdem stand Schwarz ihr großartig. Also gab er der Versuchung, sie mit ihrer tristen Aufmachung ein wenig aufzuziehen, nicht nach und begnügte sich mit einem hoffentlich annehmbaren Friedensangebot.

„Hi.“

„Hallo“, erwiderte sie steif.

So viel also zum Waffenstillstand. „Sie hätten auf die Terrasse kommen sollen, dann hätte ich Sie mit Cheryl und Dylan bekannt gemacht.“

„Ich wollte nicht stören.“ Sie schob die Blätter zusammen und klopfte den Stapel mit sehr viel mehr Kraft, als nötig war, um die Seiten auszurichten, auf die Schreibtischplatte.

„Sie scheinen verärgert“, bemerkte er. Er war froh, dass sie den Blick stur nach unten gerichtet hielt. So bemerkte sie wenigstens das amüsierte Grinsen nicht, das er sich nicht verkneifen konnte.

„Nein, warum sollte ich verärgert sein?"

„Mir machen Sie nichts vor. Sie haben noch nicht einmal einen Kommentar zu meinem Aufzug abgegeben. Ich hätte gedacht, Sie wären froh, mich in etwas anderem zu sehen als ..."

„Fetzen", half sie aus. Sie warf einen gleichgültigen Blick auf seine gebügelte Designerhose und das sportliche Hemd. „Ich bin sicher, Sie haben sich nicht meinetwegen so in Schale geworfen."

„Sagen Sie, Sie sind doch nicht etwa sauer, weil ich Gäste hatte?"

„Natürlich nicht."

„Da bin ich aber froh."

„Das heißt, solange Sie nicht ..."

„Solange ich nicht ... was?"

Durch ihre Brille schaute sie ihn so streng an wie eine Schuldirektorin. „Sie wissen, was ich meine."

Er genoss es, wie sie sich wand. Lässig setzte er sich mit einem Oberschenkel auf die Schreibtischkante und verschränkte die Arme vor der Brust. „Nein, weiß ich nicht. Was genau meinen Sie?"

„Solange Sie sich vom Schlafzimmer fernhalten. Mein Haus ist schließlich kein Stundenhotel." Sie beschäftigte sich angelegentlich damit, die Sachen auf ihrem Schreibtisch zu arrangieren und von einem Platz auf den anderen zu schieben, ohne erkennbaren Grund. „Ich möchte nicht, dass eine ganze Parade von Frauen sich hier die Klinke in die Hand gibt."

„Wir haben das Schlafzimmer nicht betreten."

„Nun ... gut. Dann haben wir ja auch kein Problem."

„Ich habe keines. Allerdings glaube ich, dass Sie vielleicht doch eines haben."

„Wie üblich habe ich nicht die geringste Ahnung, wovon Sie da reden. Und ehrlich gesagt, es interessiert mich auch nicht. Wenn Sie mich dann entschuldigen möchten ... ich habe den ganzen Tag noch keinen einzigen Buchstaben aufs Papier gebracht."

„Was halten Sie von Cheryl?"

Sie grub die Zähne in die Unterlippe, so als müsse sie sich angestrengt beherrschen. „Cheryl? So heißt sie also?"

„Ja."

Sie stellte den Locher in die Schublade und schob sie mit Wucht zu, als ob sonst alles, was darin lag, entfleuchen könnte. „Soweit ich gesehen habe, ist sie hübsch. Groß, blond und hübsch." Sie sprach die drei Adjektive aus, als hätte sie Schwierigkeiten damit, sie über die Lippen zu bringen.

„Und Dylan? Ein süßer kleiner Racker, nicht wahr?"

„Er sieht aus wie Sie."

„Ja? Meinen Sie auch? Das sagt nämlich jeder, der uns zusammen sieht."

„Wie alt ist er?"

„Zwei. Und ein Energiebündel. Cheryl kann kaum mit ihm mithalten."

„Sie könnte sicherlich Hilfe gebrauchen."

„Sie hat Hilfe."

„Ich meinte, Ihre Hilfe", ergänzte sie schneidend.

„Sie braucht keine Hilfe von mir."

„Haben Sie es ihr angeboten?"

„Ja, und Cheryl hat dankend abgelehnt."

„Meinen Sie nicht, Sie sollten bei Dylans Erziehung auch ein Mitspracherecht haben?"

„Oh nein, das ist ausschließlich Cheryls Sache."

„So ein ausgemachter Schwachsinn!", zischte sie.

Rylan zuckte die Achseln. „Cheryl will keine Einmischung von außen."

„Und Sie nehmen das hin?"

„Mir bleibt keine Wahl. Wenn Cheryl sich einmal etwas vorgenommen hat, bringt nichts sie davon ab."

„Das heißt, Dylan wird nie mit Ihnen zusammenleben?"

Er lachte. „Das bezweifle ich ernsthaft."

„Und Cheryl zu heiraten kommt natürlich nicht infrage."

„Nein, natürlich nicht. Bruder und Schwester heiraten normalerweise nicht." Mit diebischem Vergnügen sah er zu, wie ihr anbetungswürdiger Mund offen stehen blieb. Er wartete einen Moment, bevor er den Zeigefinger an ihr Kinn legte und ihren Unterkiefer hochhob, damit sie den Mund wieder schloss. „Sie waren eifersüchtig, nicht wahr?"

Und er vermutete, dass sie richtig wütend werden würde, sobald sie sich von der Überraschung erholt hatte. Er hatte sich nicht geirrt. Sturmwolken zogen in ihre Augen, und er wappnete sich für das Gewitter.

„Eifersüchtig?" Sie sprang vom Stuhl auf, als hätte sie etwas gebissen. „Wohl kaum. Mir fällt es nur schwer zu glauben, dass Hollywoods Enfant terrible eine Schwester hat."

„Eine ganze Familie sogar. Meine Schwester Cheryl, meinen Schwager Griff, ihren Sohn Dylan, und dann noch Mom und Dad. Cheryl lebt mit ihrer Familie in San Diego. Leider sehen wir uns nur selten. Ich rief sie gestern an. Sie war begeistert, dass ich ganz in der Nähe bin, und so hat sie meinen Neffen eingepackt und ihn hergebracht, damit wir uns wieder einmal treffen können. Dylan ist noch in einem Alter, in dem er seinen Onkel von einem Besuch zum nächsten vergessen hat."

„Und Ihre Eltern?"

Sie hatte sich also offensichtlich wieder beruhigt, und es freute ihn, dass sie ehrliches Interesse an seiner Familie zeigte. Nur sehr enge Freunde kannten seine familiären Umstände. Er hatte keine Bedenken, Kirsten von seinem Hintergrund zu erzählen. Nein, er wollte es sogar.

„Sie leben in einer Kleinstadt in Arizona, die nie beim Namen genannt wird, um die Einwohner vor glühenden Anhängern und übereifrigen Fans zu schützen. Die Leute dort gehen nicht damit hausieren, dass es meine Heimatstadt ist, sie nehmen Rücksicht auf meine Eltern, um ihre Privatsphäre zu schützen. Dad ist Rektor der Highschool, Mom hat Englischkurse gegeben, bis sie vor zwei Jahren in Frührente gegangen ist."

Kirsten hatte sich längst wieder gesetzt und schüttelte den Kopf. „Schuldirektor. Englischlehrerin." Jäh hob sie den Blick zu ihm auf. „Erfinden Sie das alles nicht nur?"

Er nahm den Telefonhörer ab und reichte ihn ihr. „Rufen Sie an und fragen Sie nach. Die Vorwahl ist ..."

„Schon gut, schon gut ... ich glaube Ihnen." Gereizt riss sie ihm den Hörer aus der Hand und legte ihn auf. „Es ist nur ... ich hatte Sie mir nie mit Eltern vorgestellt. Das ist so ..."

„Normal?"

„Ja, so gar nicht ..."

„Unsolide? Anstößig?"

Schuldbewusst ließ sie die Schultern sinken. „Warum sind wir eigentlich immer so schnell bereit, nur das Schlechteste von anderen zu denken?"

Er überging ihre zerknirschte Frage mit einem Lächeln. „Welcher Story sind Sie denn auf den Leim gegangen? Die, derzufolge meine Mutter eine Prostituierte in Las Vegas ist? Also ehrlich gesagt, die mit der blinden Zigeunerin fand ich persönlich besser."

Kirsten hatte genug Anstand, um verlegen zu lachen, bevor sie wieder ernst wurde. „Sie veranstalten keinen Wirbel um diese haarsträubenden Gerüchte, weil Sie Ihre Familie schützen wollen, nicht wahr?“

Er nickte. Der Gedanke schoss ihm in den Kopf, dass er nichts dagegen haben würde, dieses Gesicht mit der überdimensional großen Brille für den Rest seines Lebens jeden Morgen auf der anderen Seite des Frühstückstischs sitzen zu sehen. Ein ziehendes Gefühl begann sich in seiner Brust zu entfalten, das immer weiter wuchs und einen konstanten Druck auf sein Herz ausübte. Der Teufel sollte ihn holen, aber … hieß es nicht, dass sich so die Liebe anfühlte?

„Danke, dass Sie das verstehen, Kirsten“, erwiderte er heiser.

„Danken Sie mir nicht für angebliches Feingefühl. Als ich Cheryl auf der Terrasse entdeckte und Sie zusammen mit dem Jungen …“

„Sie waren eifersüchtig.“

„Das sagten Sie bereits“, meinte sie pikiert. „Vorhin bin ich nicht darauf eingegangen, aber jetzt möchte ich es kategorisch abstreiten.“

Er fasste sie am Pullover und brachte sie zum Aufstehen, zog sie praktisch über den Schreibtisch und an seinen Mund heran. Er presste seine Lippen auf ihre, bis Kirsten nachgab und seiner Zunge Einlass gewährte. Und dann küsste er sie – gründlich und meisterhaft.

Als er sie wieder losließ und sie in den Stuhl zurücksank, schimmerte ihr Mund rosig und feucht.

„Sie waren eifersüchtig“, wiederholte er selbstzufrieden.

## 6. KAPITEL

Irgendjemand hatte Ordnung in seinem Wohnwagen geschaffen. Wer immer es gewesen war, Rylan war demjenigen unendlich dankbar. Als er gegangen war, hatte es hier ausgesehen wie nach einem Bombenangriff. Während seiner Abwesenheit hatte jemand seine überall verstreute schmutzige Kleidung eingesammelt und gewaschen, das Geschirr war aus dem winzigen Spülbecken verschwunden, offensichtlich gespült und in die Schränke eingeräumt, Abfalleimer und Papierkorb entleert worden. Alles in allem war dieser Wohnwagen jetzt ein angenehm kühler und verhältnismäßig ruhiger Zufluchtsort, an den man sich zurückziehen konnte, um der Hektik und dem Lärm am Filmset zu entkommen.

Der Drehort lag in relativer Nähe zu Rumms Haus. Eine Stunde hatte Rylan gebraucht, um ihn mit dem Motorrad zu erreichen. Aber genauso gut hätte der Platz auch am Ende der Welt liegen können, so abgeschieden und öde war die Landschaft. Offiziell hieß die Gegend hier Abilene, Texas, und es war nichts anderes als karge Wüstenlandschaft. Kein einziger Baum schützte vor der brennenden Sonne.

Sein Wohnwagen stand am äußersten Rand des Sets, das Innere war abgedunkelt, und die Klimaanlage brummte. Rylan hatte hier Zuflucht gesucht, solange Regisseur und Techniker die nächste Szene vorbereiteten.

„Herein“, rief er, als es an der Tür klopfte.

Die Assistentin des Regisseurs, eine mollige junge Frau namens Pat, die – sprichwörtlich wie tatsächlich – jeden an ihren ausladenden Busen drückte und herzte, trat ein.

„Sind sie schon so weit?“, fragte Rylan.

„Ach was, noch lange nicht.“ Pat schnaubte. „Die sind noch eine ganze Weile beschäftigt. Brauchst du was? Bier, Essen, eine Frau?“

Solche Wünsche galten im Business als durchaus gängig und wurden immer diskret behandelt. Auch er hatte ab und zu von dem Angebot nonchalant Gebrauch gemacht. Wieso also hörte es sich plötzlich so billig an? Seit wann? – Seit Kirsten.

„Nein, danke.“

„Er“, fuhr Pat fort und meinte damit den Regisseur, „hat mich geschickt, damit ich dich noch einmal bitte, dass du dich in dieser Szene doubeln lässt. Dein Double ist geschminkt und steht bereit. Jeder wartet nur darauf, dass du endlich zur Vernunft kommst.“

„Das Drehbuch verlangt Nahaufnahmen. Das heißt, ich muss es selbst machen."

„Das wird ziemlich knifflig, Rylan."

„Dafür werde ich ja auch bezahlt."

Resigniert seufzte sie. „Soll das Hemd da gewaschen werden?"

„Ja, bitte", antwortete er automatisch.

Pat warf es sich über die Schulter. „Wie läuft's drüben in der Rumm-Villa?"

„Gut."

Sie runzelte die Stirn. „Kein genaueren Ausführungen?"

„Keine Ausführungen."

„Die Witwe glänzt durch Abwesenheit", bemerkte Pat, während sie getragene Kleidung einsammelte und vor die Tür warf, damit sie sie nachher mitnehmen konnte. „Kriege ich einen von den Doughnuts?" Sie wartete seine Antwort nicht ab, fischte sich ein Gebäckstück aus der offenen Schachtel und setzte sich auf die schmale Sitzbank Rylan gegenüber.

„Sie sagt, das Buch und der Film handeln von Demon Rumm, nicht von ihr." Wäre Rylan bewusst gewesen, dass er die Stirn runzelte, hätte ihn das überrascht. Die geschwungenen Brauen hatten sich grimmig zusammengezogen. „Sie will so wenig wie möglich mit uns zu tun haben."

„Hmm."

Er schaute die Regieassistentin mit einem vielsagenden Blick an. „Das war das bedeutungsschwangerste Hmm, das ich je gehört habe. Wenn du darauf hoffst, ich würde deine Neugier befriedigen und mit dir über Mrs Rumm tratschen, muss ich deine Hoffnungen leider enttäuschen."

Pat leckte sich die Zuckerglasur von den Fingern und stand auf. „Tja, das ist mir schon klar. Wie heißt es doch? Ein Gentleman genießt und schweigt, nicht wahr?"

„Wer behauptet, ich hätte genossen?"

Jetzt war es an ihr, ihn mit einem vielsagenden Blick zu bedenken. Sie hob die schmutzige Wäsche auf, die zur Reinigung in die Stadt gebracht werden würde. „Ach, bevor ich's vergesse … gib mir dein Drehbuch mit. Da sind ein paar Änderungen vorgenommen worden, die ich noch nachtragen muss."

Er setzte sich abrupt auf. „Welche Änderungen?"

„Beruhig dich wieder, Shakespeare. Du wirst keine Einwände haben.

Die Änderungen betreffen nur die Kameraeinstellungen, nicht die Dialoge."

„Das wird warten müssen. Ich hab mein Skript in Kirstens Haus liegen lassen. Weil ich es heute nicht brauche."

„Wir sollten das unbedingt eintragen. Die Positionen der Stative haben sich geändert."

„Sicher. Aber später." Er ließ sich wieder gegen die Rückenlehne fallen. „Sag mir Bescheid, wenn sie da draußen fertig sind."

„Willst du dich wirklich nicht doubeln lassen?"

Er schüttelte den Kopf, mit seinen Gedanken bereits woanders. Nur halb nahm er wahr, dass Pat den Wohnwagen verließ, während er über Kirstens Reaktion auf Cheryls Besuch in der vergangenen Woche nachdachte.

Sie war eindeutig verärgert gewesen, und es war ihr nicht gelungen, das zu verheimlichen. Ihre Eifersucht war so unauffällig gewesen wie ein Feuerwehrwagen, der mit Sirenen und Blaulicht zum Einsatz rast. Wenn es sie nicht so getroffen hätte, dann hätte sie es wahrscheinlich mit einem Lachen abgetan.

Nein, Kirsten war ihm gegenüber keineswegs gleichgültig. Gefühlskälte als Grund für ihre Feindseligkeit hatte er ja schon ausschließen können. Und nach Cheryls Besuch konnte er nun auch die Hypothese streichen, dass Kirsten zwar Männer im Allgemeinen mochte, aber ihn im Besonderen nicht. Sicher, sie gab sich alle Mühe, es zu verstecken, dennoch ließen sich die Zeichen überall erkennen … in jedem einzelnen Blick, den sie ihm in der letzten Woche zugeworfen hatte, und in dem wilden Kuss überm Schreibtisch.

Nach diesem Kuss hatte er sich bewusst zurückgehalten, hatte sie nicht einmal mehr berührt, geschweige denn geküsst. Damit sie Zeit zum Nachdenken hatte. Sollte sie ruhig merken, was ihr entging, und ein wenig leiden.

So hatte sein Plan ausgesehen. Nur hatte er sich damit ins eigene Fleisch geschnitten. Er war nämlich derjenige, der litt. Ihm fehlte die Selbstbeherrschung, die sie besaß. Er wollte sie. Sehr. Aber er war sich auch über die Bedeutung des richtigen Timings im Klaren. Und der richtige Zeitpunkt für seinen großen Auftritt war noch nicht gekommen.

Und so war er mittlerweile langsam, aber sicher halb wahnsinnig vor Verlangen geworden. Es war eine regelrechte Erleichterung gewesen, an diesem Morgen die Haustür der Villa hinter sich ins Schloss zu ziehen. Die räumliche Distanz würde seinem Kopf und seinem Körper die dringend notwendige Ruhepause von der ständigen Anspannung geben, etwas zu wollen, das er nicht haben konnte.

Solange er darauf wartete, ans Set gerufen zu werden, streckte er sich auf dem Sofa aus, schloss die Augen und malte sich aus, wie schön es sein würde, wenn Kirsten ihm endlich erlaubte, sie zu lieben.

Rylans Fähigkeit, völlig abzuschalten und vor sich hinzudösen, war regelrecht seltsam, bedachte man, dass er gleich für die nächste Filmszene in einem brennenden Flugzeug sitzen würde.

Schon im Filmkostüm schlängelte Rylan sich zwischen Trucks und Anhängern hindurch, an Scharen von Menschen vorbei, die alle hektisch umhereilten und scheinbar nichts Konkretes geschafft bekamen. Schließlich kam er beim Regisseur an. Er besprach sich gerade intensiv mit dem Pyrotechniker, der für die Explosionen und das Feuer in der Flugzeugattrappe verantwortlich war.

Den obligatorischen Zigarrenstummel in einem Mundwinkel schaute der Regisseur zu Rylan und musterte ihn kritisch von Kopf bis Fuß. „Du bist ein verdammter Narr, dass du das selbst machen willst", knurrte er. „Wozu bezahlen wir Stuntmen, du Idiot?"

„Wo steht das Flugzeug?", fragte Rylan nur ruhig.

Er ignorierte die blumigen Verwünschungen des Regisseurs und konzentrierte sich stattdessen auf die Erklärungen und Anweisungen des Technikers darüber, in welcher Reihenfolge die Explosionen losgehen würden, dass sie nur die eine Einstellung hatten und wie er am Schluss heil wieder aus der Situation rauskommen würde. Das richtige Timing war entscheidend, alles musste stimmen. Schauspieler, Kameraleute, Special-Effects-Crew – jeder Einzelne von ihnen musste sich auf die Expertise des anderen verlassen können, jeder Handgriff musste sitzen.

„Also los!", donnerte der Regisseur. „Sind alle fertig? Dann lasst uns anfangen."

Letztendlich dauerte es noch eine volle Stunde, bevor es so weit war. Eine Stunde, in der der Regisseur seine Anweisungen an Rylan mindestens ein Dutzend Male wiederholte. Die Kostümbildnerin überprüfte wieder und wieder seinen Pilotenanzug, ob der auch realistisch genug „verkohlt" war, und der Maskenbildner wollte sein Gesicht mit einer öligen Substanz besprühen, um Schweiß vorzutäuschen.

„Das brauche ich nicht." Mit Stargehabe schob Rylan die Hand mit der Sprühflasche beiseite. „Da draußen ist es ohnehin höllisch heiß."

„Die werden dir gleich im wahrsten Sinne des Wortes Feuer unter dem Hintern machen, und du beschwerst dich über ein wenig Schweiß?"

Schließlich kletterte Rylan in das Cockpit der Flugzeugattrappe und setzte den Helm auf, auf dem mit großen roten Lettern „Demon" geschrieben stand. Kameraeinstellungen wurden ein letztes Mal mit Hilfe der Monitore überprüft, jeder ging auf Position, und dann gab der Regisseur das Kommando. „Action!"

Rylan lächelte und winkte durch die staubige Cockpitscheibe, so wie es im Drehbuch stand. Sie stellten eine Szene aus einer Flugshow nach, bei der Rumm eine erfolgreiche Notlandung mit einem defekten Flugzeug vollbracht hatte, unter dem tobenden Applaus der Zuschauermenge. Die erst entsetzten, dann begeisterten Gesichter des Publikums würden nachträglich in den Film geschnitten werden. Doch selbst nach der gelungenen Landung war Rumm noch nicht außer Gefahr gewesen.

Obwohl Rylan gewarnt gewesen war, wurde er von der ersten Explosion überrumpelt. Sie erschütterte seine Eingeweide und legte für einen Moment seinen Verstand lahm, so sehr, dass er die zweite und dritte Detonation kaum bewusst wahrnahm.

Großer Gott!

Es war reiner Reflex, dass er die Augen gegen die gleißenden Flammen zusammenkniff. Als er die Lider wieder aufriss, war er sicher, dass irgendetwas schiefgegangen sein musste. Er war tot und schon in der Hölle angekommen. Vor sich sah er nichts als eine undurchdringliche, leuchtend rote Wand aus lodernden Flammen, aus denen schwarzer Rauch emporstieg. Die Hitze war so intensiv, dass er das Gefühl hatte, seine Augäpfel und seine Haut würden schmelzen. Er sah regelrecht vor sich, wie ihm die Haut zäh vom Schädel tropfte, genau wie in einem dieser trashigen Horrorfilme.

*Wirklich idiotisch, jetzt an so was zu denken. Nur … was soll ich tun? Da war doch was … die Anweisung … Ach ja. Ich muss den Hebel ziehen, damit sich das Cockpitdach öffnet, und dann muss ich zusehen, dass ich rauskomme, bevor ich bei lebendigem Leib gebraten werde.*

Er tastete nach dem Hebel, fand ihn, zog daran. Doch anders als bei den Proben passierte nichts. Er zog fester. Noch fester. Nichts geschah.

Rylan kämpfte die Panik nieder, die ihm wie bittere Galle in die Kehle stieg. Herrgott, selbst das Atmen tat weh. Die Luft wurde heißer und heißer. Er zog wieder an dem Hebel, biss vor Anstrengung die Zähne zusammen.

„Herr im Himmel!“

Der Regisseur wusste auf die Sekunde genau, wann das Kabinendach durch die Luft zu fliegen hatte und Rylan aus der Attrappe klettern und sich wegrollen musste. Als das nicht passierte, sprang er von seinem Stuhl auf und schleuderte die Zigarre zu Boden. Er schrie nach der Crew mit den Feuerlöschern und rannte als Erster zum brennenden Flugzeug, gefolgt von einem ganzen Schwarm von Leuten.

Und die zierliche dunkelhaarige Frau, die neben ihrem Mercedes Cabrio stand, sah, wie ihr schlimmster Albtraum Wirklichkeit wurde. Sie musste hilflos zusehen, wie der Mann, den sie liebte, verbrannte.

Irgendwie erblickte Rylan sie. Später fragte er sich, wie das überhaupt möglich gewesen war. Ein Wunder, dass er sie in der hysterisch herumrennenden und Anweisungen schreienden Menge ausgemacht hatte. Die Schreie konnte er im Getöse der Feuersbrunst nicht hören, die wilden Gesten der Crew wusste er nicht zu deuten.

Kirsten regte sich nicht, stand reglos bei der offenen Tür ihres Wagens. Mit beiden Armen hielt sie etwas an die Brust gedrückt, das aussah wie ein Drehbuch. Unter der Sonnenbrille rannen Tränen hervor, nässten ihre Wangen.

Zuerst dachte er, sie sei nur ein Trugbild seiner Fantasie. Dass sein Leben in Bildern vor ihm ablief, so wie es angeblich direkt vor dem Tod passierte. Doch das blanke Entsetzen auf ihrer Miene sagte ihm, dass sie wirklich da war.

„Holt sie da weg!“, schrie er, obwohl er noch im Cockpit saß. Niemand hörte ihn. „Himmel, nein! Tut ihr das nicht noch einmal an“, flehte er.

Dass der Hebel glühte, kümmerte ihn nicht mehr, dass die Flammen an seinen Handschuhen fraßen, ebenso wenig. Mit übermenschlicher Anstrengung zog Rylan ein letztes Mal an dem Hebel. Er gab nach, und das Kabinendach ließ sich mit einem Mal ganz einfach öffnen.

Rylan reagierte instinktiv. Er musste zu Kirsten gelangen. Er kletterte aus dem Cockpit, flog mit einem Hechtsprung, der Filmgeschichte schreiben würde, mehrere Meter durch die Luft, landete auf der Seite, rollte sich ab und richtete sich sofort auf, so wie es im Skript stand.

Doch an Regieanweisungen dachte Rylan in diesem Moment nicht. Er konnte nur an die Frau denken, an die schwarze Rauchsäule hinter ihm und an die Hölle, die sie in diesem Moment durchleben musste.

Sofort war er von einer Menschenmenge umringt. Sie alle scharten sich um ihn, sodass er nicht durchkam.

„Keine Panik, Rylan!“, schrie jemand.

„Der Anzug ist feuerfest. Er raucht nur ein bisschen, aber er brennt nicht.“

„Kümmert euch um Kirsten“, schrie er zurück. „Helft Kirsten. Lasst mich, ich brauche keine Hilfe …“

„Der Mann redet irre.“

„Weil er hysterisch ist, du Trottel. Wärst du das an seiner Stelle etwa nicht?“

„Kirsten!“

Rylan wehrte sich wie ein Wilder, um freizukommen, aber sie hielten ihn fest und drückten ihn zu Boden. Er konnte Kirsten nicht mehr sehen.

„Zieht ihm doch endlich diese verdammten Handschuhe aus. Sie schwelen!“

„Verbindet ihm die Hände.“

„Nein, bloß nicht!“

„Was immer ihr tut, tut es schnell, bevor er Narben bekommt.“

Rylan schaute auf seine Hände. Mit einer seltsam unbeteiligten Losgelöstheit erkannte er erstaunt, dass Rauch aus den Ärmeln seines Anzugs stieg und seine Handrücken unnatürlich rot und voller Blasen waren.

Irgendjemand brach ihm fast das Genick, als er ihm den Helm vom Kopf riss. „Jemand muss zu Kirsten gehen und ihr sagen …“

„Hat jemand daran gedacht, den Notarzt zu rufen?“, donnerte die Stimme des Regisseurs über die Köpfe hinweg. „Hirnloses Gesindel!“

Rylan versuchte, sich aufzusetzen. „Kirsten …“ Mehr als ein Krächzen brachte er nicht zustande. Vergebens zeigte er mit der verbrannten Hand in ihre Richtung.

„Leg dich wieder hin, Rylan.“ Pat fasste ihn an der Schulter. Als Einzige behielt sie einen kühlen Kopf. „Du kommst schon wieder in Ordnung.“ Sie drehte sich zum Regisseur um. „Ein Notarztwagen ist doch schon vor Ort. Du hast einen bestellt, für den Fall, dass so etwas passieren sollte. Weißt du nicht mehr?“

„Aus dem Weg!“, brüllte der Regisseur. „Lasst die Sanitäter durch. Ich sollte dich verklagen, du Idiot!“, brüllte er dann zu Rylan hinunter. „Weil du ein solches Risiko eingegangen bist. Aber eine großartige Szene.“ Er steckte sich eine neue Zigarre in den Mund. „Ganz großartig. Jeder im Publikum wird sich in die Hosen machen vor Angst.“

„Die Sanitäter sind da!“

„Aus dem Weg! So lasst die Männer doch durch!“

„Rylan, sie werden dich ins Krankenhaus bringen.“

Jemand drückte ihm eine kalte Kompresse auf die Stirn. Es hatte keinen Zweck, sich gegen die Meute zu wehren. Und er war so müde …

Wo war Kirsten?

Kirsten, Kirsten.

„Die Ärzte sagen, dass keine Narben zurückbleiben.“ Pat kam in das private Krankenzimmer, in dem Rylan behandelt wurde. „Die Verbrennungen sind nicht so schlimm, auch wenn ich mir vorstellen kann, dass sie höllisch wehtun. In den nächsten Tagen sollst du diese Brandsalbe auftragen. Und hier sind Schmerzpillen, falls du sie brauchen solltest.“ Sie stellte das Döschen auf den Nachttisch neben dem Bett. „Sie sind harmlos, du wirst dich sogar rundherum glücklich und zufrieden fühlen. Habe ich mir von Leuten sagen lassen, die das Zeug schon mal genommen haben.“

Rylan lächelte nicht einmal andeutungsweise über ihre Bemerkung.

Pat plauderte weiter, ohne sich von seiner düsteren Stimmung bremsen zu lassen. Diese, so nahm sie zumindest an, musste wohl von der verzögerten Schockreaktion herrühren. Schließlich hätte das Ganze auch viel schlimmer ausgehen können.

„Unser hochgeschätzter Filmregisseur lässt dir ausrichten, dass die Absturzszene und dein Sprung aus dem brennenden Cockpit der aufregendste Take ist, den er während seiner Zeit in Hollywood gesehen hat. Ich glaube, er misst deinen Verbrennungen die gleiche Bedeutung bei wie dem Zigarrenstummel, den er in der Hektik weggeworfen hat – ein Opfer, das man bringen muss, um Filmgeschichte zu schreiben. Der Blumenstrauß ist übrigens von ihm. Von der Crew stammen die …“

„Wieso war sie da?“

Pat starrte ihn verdattert an. „Wer? Wen meinst du?“

„Kirsten Rumm. Was hat sie am Set zu suchen gehabt?“, fragte er mürrisch.

Pat hievte ihre ausladende Körperfülle auf den einzigen Stuhl, der im Zimmer stand, und betrachtete nachdenklich den Mann, der aufrecht im Krankenhausbett saß. Die grimmige Miene und der düstere Blick waren also nicht auf seinen Schock zurückzuführen, wie ihr jetzt klar wurde, sondern auf nur mühsam kontrollierte Wut.

„War sie denn da?“

„Ja. Ich habe sie vom Cockpit aus gesehen.“

„Vielleicht hast du dir das nur eingebil…"

„Ich habe sie gesehen!", stieß er aus. „Wieso war sie da?"

Pat zuckte zusammen. „Falls sie tatsächlich da war, dann bin vermutlich ich dafür verantwortlich", gab sie zerknirscht zu. „Ich habe sie angerufen."

„Warum?" Das einzelne geflüsterte Wort troff vor Zorn.

„Ähm … ähm … Wir brauchten das Drehbuch, ehrlich, Rylan. Ich rief sie an und fragte sie, ob es bei ihr im Haus sei. Sie ging in deinem Zimmer nachsehen und sagte, ja, es liege dort."

„Und du hast sie gebeten, es zum Set zu bringen." Obwohl die Haut auf seinen Händen spannte und brannte, ballte er die Fäuste.

„Nein. Nein, habe ich nicht. Ich sagte, ich würde jemanden schicken, der es abholt, aber sie … Wohin willst du?"

„Nach Hause."

„Zurück nach Los Angeles?"

Ihm wurde bewusst, welchen Lapsus er soeben begangen hatte, aber er nahm sich jetzt nicht die Zeit, weiter darüber nachzudenken. Später. Später würde er genug Zeit dazu haben. Nachdem er mit Kirsten gesprochen hatte. „Zu ihrem Haus. Ich bin dort zu erreichen." Er zog das Krankenhaushemd aus und ging zu einem schmalen Schrank hinüber. Jemand, wahrscheinlich die mütterliche Pat, hatte genügend Verstand gehabt und ihm eine Garnitur zum Wechseln in die Klinik gebracht.

Die Assistentin drückte sich jetzt aus dem Stuhl hoch. „Du kannst dich nicht einfach selbst aus dem Krankenhaus entlassen! Die Ärzte wollen dich zur Beobachtung über Nacht hierbehalten."

Rylan hatte nur einen äußerst groben und zudem anatomisch unmöglichen Vorschlag dafür übrig, was die Ärzte und Pat mit ihren Ratschlägen machen sollten. Er verließ das Krankenzimmer und die Klinik mit ausholenden Schritten. Da sein Motorrad noch immer am Set stand, winkte er sich auf der Straße ein Taxi heran und ließ sich nach La Jolla bringen.

Schon vom Fuße des Hügels aus war zu sehen, dass Kirstens Haus dunkel dalag.

„Scheint keiner zu Hause zu sein, Mann", sagte der Taxifahrer über die Schulter zurück zu Rylan, der seine Sonnenbrille trug und somit nicht erkannt worden war.

„Sie ist zu Hause", erwiderte er überzeugt. Und tatsächlich, als das Taxi um die letzte Biegung der langen Auffahrt bog, entdeckte er ihren Mercedes, der vor dem Haus parkte. „Danke." Wer immer ihm die Sachen ins Krankenhaus gebracht hatte, hatte auch ein paar Geldscheine in die Hosentasche gesteckt. Davon warf er jetzt eine ansehnliche Anzahl auf den Beifahrersitz des Taxis und stieg aus.

Die Vordertür war abgeschlossen. Rylan ging um das Haus herum und rüttelte an jeder Glasschiebetür, bis er endlich eine fand, die nicht von innen verschlossen war. Er wappnete sich dafür, dass jeden Moment der Alarm losschlagen würde, doch nichts passierte. Also tastete er sich vorsichtig durch die dunklen Räume.

Er fand sie in ihrem Schlafzimmer. Kirsten lag quer auf dem großen Bett und wirkte dadurch noch zerbrechlicher und kleiner. Ihre Schuhe standen auf dem Boden, die Spitzen zum Bett hin gerichtet. Sie musste in einer einzigen Bewegung aus den Schuhen gestiegen und auf das Bett gefallen sein. Jetzt lag sie zusammengerollt da, die Knie angezogen, den Kopf so weit heruntergebeugt, dass ihr Kinn fast ihre Brust berührte.

Rylan sagte nichts, ging direkt zu ihr und setzte sich auf die Bettkante. Er beugte sich zu ihr hinunter und strich ihr übers Haar. Eine Weile lang blieb sie reglos liegen, dann rollte sie sich auf den Rücken und schaute im Dämmerlicht zu ihm auf.

Sein Herz zog sich zusammen, als er ihre vom Weinen geschwollenen Augen sah. Ihre Mascara war verlaufen und hatte dunkle Ränder unter ihren Wimpern hinterlassen. Er senkte den Kopf und strich mit der Zungenspitze über ihre Lippen, drückte einen zärtlichen Kuss darauf. Dem wortgewaltigsten Schauspieler Hollywoods fiel nichts ein, was er sagen könnte. Also beschränkte er sich auf das Wesentliche, das Du kam ganz selbstverständlich. „Es tut mir leid, dass du das hast mitmachen müssen."

Ihre Unterlippe begann zu zittern. Langsam setzte sie sich auf und lehnte sich gegen ihn. Er drückte ihre zierliche Gestalt, die zu halten er sich so gesehnt hatte, sanft an sich und barg das Gesicht an ihrem Hals. Sie schlang die Arme um seinen Nacken. Beide erzitterten unter Kirstens Schluchzern.

„Nicht. Nicht weinen", murmelte er. „Es sah viel schlimmer aus, als es in Wirklichkeit war."

„Es war entsetzlich. Grauenvoll. Genau wie in meinen Albträumen."

„Ich weiß, Darling, ich weiß." Er streichelte mit beiden Händen über ihren Rücken. „Ich habe dich gesehen, durch die Flammen, und ich …" Die Erkenntnis schoss ihm in den Kopf, dass er im Moment seines möglichen Todes nur an Kirsten und ihre Qual gedacht hatte.

Wäre in einem solchen Augenblick nicht zu erwarten gewesen, dass er an sich selbst dachte? Durchaus. Es sei denn, sie war ihm wichtiger geworden als das eigene Leben. Es sei denn, er liebte sie.

Er drehte leicht das Gesicht und presste einen Kuss auf ihre weiche, duftende Haut. Es war eine Liebeserklärung, die er nicht in Worte fassen konnte. Noch nicht. Weil sie noch nicht bereit war, die Worte zu hören. Aber er war von dem neuartigen Gefühl durchdrungen, und das zelebrierte er. Er liebte sie! Es war das Paradies und die Hölle zugleich. Denn er wusste nicht, wem ihre Tränen galten.

„Ich konnte mir nicht vorstellen, weshalb du da draußen sein solltest“, sagte er. „Ich dachte, ich habe Halluzinationen.“

Sie machte sich schniefend von ihm los. „Sie ... diese Pat ... hatte mich angerufen, und ...“

„Ja, das habe ich schon gehört. Das wird Konsequenzen haben.“

„Nein, du darfst ihr nicht böse sein. Ich habe freiwillig angeboten, das Skript ans Set zu bringen.“

„Wieso? Ich dachte, du wolltest nichts damit zu tun haben?“

„Anfangs wollte ich das auch nicht, aber dann ...“

Ihre Stimme erstarb, und sie wandte den Blick ab. Er legte eine Hand an ihre Wange und drehte ihr Gesicht sanft wieder zu sich zurück. „Aber dann, Kirsten?“, hakte er nach.

Es dauerte lange, bevor sie antwortete. „Ich war so durcheinander.“

„Weshalb?“

„Wegen der Dinge, die in mir vorgehen. Wegen meiner Gefühle.“

„Gefühle?“

Sie hob tränenschimmernde Augen zu ihm empor. „Gefühle für dich.“

Rylans Herz begann schneller und härter zu schlagen als am Vormittag im brennenden Flugzeug. „Welche Gefühle sind das?“, fragte er mit rauer Stimme.

„Ich denke, das weißt du.“

„Kannst du es nicht ein bisschen genauer ausdrücken?“

„Wenn ich in deiner Nähe bin, kann ich nicht mehr klar denken und mache mich total zum Narren.“

„Nein, niemals.“ Begierig wanderte sein Blick über ihr Gesicht.

„Doch, tue ich“, beharrte sie verzweifelt. „Ich hatte alles im Griff, bis du aufgetaucht bist. Jetzt fühle ich mich ständig gehetzt und unsicher, und ich weiß nicht, warum.“ Sie hob die Hände in einer hilflosen Geste. „Ich kann diese Gefühle nicht erklären.“

Er fasste ihre Hand und führte sie an jene Stelle, wo sein Herz hart gegen seine Brust schlug. „Deine Gefühle … ähneln sie dem hier?"

An ihrer Handfläche fühlte sie seinen hämmernden Herzschlag. „Ja, genau so", flüsterte sie. Sie hielt seinen Blick gefangen, nahm seine Hand und zog sie an ihre linke Brust. „Spürst du es?"

Mit einem tiefen, gefährlichen Brummen beugte er den Kopf und küsste sie. Sie erwiderte den Kuss, begegnete seiner Zunge mit der gleichen Hitze. Trotzdem lag noch immer ein kaum merkliches Zögern in ihrer Reaktion.

Bevor er nicht mehr klar denken konnte, zog Rylan sich von ihr zurück. „Was ist, Kirsten? Was stimmt nicht?"

„Du bist zu feinfühlig."

„Es ist nur … Wenn eine Frau mich küsst, möchte ich wissen, ob ihr klar ist, wen sie küsst."

„Das weißt du doch", flüsterte sie erstaunt.

Er nickte ernst.

Sie atmete tief ein und schüttelte den Kopf. „Siehst du, das ist es, was ich mit ‚durcheinander sein' meine. Wir reden den ganzen Tag von Charlie. Wenn wir nicht von ihm reden, schreibe ich über ihn. Du bewegst dich wie er, du nutzt die gleichen Gesten und die gleichen Worte wie er, wie sie in meinem Buch stehen, sogar mit der gleichen Betonung. Aber wenn ich jetzt an ihn denke, dann sehe ich dein Gesicht vor mir, nicht seines."

Ihre Miene spiegelte ihre Verwirrung wider, als sie ihn ansah. „Ich weiß nicht, ob ich mich ein zweites Mal in ihn verliebe – oder in dich."

Rylan lehnte seine Stirn an ihre. Zum ersten Mal im Leben wünschte er sich, er wäre nicht so gut in dem, was er tat. Es war nicht unüblich für ihn, dass er für die Dauer der Dreharbeiten die Eigenarten und Gewohnheiten des Charakters annahm, den er verkörperte. Man könnte sagen, er wurde zu der Person, die er darstellte. Und bisher war er immer stolz auf diese Fähigkeit gewesen. Doch dieses eine Mal wollte er nur als er selbst gesehen werden, ohne ein aufgesetztes Gehabe.

„Hättest du mich unter anderen Umständen kennengelernt", setzte er behutsam an, „sagen wir … ich wäre der Mann der Telefongesellschaft, den du gerufen hast, um deinen Anschluss reparieren zu lassen … Wärst du dann an mir interessiert?"

Sie lachte tatsächlich auf. „Ich bin weder tot noch blind, Rylan, und auch ich habe Hormone. Gibt es überhaupt eine lebendige Frau, die nicht an dir interessiert ist, bei deinem Aussehen?"

„Das zählt nicht", brummte er. „Ich meine, bist du interessiert an mir persönlich, an dem Mann, der ich bin?"

„Ich weiß es nicht", stöhnte sie. Die Stirn noch immer an seiner, wandte sie den Kopf hin und her und rieb mit ihrer Nasenspitze über seine. „Ich glaube, schon. Ich finde dich faszinierend. Das ist die ehrlichste Antwort, die ich dir geben kann."

„Faszinierend also. Damit werde ich mich wohl zufriedengeben müssen."

Sie lächelte über seinen beleidigten Ton. „Du bist überhaupt nicht so, wie ich gedacht habe. Du bist viel ernsthafter. Oh sicher, du täuschst die anderen. Du gibst vor, dass dir alle gleichgültig sind und du nur auf dich selbst achtest. Inzwischen ist mir jedoch klar geworden, dass du dich nicht von Menschen fernhältst, sondern von Oberflächlichkeit."

Rylan hörte gern, was sie da sagte. Er verschränkte die Finger hinter ihrem Hals und küsste ihre Schläfe. „Erzähl mir mehr."

„Du besitzt mehr Tiefe, als ich dir zugetraut hatte. Mehr Mitgefühl. Deine menschliche Seite macht deine Unverschämtheit erträglich."

„War ich etwa unverschämt?"

Sie legte den Kopf in den Nacken, um seinen liebkosenden Lippen besseren Zugang zu bieten. Rylan ließ einen Schauer kleiner Küsse über ihre Haut regnen.

„Du weißt genau, dass du unverschämt warst. Du hast mich gleich am ersten Abend bei deiner Ankunft hier geküsst."

„Wen hast du zurückgeküsst? Mich oder Rumm, wie du ihn in Erinnerung hast?"

„Stell mir doch nicht so eine Frage, Rylan. Ich weiß es nicht. Vielleicht habe ich den Kuss nur erwidert, weil ich so lange nicht mehr geküsst worden bin."

Er seufzte enttäuscht. „Du warst dennoch eifersüchtig … bis du herausfandest, dass Cheryl meine Schwester ist. Gib's zu. Die Vorstellung, dass Dylan mein Sohn sein könnte, hat dir ganz und gar nicht behagt."

Sie nickte. „Ja, ich war eifersüchtig. Völlig unvernünftig. Und das hat mich noch mehr verwirrt. Ich hatte kein Recht, eifersüchtig zu sein."

Er legte beide Hände auf ihre Schultern. „Kirsten, ich möchte dir eine Frage stellen." Seinem durchdringenden Blick hielt sie stand. „Als du heute das brennende Flugzeug gesehen hast … wer saß für dich dort drinnen? Ich oder Charlie Rumm? Hattest du Angst um mich, oder war es die Erinnerung an ihn, die deine Reaktion hervorgerufen hat?"

Mit den Daumen wischte er ihr die Tränen von den Wangen. „Um wen hast du geweint?"

Ihre Brüste hoben sich, als sie schwer Atem holte. Er spürte die Wärme auf seinen Lippen, als sie die Luft wieder ausstieß.

„Um dich, Rylan. Um dich."

Mit einem Stöhnen zog er sie an sich und nahm ihren Mund in Besitz, ließ seine Zunge die warme Höhle erkunden und drückte Kirsten sanft in die Kissen zurück. Er ließ sich mit ihr niedersinken, sodass er halb auf ihr lag.

Sie küssten sich, und diesmal schien es ewig zu dauern. Es löste ein überwältigendes Glücksgefühl in ihm aus, dass sie ihn mit derselben Leidenschaft küsste wie er sie. Und jedes Mal, wenn Rylan sich zurückziehen wollte, hielt sie seinen Kopf fest und setzte den Kuss fort.

Als sie irgendwann die Lippen voneinander lösten, rangen sie beide nach Luft. Rylan, der die ganze Zeit über seine Finger in ihrem Haar vergraben hatte, barg das Gesicht an ihrem Hals. „Dein Haar wird nach der Salbe riechen, die sie im Krankenhaus auf meine Hände aufgetragen haben."

„Das kümmert mich nicht", wisperte sie. „Tut es sehr weh?"

„Nein, es ist nicht so schlimm."

„Ich habe in der Klinik angerufen, und man sagte mir, dass es nichts Ernstes sei. Ich wusste nur nicht, ob ich ihnen glauben kann."

„Mir geht es gut. Im Moment gibt es nur einen Teil an mir, der wehtut, und du bist die Einzige, die das heilen kann."

Sie lachte an seinen Lippen, es war der erotischste Laut, den er je gehört hatte. Er machte sich an den Knöpfen ihrer Bluse zu schaffen. Sobald er sie alle geöffnet hatte, glitten seine Finger ungeduldig weiter zum Verschluss ihres BHs. Mit einem Ruck entledigte er sie der Spitze und entblößte ihre Brüste. Ihre Brustwarzen waren zart und von einem dunklen Rosa. Eine von ihnen umschloss er mit den Lippen, die andere reizte er mit den Fingerspitzen.

„Rylan …" Kirsten bog sich seinen Berührungen entgegen.

„Du schmeckst so süß."

Mit seiner Zunge schlug er hart gegen ihre aufgerichteten Brustspitzen, dann wieder saugte er zärtlich daran. Er schob eine Hand unter ihren Rock. Die Haut an der Innenseite ihrer Schenkel war der wahr gewordene Traum seiner Teenagerzeit. Er folgte dem samtenen Pfad hinauf bis zur Mitte, wo sich ihre Schenkel trafen. Das leise Schnurren, das sie hören ließ, als seine Finger an dem elastischen Bündchen ihres Slips spielten, ermutigte ihn, sich weiter vorzuwagen.

Rylan stieß ein dumpfes Stöhnen aus, als er auf die süße Hitze traf, die sie ausströmte. Kühn nutzte er seine Finger, streichelte sie mit rhythmischen Bewegungen. Er genoss es ebenso sehr wie sie und wusste doch, dass er so nie erlöst werden würde.

Er war so erregt, dass es schmerzte. Um die Qual zu lindern, zog er Hose und Boxershorts herab. „Fass mich an, so wie du es schon einmal getan hast“, forderte er heiser von ihr und führte ihre Hand an seine harte Männlichkeit, legte ihre Finger um den heißen, pulsierenden Schaft. „Kirsten, Kirsten …“

Als sie sich unter ihm fortrollte, glaubte er zuerst, sie wolle sich ausziehen. Doch als sein Blick sich etwas klärte, sah er sie, wie sie am Kopfende des Bettes kauerte und verkrampft die Bluse um sich geschlungen hielt, so als wäre er ein plündernder, gewalttätiger Vandale.

„Ich kann nicht.“

„Du kannst nicht?“, wiederholte er schwer atmend.

Unerbittlich schüttelte sie den Kopf. „Nein.“

Die Verwandlung vom mitfühlenden Freund und leidenschaftlichen Liebhaber zum verschmähten und damit feindseligen Mann vollzog sich jäh und ohne Vorwarnung. Rylan war klar, dass Kirsten diese chamäleonartige Verwandlung unverständlich sein musste, doch es war die Erregung, die ihm sein Verhalten diktierte, weder sein Herz noch sein Verstand. „Was heißt das, du kannst nicht?“, wollte er unwirsch wissen.

„Genau das, was ich gesagt habe“, spie sie zurück.

„Hast du deine Tage oder so was? Glaub mir, so empfindlich bin ich nicht.“ Es bereitete ihm perverse Befriedigung, sie rot anlaufen zu sehen.

„Nein, das ist es nicht. Ich kann und ich werde nicht mit dir schlafen. Jetzt nicht, später nicht … nie.“

Sein rasselnder Atem hörte sich an wie der eines gezähmten Haustieres, das sich gereizt seiner wilden Ursprünge erinnerte. „Dann eben nicht!“, stieß er knurrend hervor, außer sich vor Rage. „Kein Wunder, dass dein Mann Selbstmord begangen hat!“

## 7. KAPITEL

Rylan hatte beinahe vergessen, wie endlos weit und mächtig der Ozean war. Doch in der vergangenen Nacht, da er stundenlang darauf hinausgestarrt hatte, war es ihm wieder deutlich bewusst geworden. Nun ging hinter ihm schon die Sonne auf und warf seinen Schatten auf den Sand. Seine Silhouette glich einer unförmigen, riesenhaften Gestalt mit hängenden Schultern, eingezogenem Kopf und wirrem Haar. Der Schatten hätte zu einem hässlichen Oger aus einem Märchen gehören können.

Und genauso fühlte er sich auch.

Sich selbst verfluchend, streckte Rylan sich auf dem Strand aus und starrte in den Himmel hinauf. Das Dunkel wurde jetzt schnell heller, das blasse Grau nahm einen rosigen Schimmer an. Rylan musste an einen sterbenskranken Patienten denken, der alle Anzeichen einer schnellen Genesung zeigte. Die Sterne, die so lange ausgehalten hatten, funkelten zum Abschied ein letztes Mal auf und verblassten dann.

Rylan hob seine Hände in die Luft und betrachtete sie. Drehte sie erst in die eine, dann in die andere Richtung. Sie brannten. Die Haut war rot und schlug Blasen. Vielleicht lag es daran. Er hatte Schmerzen, zwar dumpf, aber konstant.

Seine Mutter hatte ihn immer als unerträglichen Patienten bezeichnet. Wenn er krank war, verfluchte er die Krankheit, die ihn schwächte, und ließ seinen Ärger an jedem aus, der sich in seiner Nähe aufhielt. Ganz gleich, wie fürsorglich oder nett oder liebevoll man auch zu ihm war, nichts konnte seine üble Laune besänftigen. Nun, dann konnte er also seinen verletzten Händen die Schuld für seine unmögliche Entgleisung am vergangenen Abend zuschieben. Wem es schlecht ging, der wollte nur allzu oft, dass auch andere litten. Rylan hatte jemanden verletzen wollen.

Nun, das war ihm ja großartig gelungen.

Er bedeckte die Augen mit einem Arm. Aber auch das half nicht, Kirstens Gesicht zu vertreiben, das deutlich vor seinem geistigen Auge stand. Wie sie ihn angestarrt hatte, nachdem er ihr die verletzenden Worte entgegengeschleudert hatte. Bleich und entsetzt. Ihre Lippen, soeben noch rosig von seinem Kuss, hatten alle Farbe verloren, und sie hatte sie zu einem schmalen Strich zusammengepresst. Die Augen hatte sie aufgerissen, bis ihr gesamtes Gesicht nur noch aus Augen zu bestehen schien. Direkt vor seinen Augen hatte sich diese Veränderung vollzogen – ihr ganzes Wesen schien zu schrumpfen und in sich zusammenzufallen.

Die Atmosphäre hatte vor Spannung geknistert, schwer und mit Schwefelgeruch vergiftet, wie Sekunden nach einem Blitzeinschlag. Beide hatten sie einen Moment lang reg- und sprachlos verharrt.

Kirsten fand zuerst die Sprache wieder, auch wenn ihre Stimme spröde und brüchig klang. „Es war kein Selbstmord. Wie kannst du mir gegenüber so etwas behaupten?"

Jede Silbe sprach sie schriller und lauter aus. Die letzten Worte klangen dann völlig hysterisch. Hätte sie es nicht so wild bestritten, vielleicht hätte er sich entschuldigt, sie wieder in seine Arme gezogen, nicht um zu verführen, sondern um zu trösten.

Doch etwas an der Art, wie sie daran festhielt und immer wieder für Demon Rumm in die Bresche sprang, um ihn zu beschützen, hatte die düstere Seite in Rylan provoziert. Die Erregung brannte noch immer in ihm, und das hatte mit Sicherheit auch zu seiner Boshaftigkeit beigetragen. Und so hatte er den Kopf zurückgeworfen und überzeugt behauptet: „So wird aber allgemein gemunkelt, Baby."

„Nun, es stimmt nicht." Kirsten hatte sich vom Bett aufgerappelt, sich mit dem Rücken zu ihm hastig die Bluse wieder zugeknöpft und den Rock glatt gestrichen. „Es stimmt nicht! Hast du gehört? Charlie hat nicht Selbstmord begangen! Aus welchem Grund sollte er? Er hatte alles, wofür es sich zu leben lohnt."

„Nur keine Ehefrau, die ihn an sich heranließ."

„Wie kannst du es wagen …?!"

„Oh, bei einer Frau, die das abzieht, was du hier gerade abgezogen hast, brauche ich mich nicht zurückzuhalten."

Sie drehte sich zu ihm um und schaute ihn herablassend an. „Ich wollte nicht mit dir schlafen."

„In Ordnung, kein Problem!"

„Warum brüllst du dann so?"

„Du hast dir reichlich Zeit gelassen, bis dir das klar geworden ist."

„Ich hatte nicht vor, es so weit kommen zu lassen."

Er erhob sich vom Bett und nahm seine typische arrogante Haltung ein. „Nicht? Verspürte Rumm deshalb diesen intensiven Todeswunsch? Hat er seinen sexuellen Frust mit todesmutigen Kunststücken in der Luft kompensiert?"

Sie schlug sich die Hände über die Ohren. „Hör auf! Was zwischen uns beiden passiert ist, hat überhaupt nichts mit Charlie und mir zu tun."

Er kürzte seine Erwiderung darauf zu einem unflätigen Fluch ab und stapfte zur Tür. Bevor er das Zimmer verließ, marschierte er noch einmal zu ihr zurück und schloss den Reißverschluss seiner Hose mit beleidigendem Nachdruck. „Ich werde es mir für jemanden aufsparen, der es zu schätzen weiß."

Am vergangenen Abend hatte er das für einen brillanten Spruch gehalten. Doch nachdem er genügend Zeit gehabt hatte, darüber nachzudenken, schien es ihm keineswegs mehr wie eine besonders geistreiche Bemerkung.

Ich stand kurz vor dem Explodieren, versuchte er sich zu rechtfertigen.

Das war keine Entschuldigung. Ein erwachsener Mann wusste mit unbefriedigter Begierde umzugehen. Das unterschied den Menschen schließlich vom Tier. Menschen lebten nicht mehr in Höhlen, Männer hatten längst gelernt, das Nein einer Lady galant und würdevoll zu respektieren.

Sie hätte es nicht so weit kommen lassen dürfen.

Nein, vielleicht nicht. Nur sagte sein Verstand ihm auch, dass Kirsten es nicht darauf angelegt hatte, ihn erst anzuheizen und ihm dann einen Korb zu geben. Sie hatte die gleiche Lust verspürt wie er. Ihr Körper war es auf jeden Fall nicht gewesen, der Nein gesagt hatte. Das hatte irgendetwas anderes in letzter Minute besorgt. Vielleicht ihr Kopf. Oder ihr Herz.

*Es ist ja nicht so, als wäre ich nur auf einen Quickie mit ihr aus gewesen. Nein, ganz und gar nicht. Ich liebe sie.*

So gesehen, hätte er mehr Geduld und Verständnis zeigen sollen, anstatt wutentbrannt aus dem Zimmer zu stürmen.

Er setzte sich wieder auf und starrte auf die heranrollenden Wellen hinaus. Der nie endenden Bewegung lag ein strenges Muster inne, jede Welle hatte ihre eigene Ausgangsquelle. Ein Wirbel begann immer auf die gleiche Art und Weise ... Na schön, teilweise konnte Rylan sein unmögliches Benehmen vom Vortag also rechtfertigen. Sein Verhalten ließ sich damit entschuldigen, dass er verliebt war. Und das war nun wirklich der schlimmste Zustand, in dem ein Mann sich befinden konnte.

Er hatte von Männern gelesen, die ihr ganzes Leben aus der Ferne geliebt hatten, ohne jemals Körperkontakt zu der Frau zu haben, der ihr Herz gehörte. Ein ermutigender Gedanke, dass ein Mann so rein und edel sein konnte. Nur glaubte Rylan nicht, dass so etwas überhaupt zu schaffen war. Zumindest nicht für ihn.

Seine Sexualität war ein wichtiger Teil seiner Persönlichkeit, sie gehörte zu ihm wie seine Fingerabdrücke, die typische Form seiner Augenbrauen oder die braunen Punkte in seinen Augen. Seine Sexualität konnte er nicht nach Gusto ändern. Er liebte Kirsten Rumm mit seinem ganzen Wesen, und dazu gehörte eben auch seine Begierde.

„Aber Mann, was *das* betrifft, hat die Frau ganz erhebliche Hemmungen", sagte er laut.

Was war mit ihr los? Physisch war sie völlig in Ordnung, ihr Körper reagierte genau so, wie ein Körper eben reagieren sollte. Vielleicht kam alles ja nur auf den einen Punkt zurück: Sie liebte Charles Rumm noch immer. Er hatte wirklich verdammt gut ausgesehen, hatte eine unglaubliche Wirkung gehabt mit diesem gewinnenden Lächeln und seiner charismatischen Persönlichkeit. Zudem war er reich und berühmt gewesen. Kein Wunder, dass Kirsten völlig verrückt nach ihm gewesen war.

Aber inzwischen waren zwei Jahre vergangen seit seinem Selbstm… seit seinem Unfall. Für Kirsten war es an der Zeit, ein neues Leben mit einem anderen Mann zu beginnen, ob es ihr bewusst war oder nicht.

Die Möglichkeiten, die Rylan nun offenstanden, waren klar. Entweder konnte er das Handtuch werfen und auf ewig dem nachtrauern, was hätte sein können. Oder aber er konnte bleiben und sie so lange traktieren, bis er schließlich herausfand, woher ihre Aversion gegen Sex stammte. Und wenn er das entdeckt hatte, würde er sie von ihrem Widerwillen heilen … koste es, was es wolle.

Rylan stand auf und klopfte sich den Sand von den Shorts. Während er die Stufen zum Haus hinauflief, hatte er ein ähnliches Gefühl wie damals, als sein Agent ihm den Rat gegeben hatte: „Ich an deiner Stelle würde mir gar nicht die Mühe machen, den Produzenten anzurufen, Rylan. Die Rolle in dem Film ist nichts für dich. Selbst wenn du sie bekommen solltest, wäre sie ein Fehlgriff, der deine Karriere ruinieren könnte."

Er war entschlossen gewesen, die Rolle zu bekommen und den Film zu einem Hit zu machen.

Beides war ihm gelungen.

Kirsten saß auf dem blauen Ledersofa in Rumms Arbeitszimmer, als Rylan, geduscht und umgezogen, sich neben ihr niederließ.

Ohne Einleitung, nicht einmal ein „Guten Morgen", sagte er: „Du hättest mich gestern ohrfeigen sollen."

Sie schaute ihn an, ohne zu lächeln. „Der Gedanke ist mir gekommen."

„Warum holst du es nicht jetzt nach?"

„Ist nicht mein Stil."

„Probier's doch einfach mal. Vielleicht fühlst du dich dann besser."

Jetzt lächelte sie doch, allerdings traurig, und schüttelte den Kopf. „Das bezweifle ich."

„Wirst du meine Entschuldigung annehmen?"

„Wofür?"

„Dass ich dich angeflegelt habe wie ein Straßenjunge, der abgeblitzt ist."

Ihr Lächeln wurde breiter. „Werde ich. Wenn du meine annimmst."

„Wofür?"

„Weil … weil ich mittendrin abgebrochen habe."

„Ich vergebe dir", sagte er sofort und fügte leise hinzu: „Ich weiß nur nicht, ob ich es vergessen kann."

Sie wandte das Gesicht ab. „Ja. Das ist der schwierige Teil, nicht wahr? Das Vergessen."

„Ich will es nicht vergessen, Kirsten. Ich will mich daran erinnern und bewahren, wie es sich anfühlt, Zärtlichkeiten mit dir auszutauschen." Er merkte, dass ihr das Gespräch unangenehm war und wechselte das Thema. „Wir tauschen also Entschuldigungen aus. Abgemacht?"

„Ja, abgemacht."

Ernst schüttelten sie sich die Hände.

„Woran arbeitest du?", fragte er. „Und warum hier?" Er deutete auf einen Notizblock, den sie auf den Knien hielt und auf dem mehrere handschriftliche Anmerkungen standen.

„Es ist das letzte Kapitel", antwortete sie. „Und ich sitze hier, weil ich hoffe, dass eine andere Umgebung vielleicht hilft."

„So? Probleme?"

Sie seufzte resigniert, als müsse sie über etwas reden, über das sie nicht wirklich reden wollte. „Was dieses Kapitel angeht, habe ich eine Schreibblockade."

„Du bist emotional zu sehr involviert. Du kannst nicht objektiv sein."

„Vermutlich."

Sie sah so klein und hilflos aus. Violette Schatten lagen unter ihren Augen, die das Blau ihrer Augen intensivierten, aber auch ihren blassen Teint. Sie so zerbrechlich und verletzlich zu sehen, ließ ihn sich wie einen brutalen Barbaren vorkommen. Umso mehr, da er wusste, dass er sie erneut verletzen musste, bevor der Heilungsprozess beginnen konnte. „Wo steckst du fest?“

„Ich finde keine Worte, um zu beschreiben, was ich fühlte, als die Nachricht von dem Unfall mich erreichte“, gestand sie.

„Die Gerüchte und der Rummel in der Öffentlichkeit, die damit einhergingen, werden nicht gerade geholfen haben.“

Sie nahm die Brille ab und rieb sich müde die Augen. Als sie ihn dann anschaute, war alle Verletzlichkeit aus ihrer Miene verschwunden. Bevor sie zu einer Schimpftirade ansetzen konnte, umschloss Rylan seine Hände mit seinen.

„Kirsten, ich möchte die Wahrheit herausfinden, genau wie du. Wahrscheinlich sogar noch mehr als du.“

„Wegen des Films?“

„Zum Teil“, erwiderte er. „Aber das ist nicht der einzige Grund, ich denke, das weißt du.“ Unter seinem festen Blick besänftigte sich ihr aufloderndes Temperament. Sie schaute auf die verschränkten Hände. „Was ist da gestern Abend passiert, Kirsten?“, fragte er leise.

„Du warst doch dabei. Du weißt, was passiert ist.“

„Eine hinreißend schöne, attraktive junge Frau erstarrte jäh zu Stein. Warum, Kirsten? Und behaupte jetzt nicht, du hättest mich nicht gewollt. Ich weiß, dass es anders war. Eine Frau reagiert nicht so auf einen Mann, den sie nicht will.“

„Rylan, bitte!“ Sie stöhnte gequält auf und ließ den Kopf hängen.

„Ist es Schüchternheit? Bist du streng erzogen worden? Hat man dir beigebracht, dass man über Sex nicht spricht? Bist du einfach nur furchtbar zurückhaltend?“

„Natürlich nicht.“

Er hörte das leise Lachen in ihrer Stimme heraus. „Was ist es dann? Sag es mir. Habe ich etwas getan, das dich abgestoßen hat?“

„Nein.“

Er küsste sie aufs Ohr, ließ seinen Mund an der Stelle liegen, flüsterte: „Hat dir denn gefallen, was ich getan habe?“

Sie nickte leicht. „Ja. Sehr sogar.“

Gefühle wollten ihn überwältigen. Er schloss die Augen, um sich einen Moment Zeit zu geben und das aufsteigende Verlangen zu kontrollieren. „Warum hast du dann so getan, als hätte ich dich zu etwas gezwungen? Ich habe die dickste Haut, die man sich vorstellen kann,

Kirsten. Ich kann jedes Thema besprechen, ohne auch nur mit der Wimper zu zucken. Ich verspreche, nicht aufzubrausen, ganz gleich, was du sagst." Er schob die Finger in ihr Haar und hob ihren Kopf an. „Sag es mir, Kirsten." Suchend blickte er in die Tiefen ihrer Augen, die sich mit Tränen füllten.

„Ich kann nicht, Rylan. Bitte, verlang es nicht von mir. Wenn du auch nur das Geringste für mich fühlst, wirst du mich nicht danach fragen."

Ein kaltes, rostiges Messer fuhr in seine Eingeweide, sein Verstand schrie protestierend auf. Seine Kehle wurde eng durch die Einsprüche, die ihm auf der Zunge lagen und die er zurückhielt. Doch er verfolgte den Weg der einzelnen Träne, die über ihre Wange rollte, und wusste, er würde ihr jede Bitte erfüllen, solange es nur in seiner Macht stand.

Mit den Lippen nahm er die einzelne Träne von ihrer Wange auf. „Also gut, Kirsten. Ich werde nicht mehr fragen. Aber ich möchte dich bitten, mir zwei Gefallen zu tun."

„Welche?"

„Sag mir die Wahrheit." Sie schaute ihn abwartend an. „Wolltest du mich letzte Nacht? Wolltest du mit mir schlafen?"

Ihr Blick haftete auf seinem Mund. „Musst du das wirklich fragen?"

Er holte tief Luft und hielt den Atem an. „Also hat es nichts mit uns zu tun, dass du dich plötzlich zurückgezogen hast?"

„Nein, nichts."

Sein Kuss war zärtlich und verlangend zugleich.

„Und der zweite Gefallen?", fragte sie mit belegter Stimme, als er den Kopf wieder hob.

„Ich bitte dich, mit mir die letzten vierundzwanzig Stunden in Demon Rumms Leben nachzuvollziehen."

„Was?! Die letzten vierundzwanzig ..."

„Wegen meiner verbrannten Hände brauche ich die nächsten Tage nicht am Set zu erscheinen. Führe mich durch den letzten Tag seines Lebens, lass uns Stunde um Stunde Revue passieren. Ich will die Wahrheit wissen über das, was an jenem Morgen im Flugzeug passiert ist."

„Die Wahrheit ist, dass Charlie einen Unfall gehabt hat. Er hat nicht Selbstmord begangen."

„Sicher, akzeptiert. Dann kann es doch keine Bedenken geben, oder?" Er sah, dass sie schwankte, also hakte er nach. „Davon werden wir beide nur profitieren. Du steckst mit deinem Buch momentan in einer Sackgasse. Mit mir über seine letzten vierundzwanzig Stunden zu reden, bringt vielleicht eine Erinnerung zurück, die die Sperre in deinen Gedanken wegräumt, sodass du weiterarbeiten kannst."

Mit dem Daumen strich er über ihre Lippen. Es waren so wunderbar weiche Lippen, zum Küssen geschaffen – geschaffen, um Vergnügen zu schenken und zu empfangen. Es ergab keinen Sinn, dass sie sich beides versagte.

„Abgesehen von den beruflichen Gründen …", fuhr er fort. „Wir können nicht wirklich zueinanderfinden, solange wir mit Demon Rumm nicht fertig sind."

Er küsste sie noch einmal, dieses Mal drängender, als wollte er etwas besiegeln. Nutzte seine Zunge, um ihr die Liebe zu vermitteln, die er nicht in Worte zu fassen wagte. Als sei ihr Mund das geheiligte Gefäß, um diese zu empfangen.

Als sie sich voneinander lösten, waren es seine Augen, die seine Bitte stumm wiederholten. Und Kirsten gab still nickend ihre Zustimmung.

„Ah, Sam ist hier. Da steht sein Truck." Kirsten zeigte auf einen verbeulten Pick-up, der vor einem Wellblechhangar parkte.

Rylan lenkte Kirstens Mercedes neben Sams altersschwaches Gefährt. „Ich werde mir auch so einen anschaffen."

„Was? Einen Mercedes oder so was?" Kirsten schaute auf das rotweiße, schlammbespritzte Monstrum.

Rylan schien die Frage ernsthaft zu überdenken. „Ach, was soll's", sagte er schließlich. „Vielleicht beides."

Ihr Lachen stellte die gleichen Dinge mit ihm an wie ihre Küsse, ließ Wärme durch seinen Körper strömen. Er freute sich schon jetzt auf den Tag, wenn das hier alles hinter ihnen lag und sie frei und oft miteinander lachen konnten. Keine Sekunde zweifelte er daran, dass dieser Tag kommen würde. Er hatte schon größere Herausforderungen angenommen als diese. Auch schon größere Hindernisse überwunden als Demon Rumm.

Sie gingen in das gewölbte Gebäude hinein und hatten das Gefühl, in einen Ofen getreten zu sein. Auch wenn der Hangar Schutz vor der sengenden Sonne gewährte, so war die Luft darin doch heiß und stickig. Sie bahnten sich ihren Weg durch überall verstreut herumliegende Flugzeugteile und gingen in die Richtung, aus der sie lautstarkes Fluchen hörten. Schließlich erblickten sie Sam, der auf einer erhöhten Plattform stand, den Kopf in einen aufgedeckten Flugzeugmotor gesteckt.

„So'n verdammter Schrotthaufen … so'n Mist …"

„Achtung, Sam. Es sind Damen anwesend", warnte Rylan lachend. „Zeigen Sie ein bisschen mehr Respekt, wenn ich Ihnen eine Lady mitbringe."

Der Mechaniker drehte sich um und stampfte die metallene Treppe herunter. Sein Overall war über und über mit Öl beschmiert, und das Tuch, mit dem er sich jetzt die schwarzen Hände abwischte, hielt ganz offensichtlich schon seit Längerem für diesen Zweck her. Er stopfte es wieder in die Hosentasche zurück, dann musterte er Kirsten von Kopf bis Fuß. „Nicht nur einfach eine Lady, North, sondern die hübscheste weit und breit. Würde ich nicht so stinken, hätte ich sie schon überschwänglich an mich gedrückt."

„Hat dich so was jemals aufgehalten?", fragte Kirsten lachend und breitete die Arme aus.

Prompt drückte Sam sie so fest, dass ihr die Luft wegblieb. Beide hatten sie Tränen in den Augen, und verlegen lösten sie sich wieder voneinander. Sam führte Rylan und Kirsten zu einem Schreibtisch, der ebenso chaotisch aussah wie der restliche Hangar. Von irgendwoher besorgte er einen Stuhl für Kirsten und deutete auf eine Holzkiste, auf die Rylan sich setzen sollte. Der Mechaniker konnte kaum den Blick von Kirsten wenden, als sie sich vorsichtig auf den zerschlissenen Plastiksitz des Stuhls niederließ. „Du könntest mich ruhig öfter besuchen kommen, weißt du?", beschwerte er sich brummend.

„Ja, ich weiß. Ich entschuldige mich und gelobe Besserung."

„Das hast du beim letzten Mal schon gesagt. Du lebst da oben in diesem schicken Haus auf dem Hügel wie eine Einsiedlerin. Na, ich bin alt, hässlich und halb blind, da wundert's mich nicht, dass du nicht viel mit mir zu tun haben willst. Nicht, wenn du mit Schönlingen wie dem da", er nickte grimmig in Rylans Richtung, „herumflanieren kannst. Was machst du überhaupt mit einem Typen wie dem?"

„Das Gleiche wie mit dir – über Charlie reden."

Aus zusammengekniffenen Augen warf Sam einen misstrauischen Blick auf Rylan und stach mit einem Finger, unter dessen Nagel sich das Öl der gesamten Arbeitswoche angesammelt hatte, vor ihm in die Luft. „Versuchst du irgendetwas bei dieser Frau, kriegst du es mit mir zu tun. Ihr Hollywood-Schönlinge macht mir keine Angst. Ich nagle dich mit den Weichteilen an die Wand, das verspreche ich dir."

Bei der Androhung zog Rylan eine schmerzverzerrte Grimasse und legte dann die Hand auf sein Herz. „Meine Absichten gegenüber Mrs Rumm sind absolut lauter."

„Von wegen“, brummte Sam. „Wenn du Action brauchst ... ich weiß, wo du die heißesten und billigsten Flittchen im Umkreis von hundert Meilen finden kannst, aber diese Lady lässt du in Ruhe.“

„Sam“, Kirsten hielt es für angebracht, einzuschreiten, „hast du vielleicht etwas zu trinken da? Rylan wollte unbedingt mit offenem Verdeck fahren. Ich bin völlig ausgetrocknet.“

„Erdbeerlimo.“ Sam brauchte nicht im Kühlschrank, der eines der ersten Modelle in der Geschichte der Kühltechnik sein musste, nachzusehen, um zu wissen, was darin stand.

Kirsten und Rylan bedankten sich mit einem eher gezwungenen Lächeln, als Sam ihnen zwei Flaschen von der widerwärtig süßen Limonade reichte.

„Ihr wollt über Charlie reden, oder?“, sagte er, nachdem er selbst einen großen Schluck genommen hatte. Er legte die Füße auf den wackeligen Schreibtisch. Die Markenturnschuhe waren das Einzige an ihm, das ihn als modernen Menschen auswies. Ansonsten hätte man auch meinen können, dass er in einem Hangar geboren worden war und nie die Nabelschnur durchtrennt hatte. Er wäre locker als Mechaniker aus den Zeiten der Gebrüder Wright durchgegangen.

„Richtig, Sam, deshalb sind wir hier.“

Kirstens sanfte Stimme und die mitfühlende Art, wie sie die ölverschmierte Hand des alten Mannes drückte, bewirkten, dass Rylan sich prompt von Neuem in sie verliebte.

„Na, dann schießt los mit euren Fragen.“ Sam hüstelte, um die Emotionen zu kaschieren, die ihm in der Kehle saßen.

„Wir möchten von Ihnen hören, was an jenem Morgen passiert ist“, erklärte Rylan.

„An welchem Morgen? Ihr müsst euch schon genauer ausdrücken.“

„Der Morgen, an dem er starb“, fügte Kirsten leise an.

„Was ist damit?“ Sam griff hinter sich, um den Wandkalender gerade zu rücken. Eine unnütze Geste, war der Kalender, von dem ein barbusiges blondes Pin-up-Girl den Betrachter anstrahlte, doch praktisch das einzig ordentliche Ding in dem ganzen Hangar.

„War es ein Morgen wie immer? Sozusagen ein Routineflug?“ Sam etwas zu entlocken, war so einfach und erfreulich, wie einen entzündeten Weisheitszahn zu ziehen, das wurde Rylan schlagartig klar.

„Routine? Ja, sicher, es war Routine.“

„Welche Stunts wollte er üben?“

„Weiß ich nicht. Aber nichts Großes, denn er hatte niemanden neben sich fliegen. Er hat die anderen Jungs angerufen und ihnen Bescheid gegeben, dass sie nicht reinzukommen brauchen."

Aus dem Augenwinkel erhaschte Rylan, wie Kirsten erstaunt die Augenbrauen hochzog. Sie war es, die ihm gesagt hatte, dass Rumm und die Crew praktisch unzertrennlich gewesen waren. Es machte ihn stutzig, dass die anderen am Morgen des Unfalls nicht auf dem Flugfeld gewesen waren. „Er hat die Teammitglieder von hier aus angerufen?"

Sam nickte und zeigte zu einem alten schwarzen Wandtelefon. „Hat allen gesagt, sie sollen sich den Tag freinehmen. Weil er sie nicht brauchen würde."

„War das nicht ungewöhnlich?"

Sam rülpste laut und schüttelte den Kopf. „Charlie war der Boss. Er konnte tun und lassen, was er wollte. Manchmal hat er von jetzt auf gleich alle nach Hause geschickt, einfach so, aus einer Laune heraus. Erinnerst du dich noch, Kirsten?"

Sie wandte sich an Rylan. „Ja, das stimmt. Das Team hatte nie feste Arbeitszeiten. Charlie hat öfter ganz impulsiv den Arbeitstag beendet, wenn keine große Flugshow anstand."

Rylan ließ den beiden Zeit, ihre Gedanken zu sammeln. Nur sollten sie nicht in ihren Erinnerungen versinken. Das hier war eine Mission, um Fakten herauszufinden, kein Totengedenken. „Und die Wetterbedingungen an dem Tag?"

„Die waren perfekt. Kein einziges Wölkchen am Himmel." Sam seufzte schwer. „Das ist überhaupt das größte Elend daran. Wir sind bei Wind und Wetter geflogen, sind Sturmböen und Blitzen ausgewichen und haben Nebelbänke durchbrochen, in denen man nicht einmal mehr die Nase des Flugzeugs sehen konnte. Dass Charlie ausgerechnet an einem völlig klaren Tag verunglücken musste …"

Sam sah plötzlich unendlich alt und müde aus. Die Falten in seinem Gesicht wirkten wie Fäden, die seine Haut nach unten zogen. Leer blickte er vor sich hin, mit Augen so trübe, als würden sie nichts mehr sehen.

Kirsten griff nach seiner Hand und drückte sie. „Es tut mir leid, dass wir dir das zumuten. Ich würde es niemals tun, wenn es nicht so wichtig wäre, glaub mir, Sam."

Rylan wurde es ganz warm ums Herz. „Wichtig" hatte sie gesagt. Also musste ihr etwas an ihm liegen, sogar eine Menge. Andererseits … vielleicht wollte sie auch einfach nur die Gerüchte um einen möglichen Selbstmord ihres Mannes ein für alle Mal zerstreuen.

„Er flog an jenem Tag eine Pitts Special“, sagte Rylan. „Hat Rumm die Maschine vor dem Flug selbst durchgecheckt?“

„Ja.“

„Waren Sie dabei?“

„Nein. Ich habe hier drinnen gearbeitet. Aber ich habe ihn da draußen beim Flieger gesehen, und wir haben uns gegenseitig ein paar Dinge zugerufen. Er hat nichts ausgelassen.“

„In welcher Stimmung war er?“, mischte Kirsten sich ein.

„Wie immer.“ Sam zuckte mit den Schultern.

„Schien er schlecht gelaunt oder bedrückt?“

„Nein.“

Kirsten sah zu Rylan. Doch bevor ihr Blick zu triumphierend werden konnte, fügte Sam hinzu: „Aber irgendwie zerstreut.“

„Wie?“

„Zerstreut?“

Beide, Kirsten und Rylan, stürzten sich auf die Bemerkung wie Tiger auf ein rohes Stück Fleisch. Rylan ließ Kirsten den Vortritt.

„Was meinst du mit zerstreut, Sam? Versuche, dich an jedes noch so kleine Detail zu erinnern. Es ist wichtig. Ist irgendetwas Außergewöhnliches passiert?“

Sam schob die Baseballkappe vor und kratzte sich am Hinterkopf. „Damals dachte ich, es sei komisch, aber …“ Wieder zuckte er mit den Schultern. „Nach dem Unfall herrschte so viel Wirbel … ich muss es wohl vergessen haben.“

Rylan glaubte nicht, dass Sam jemals in seinem Leben etwas vergaß. Bis jetzt hatte der alte Mann also absichtlich eine Information vor der Witwe und dem Rest der Welt zurückgehalten, weil er genau wusste, dass sie wichtig war.

Vielleicht musste auch Sam sich von Demon Rumm befreien. Vielleicht war ihm klar geworden, dass es an der Zeit war loszulassen. Man musste sich Tatsachen, vor allem unangenehmen, stellen, bevor man sie hinter sich lassen konnte.

„Erzähl es mir … uns“, bat Kirsten.

„Nun, du weißt doch von unserem albernen kleinen Aberglauben?“

„Dem ‚Daumen hoch‘-Zeichen?“

Sam nickte, und Kirsten sah zu Rylan, der ebenfalls nickte.

„Immer vor dem Start“, führte Rylan an Sam gewandt weiter aus, „hat er Sie vom Cockpit aus angesehen, mit nach oben gerichtetem Daumen. Und Sie haben salutiert.“

„Genau. Nun … also … an jenem Tag hätte er es fast vergessen."

Lange saßen sie still da. Keiner rührte sich, keiner sagte ein Wort. Bis Kirsten schließlich leise fragte: „Wieso sollte er das vergessen? Ihr beide habt es doch immer automatisch gemacht."

„Ich weiß. Genau deshalb ist es mir ja aufgefallen. Aber erst später." Sam schaute keinen der beiden an. Nervös rieb er mit den Händen an seinen Schenkeln auf und ab. „Ich stand auf der Rollbahn und wartete darauf, dass er das Zeichen machen würde, doch er starrte nur vor sich hin, so als würde er über etwas Wichtiges nachdenken, versteht ihr? Ich habe ihn dann gerufen. Er hat den Kopf geschüttelt, so als würde er aus einer Trance kommen. Er hat zu mir geschaut und sein typisches Lächeln aufgesetzt. Und erst dann hat er mir den Daumen entgegengestreckt und die Maschine beschleunigt." Salzige Tränen rannen über das alte faltige Gesicht. „Das war das letzte Mal, dass ich ihn gesehen habe."

Im Wagen streckte Rylan den Arm aus und legte seine Hand auf Kirstens Knie. „Du fühlst dich miserabel", mutmaßte er intuitiv. Er wusste auch, dass ihre Augen hinter der Sonnenbrille noch immer feucht schimmerten.

„Sam ist schon beim ersten Mal zusammengebrochen, als ich ihn dazu befragt habe, und hat geweint wie ein Baby. Ich finde es unerträglich, dass ich ihm das noch einmal angetan habe."

„Ich weiß." Rylan drückte leicht ihr Knie.

„Es war völlig unnötig."

„Wieso sagst du das?"

„Weil wir jetzt auch nicht mehr über den Grund des Absturzes wissen. Das stand doch schon alles im Bericht der nationalen Flugsicherheit."

„Sam hat aber bestätigt, dass es Ungereimtheiten gab, die sich nicht erklären lassen."

„Die gibt es bei jedem Flugzeugabsturz. Für manche Dinge kann man eben keine Erklärung finden."

Rylan wollte ihr nicht widersprechen, das würde in ihren Augen nur streitsüchtig wirken. Sie kooperierte schließlich bei seiner Suche nach der Wahrheit und half ihm, den letzten Tag in Charles Rumms Leben zu rekonstruieren. Wenn er sie zu weit trieb, würde sie sich vielleicht wieder in ihr Schneckenhaus zurückziehen – und dieses Mal möglicherweise nicht mehr hervorkommen.

Was er hier tat, half nicht nur ihm, es war auch eine Art Therapie für Kirsten. Sonst hätte er die ganze Sache wohl fallen gelassen. Es musste unerträglich sein, wenn man herausfand, dass ein Mensch, den man liebte, sich das Leben genommen hatte, weil er es nicht lebenswert fand.

„Wie erklärst du dir die Sache mit dem Funkgerät?“ Wenn er sie dazu bewegen konnte, darüber zu reden, würde sie vielleicht Schritt für Schritt die Wahrheit akzeptieren lernen, die für ihn so offensichtlich geworden war. Den Grund kannte er zwar noch nicht, aber er war inzwischen überzeugt, dass Demon Rumm seine Pitts Special an jenem Tag absichtlich hatte abstürzen lassen. Oder zumindest nichts unternommen hatte, um das Unglück zu verhindern.

Kirsten lehnte den Kopf an die Stütze. „Ich weiß nicht, warum der Funkkontakt mit dem Tower abgebrochen ist.“

„Als sie das Funkgerät nach dem Absturz kontrolliert haben, funktionierte es einwandfrei.“

„Ja, aber die Benzinleitung war tatsächlich verstopft.“ Ihre Stimme war drängend, als müsse sie sich selbst überzeugen.

Rylan dagegen versuchte, so sachlich wie möglich zu bleiben. „Das hätte er bemerken müssen, als er die Maschine vor dem Start überprüfte.“

„Wahrscheinlich war sie da noch nicht blockiert.“

„Vielleicht. Wenn die Probleme auftauchten, als er schon in der Luft war … mit seinen Fähigkeiten wäre es ein Leichtes für ihn gewesen, die Maschine bis zu einem sicheren Landeplatz zu segeln und dann mit einer Notlandung runterzukommen, vor allem bei ruhigem Wetter. Diese Stuntflugzeuge wiegen doch kaum etwas …“

„Das ist mir alles klar, Rylan“, erwiderte sie scharf, wandte den Kopf und schaute zum Seitenfenster hinaus.

Mehrere Meilen fuhren sie in absolutem Schweigen, bevor Kirsten wieder geradeaus blickte. Rylan sah das als ihre Bereitschaft an, das Thema erneut aufzunehmen.

„Womit erklärst du dir seine Zerstreutheit an diesem Morgen?“

„Schlechte Laune“, meinte sie knapp.

„Kirsten, seit Monaten beschäftige ich mich mit diesem Mann. Nirgendwo ist auch nur eine Andeutung zu finden, dass er je schlechte Laune gehabt hätte. Allen Quellen zufolge, die ich gefunden habe, angefangen bei seinen Highschool-Kommilitonen bis hin zu seiner Crew – also Leuten, die jeden Tag mit ihm zu tun hatten –, soll er überhaupt der Letzte gewesen sein, der Probleme mit Stimmungsschwankungen oder gar schlechter Laune gehabt hätte."

„Er war auch nur ein Mensch", fuhr sie auf. „Jeder hat mal einen schlechten Tag."

„Und wenn Rumm einen hatte, wärst du diejenige gewesen, die davon gewusst hätte, oder? Du hast mit ihm gelebt. Hatte er einen schlechten Tag, als er an dem Morgen das Haus verließ?"

Sie verschränkte die Finger, so verkrampft, dass die Knöchel weiß hervortraten. „Ich weiß es nicht. Er ist aus dem Haus gegangen, bevor ich wach wurde."

Diese Information würde Rylan sich auf jeden Fall merken. Für später. „Es scheint doch merkwürdig, dass er vergessen haben soll, Sam das ‚Daumen hoch'-Zeichen zu geben, wenn sie das sonst immer gemacht haben."

„Ja, das stimmt schon."

„Und Sam hat auch gesagt, dass Rumm am Tag zuvor völlig normal gewesen sei. Er hat gelacht und Witze gemacht. War hellwach und hat sich mit seinem strahlenden Lächeln ins Cockpit gesetzt. Er ist vom Rollfeld in die Luft gestiegen, als habe er keine einzige Sorge auf der Welt."

Kirsten sah fragend zu Rylan hin, der tief Luft holte und seinen Verdacht aussprach. „Was also heißt, dass das, was auch immer ihn beunruhigt hat und für seine Zerstreutheit verantwortlich war, in der Nacht zuvor hier im Haus passiert sein muss."

## 8. KAPITEL

Seite an Seite gingen sie auf das Haustor zu, Rylan hielt die Tür für Kirsten offen. „Wann ist Rumm an dem Tag nach Hause gekommen?"

„Früh. Gegen drei Uhr."

Er warf einen Blick auf seine Armbanduhr. „Das kommt ungefähr hin. Was habt ihr beide dann gemacht?"

„Alte Filme angesehen. Oder besser, er hat sich alte Filme angesehen."

„Aufnahmen von sich?"

„Ja. Videos von seinen Stunts in ‚Wide World of Sports' und andere."

„Wieso sagtest du: ‚oder besser, er'?"

„Weil ich nur ab und zu in sein Arbeitszimmer gekommen bin. Ich bereitete Dinner für uns zu."

„Warum?"

Kirsten schien mit der Antwort zu zögern, aber Rylan schaute sie unablässig an, bis sie erklärte: „Alice war nicht da. Sie hatte sich zwei Tage freigenommen."

Alices leises Summen aus der Küche schien ihm plötzlich laut wie nie. „Sag ihr, dass sie die nächsten zwei Tage frei hat", verlangte er spontan.

„Ich kann doch nicht einfach in die Küche marschieren und …"

„Dann übernehme ich das für dich." Schon war er auf dem Weg Richtung Küche. Kirsten stürzte ihm nach und hielt ihn am Hemd fest.

„Nein, ich mache das."

Durch die offen stehenden Türen hörte Rylan erst Alices erstaunten Ausruf, dann ihren schwachen Protest und schließlich, wie sie zu Kirsten sagte, dass sie sich schon länger auf einen freien Tag freue, weil sie ihre Tochter und ihre Enkelin besuchen wolle.

„Was hast du an jenem Abend gekocht?", fragte Rylan, nachdem Alice sich verabschiedet hatte. Da er schon so lange in diesem Haus wohnte, fühlte er sich in Kirstens Küche nicht mehr als Gast. Er fischte sich einen Apfel aus dem Obstkorb auf der Anrichte und nahm ein Messer aus der Schublade.

„Wir haben Shish Kebab gegessen."

„Lamm?" Er klang nicht besonders enthusiastisch.

„Nein, Rind."

„Gut. Hast du alle Zutaten im Haus?"

„Das ist doch unsinnig, Rylan. Was soll diese Scharade denn einbringen?“

„Hast du alle Zutaten im Haus?“, wiederholte er drängender, während er ihr eine Apfelscheibe auf der Messerspitze vor den Mund hielt.

Sie nahm das Apfelstück und murmelte: „Ich glaube schon“, um seine hartnäckige Frage zu beantworten. Sie überprüfte den Inhalt der Gefriertruhe, des Kühlschranks und der Vorratskammer, ob sie auch alles Notwendige vorrätig hatte. „Wenn ich das Fleisch in der Mikrowelle auftaue, kann ich mit dem Marinieren anfangen.“

„Gut. Dann helfe ich dir später und übernehme das Grillen.“

„Charlie …“ Sie brach abrupt ab.

„Charlie – was?“

„Er … er hat nicht geholfen.“

Lange schauten sie einander an. „Ich helfe“, sagte Rylan schließlich leise. „Liegen die Videos in seinem Arbeitszimmer?“ Kirsten nickte. „Ich fange mit ihnen an. Ich wollte sie mir sowieso ansehen. Komm dann zu mir, sobald du Zeit hast.“

Es dauerte fast eine halbe Stunde, bevor Kirsten ins Zimmer kam. Rylan hatte den Raum abgedunkelt, die Jalousien geschlossen und sämtliche Lampen ausgeschaltet. Die Videobänder hatte er chronologisch nach den Daten auf den Rücken geordnet.

Das war es, was er zu ihr sagte, als sie sich auf das entgegengesetzte Ende des Ledersofas setzte. „Ich bin jetzt erst beim zweiten Video.“ Auf dem großen Bildschirm wurde gerade ein junger Charlie Rumm bei einer Flugshow in Minnesota interviewt.

„Oh, an die Show erinnere ich mich“, meinte Kirsten aufgeregt. „Jeder sagte, es sei ein warmer Frühlingstag, nur ich fror erbärmlich. Charlie hat einen von seinen Leuten nach St. Paul geschickt, und der kam dann mit einem Pelzmantel für mich zurück.“

„War dieses impulsive Schenken nicht einer von Rumms typischen Charakterzügen?“

„Ja, Charlie war immer extrem großzügig.“ Ihr Blick haftete auf dem Bildschirm. „Charlies Show war vor den Blue Angels an der Reihe. An dem Abend sind wir auch mit ihnen zum Dinner ausgegangen. Sie haben sich alle überschwänglich bei ihm bedankt, dass er die Zuschauer aufgeheizt hat.“

„Bildlich gesprochen, meinst du?“

„Natürlich nur bildlich gesprochen.“ Sie lachte.

Er liebte ihr Lachen. Es war erstaunlich heiser, und es war höllisch sexy. Wenn man sie sah, würde man eher ein helles, silbriges Lachen erwarten, wie das Klingeln eines Glöckchens. Stattdessen war es weich und schwer wie guter alter Whiskey.

Sie trug noch die lässigen weiten Baumwollshorts und das Hemd, die sie auch schon beim Ausflug zum Flugfeld getragen hatte. Rylan schaute zu, wie sie die Sandalen von den Füßen streifte und die Füße unterzog, eine Sitzhaltung, die Rylan inzwischen als ihre Lieblingspose kannte.

Die Knöpfe des Hemdes hatte sie nicht geschlossen, darunter trug sie ein eng anliegendes Schlauchtop. Unter dem elastischen Stoff lugten am oberen Bund ihre Brüste wie zwei verführerische Halbmonde hervor.

„Kirsten?"

„Hm?"

„Hast du immer so weit von Rumm entfernt gesessen, wenn ihr euch alte Filme angeschaut habt?" Sie antwortete nicht, sah ihn nur mit Augen an, die ihn jede andere Frau, die er je gekannt hatte, vergessen ließen. „Komm her."

Die heisere Einladung hätte eine Nonne ihr Keuschheitsgelübde vergessen lassen können. Rylan saß völlig entspannt auf dem Sofa, den Nacken auf die Rückenlehne gelehnt, die langen Beine vor sich ausgestreckt, die Füße auf Knöchelhöhe über Kreuz geschlagen. Die abgeschabten Leder-Docksiders lagen achtlos abgestreift auf der Seite, wirkten wie angeschwemmtes Strandgut nach einem Sturm. Der Stoff seiner Jeans, so ausgewaschen, dass er fast weiß war, schmiegte sich um seine Schenkel.

Niemand, es sei denn, er war ein Modekenner, hätte ahnen können, dass das Hemd aus weicher indischer Baumwolle mehrere hundert Dollar gekostet hatte. Dieser zerknitterte Chic war nicht billig. Eine einzelne dunkle Strähne fiel vorwitzig über eine seiner Augenbrauen und verstärkte den aufrührerischen Ausdruck des Rebellen, der den Verkauf von Popcorn und Gummibärchen an den Kinokiosken mehr gefördert hatte als jeder andere Filmstar der Vergangenheit oder Gegenwart.

Kirsten rutschte auf dem kühlen Leder zu ihm hin. Er schlang den Arm um ihre Schultern und zog sie noch näher an sich. „Ich liebe es, deinen Namen auszusprechen", wisperte er an ihrem Ohr.

Er genoss es, dass sie den Kopf zur Seite neigte, um seinen Lippen freien Zugang zu ihrem Ohrläppchen zu gewähren. „Du sprichst ihn auch korrekt aus", murmelte sie atemlos. „Gleich von Anfang an."

„So?"

„Mh-h. Die meisten sagen Kerstin, nicht Kirsten."

„Kirsten. Kirsten." Er zog ihren Kopf heran und senkte seinen Mund auf ihren. Zuerst war der Kuss zärtlich, so sanft wie ihr Name, den er an ihren Lippen flüsterte. Doch nachdem er ihren Geschmack gekostet hatte, wollte er mehr. Seine Lippen öffneten sich weiter, sie machte es ihm nach. Ihre Zungen flirteten, spielten, tanzten miteinander. Rylan legte seine Hand an ihren Hals, streichelte die zarte Haut mit seinen langen gebräunten Fingern.

„Sollten wir das hier tun?", fragte sie, als sie voneinander abrückte, um Atem zu holen.

„Auf jeden Fall."

„Ich bin mir da nicht so sicher."

„Weißt du, was dein Problem ist?"

„Ich habe mehrere."

„Du bist zu ernst." Er gab ihr einen flüchtigen Kuss. „Du spielst nicht oft genug."

„Wie wäre es mit einem Satz Tennis?"

„Wie wäre es mit Petting?"

Die leichten, spielerischen Küsse wurden tiefer und drängender. Rylan ließ die Fingerspitzen über ihre samtene Haut gleiten, folgte den Konturen ihres Busens.

Er murmelte mit bebender Stimme Koseworte und legte schließlich die Hand auf eine der verführerischen Rundungen, massierte und knetete sie sanft durch den Stoff.

„Rylan?"

„Hm?"

„Hör auf."

„Nein. Nach einer Weile werden alle Homemovies, ganz gleich, wie spannend sie auch sein mögen, langweilig, weil es immer dasselbe ist."

„Aber … oh …" Ihre Stimme verwandelte sich in ein atemloses Seufzen, da er ihre harte Brustwarze durch den Stoff reizte. Kirsten ließ den Kopf gegen seinen Arm fallen, den Hals graziös gebogen.

„Das magst du, nicht wahr?" Sie ließ einen Laut hören, den er als ein Ja nahm. „Sie werden hart wie Perlen. So süß und verlockend …"

Er beugte den Kopf und schloss seine Lippen um die aufgerichtete Knospe, die sich durch den Stoff drängte, reizte sie mit den Zähnen, bis Kirsten sich lustvoll wand.

Sanft drückte er sie auf das Sofa und legte sich auf sie. Schlang sich ihr Bein um die Hüfte und rieb sich fordernd an ihr.

Er verlor sich völlig in ihr. Sein Körper kannte nur noch ein Ziel – in ihrer Weiblichkeit zu versinken und Erlösung zu finden. Er plünderte ihren Mund mit seinen heißen Küssen und bewegte sich immer heftiger, den Kopf an ihrem Hals geborgen.

„Rylan, Rylan."

Irgendwann drang ihr stoßweiser Atem durch den Nebel in seinem Kopf. Er richtete sich leicht auf und schaute in ihr Gesicht. Die Leidenschaft hatte seine Sicht getrübt, und so dauerte es einen Moment, bevor er ihre Züge wirklich klar erkannte.

„Nicht hier. Nicht jetzt." Ihre Haut brannte heiß, aber ihre Augen blickten flehentlich zu ihm auf.

Zerknirscht über seinen Kontrollverlust richtete Rylan sich auf und half ihr dabei, sich hinzusetzen. Er lehnte den Kopf an die Sofakissen, schloss die Augen und atmete mehrere Male tief durch, bis sich sein hämmernder Puls beruhigt hatte. Dann drehte er den Kopf, um sie anzusehen.

„Ich verstehe." Er schien geradezu jungenhaft verlegen und lächelte entschuldigend. „Es ist nicht hier passiert."

Mit ihr in seiner Nähe hatte er den eigentlichen Sinn dieses Tages völlig vergessen. Sie sollten doch nachstellen, was sich zwischen Kirsten und ihrem verstorbenen Mann abgespielt hatte, nicht eine eigene Geschichte initiieren. Mit bebendem Atem strich er ihr den Pony aus der Stirn.

„Dann kann er dich gar nicht berührt haben. Denn sonst hätte er nicht mehr aufhören können. Du riechst so verdammt gut. Ich bin wie betrunken von deinem Duft."

Er beugte sich vor und küsste sie auf den Hals. Ihr blumiges Parfüm, zusammen mit dem eigenen Duft ihrer Haut, berauschte ihn erneut. Er hob den Kopf und traf auf ihren verhangenen Blick. Er küsste ihre Fingerspitzen, strich mit der Zunge darüber. „Zum Teufel mit diesem idiotischen Plan", sagte er mit belegter Stimme. „Lass uns jetzt nicht aufhören."

Er legte ihre Hand an seinen Schritt, wo sich der Beweis seiner Männlichkeit wölbte. „Ich will dich so sehr", flüsterte er und presste ihre Hand fest gegen den Stoff seiner Jeans.

„Ich dich auch", sagte sie sehnsüchtig. Sie zog ihre Hand zurück, aber nicht, ohne ihn vorher leicht liebkost zu haben.

Er meinte, jäh von der Couch in schwindelnde Höhen zu schweben, und war erstaunt, als er feststellte, dass er auf dem Erdboden verblieben war. Er lachte selbstironisch auf. „Bleib mir ja vom Leib, verstanden?" Er sagte es gespielt warnend, und sie lachte.

Die restliche Zeit, die sie im Arbeitszimmer verbrachten und sich Videos ansahen, achteten sie auf sicheren Abstand. Allerdings hielt Rylan Kirstens Hand. Weil es ihm unmöglich war, sie nicht zu berühren. Er stellte Fragen zu den verschiedenen Szenen, und sie antwortete nicht nur, sondern lieferte auch häufig von sich aus erklärende Kommentare.

Nachdem sie alle Filme durchgesehen hatten, schaltete Rylan den Videorekorder aus. „Was kommt jetzt?"

Sie stand auf und schlüpfte in die Sandalen. „Dinner. Ich rufe dich, wenn es fertig ist."

Er legte einen Arm um ihre Schultern, und sie verließen gemeinsam das Arbeitszimmer. „Ich hatte angeboten zu helfen, schon vergessen?"

Rylan übernahm es, den Grill auf der Terrasse anzuheizen, während Kirsten frischen Spinat wusch und Reis kochte. Als Rylan in die Küche kam, spießte er die marinierten Fleischstückchen abwechselnd mit dem geputzten Gemüse auf die Spieße.

„Kann ich dich vielleicht für eine kalte Weinschorle interessieren?", fragte er, nachdem er seine Aufgabe erledigt hatte. Kirsten briet Speck für ein warmes Senfdressing, das sie über den Salat geben würde.

„Hört sich gut an. Und bitte mit viel Eis."

Sie leckte sich Dressing von den Fingern. Rylan griff nach ihrer Hand. „Soll ich das für dich machen?"

Sie lächelte das Lächeln einer Sirene. „Das schaffe ich schon allein", meinte sie und fügte mit verführerisch tiefer Stimme hinzu: „Aber ich weiß dein Angebot zu schätzen."

Um sich davon abzuhalten, sie zu vernaschen, öffnete er lieber den Kühlschrank und nahm die Weinkaraffe heraus. „Und was sollte ich jetzt trinken?", fragte er.

„Ein Bier. Auf keinen Fall mehr als zwei. Das war immer Charlies Limit."

„Also hat er sich tatsächlich selbst an seine Warnungen vor übermäßigem Alkoholgenuss gehalten?"

„Er hielt sich immer an das, was er sagte."

Kirsten war so vehement zu Rumms Verteidigung geeilt, dass Rylan ihr das Glas wie ein beschwichtigendes Friedensangebot reichte. „Schon gut, ich wollte mich nur noch einmal vergewissern. Es gibt eine Menge heimliche Trinker, vor allem da, wo ich herkomme."

„Charlie gehörte auf jeden Fall nicht dazu", fuhr sie ihn an. „Warum bist du eigentlich so erpicht darauf, irgendetwas Hässliches über ihn herauszufinden?"

Rylan starrte auf den Küchenboden und zählte still bis zehn. Die sinnliche Stimmung des Nachmittags war verflogen, sie waren wieder bei null angekommen.

Er wollte ihr entgegenschreien, dass er genau wusste, dass sie etwas vor ihm zurückhielt, irgendein Geheimnis, das Rumm gehabt hatte. Dass dieses Geheimnis wahrscheinlich der Grund für seinen Selbstmord war. Doch wenn er das jetzt sagte, könnte er sie genauso gut gleich eine Lügnerin nennen. Und ihre zornige Reaktion konnte er sich bestens ausmalen. Wenn er eines auf keinen Fall wollte, dann, dass der Abend völlig ruiniert war.

Aber er würde den Teufel tun und sich entschuldigen! „Sind die fertig für den Grill?“ Er nahm die Platte, auf der die Spieße lagen.

„Ja. Nur habe ich sie an jenem Abend in der Pfanne gebraten. Charlie blieb hier im Haus und las Zeitung.“

An der Glastür drehte Rylan sich zu ihr um. „Komm mit nach draußen. Ich unterhalte mich lieber mit dir, als dass ich Zeitung lese.“

Während die Spieße auf dem Grillfeuer brutzelten und sie beide in Terrassenstühlen an ihren Drinks nippten, fragte er sie: „Könnte etwas in der Zeitung gestanden haben, das ihn aufgeregt hat? Vielleicht eine schlechte Kritik, die ihn so geärgert hat, dass er am nächsten Morgen unkonzentriert war?“

„Nein, das glaube ich nicht.“

„Worüber habt ihr euch an dem Abend unterhalten?“

„Das weiß ich nicht mehr.“

„An irgendetwas musst du dich doch erinnern“, beharrte er.

„Ich glaube, an dem Abend habe ich ihm von meinen Plan erzählt, ein Buch zu schreiben.“

„Seine Biografie?“

„Nein, diese Idee kam erst später. Nach … nach seinem Tod.“

Rylan stellte sein Bier ab und wendete die Spieße auf dem Grill. „Was für ein Buch wolltest du denn schreiben?“

„Einen Roman.“

„Ehrlich? Erzähl mir mehr.“

Verlegen senkte sie den Kopf, er konnte dennoch sehen, dass ihr sein Interesse gefiel. Und so schilderte sie ihm knapp die Rahmenhandlung und lief vor Freude rot an, als er ihr sagte, die Geschichte habe Bestsellerpotenzial und würde ganz sicher sofort verfilmt werden.

„Vorausgesetzt natürlich, ich bekomme die männliche Hauptrolle.“

„Du hättest keinen Spaß daran. Der Mann ist ein verbitterter Vietnamveteran.“

„Wenn ich mir die Rolle nicht sofort reserviere, wird Pacino sie sich schnappen. Wen könntest du dir als weibliche Besetzung vorstellen?"

„Rylan", meinte sie lachend, „du besetzt schon den Film, und das Buch ist noch nicht einmal geschrieben!"

Er tat ihren Einwand mit einem Schulterzucken ab. „Das machst du schon – gleich nachdem du den letzten Punkt unter Demon Rumm gesetzt hast."

Sie nahmen das Gespräch erst wieder auf, nachdem sie sich in der Küche Beilagen aufgelegt hatten und mit den Tellern auf die Terrasse zurückgekehrt waren, um zu essen.

Rylan schnitt ein saftiges Rindfleischstück an. „Glaubst du, Rumm fühlte sich von deinen schriftstellerischen Ambitionen bedroht?"

„Ich sehe keinen Grund, warum das so gewesen sein sollte. Ich war nie nur Hausfrau. Ich bin immer zusammen mit ihm unterwegs gewesen, und ich habe auch immer meine eigenen Projekte gehabt, um mich beschäftigt zu halten, wenn er mit der Crew zusammenarbeitete."

„Was wohl den Großteil seiner Zeit in Anspruch nahm, wie ich mir vorstellen kann."

„Er und die Jungs waren ständig zusammen. Sie ..." Sie erhaschte seinen argwöhnischen Blick und legte sehr bedacht ihre Gabel ab. „Das, was du jetzt denkst, vergisst du am besten gleich wieder."

„Was denke ich denn?"

„Dass sich da etwas zwischen ihm und einem aus seiner Crew abgespielt hat."

„Hat sich denn da etwas abgespielt?"

„Charlie war nicht schwul. Es gab da keine andere Beziehung als Freundschaft – enge Freundschaft – zwischen ihm und jedem der Männer, die für ihn arbeiteten."

„Gut, ich glaube dir."

Kirsten nahm die Gabel wieder auf und aß weiter, doch er wusste genau, dass sie verärgert war. Also lenkte er das Gespräch in eine andere Richtung.

„Du sagtest, du warst mit ihm unterwegs ..."

„Ja. In den letzten Jahren reisten wir dann nicht mehr so oft. Charlie war berühmt, er konnte sich aussuchen, wo er seine Show aufführen wollte. Wir haben dieses Haus gekauft und uns hier niedergelassen."

„Habt ihr auch über Kinder gesprochen?"

Er merkte, dass sie mit der Gabel mitten auf dem Weg zum Mund innehielt, und als sie den Bissen dann weiterführte, geschah es eher stockend, so als müsse sie unsichtbare Widerstände in der Luft überwinden. „Ja."

„Und?"

„Wir haben über Kinder gesprochen, mehr nicht."

„Wer von euch beiden hat sich gegen die Vorstellung gesträubt?"

„Keiner." Sie legte die Gabel wieder ab. „Ich sagte, wir haben darüber gesprochen, nicht gestritten."

„Ihr wolltet also Kinder haben?"

„Ja."

„Ich sehe hier aber keine Kinder herumlaufen, Kirsten", meinte er unverblümt.

„Ich bin nicht schwanger geworden."

„War einer von euch unfruchtbar?"

„Nicht dass ich wüsste."

„Ihr habt euch nicht untersuchen lassen?" Seine Gedanken gingen in die Richtung, ob vielleicht eine Diskussion der Eheleute über Kinder beziehungsweise den Mangel derselben für Rumms Zerstreutheit an jenem Morgen verantwortlich gewesen sein konnte. Vor allem, wenn Rumm geglaubt hatte, dass er schuld an Kirstens Kinderlosigkeit war.

„Zieh keine voreiligen Schlüsse, Rylan. Du klingst wie der Autor einer Seifenoper. Charlie und ich, wir beide wollten Kinder haben. Es ist nur einfach nicht dazu gekommen. Zufrieden?"

Er lehnte sich in seinem Stuhl zurück und musterte sie eine Weile. „Ich habe ein Kind gezeugt." Die unvermittelte Bemerkung verdatterte sie. Überrascht riss sie die Augen auf, und ihre Lippen teilten sich leicht, als sie scharf die Luft einsog.

„Wo ist es jetzt?"

„Seine Mutter hat es umgebracht."

Der Zorn, der ihn erfasst hatte, als die junge Schauspielerin ihm von der Abtreibung erzählte, raste mit neuer Kraft durch ihn hindurch. Ohne es wirklich wahrzunehmen, ballte er die Fäuste. An jenem Tag war ihm bewusst geworden, dass jeder Mensch zu Gewalt fähig war. Er hatte das egoistische Biest mit seinen bloßen Händen erwürgen wollen. Dass er heute noch immer so fühlte, ängstigte ihn. Er dankte dem Himmel, dass er sich damals irgendwie zusammengerissen hatte. Er hätte sie umbringen können, weil sie sein Kind abgetrieben hatte.

Blinzelnd unterdrückte er die Rage, die ihn gepackt hatte, und stellte fest, dass Kirstens Hand mitfühlend auf seinem Arm lag. Er legte seine darüber und streichelte abwesend mit dem Daumen über ihre weiche Haut.

„Eine Abtreibung?", fragte sie leise.

Knapp nickte er. Er hasste dieses Wort. „Mir ist klar, dass die Beendigung einer Schwangerschaft manchmal notwendig ist. Ich gehe sogar so weit und sage, dass sie manchmal angebracht ist. Aber verdammt, doch nicht, wenn es mein Baby ist!"

„Wer war die Mutter?"

Er sah sie an, war froh über die Anteilnahme, die er in ihrer Miene las. „Sie ist unwichtig. Sie hatte nie eine Bedeutung." Eine Moment lang schloss er gequält die Augen. „Aber mein Kind hatte eine Bedeutung. Bei dem Gedanken, dass meinem Baby das Leben verwehrt wurde, wird mir noch immer übel."

„Ist es dir denn so wichtig, ein Kind zu haben?"

„Wenn es nie eines gegeben hätte – nein", gab er zu. „Aber es war da. In dem Moment, als sie mir sagte, dass sie schwanger sei, wollte ich dieses Baby. Vermutlich, weil ich selbst aus einer Familie komme, in der es einen solch engen Zusammenhalt gibt. Wie ist das bei dir?", fragte er plötzlich. „Wo sind deine Eltern?"

„Mein Vater ließ sich von meiner Mutter scheiden, als ich noch sehr klein war. Ich habe keine Erinnerung an ihn. Er hat wieder geheiratet und eine neue Familie gegründet. Wir haben keinerlei Kontakt zueinander. Meine Mutter starb wenige Monate nach meiner Heirat mit Charlie." Sie lächelte sanft. „Sie betete ihn an, und er mochte sie sehr gern. Ich bin froh, dass die beiden die Chance hatten, einander kennenzulernen."

Eine ganze Weile schwiegen sie, beide in Gedanken versunken. Die letzten Strahlen der untergehenden Sonne färbten den Himmel rotgolden, am Horizont bauschten sich Gewitterwolken wie violette Blüten.

„Mannomann." Rylan stieß lautstark die Luft aus. „Da sind wir beide ja in eine richtig nachdenkliche Stimmung verfallen, was?" Er stand auf und stellte die Teller zusammen. „Komm, lass uns das aufräumen."

Nachdem sie die Küche wieder in Ordnung gebracht hatten, kehrten sie gemeinsam auf die Terrasse zurück. Es war ein wunderschöner milder Abend. Kirsten schaltete die Unterwasserbeleuchtung im Pool ein, und außer dem fast vollen Mond war dies das einzige Licht.

„Was habt ihr an jenem Abend nach dem Dinner gemacht?", fragte Rylan.

„Wir sind geschwommen."

„Wirklich? Das wollte ich gerade vorschlagen." Er schlang die Arme um ihre Taille und zog sie an sich. Zärtlich küsste er sie und sagte leise:

„Danke, dass du mir die Predigt über das Recht der Frau auf ihre eigene Entscheidung erspart hast, als ich dir von der Abtreibung erzählte."

„Mir tut es leid für dich, es ist ein schlimmer Verlust."

„Ich habe noch keiner Menschenseele davon erzählt."

„Ich bin froh, dass du das Gefühl hattest, es mir erzählen zu können."

„Bist du das?"

„Ja. Und andere Gedanken habe ich dazu nicht."

„Daran zweifle ich auch nicht." Er küsste sie noch einmal, ließ seine Zunge ihre Lippen teilen und genoss die seidige Wärme dahinter. „Bereit?", fragte er mit rauer Stimme.

Sie zog sich hastig von ihm zurück, und er lachte. „Ich meinte, ob du bereit bist, in den Pool zu steigen."

„Oh." Die anmutige Röte auf ihren Wangen und das Funkeln in ihren Augen, die dunkel wie der Nachthimmel geworden waren, verrieten sie. „Ja ... nein ... Es dauert nur eine Minute, bis ich den Bikini angezogen habe."

Er hielt sie fester, als sie sich von ihm lösen wollte. „Du könntest auch ohne Badesachen schwimmen. Ich mache das immer so."

„Ich weiß. Ich hab's gesehen."

Grinsend schaute er sie mit in den Nacken gelegtem Kopf an. „Aha, du hast mir also am ersten Tag zugesehen."

„Mir blieb ja nichts anderes übrig", erwiderte sie schnippisch.

„Und? Was hast du gedacht?"

„Dass du ein ziemlicher Pfau sein musst, wenn du splitterfasernackt so herumstolzierst." Sie wand sich aus seiner Umarmung und marschierte entschieden zu einem kleinen Bungalow, in dem Schwimmzeug und Handtücher aufbewahrt wurden. Sein Lachen folgte ihr.

Ohne die geringste Scham entledigte Rylan sich sämtlicher Kleidungsstücke und tauchte ins Wasser. Die Poolbeleuchtung trug nichts dazu bei, seine Nacktheit zu verbergen, im Gegenteil. Und so machte es ihm umso mehr Spaß, aus dem Pool zu klettern, zum Sprungbrett zu gehen und mit einem eleganten Kopfsprung wieder ins Wasser zu tauchen, während Kirsten in einem jadegrünen Bikini aus dem Häuschen trat.

Er schwamm zum flachen Ende zurück und streckte sich im Wasser aus, die Ellbogen auf die Treppen gestützt. Kirsten schwamm erst ein paar Bahnen, bevor sie sich leicht atemlos zu ihm gesellte und ebenfalls die Arme auf die Stufen stützte.

Sie wischte sich die Wassertropfen aus dem Gesicht und schaute ihn an. „Du bist überhaupt nicht verlegen, oder?"

„Nein. Auf dem College habe ich öfter in den Kunstseminaren für Aktmalerei Modell gestanden."

„Was haben deine Eltern dazu gesagt?"

Er grinste jungenhaft. „Wir stehen uns sehr nah, aber deshalb erzähle ich ihnen noch lange nicht alles." Er drehte sich auf die Seite und legte die gespreizten Finger auf ihren nackten Bauch. „Das ist ein unglaublich erotischer Anblick."

Beide starrten sie durch das funkelnde Wasser auf seine Hand, die einige Nuancen dunkler war als ihre Haut.

„Kirsten?"

„Hm?"

„Hast du an jenem Abend mit Rumm geschlafen?"

Ihr Zögern war kaum merklich, und er glaubte, es sich nur eingebildet zu haben. Sie starrte direkt in seine Augen, dann nickte sie.

„Schlaf mit mir, Kirsten."

Sie stieß einen leisen Laut der Kapitulation aus, und es dauerte nur einen Herzschlag, bevor sie die Hände an sein Gesicht legte und seinen Kopf zu sich heranzog, um ihn zu küssen. Halb rollte er sich, halb trieb das Wasser ihn über sie. Er stützte sich mit den Armen auf den Stufen ab.

Die leise schwappenden Wellen im Pool pressten seinen Körper an ihren, und mit jeder Bewegung des Wassers streichelten die feinen Härchen auf seiner Brust ihre samtene Haut. Kirsten verschränkte die Arme hinter seinem Nacken und öffnete die Schenkel ein wenig, um ihm dazwischen Platz zu gewähren. Das Wasser des Pools kühlte die Haut ihrer Körper und ließ das brennende Ungestüm ihrer Lippen und Zungen umso heißer erscheinen. Seine harte Männlichkeit rieb sich mit jeder Welle am Zentrum ihrer Lust, entfernte sich, kehrte wieder zurück …

„Kein Wunder, dass die Leute so gern im Meer schwimmen gehen …", murmelte sie an seinen Lippen.

„Wieso?"

Sie seufzte. „Das ist das reine Glück."

Rylan küsste sie erneut, und seine Selbstbeherrschung schwand mehr und mehr. „Verflucht!" Er riss seinen Mund von ihren Lippen. „So hat es keinen Zweck. Du wirst dir den Rücken an den Stufen aufschaben, und ich kann dich nicht halten, sonst ertrinken wir beide."

Es hätte lustig sein sollen, sie beide hätten lachen sollen. Doch danach stand keinem von ihnen der Sinn, denn sie gierten nur nach dem nächsten Kuss.

„Die Sauna", schlug sie atemlos vor, während seine Zunge fiebrig über ihre Lippen wanderte.

„Gute Idee." Er drückte sich von den Stufen ab, richtete sich auf und reichte ihr seine Hand. Es war unmöglich, seine Erregung vor ihr zu verbergen. Er versuchte es auch gar nicht, zog sie nur an seine Seite und ging mit ihr auf die Sauna zu, mit jedem Schritt Wasser über die Terrassensteine spritzend.

„Warte." Sie wollte ihm ihre Hand entziehen. „Geh schon vor. Ich komme nach. In einer halben Minute", versicherte sie, als sie sah, dass er protestieren wollte.

Also gab er ihre Hand frei und betrat das Zedernholzhäuschen. Hitze schlug ihm entgegen, und amüsiert schaute er an sich herab. Sicher, wie sollte ihm auch kalt sein?! Unmöglich! Er stand in Flammen, mehr, als er je in Flammen gestanden hatte.

Er nahm die Kelle und goss Wasser auf die heißen Steine. Es verdampfte zischend, neblige Schwaden stiegen auf und füllten den kleinen Raum. Undeutlich konnte er dahinter Kirstens Silhouette ausmachen, die nur ein Handtuch um sich geschlungen hatte. Wenn in seinen Augen der gleiche Ausdruck brannte wie in ihren, dann versprach ihre Verschmelzung grenzenlose Leidenschaft. Kirstens Augen waren so dunkel, dass sie fast schwarz wirkten, vor allem in der dämmrigen Sauna, in der eine einzelne Birne alles in rötliches Licht tauchte.

Die Dampfschwaden schienen sie zu liebkosen. Anbetend wirbelten sie um sie herum, kräuselten sich schmeichelnd um ihren Kopf, ihre Schultern, ihre Beine, wie Geschöpfe des Meeres, die sich um eine verehrte Göttin wanden.

Ihre Brüste hoben und senkten sich heftig, dort, wo das Handtuch eingesteckt war. Plötzlich verlegen setzte Kirsten sich auf die obere Bank, die Knie züchtig zusammengepresst, die Hände im Schoß gefaltet. Sie wirkte wie eine schüchterne Klosterschülerin beim Termin im Büro der Mutter Oberin.

Rylan lächelte. Er ging zu ihr und setzte sich vor sie auf die untere Sitzfläche. „Bist du so in jener Nacht in die Sauna gekommen?" Die einzelne Lampe spiegelte sich rot in ihren Augen, aber er schob das Glühen lieber auf das Verlangen, das er in ihr geweckt hatte.

„Nein."

„Sondern?"

Stille breitete sich aus, während ihre Finger sich am Knoten des Badelakens zu schaffen machten und ihn lösten. Sie hielt das Handtuch noch einen Augenblick vor der Brust fest, der Rylan wie eine quälende Ewigkeit erschien.

Dann ließ sie es fallen. Es rutschte auf die Bank und bauschte sich zu ihren Hüften. Nackt saß sie nun vor ihm. Sie hatte hohe Brüste mit kecken Spitzen, die trotz der Hitze halb aufgerichtet waren. Die feminine Rundung ihrer Hüften betonte ihre schmale Taille. An ihrem Schoß, dort, wo ihre Schenkel sich trafen, glitzerten Wassertropfen in dunklen Locken. Auf ihrer Haut schimmerte eine Patina von Körperlotion und Schweiß. Mit dem nassen kurzen Haar, das wie eine Kappe um ihren Kopf lag, wirkte sie unendlich jung. Fast zu jung, um sie anzurühren.

Fast.

Rylan, dem Schweißtropfen am Körper entlangperlten, kniete sich auf die Bank. Damit war er nahezu auf Augenhöhe mit Kirsten. Er hob den Kopf ein wenig, um ihre Lippen zu erreichen, sie beugte ihren und kam ihm entgegen. Liebevoll küsste er ihre Verlegenheit fort. Als er mit seiner Zunge Einlass forderte, legte sie die Hände auf seine Schultern. Er fühlte, wie sie sich langsam entspannte. Im Gegenzug spannte sich jeder Muskel in seinem Körper vor sexueller Erregung an.

Mit beiden Händen umfasste er ihre Taille. Während der Kuss immer intensiver wurde, strich er zärtlich an ihrem Körper entlang. Schließlich ließ er die Daumen an der Wölbung ihrer Brüste liegen.

„Du bist unglaublich schön." Er lehnte sich zurück, um fasziniert zu beobachten, wie ihre Brustwarzen sich unter den kreisenden Liebkosungen seiner Daumen zu harten Spitzen zusammenzogen. Sie murmelte etwas Unverständliches. „Fühlt sich das gut an?"

Mit geschlossenen Augen und unregelmäßig atmend nickte sie. „Ja … ja. Aber …"

„Was, Liebling?"

„Nimm sie in den Mund."

Das Blut rauschte in seinen Ohren. Nur zu gern folgte er ihrer Aufforderung. Er schloss die Lippen um eine rosige Perle und begann leicht zu saugen. Kirsten hatte die Hände an seine Schläfen gepresst und legte die Stirn an seinen Haarschopf.

„Härter", stöhnte sie. „Ich will es überall spüren."

Er schlang die Arme um sie, knetete die Muskeln an ihrem Rücken und liebkoste gierig ihre Brust. Auf gar keinen Fall wollte er Kirsten wehtun. Wenn er auch nur das kleinste Anzeichen bemerkte, dass er zu stürmisch vorgegangen war und es ihr zu viel wurde, nutzte er seine Zunge, um den süßen Schmerz zu lindern.

Er leckte den feinen Schweißfilm aus dem Tal zwischen ihren Brüsten. Mit der Zungenspitze folgte er einem Tropfen, der über ihren Bauch hin zu ihrem Nabel lief. Sie schluchzte auf, und er fürchtete, dass er zu schnell voranpreschte. So zog er sie wieder in seine Arme, um sie mit einem Kuss zu beruhigen. Doch ihre Hände, die fiebrig über seinen Körper wanderten, sagten ihm, dass die Laute, die sie ausstieß, aus ungestillter Sehnsucht herrührten, nicht aus Angst.

„Du hast einen schönen Körper, Rylan", flüsterte sie schwer atmend, als sie die Lippen voneinander lösten.

„Du dürftest doch nicht überrascht sein. In meinen Filmen habe ich auch Nacktszenen gespielt, zumindest mit Rückenansicht."

„Auf der Leinwand bist du einfach nur ein schönes Objekt. Aber das hier ist anders. Das hier ist persönlich." Sie ließ ihren Blick bewundernd über ihn wandern.

Rylan hatte seinen wohlproportionierten Körper immer nur als vorteilhafte Ausstattung für seinen Beruf angesehen. Jetzt jedoch, unter ihrem glühenden Blick, schwoll Stolz in ihm. Als sie die Hände auf seine Brust legte und ihn mit zärtlichen Fingern streichelte, blühte sein Herz auf, weil sie ihn mochte.

Ihre Körper waren mittlerweile unsagbar glitschig, doch das erhöhte nur das köstliche Gefühl, einander in den Armen zu halten. Als sie sich küssten, presste sich ihr weicher Busen an seine Brust. Es entlockte ihnen beiden ein sinnliches Stöhnen. Nur eine leichte Bewegung mit seinen Hüften war nötig, damit Kirsten ihn willig zwischen ihre Schenkel einließ. Zentimeter um Zentimeter rutschte Rylan auf den Knien vor, bis er das heiße Zentrum ihrer Weiblichkeit an seinem Bauch fühlte.

Er ließ einen Schauer von Küssen über ihre Körpermitte regnen, fing bei ihrem Hals an, nutzte Zunge und Zähne und Lippen, bedachte ihr Schlüsselbein, ihre Brüste, ihren Bauch alle mit der gleichen gründlichen Aufmerksamkeit. Bei ihrem Venushügel angekommen, spielte er mit den seidigen Locken, knabberte zärtlich an der Innenseiten ihrer Schenkel und drückte einen federleichten Kuss auf ihr kleines Muttermal.

„Ich liebe dich, Kirsten."

Dann gab er ihr den intimsten aller Küsse, küsste das Zentrum ihrer Weiblichkeit mit all der Liebe, die er für sie empfand. Er genoss ihren Geschmack auf seiner Zunge und liebkoste und reizte sie, bis ihre lauten Lustschreie die dampfgeschwängerte Kammer erfüllten.

## 9. KAPITEL

Rylan hielt Kirsten fest an gedrückt, bis das Beben in ihrem Körper langsam abebbte. Sie hielt den Kopf gebeugt und ließ die Stirn an seiner Schulter liegen. Er konnte ihre Verlegenheit spüren, und so sagte er nichts, hob sie nur stumm auf seine Arme und trug sie aus der Sauna hinaus.

Er ging zum Pool und stieg die Stufen hinunter, watete weiter hinein, bis das Wasser Kirstens Kinn umspielte. Seinen Arm, der unter ihren Knien lag, zog er zurück, doch da er wusste, dass sie hier im tiefen Wasser nicht stehen konnte, hielt er sie mit dem anderen sicher an seinen Körper gedrückt.

Irgendwann hob sie den Kopf und sah zu ihm auf. Er schöpfte Wasser in der hohlen Hand und ließ es über sie tröpfeln. Sie lachte, als es ihr über Haar und Gesicht rann. Liebe für sie wallte in ihm auf, so mächtig, dass er kaum ein Wort herausbrachte.

„Lass mich dir zeigen, wie süß du schmeckst." Er küsste sie, tief und innig. Mit ihr tauchte er unter. Das Wasser schlug über ihren Köpfen zusammen, kühlte ihre Körper von der Hitze der Sauna und wusch den Schweiß fort. Ihre Lippen lösten sich nicht voneinander. Als sie wieder auftauchten, waren sie noch immer vereint.

Nur langsam machten sie sich voneinander los. Rylan watete zurück zum flachen Ende des Pools, hielt Kirsten fest, bis ihre Zehen den Boden berühren konnten. Hand in Hand stiegen sie aus dem Wasser, in schweigendem Einverständnis hielten sie auf das Haus zu.

In Kirstens Schlafzimmer schaltete Rylan die Lampe auf dem Nachttischchen ein. Das schwache Licht tauchte ihre nackten Körper in einen goldenen Schein. Er fegte die Tagesdecke vom Bett und verteilte gut ein Dutzend Kissen darauf, dann nahm er Kirsten bei der Hand und zog sie mit sich auf das viktorianische Messingbett.

„Ist alles in Ordnung mit dir?", fragte er sie, als sie Seite an Seite lagen, die Gesichter einander zugewandt.

„Mitgenommen ... und schwach."

„Ich auch."

„Das war eine sehr einseitige Angelegenheit, nicht wahr? Das ist nicht fair. Ich meine, du hast keinen ..."

„Was, meinst du, lässt sich dagegen tun?"

Kirsten rutschte näher an ihn heran und schmiegte sich an ihn. An seiner aufgerichteten Männlichkeit spürte er ihre brennende Hitze.

„Sag es, Kirsten“, verlangte er heiser.

„Nimm mich, Rylan.“

Er legte sich auf sie und drang mit einem einzigen kraftvollen Stoß in sie ein. „Himmel, du bist so eng gebaut“, stöhnte er auf, lustvoll und besorgt zugleich. „Tue ich dir auch nicht weh?“

Ihre Lider hoben sich flatternd. Sie legte eine Hand an seine Wange und hob den Kopf gerade weit genug, um einen zärtlichen Kuss auf seinen Mund zu pressen. „Nein. Nein, ganz bestimmt nicht.“

Zuerst waren seine Bewegungen vorsichtig, behutsam. Doch sie bog ihm ihre Hüften entgegen, spornte ihn an, bot seinem Mund ihre Brüste dar, ließ ihre Hände fiebrig über seine Schultern, seinen Rücken und hinunter zu seinem Hinterteil fahren.

Schon sehr bald zählte nichts anderes mehr auf der Welt. Nicht seine Karriere, nicht ihre drückende Vergangenheit, nicht die ungewisse Zukunft. Das hier war alles, was noch Bedeutung hatte. Und Rylan war fest entschlossen, seine Liebe zu der wichtigsten und bewegendsten Erfahrung in Kirstens Leben zu machen.

Obwohl sein Körper nach Erlösung gierte, übte er mit übermenschlicher Anstrengung Selbstbeherrschung, um ihre Bedürfnisse zu stillen. Doch der Höhepunkt ließ sich nicht aufhalten, wie ein führerloser Zug raste er heran. Keiner von ihnen war auf die Wucht gefasst, mit der er ihrer beider Körper und Seele erschütterte.

Als die Lust langsam verebbte, brachte Rylan es nicht über sich, sich aus ihr zurückzuziehen. „Bin ich zu schwer für dich?“, fragte er, und schläfrig schüttelte sie den Kopf. Er lachte leise. „Muss ich jetzt beleidigt sein, oder sollte ich mich geschmeichelt fühlen, dass du sofort einschläfst, nachdem ich dich geliebt habe?“

Träge öffnete sie die Augen. „Ich schlafe nicht.“ Ihre Stimme klang wie ein sinnliches Schnurren. „Ich koste das Gefühl aus, dich in mir zu spüren. Es ist so schön.“

Ein wilder Besitzanspruch erfasste ihn. Er barg das Gesicht in ihrer Halsmulde und genoss Kirstens gedankenverlorene Zärtlichkeiten. Sie spielte mit seinen Ohren, streichelte über seinen Rücken, kratzte mit den Nägeln leicht sein Rückgrat entlang, hinauf zu seinen Schultern und wieder hinunter zu seinem Hinterteil, knetete sanft seine Muskeln und lachte in sinnlichem Entzücken auf, als er sie anspannte und wieder lockerte. Und immer noch war er in ihr und spürte die letzten Wellen ihrer Lust, die ihm jeden klaren Gedanken raubten, ihn atemlos machten.

„Kirsten?“

„Hm?“
„Ich … ähm …“
„Ja, ich weiß. Es fühlt sich einfach so gut an.“
„Du hast nichts dagegen?“
Sie schüttelte den Kopf.
Dieses Mal war der Rhythmus langsam, tief, verzehrend. Ein ursprüngliches, ja animalisches Vergnügen durchströmte sie mit jeder Bewegung, wieder und wieder, und gipfelte in einem Feuerwerk der Lust, lang und anhaltend. Dann glitten sie beide erschöpft in den Schlaf.

Federleichte Küsse weckten ihn auf. Schmetterlingsflügeln gleich strichen sie über seine Lippen und waren schon wieder verschwunden. So herrlich, so wunderbar, dachte er. Und wollte sie etwa tatsächlich …? Ja, ihre Finger krochen über seinen Bauch, tasteten sich zu seinen Lenden vor, kamen seiner Männlichkeit immer näher, ohne sie jedoch zu berühren …

„Kleine Mädchen bringen sich sehr schnell in Schwierigkeiten, wenn sie so etwas bei kleinen Jungs tun“, brummte Rylan, ohne die Augen zu öffnen.

„Genau darauf hoffe ich ja.“

Kirsten presste ihre Lippen auf seinen Mund. Er küsste sie leidenschaftlich, bevor er die Lider hob und direkt auf ihr kesses Lächeln blickte. „Gut geschlafen?“ Er stieß nur ein Brummen aus. „Hungrig? Ich sterbe vor Hunger.“

Sie rollte sich aus dem Bett. Erfolglos versuchte er, nach ihr zu greifen. „He, komm zurück, du!“

Sie kicherte. „Gleich.“

Er schaute ihr nach und dachte bei sich, dass sie den hübschesten Po hatte, der ihm je untergekommen war – erstaunlich voll für eine zierliche Frau wie sie. Mit dem breiten Grinsen des sprichwörtlichen Honigkuchenpferds lehnte er sich zurück, die Hände unter dem Kopf, rekelte sich genüsslich und konnte nur denken, wie großartig das Leben doch war.

Die Einrichtung ihres Schlafzimmers war eine Überraschung für ihn. Im Gegensatz zu den klaren Linien des restlichen Hauses herrschte in diesem Raum mit seinen antiken Möbeln verspielte Romantik. Kirsten mochte einen frechen Haarschnitt haben und sich kess anziehen, aber im Grunde ihres Herzens war sie eine verträumte, äußerst feminine Lady. Und Rylan betete sie dafür an.

Nach wenigen Minuten kehrte sie zurück. Nein, sie hatte sich nichts übergestreift, und er war froh darüber. Sie trug nichts anderes als ein Tablett und das warme Lächeln einer vollauf zufriedengestellten Frau.

„Magst du Schokoladeneis?“

„War Spencer Tracy immer mein Lieblingsschauspieler?“, antwortete er mit einer Gegenfrage.

Sie kämpften mit den langen Löffeln um die Eiscreme, nutzten sie wie Schwerter, bis der Behälter bis zum Boden restlos ausgekratzt war. Rylan stellte die leere Plastikpackung auf den Nachttisch, setzte sich im Schneidersitz hin und zog Kirsten auf seine angewinkelten Beine, ihr Gesicht ihm zugewandt. Ihre Beine schlang er sich um die Hüfte und hielt sie mit beiden Händen an ihrer Taille fest.

Ihrer beider Lippen und Zungen waren kalt von der Eiscreme, doch der erste Kuss führte übergangslos zum zweiten, und schon bald brannten ihre Münder vor hitziger Leidenschaft und suchten gierig nach dem Geschmack des anderen.

Atemlos legte Kirsten den Kopf in den Nacken, um Rylans suchenden Lippen freien Zugang zu ihrem Hals zu bieten. Während er an ihrem Hals knabberte, knetete er mit beiden Händen ihre festen Brüste.

„Du hältst nie die Hände still“, hauchte sie.

„Gefällt es dir nicht?“

„Ich bin süchtig danach.“

Er hielt den Kopf gesenkt, um den Konturen ihres Schlüsselbeins mit heißen kleinen Küssen zu folgen. „Das muss ein Überbleibsel aus meiner Kindheit sein. Cheryl hat mich nie mit ihren Puppen spielen lassen.“ Seine Fingerspitzen kreisten lockend um die harten Knospen ihrer Brust. Unwillkürlich bäumte sie sich auf und reckte ihm einladend ihren Busen entgegen.

Rylan war hingerissen von dem leidenschaftlichen Wesen, das er hinter der spröden Fassade entdeckt hatte. Sobald die dunklen Wolken von Misstrauen und Zweifel sich verzogen hatten, war Kirsten zu einer ganz anderen Frau geworden. Faszinierend. Humorvoll. Sinnlich. Sie reagierte auf seine leiseste Berührung und trieb von sich aus das Liebesspiel voran, sodass er sich regelrecht anstrengen musste, um mithalten zu können.

Er beugte den Kopf und küsste die Brustwarzen, dann legte er das Gesicht in das Tal zwischen ihren Brüsten. „Ich liebe dich, Kirsten.“

Sie schob die Finger in sein Haar und hob seinen Kopf sanft an. „Das hast du schon einmal gesagt, Rylan. Aber du musst das nicht sagen, nur damit ich mit dir schlafe. Es war vorher nicht nötig, und das ist es auch jetzt nicht."

„Du glaubst, das ist der Grund, warum ich es sage?"

„Etwa nicht?"

„Du scheinst meine Gedanken besser zu kennen als ich selbst. Du bist die Lady, die alle Antworten hat. Sag du mir, ob ich es nur deshalb sage."

Sie hielt den Blick auf seine breite Brust gesenkt, um ihre Gedanken zu sammeln. „Ich weiß doch, wie es läuft, Rylan. Die Männer in der Crew haben die Mädchen, die sie auf den Touren getroffen haben, immer ausgenutzt. Sie haben ihnen ewige Liebe geschworen – dabei waren ein paar Tage Sex alles, was sie suchten."

„Blauäugige Mädchen, die leicht zu betören waren."

„Genau. Ich bin cleverer als das Durchschnittsgroupie und daher auch nicht naiv genug, um dir abzunehmen, du hättest dich in mich verliebt."

„Warum fällt es dir so schwer, das zu glauben?"

„Weil du ein Filmstar bist!", rief sie aus. „War es nicht das People Magazine, das dich letztes Jahr zum ‚sexiest man alive' gekürt hat? Du kannst jede Frau haben, die du willst."

„Danke für das Kompliment", erwiderte er trocken. „Aber wenn das stimmt, warum habe ich mir nicht gleich nach deinem ersten Korb eine andere gesucht?"

„Weil ich dein Ego angekratzt habe. Du musstest mir und dir selbst beweisen, dass du mich verführen kannst."

„Anfangs vielleicht", gestand er zerknirscht. „Dein kühles Desinteresse reizte mich." Er zupfte leicht an einer Strähne, die über ihr Ohr hing, konzentrierte sich dann völlig auf die Aufgabe, ihr diese Strähne hinters Ohr zu stecken, und überlegte sich währenddessen genau die Worte, die er zu ihr sagen wollte. „Ich lebe jetzt seit über drei Wochen mit dir zusammen. Hältst du mich noch immer für oberflächlich? Kennst du mich inzwischen nicht besser als an dem Tag, als wir uns im Büro deines Anwalts zum ersten Mal trafen?"

Ernst schaute er sie an, hielt ihre beiden Hände zwischen seinen. „Ich nehme es dir nicht übel, dass du damals eine vorgefasste Meinung über mich hattest, schließlich pflege ich in der Öffentlichkeit das Image eines Fieslings. Ich verdiene mein Geld damit, und ich nutze es als Selbstschutz. Es garantiert mir Privatsphäre. Aber das ist nur ein Image, Kirsten, das bin nicht ich. Weißt du das nicht inzwischen?"

Ihre Lippen bebten. Doch es waren seine Lippen, auf die sie ihre Finger legte. „Ich war so schnippisch und hässlich zu dir, wie kannst du mich da lieben?"

Er drehte den Kopf und knabberte spielerisch an ihrem Oberarm. „Wir haben noch den Rest unseres Lebens, damit ich es dir beweisen kann. Keiner kann ernsthaft von mir erwarten, dass ich es in dieser kurzen Zeit schaffe, dir all die Arten zu zeigen, auf die ich dich lieben kann."

Sie lächelte über seine scherzhafte Bemerkung, dennoch schüttelte sie den Kopf. „Uns bleibt nicht der Rest unseres Lebens, Rylan, uns bleibt nur noch heute."

Ungläubig starrte er sie an. „Du erwartest von mir, dass ich einfach aus deinem Leben gehe, so als wäre das hier nie passiert?" Aufgebracht zog er sie an sich. „Niemals, Kirsten. Nicht in einer Million Jahre werde ich dich jetzt aufgeben."

„Und was schlägst du nun vor?"

„Dass wir glücklich bis an unser Lebensende leben."

„Du vergisst nur etwas."

„Was?"

„Dass ich Anonymität brauche."

Das hatte er tatsächlich vergessen. Alle Barrieren, die ihnen den Weg versperrt hatten, waren überwunden, nur diese eine nicht. Und gerade diese eine war eine extrem hohe. „Irgendetwas fällt uns schon ein."

„Unmöglich."

„Erkläre mir nie, dass etwas unmöglich ist", warnte er mit rauer Stimme. „Dann bin ich erst recht entschlossen, dir zu beweisen, wie sehr du dich irrst."

Seufzend lehnte sie ihre Stirn an seine. „Rylan, bitte. Verlange nicht mehr von mir, als ich dir geben kann."

„Wenn die heutige Nacht ein Vorgeschmack auf das ist, was du mir zu geben hast, will ich alles. So viel, wie ich nur kriegen kann."

„Ich meine es ernst. Was erwartest du von mir?"

„Ich wünsche mir, dass du mich auch liebst." Er küsste sie leicht. „Tust du das denn nicht schon? Ein winziges bisschen nur?"

„Ich weiß es nicht", flüsterte sie.

„Natürlich liebst du mich", erwiderte er überzeugt. „Warum sonst solltest du jetzt hier sein, zusammen mit mir, und das hier tun?"

„Weil du schön bist." Er spürte ihren warmen Seufzer an seiner Brust. Ihre Finger kreisten in einem Muster hinunter zu seinem Bauchnabel. „Weil ich es will. Und weil ich es brauche."

Er schob seine Hände unter ihren Po und hob sie auf sich. Mit einem lustvollen Seufzer nahm sie ihn in sich auf, ließ ihren Kopf gegen seine Schulter fallen und wiegte ihren Körper langsam vor und zurück.

„Rylan", schluchzte sie heiser. „Oh Gott, wie ich es brauche. Wie sehr ich dich brauche."

In ihrem leisen Stöhnen lag ein Anflug von Verzweiflung, und er wusste, ihr wahres Geheimnis hatte er noch immer nicht gelüftet. Doch für den Moment ging er darin auf, ihre körperlichen Bedürfnisse zu beantworten. Er schob eine Hand zwischen ihre vereinten Körper und streichelte die empfindsamste Knospe ihrer Weiblichkeit. Wellen der Lust durchliefen sie und ließen sie erschauern. Erst als ihr Körper sich bebend dem Höhepunkt näherte, ließ Rylan die Zügel der eigenen Leidenschaft schießen und erfüllte sie mit dem warmen Tau seiner Liebe.

Er wachte langsam auf, ohne zu wissen, was ihn geweckt hatte.

Rylan fühlte neben sich nach Kirsten, doch sie lag nicht mehr eng an seiner Seite, so wie sie nach dem Liebesspiel erschöpft eingeschlafen waren.

Er hob die Lider. Ja, Kirsten lag noch im Bett, aber sie hatte sich an den äußersten Rand gerollt, außerhalb seiner Reichweite. Und sie weinte. Jetzt wusste er auch, was ihn geweckt hatte – das leise Beben ihres Körpers. Ein Weinkrampf schüttelte sie, aber nicht ein Laut kam über ihre Lippen.

Er streckte den Arm aus, doch er konnte sie nicht erreichen. Sie lag zu weit weg von ihm. „Kirsten?"

Sie hielt abrupt inne, schniefte leise, aber drehte sich nicht zu ihm um. Die Schultern hatte sie eingezogen, den Rücken gekrümmt. Er hätte die einzelnen Wirbel ihres Rückgrats abzählen können.

„Was ist denn?" Seine Stimme war leise und sanft. Er erhielt keine Antwort. Der Instinkt sagte ihm, dass er sie jetzt nicht berühren durfte, auch wenn er sich nichts sehnlicher wünschte. „Nach der letzten Nacht, wie kannst du da weinend aufwachen?" Er verstand es wirklich nicht. Er war hundemüde, jeder einzelne Knochen in seinem Leib tat ihm weh, seine Augen brannten, weil er zu wenig Schlaf gehabt hatte …

… und nie in seinem Leben hatte er sich besser gefühlt.

Der Grund für ihre Tränen war ihm völlig unbegreiflich. Sie weinte nicht aus Freude. Das hier war kein Fall von überschäumendem Glück, sodass sich die Tränen nicht zurückhalten ließen. Ihr einsames, stilles Weinen enthielt nicht einmal die Andeutung eines freudigen Aspekts. Ihr Schluchzen gehörte zu der Art, die einem das Herz zerriss.

Er rutschte ein Stückchen näher und strich ihr vorsichtig mit den Fingern über das wirre Haar am Hinterkopf. Wie er geahnt hatte, setzte sie sich abrupt auf und schwang die Beine über die Bettkante.

Über die Schulter zurück schaute sie zu ihm hin, mit tränenschimmernden Augen. „So ist es nicht gewesen."

Er brauchte einen Moment, um ihre Bemerkung zu verstehen. Als er den Sinn ihrer Worte begriff, saß ihm das Herz bleischwer in der Brust. „Mit Rumm, meinst du."

Sie nickte. „Wir wollten doch seine letzte Nacht rekonstruieren, nicht wahr? Nun, so war es nicht."

Nur, was genau hieß das jetzt? Rylan sah ihr nach, wie sie aufstand und im Bad verschwand, ohne ein weiteres Wort, ohne einen Blick für ihn.

War die Nacht vor zwei Jahren erfüllter gewesen? Schlechter? Glücklicher? Trauriger? Sinnlicher?

Nein, unmöglich. Nichts konnte sinnlicher sein. Verglich Kirsten ihn mit Rumm, als Liebhaber? Verglich sie ihre Gefühle für ihn mit dem, was sie für Rumm empfunden hatte? Was, zum Teufel?!

Verdammt, diese Frau brachte ihn noch um den Verstand!

Er war wütend, und er war überzeugt, dass er jedes Recht der Welt hatte, wütend zu sein. Für wen hielt sie sich?! Ihm einfach eine derart rätselhafte Bemerkung hinzuschleudern und dann ohne jegliche Erklärung zu verschwinden, während er hier noch mit einem täppischen Grinsen im Gesicht im Bett lag und sein ganzer Körper von der letzten Nacht zu vibrieren schien! Bisher hatte er sich von ihr eine ganze Menge Unsinn bieten lassen, aber dieses Mal war sie zu weit gegangen. Dieses Mal würde er es ihr nicht durchgehen lassen!

Er sprang aus dem Bett und stürmte quer durch das Zimmer, fluchte herzhaft, da eine Ecke des Lakens sich um seinen Knöchel gewunden hatte und sich partout nicht abschütteln lassen wollte.

Endlich bei der Badezimmertür angelangt, starrte er auf die weißen Knöchel seiner Finger, die den Türknauf umklammert hielten. Wasserrauschen drang durch die Tür. Kirsten duschte anscheinend. Wenn er jetzt ins Bad platzte, nackt und vor Zorn schäumend, machte er sich nur zum Narren, vor allem, wenn Kirsten gefasst genug war, eine Dusche zu nehmen.

Keine Minute später stand er unter der Dusche im Gästebad. Viel länger dauerte es auch nicht, sich anzuziehen. Dennoch war sie vor ihm in der Küche. Sie hatte sich in einen dicken weißen Bademantel eingewickelt, der ihr bis zu den Knöcheln reichte, den Kragen hatte sie hoch geschlossen, den Gürtel fest verknotet. Bedeckter hätte sie nur sein können, wenn der Bademantel noch eine Kapuze gehabt hätte.

Das nasse Haar stand ihr bezaubernd wirr um den Kopf, ihr blasses Gesicht schien nur aus Augen zu bestehen. Barfuß, wie sie war, sagte ihm jedoch der Blick, mit dem sie ihn bedachte, dass sie alles andere als hilflos und verletzlich war.

Sein Temperament brodelte unter der Oberfläche, seine Nerven waren zum Zerreißen gespannt, und vor lauter Liebe zu dieser Frau war ihm übel. Während er jeden Zentimeter ihres Körpers kannte, war ihr Herz ihm noch immer ein Geheimnis. Also sprach er den ersten verletzenden Gedanken aus, der ihm in den Kopf schoss. „Du hast dich deinem Mann an jenem Abend verweigert, stimmt's? In der Nacht, bevor Rumm starb, hast du keinen Sex mit ihm haben wollen. Ist es das?"

„Nein."

„Natürlich ist es das." Drohend kam er auf sie zu, drängte sie in eine Ecke zurück. „Du hast einen von deinen berüchtigten Kälteeinbrüchen abgezogen und ihn nicht an dich herangelassen. So etwas kann einem Mann mächtig zusetzen, es stellt seltsame Dinge mit seinem Kopf an, weißt du das? Also ist Rumm am nächsten Morgen in die Luft gestiegen und hat sich deinetwegen für den Freitod entschieden."

„Nein!"

„Wie oft genau hast du ihm das angetan?"

„Hör auf damit!"

Sie hielt sich die Ohren zu, doch er packte sie an den Handgelenken und riss ihre Hände herunter. „Letzte Nacht hast du mir gegeben, was du dem armen Kerl vorenthalten hast. Sollte das eine Art Wiedergutmachung sein? Hast du damit dein Gewissen jetzt ruhig gestellt?"

„Es gibt nichts, wofür ich mich schuldig fühlen muss!", schrie sie ihn an.

„Du hast deinen Mann um Sex betteln lassen, hast ihm verweigert, was ihm zustand."

„Nein, das habe ich nicht! Niemals! Es war Charlie, der …" Abrupt brach sie ab und schnappte entsetzt nach Luft. Mit einem Ruck machte sie sich los und wirbelte herum. Rylan packte sie bei den Schultern und drehte sie fast unsanft wieder zu sich zurück.

„Was hast du gesagt?“, fragte er fassungslos.

Ihr Gesicht war noch bleicher geworden. Unsicher wich sie seinem Blick aus. „Nichts.“

„Es war Rumm, der … was, Kirsten?“

Sie befeuchtete ihre bebenden Lippen. „Es war Charlie, der … der keinen Sex haben wollte.“

Er starrte sie an und hörte nichts anderes mehr als seinen eigenen hämmernden Herzschlag, sah nur noch die dicken Tränen unaufhörlich aus ihren Augen quellen. „Du meinst, er …“

„Er konnte nicht.“

Rylan fühlte sich, als hätte er einen Schlag auf den Kopf erhalten. Einmal hatte er in einem Film einen Boxer gespielt. Sein Sparringspartner, ein Boxtrainer, war bei den Aufnahmen ein wenig zu eifrig gewesen und hatte den letzten K.-o.-Schwinger unbedingt echt aussehen lassen wollen. Seine Faust hatte Rylans Kinn frontal getroffen, und die nächste halbe Stunde hatte Rylan Sternchen gesehen und Glockenläuten gehört. Genau so fühlte er sich auch jetzt.

Kirsten ging um ihn herum und goss sich mit zitternden Fingern einen Becher Kaffee ein. Rylan ließ sich auf einen der hohen Hocker an der Frühstücksbar sinken.

„Nie?“ Seine Stimme klang wie ein Krächzen.

„Nein, das nicht.“ Sie war jetzt ganz sachlich. „Am Anfang unserer Ehe war alles bestens. Wir hatten ein aktives, gesundes Sexleben. Was es dann nachher nur noch umso schlimmer machte.“ Sie umklammerte den Becher mit beiden Händen und nippte am Kaffee.

Sie sah so schutzlos und klein aus, in dem riesigen Bademantel. Er wollte sie in seine Arme ziehen, wollte sie halten und trösten, aber er wusste, sie würde kein Mitleid von ihm annehmen. So blieb er, wo er war, während sie zur Glasfront ging und auf den Ozean hinausstarrte.

„Wie konnte es dazu kommen, Kirsten? War ein Unfall schuld?“

Der Himmel wusste, wie oft Demon Rumm verunglückt war. Es hatte unzählige Gelegenheiten gegeben, bei denen er unheilbare Verletzungen hätte davontragen können. Die Unfälle waren alle auf Video festgehalten, auf den Bändern, die Rylan sich gestern angesehen hatte. Unzählige Male hatte man Rumm ins Krankenhaus bringen müssen, mit Knochenbrüchen, Verbrennungen, Fleischwunden. Sein Körper musste mit Narben übersät gewesen sein. Aber offensichtlich wusste nur seine Ehefrau von der schlimmsten Narbe.

„Es war kein physisches Problem.“ Mit ihrer Antwort widerlegte

Kirsten sofort Rylans These. „Zumindest ... zumindest konnte ich dafür keinen Grund erkennen. Er hat sich geweigert, einen Arzt zu konsultieren."

„Herrgott, warum denn nur?"

Sie drehte sich zu ihm um. „Würdest du das tun?" Dass er hastig den Blick niederschlug, war ihr Antwort genug. „Genau. Er war ein Star. Ein Sexsymbol. Der Alphamann. Männer wie er haben solche Probleme nicht zu haben. Er war die Verkörperung von Potenz und Virilität. Eine einzige Andeutung, dass er mit seinem Image nicht mithalten konnte, und seine Karriere wäre zu Ende gewesen. Schluss, vorbei. Das Aus für Demon Rumm."

Solche Störungen waren so selten nicht, auch nicht unter Männern, die ihre Virilität als ihr Kapital nutzten. Aber Kirsten hatte recht. Welcher Mann würde so etwas zugeben, selbst gegenüber einem Arzt seines Vertrauens? Das hieße nicht nur, seinen Stolz zu riskieren, sondern praktisch seine Lebensgrundlage.

„Also hat er dich einfach leiden lassen."

„Wir beide haben gelitten", entgegnete sie leise. „Seine ... Unlust wuchs proportional mit seinem Bekanntheitsgrad. Ich glaube, der Druck, mit seinem Machoimage mitzuhalten, wurde immer belastender für ihn. Niemand hätte all das sein können, was er für andere verkörperte. Und so fühlte er sich schon als Versager, bevor er überhaupt irgendetwas angefangen hatte." Sie drehte den Gürtel ihres Bademantels in den Fingern, ihr Gesicht war traurig. „Aber das ist nur meine Vermutung. Wie gesagt, er war nie bei einem Arzt. Ihm war nur wichtig, dass niemand es herausfand."

„Aber was er dir damit die ganze Zeit über angetan hat!"

„Für ihn war es viel schlimmer als für mich."

„Das bezweifle ich."

Sie massierte sich die Stirn, als Bilder von Szenen, Streits, endlosen Diskussionen und Debatten auf sie einstürzten. „Ich konnte nichts tun, um ihm zu helfen. Er lehnte meine Hilfe ab. Jede Aufmunterung, jeden Vorschlag sah er als Mitleid an. Wenn ich die Initiative ergriff, fühlte er sich nur noch nutzloser, und ich kam mir vor wie eine billige Dirne. Also lernte ich, das Problem zu ignorieren. Wir beide ignorierten es. Es machte das Zusammenleben leichter."

Rylan glitt vom Hocker und kam langsam auf sie zu. „Bis zu dem Abend vor dem Unglück." Sein Bauchgefühl sagte ihm, dass er richtig vermutete, und Kirstens Nicken bestätigte es.

„Ja. Bis zu jenem Abend."

Erinnerungen schwappten über ihr zusammen, ihre Augen schauten blind in weite Ferne, ohne etwas zu sehen. Ihr war auch nicht bewusst, dass Rylan nah an ihre Seite getreten war.

„Was ist an jenem Abend vorgefallen, Kirsten?"

„Alice hatte zwei Tage frei", hob sie tonlos an. „An dem Nachmittag schauten Charlie und ich uns die alten Videoaufnahmen an. Wir lachten viel, hatten Spaß zusammen. Ich kochte. Ich wollte etwas Besonderes zubereiten – ein wirklich gutes Dinner. Ich hoffte, dass er vielleicht ... nun, weil er den ganzen Tag so entspannt und die Stimmung zwischen uns so gut war ..." Ihre Stimme erstarb.

„Seid ihr nach dem Dinner in den Pool gegangen?"

„Ja. Ich machte den Vorschlag, dass wir doch schwimmen könnten. Ich weiß noch, wie beeindruckend er im Licht der untergehenden Sonne aussah. Er alberte herum, spielte den angeberischen Muskelprotz, ließ sich dann tollpatschig vom Sprungbrett fallen, um mich zum Lachen zu bringen." Sie presste beide Hände auf ihren Magen, schloss verzweifelt die Augen. „Ich sehnte mich nach ihm. Ich wollte mit ihm schlafen, und ich wollte, dass er mich ebenso begehrte wie ich ihn."

Rylans Herz flog ihr zu, er fühlte mit ihr, aber er bedrängte sie nicht mit Fragen. Sie selbst sollte das Tempo bestimmen, in dem sie ihre Geschichte erzählte.

„Als wir aus dem Pool stiegen, lockte ich ihn in die Sauna. Ich brachte ihn sogar dazu, die Badehose auszuziehen." Sie senkte den Kopf. „Normalerweise ging er auf so etwas nicht ein, denn es war erniedrigend für ihn, es zu versuchen und dann nicht dazu in der Lage zu sein."

Sie presste die Hand auf den Mund, schluckte schwer, räusperte sich, um den Kloß in ihrer Kehle zu beseitigen. Als sie weitersprach, klang ihre Stimme fester.

„Ich war überzeugt, ich könnte ihn heilen. Wenn er nur ein einziges Mal die psychologische Barriere überwinden könnte, würde er sie damit für immer aus dem Weg geräumt haben. Ich küsste ihn, küsste ihn auch noch, als er sich wegdrehte. Zuerst nahm er es mit Humor, sagte Dinge wie: ‚He, lass den Blödsinn, Kirsten' und ‚Hat dir jemand was in den Wein geschüttet?' Ich fing an, ihn zu streicheln. Ich berührte ihn doch so gern ..."

Sie atmete bebend aus. „Doch anstatt erregt zu werden, wurde er nur wütend. Er schrie mich an, ich solle ihn gefälligst in Ruhe lassen, und stürmte aus der Sauna. Ich ging ins Haus zurück. Als er dann später ins Schlafzimmer kam, entschuldigte er sich bei mir. Er umarmte mich sogar, gab mir einen Kuss und legte sich zu mir ins Bett. Diese Nacht haben wir eng umschlungen geschlafen. Und ich liebte ihn mehr als je zuvor. Ich war fest entschlossen, es ihm am nächsten Morgen zu sagen. Doch als ich aufwachte, war er nicht mehr da."

Rylan glaubte, sie hätte seine Anwesenheit vergessen. Doch das hatte sie nicht. Am Ende ihrer schmerzlichen Geschichte hob sie den Kopf und schaute mit unbeschreiblicher Verzweiflung in den Augen zu ihm hin. „Da, jetzt kennst du die hässliche Wahrheit. Das war es doch, was du wolltest, nicht wahr?"

Ja, darauf hatte er hingearbeitet. Doch nun, da er die Wahrheit kannte, wünschte er, er hätte dieses letzte Puzzlestück nie gefunden. Anstatt Kirsten von der vergiftenden Erinnerung zu befreien, hatte das Gift sie nun auch ihm gegenüber verbittert. Dieses Mal hatte er sich mit seinen unnachgiebigen Fragen ins eigene Fleisch geschnitten.

Sicher, jetzt kannte er den Grund für Rumms Todeswunsch. Er wusste, warum der Pilot keine Angst gekannt hatte und immer größere Risiken eingegangen war. Demon Rumm hatte es nicht gekümmert, ob er lebte oder tot war. Für ihn war der Tod der Impotenz und dem Leben in einer Lüge sogar vorzuziehen gewesen.

Der kühne, wagemutige Held mit dem strahlenden Lächeln war nichts als Blendwerk gewesen. Demon Rumm, das Paradebeispiel des amerikanischen Mannes, die verkörperte Perfektion, war unfähig gewesen, mit der eigenen Frau zu schlafen. Oh ja, das lieferte absolut unschlagbaren Stoff für eine Charakterstudie im Film. Doch zu welchem Preis?

Rylan würde die Frau verlieren, die er liebte.

„Wie wird dein Buch enden, Kirsten?"

Kirsten lachte freudlos auf. „Macht das noch einen Unterschied? Der Film wird die wahre Geschichte erzählen. Du hast jetzt ein hinlängliches Motiv für Demon Rumms Selbstmord. Deshalb bist du doch hergekommen, oder? Um eine Bestätigung für die Gerüchte zu erhalten."

Lange starrte Rylan sie schweigend an, dann drehte er sich auf dem Absatz um und verließ die Villa.

Vier Wochen später stand Rylan vor Kirstens Haus und drückte den Klingelknopf. Alice zog die Tür auf. Sie begrüßte ihn erfreut, aber sie schien auch unsicher.

„Ist Kirsten zu Hause?"

Eine rhetorische Frage, sah er doch ihren Wagen in der Auffahrt geparkt stehen. Scheinbar erkannte auch Alice, dass es zwecklos war zu lügen.

„Ist sie. Aber sie will ausdrücklich nicht gestört werden."

„Bitte, Alice."

Die Haushälterin schaute in seine zwingenden grünbraunen Augen und wägte ihre Entscheidung lange ab. Die Waagschale schlug schließlich zu seinen Gunsten aus. Alice trat beiseite. „Sie ist in ihrem Arbeitszimmer."

Rylan betrat den Raum und fand Kirsten vor der Glasfront stehend. Die Haltung, in der sie gedankenverloren auf das Meer hinaussah, war ihm so vertraut. Sie bemerkte ihn nicht sofort, nur langsam drehte sie den Kopf zu ihrem Besucher hin. Als sie ihn erkannte, fuhr sie herum. Nur kurz erhaschte er ein freudiges Aufleuchten in ihren Augen, bei dessen Anblick Wärme ihn durchströmte, bevor sie sich offensichtlich zusammennahm und ihm feindselig entgegenblickte.

„Was willst du hier?"

„Ist dir zufällig eine von meinen Jeans untergekommen? Ausgewaschen, an den Knien zerrissen und ziemlich fadenscheinig am Hintern? Ich kann sie nirgendwo finden. Vermutlich habe ich sie liegen gelassen."

„Nein. Du hast alles mitgenommen, was dir gehört."

„Nicht alles, Kirsten", sagte er doppeldeutig. „Ich habe sogar etwas Lebenswichtiges zurückgelassen." Er ging zu ihrem Schreibtisch und warf seine Kopie des Drehbuchs auf die Platte. „Die Dreharbeiten haben wir gestern abgeschlossen. Hinterher gab's eine Riesenparty für alle. Ich war der Einzige, der nüchtern geblieben ist und allein geschlafen hat. Wie auch immer …", sagte er übertrieben lässig. „Ich dachte mir, du würdest vielleicht gern die letzte Szene im Drehbuch nachlesen."

Er ließ sich aufs Sofa fallen, legte den Kopf zurück an die Lehne, faltete die Hände über dem Bauch und schloss die Augen, so als würde er sich für ein gemütliches Sonntagnachmittagsschläfchen einrichten.

Er gebrauchte sein gesamtes Talent, um diese Szene zu spielen. Denn eigentlich wollte er nichts anderes, als das geliebte Gesicht mit Küssen zu bedecken, über die dunklen Schatten unter ihren Augen reiben und sie fragen, ob er möglicherweise für ihre für jedermann sichtbare Schlaflosigkeit verantwortlich war.

Der letzte Monat war die reine Hölle für ihn gewesen – und somit auch für jeden, der mit ihm in Kontakt kam. Stand er schon immer im Ruf, am Set absolut unmöglich zu sein, so hatte er sich dieses Mal wirklich selbst übertroffen. Die arme Pat hatte er bis zur Weißglut gebracht und sie auf ein überspanntes Nervenbündel reduziert, bis sie ihm wutentbrannt angedroht hatte, ihn übers Knie zu legen und ihm die wohlverdiente Tracht Prügel zu verabreichen. Der Regisseur und er hatten sich mehrmals abwechselnd sowohl mit Kastration als auch mit Strangulation gedroht.

Rylan hatte sich selbst Perfektion abverlangt und nicht weniger von jedem anderen erwartet, der auch nur irgendwie mit dem Film zu tun hatte. Da er aus tiefstem Herzen eine Frau liebte, die nicht einmal seinen Anblick ertrug, war dieser Monat für das gesamte Filmteam zu einer extrem anstrengenden Zeit geworden.

Doch jetzt, da der Film im Kasten war und man ihm Mitspracherecht bei der Endbearbeitung zugesichert hatte, konnte er sich Zeit nehmen, um die widerspenstige Witwe für sich zu gewinnen.

Die Augen nur einen winzigen Spaltbreit geöffnet, beobachtete er Kirsten, wie sie das Manuskript beäugte, als wäre es ein Raubtier, das sich tot stellte, um sie im nächsten Augenblick der Unachtsamkeit anzufallen. Schließlich nahm sie es auf und blätterte die Seiten fast bis zum Ende durch. Rylan konzentrierte sich auf ihre Augen hinter der Brille, während sie Zeile um Zeile verschlang. Selbst durch den Raum hinweg konnte er mitverfolgen, wie ungeweinte Tränen darin zu schimmern begannen. Als Kirsten zu ihm hinüberschaute, rührte er sich nicht und tat so, als hätte er den weichen, liebevollen Blick, den sie in seine Richtung sandte, nicht bemerkt.

Die Zähne in die Unterlippe vergraben und eine Hand auf dem Herzen las Kirsten die letzte Seite.

*Demon Rumm geht über die Rollbahn, den Rücken zur Kamera. Er und das Flugzeug sind lediglich Konturen gegen die aufgehende Sonne. Vor der Maschine setzt er seinen Helm auf.*

*Auftritt Sam, ebenfalls mit dem Rücken zur Kamera. Sam sieht Rumm zu, wie er in das Cockpit steigt und sich anschnallt.*

*Rumm startet die Motoren.*

*Nahaufnahme Sam. Verwirrung steht auf seiner Miene.*

*Nahaufnahme Rumm, der geradeaus starrt. Sam ruft seinen Namen. Rumm dreht den Kopf, sieht zu Sam. Sein Mund verzieht sich langsam zu einem strahlenden Lächeln. Er hebt die Hand, streckt den aufgerichteten Daumen in Sams Richtung.*

*Standbild. Ende. Abspann.*

Bedachtsam schlug Kirsten das Drehbuch zu und strich mit der Handfläche über den Deckel, als würde sie etwas unendlich Kostbares in Händen halten.

Durch den Raum sah sie zu Rylan hin, der Ausdruck auf ihrem Gesicht zeigte Erstaunen und … War das Hoffnung? Er verlor den Kampf mit sich selbst. „Komm her, Kirsten", sagte er mit rauer Stimme.

Sie ging zu ihm und setzte sich auf ein angewinkeltes Bein neben ihn auf die Couch.

„In stundenlangen Debatten", hob er an, „habe ich den Autor, den Regisseur, den Produzenten und alle anderen davon überzeugt, auf stille Ergriffenheit zu setzen statt auf ein fulminantes Ende und es offen zu lassen. Niemand weiß, was Rumm an jenem Morgen wirklich durch den Kopf ging. Auch du nicht, mein Liebling."

„Du hast nicht …"

„Nein. Hast du wirklich gedacht, ich würde dein Geheimnis der ganzen Welt preisgeben?"

„Ich war mir nicht sicher."

Er legte seine Hand auf ihr Bein und drückte es leicht. „Wieso sollte ich dich dermaßen verletzen wollen?"

„Wegen deiner Karriere, deiner Integrität. Wegen deines Prinzips, in einer Rolle niemals Kompromisse einzugehen."

„Ich würde dich niemals für einen verdammten Spielfilm so verletzen. Für mich bist du wichtiger als jede Rolle, als Ruhm und Reichtum oder irgendetwas anderes."

„Rylan." Sie senkte den Kopf und richtete die Worte an die krampfhaft verschränkten Finger in ihrem Schoß. „Ich war nur gemein zu dir, weil du es so geschickt verstanden hast, mich einzuwickeln. Und ich dich so sehr begehrte. Jedes Mal, wenn du mich berührtest, ist mir heiß und kalt geworden."

„Ich wusste nie, ob es Erregung oder Abscheu war."

„Es war Angst. Ich hatte Angst, du könntest die Wahrheit erraten, dass du irgendwie merken würdest, was mir so lange gefehlt hat. Je besser wir einander kennenlernten, desto mehr wuchs meine Angst. Ich musste doch Charlies Andenken schützen. Das kannst du doch verstehen, oder?"

Zärtlich streichelte er ihre Wange. „Ich bewundere dich für deine Loyalität. Es macht mich eifersüchtig, dass du ihn so sehr geliebt hast. Du hättest seine Schwäche ausschlachten können. Dein Buch wäre eine Sensation gewesen, und du hättest mehr Profit für dich herausschlagen können."

„Ich weiß noch immer nicht, wie ich das Ende schreiben soll."

„Willst du einen Rat von mir hören?"

Sie nickte.

„Orientiere dich am Ende des Films."

„Aber die Öffentlichkeit will doch wissen, ob es Selbstmord war oder nicht."

„Fühlst du dich wirklich verpflichtet, der Öffentlichkeit eine Antwort zu liefern? Eine Antwort, die du selbst nicht kennst? Der Film überlässt es der Interpretation des Einzelnen. Niemand weiß von Charlies Impotenz, niemand außer dir und mir. Doch selbst sein Problem schmälert nicht das, was er vollbracht hat, was er verkörpert hat, wofür er steht. Er hat die Erwartungen aller erfüllt. Der einzige Mensch, dem er wehgetan hat, bist du." Er nahm ihr Gesicht in seine Hände. „Und genau mit diesem Augenblick werde ich anfangen, deine Schmerzen zu lindern und zu heilen."

„Aber …"

Er brachte ihren Protest mit einer sanften Fingerspitze auf ihren Lippen zum Verstummen. „Spar dir die Einwände. Ich werde jedes weitere Argument abschmettern. Du weißt doch, ich bin gut darin, meinen Kopf durchzusetzen. Ich bekomme immer, was ich will."

Ihre Lippen bebten unter seinem zärtlichen Kuss. „Du liebst mich also wirklich?"

„Ja, ich liebe dich wirklich", antwortete er lächelnd.

Sie lehnte den Kopf an seine Brust und stieß einen zufriedenen Seufzer aus, der beiden aus dem Herzen sprach. „Rylan, du bist ein wunderbarer Mann."

# EPILOG

„Hi, Mom. Seid ihr gut angekommen? Ist das Hotel okay? … Gut. Hat euch die Premiere gefallen? … Hast du gesehen, dass ich euch zugewinkt habe? Ich wünschte, du und Dad hättet mit Kirsten und mir zusammensitzen können, aber ich wusste ja, dass ihr da seid. Das hat mir viel bedeutet. … Freut mich, dass euch die Story gefallen hat. … Ja, sicher, der Film sollte ja auch zu Tränen rühren."

Rylan bedeckte den Telefonhörer mit einer Hand. „Mom sagt, sie habe geweint", teilte er seiner Frau mit.

Er setzte das Gespräch mit seiner Mutter fort. „Habe ich dir eigentlich schon gesagt, dass das Buch Demon Rumm auf der Bestsellerliste der New York Times steht? … Ach so, habe ich? Nun, sicher, ich bin eben sehr stolz." Er blies eine Kusshand durch den Raum, als Kirsten sich umdrehte und ihm über die Schulter zulächelte.

„Inzwischen arbeitet sie an ihrem dritten Buch. Zwei Kapitel hat sie schon. Langsam werde ich eifersüchtig auf ihre Schreibmaschine, sie verbringt ja mehr Zeit mit dem Ding als mit mir. … Nein, an einem Computer möchte sie nicht arbeiten. Hat angeblich etwas damit zu tun, dass sie die Seiten befühlen muss."

Wieder hielt er die Muschel zu und wandte sich an Kirsten: „Also, wenn du mich fragst, das hört sich irgendwie pervers an. Wenn du schon unbedingt etwas befühlen musst … Was sagtest du, Mom? Kirsten … äh … hat mich gerade abgelenkt. … Nein, sicher, ein Baby würde ihrer Karriere als Schriftstellerin nichts anhaben können. Daran arbeiten wir auch schon. … Sie hat sich bereits untersuchen lassen, der Arzt sieht da keine Probleme. Er hat sie praktisch von Grund auf überholt. Jetzt hält sie bestimmt wieder für die nächsten vierzigtausend Meilen durch."

Lachend duckte er sich, da Kirsten ein Kissen nach ihm warf. „Sag Dad, dass ich ganz seiner Meinung bin." Die Hand auf dem Hörer, schaute er zu ihr hin. „Dad meinte, du hättest heute Abend fantastisch ausgesehen, auch wenn er in dem Getümmel nur einen Blick auf dich erhascht hat."

Er sprach wieder ins Telefon. „Kirsten lässt ihren Dank für das Kompliment ausrichten. … Nein, ihre Abscheu, im Rampenlicht zu stehen, hat sie nicht überwunden. Aber ich habe schon zu ihr gesagt, dass sie, wenn sie nicht angestarrt werden will, eben nicht so verdammt gut aussehen darf. … Entschuldige, Mom, du hast natürlich völlig recht, ich sollte nicht fluchen. Sag, ihr kommt doch morgen zum Brunch nach Malibu, oder? … Großartig, wir wollen euch nämlich unbedingt unser neues Haus zeigen. Es ist ähnlich wie Kirstens Haus in La Jolla, sehr luftig und offen, und man kann endlos weit über den Ozean blicken. Außerdem sehr ruhig und abgeschieden. Wir beide lieben es … Bitte? … Ja, sage ich ihr. Ihr kommt so gegen elf? … Fein. Wir freuen uns schon. Gute Nacht, bis morgen dann."

Rylan unterbrach die Verbindung und drehte sich zu Kirsten um. „Mom und Dad bedanken sich für die Blumen und den Obstkorb. Erinnere mich daran, dass ich dem Portier im Beverly Hills Hotel ein dickes Trinkgeld schicke."

„Habe ich schon erledigt, Darling."

„Ich wusste doch, dass es einen Grund gibt, weshalb ich dich in meiner Nähe haben möchte."

Sie standen im großen Schlafzimmer ihrer Villa. Kirstens Augen funkelten, als sie ihren Mann jetzt ansah. Provozierend befeuchtete sie sich die Lippen mit der Zungenspitze. „Genau", sagte sie mit rauchiger Stimme, „und es ist nicht nur, um Trinkgelder an Hotelpersonal zu verteilen."

An dem Tag, als sie es zum ersten Mal über sich gebracht hatte, spielerisch über Sex zu scherzen, wusste er, dass sie ihre unglückliche Vergangenheit endgültig hinter sich gelassen hatte. Inzwischen war mehr als ein Jahr seit ihrer Heirat vergangen, und Kirsten war liebevoll und sinnlich und zögerte nicht mehr, ihm zu zeigen, wie sehr sie ihn begehrte. Ihre Furcht vor Zurückweisung war verschwunden. Als Reaktion auf ihre unverblümte sexuelle Aufforderung streckte er seinen Arm nach ihr aus, doch sie war schneller und wich ihm geschickt aus.

„Kommen Cheryl und Griff morgen auch?", fragte sie.

„Ja." Lachend zog er die Smokingjacke aus und warf sie achtlos über eine Stuhllehne. „Mom rät, alles Wertvolle … nein, eigentlich alles, das du behalten willst, wegzuschließen. Dylan steckt jetzt in einer Phase, wo er überall herumklettert und alles kaputt macht."

„Habe ich da in eurem Gespräch irgendetwas von einem Baby gehört?" Im Spiegel schaute Kirsten ihn an, während sie die Diamantstecker aus den Ohren nahm. „Genauer gesagt, von unserem Baby?"

„Die Familie wartet auf ein zweites Enkelkind. Ich fürchte, Mom ist in der Beziehung nicht besonders zurückhaltend." Er trat hinter sie und legte die Hände auf ihren Bauch. „Irgendwelche Anzeichen?"

„Neun Tage zu spät. Ich führe genau Buch."

Er drückte einen Kuss auf ihren Nacken. „Gut. Aber noch ein paar Tage mehr, und wir hätten dich nicht mehr in dieses Kleid bekommen."

Es war ein eng anliegendes Abendkleid aus mitternachtsblauen Pailletten. Ein hoher Kragen schloss sich um ihren Hals, Arme und Rücken blieben frei. Das glitzernde Kleid schmiegte sich um ihre zierliche Figur wie eine zweite Haut – vom Hals bis zu den Füßen, die in silbernen Sandaletten steckten.

Rylan zog sie der Länge nach an sich und murmelte in ihr Ohr: „Habe ich dir schon gesagt, wie fantastisch du heute Abend aussiehst?"

„Ungefähr zwei Dutzend Mal." Sie lächelte verführerisch, und er drehte sie in seinen Armen um, sodass sie ihn direkt ansah.

„Habe ich dir auch schon gesagt, wie sehr ich es zu schätzen weiß, dass du den Zirkus heute Abend mitgemacht hast?"

Sie lockerte seine Fliege. „Demon Rumm ist ein wichtiger Film für dich. Manche Stimmen flüstern schon, dass eine Oscar-Nominierung für den besten Schauspieler bereits feststeht. Ich finde es noch immer unangenehm, im Rampenlicht zu stehen, aber ich halte durch, wenn du an meiner Seite bleibst."

Sie legte die Satinfliege beiseite und schlang die Arme um seine Hüfte. „Auf der Premiere zu erscheinen, war gar nicht so schlimm, wie ich mir das vorgestellt hatte. Ich muss nicht mehr vorgeben, glücklich zu sein – ich bin glücklich. Ich lebe keine Lüge mehr. Ich liebe meinen Mann, und ich weiß, dass er mich liebt. Da wird das Lächeln in der Öffentlichkeit zum Kinderspiel."

Sie küssten sich innig. Er fasste an ihren Nacken und öffnete den Verschluss am Kragen, zog das Oberteil des Kleides bis zu ihrer Taille herab. „Du hast deinen Teil unserer Abmachung eingehalten und bist mit mir zur Premiere gekommen." Fasziniert schaute er auf ihre Brüste und liebkoste sie zärtlich. „Das heißt wohl, ich werde morgen losziehen und mir eine neue Jeans kaufen müssen."

Sie nahm die Manschettenknöpfe aus den Ärmeln seines Hemdes und half ihm, es von den Schultern zu schütteln. „Gut. Aber wirst du sie auch tragen?"

„Ah", meinte er lang gezogen. „Von ‚tragen' war in der Abmachung nie die Rede."

Beide lachten, und Kirsten schälte sich aus dem engen Kleid, während Rylan sich seiner restlichen Kleidung entledigte. Dann hob er sie hoch und trug sie zu ihrem großen Ehebett. Sanft legte er sie darauf nieder. Als er sich vorsichtig auf sie sinken ließ, vergrub sie die Finger in seinem Haar. Er würde es niemals müde werden, sie zu berühren, zu streicheln, zu liebkosen. Würde sich nie sattsehen können an dem Lächeln, mit dem sie voller Liebe zu ihm aufschaute.

„Eine Ehefrau zu haben, die dich anbetet, hat offensichtlich keinerlei Besserung bei dir bewirkt", rügte sie ihn gespielt streng. „Du bist immer noch Hollywoods Enfant terrible. Ich habe genau gehört, was du zu dem Reporter gesagt hast, der sich uns in den Weg gestellt hat."

„Das ist nicht druckfähig, oder?" Er fuhr mit den Lippen über ihre Rundungen.

„Nein, auf keinen Fall."

„Ich wollte dich nur beschützen."

„Der einzige Schutz, den ich brauche, ist deine Liebe, Rylan." Auch wenn es nicht sein richtiger Name war, so war es doch der Name, unter dem sie ihn kennen und lieben gelernt hatte, also nannte sie ihn weiterhin so.

Ganz gleich, wie oft sie sich auch liebten, ihre Leidenschaft füreinander flaute nicht ab. Das Liebesspiel war wie ein Akt der Erneuerung, ein täglich neu geleistetes Versprechen, einander zu lieben und zu ehren.

„Meine Liebe gehört dir, Kirsten. Auf ewig." Mit feuriger Zärtlichkeit drang Rylan in sie ein.

„Ach, Darling." Sie seufzte lustvoll auf. „Daran werde ich auch niemals zweifeln."

– ENDE –

*Sandra Brown*

# Ich verführ dich heute Nacht

Roman

Aus dem Amerikanischen von
Patrick Hansen

MIRA®

## 1. KAPITEL

„Wer ist sie?“

„Ihr Name ist Sunny Chandler.“

„Du kennst sie?“

„Seit der dritten Klasse.“

„Wirklich?“

„Kann auch die zweite Klasse gewesen sein.“

„Also ist sie hier aufgewachsen?“

„Ja.“

„Wo hat sie gesteckt?“

„Dein Leben lang?“

Der erste Mann schaute mit gerunzelter Stirn zum zweiten hinunter. „Wo hat sie gesteckt?“, wiederholte er streng.

Der zweite Mann wirkte eingeschüchtert. „In New Orleans“, antwortete er im breiten Südstaatenakzent. „Ist vor ein paar Jahren hingezogen. Sie ist Näherin.“

„Näherin?“ Darauf wäre er nie gekommen. Wie eine Näherin sah sie nicht aus.

„Irgendetwas in der Art. Wanda könnte dir mehr darüber erzählen.“

Wanda war die Frau des Mannes, der soeben gesprochen hatte, und sein Gegenüber nahm sich fest vor, sie über Sunny Chandler auszufragen. Die angebliche Näherin hatte seine Neugier geweckt, und die blieb – wie seine anderen Bedürfnisse – nie lange ungestillt.

Aber im Moment begnügte er sich damit, Sunny Chandler zu beobachten, während sie zwischen den anderen Gästen umherschlenderte. Sie war kein Kleinstadtmädchen mehr und fiel auf wie ein bunter Hund.

Schlechter Vergleich, dachte er. Bunte Hunde waren meistens unansehnlich. Doch an dieser Frau gab es nichts, was unansehnlich war.

„Warum hat sie die Stadt verlassen?“, fragte er.

Sein Gegenüber schmunzelte. „Das würdest du nie glauben.“

„Erzähl es mir einfach.“

„Na ja, es war so …“ Mit leiser Stimme gab der Mann den saftigsten Klatsch wieder, über den in Latham Green jemals getuschelt worden war.

Die Hauptfigur der unglaublichen Geschichte, die auf der anderen Seite des Raums erzählt wurde, unterdrückte ein gelangweiltes Gähnen. Als plötzlich jemand schallend auflachte, zuckte sie zusammen, genau wie alle anderen Gäste in ihrer Nähe. Sie drehte sich um und bemerkte zwei Männer an dem großen Fenster stehen, hinter dem sich der Golfplatz erstreckte. Der große Blonde wischte sich gerade Lachtränen aus den Augenwinkeln.

Vermutlich erzählen sie einander schmutzige Witze, schoss es Sunny angewidert durch den Kopf. Diese ungehobelten Landmenschen wussten einfach nicht, wie man sich in Gesellschaft benahm. Für sie machte es keinen Unterschied, ob sie im Hinterzimmer eines Billardsalons oder im Clubraum des Country Clubs waren. Den beiden ging jeglicher Anstand ab.

Die Familie des Bräutigams hatte sich mit diesem Empfang für das Hochzeitspaar die größte Mühe gegeben und keine Kosten gescheut. Der Küchenchef persönlich hatte sich um das Buffet gekümmert, und die Dekorateurin hatte die Bestände sämtlicher Blumengroßhändler im Umkreis von einigen Meilen aufgekauft; der gesamte Raum war mit farbenfrohen Arrangements geschmückt. Normalerweise leistete der Country Club sich für seine Bälle nur ein örtliches Sextett, an diesem Abend allerdings kam die Musik von einer Jazz-Band aus Memphis.

Und die ist gar nicht mal so schlecht, dachte Sunny. Sowie sie eine Ballade von Kenny Rogers anstimmten, schenkte sie dem Bandleader ein Lächeln, und er zwinkerte ihr zu. Sie zwinkerte zurück und wandte sich rasch dem Buffet zu. Den Kopf gesenkt, füllte sie ihren Teller.

„Sunny Chandler!“

Innerlich aufstöhnend setzte Sunny ein falsches Lächeln auf und drehte sich um. „Ach hallo, Mrs Morris!“

„Lange nicht gesehen, Girlie.“

Toller Spruch, alte Schachtel. „Ja, es ist eine Weile her.“

„Wie lange?“

„Drei Jahre.“ Drei Jahre, zwei Monate, sechs Tage. Offenbar nicht lange genug, um die Leute vergessen zu lassen, was damals passiert war.

„Mein liebes Mädchen, bist du noch in New Orleans?“

„Ja, bin ich.“ *Und ich liebe es. Ich liebe jeden Ort, der nicht Latham Green ist.*

„Du siehst gut aus.“

„Danke.“

„Sehr großstädtisch.“

Die Feststellung war als Spitze gemeint. Sunny betrachtete sie als größtes Kompliment. Mrs Morris stopfte sich einen mit einer scharf gewürzten Krabbe gefüllten Pilz in den Mund und kaute heftig. Aber dann schien sie zu befürchten, Sunny könnte davonlaufen, bevor sie ihr noch mehr indiskrete Fragen stellen konnte. „Und deine Familie? Wie geht es der?"

„Gut, richtig gut." Sunny kehrte der Frau den Rücken zu und nahm sich eine rohe Auster auf halber Schale – etwas, das sie in einer Million Jahren nicht essen würde, obwohl sie jetzt in New Orleans lebte. Mit spitzen Fingern legte sie sie auf ihren Teller.

Mrs Morris jedoch hatte offensichtlich kein Gespür für die Abweisung, die in Sunnys Körperhaltung lag. Ungerührt fragte sie weiter.

„Deine Eltern wohnen noch in Jackson?"

„Ja."

„Sie lassen sich selten hier blicken. Doch nach dem, was ... Na ja, du weißt, was ich meine. Bestimmt ist es für sie noch immer schwer."

Sunny wollte ihren Teller abstellen und den Raum verlassen. Und nicht nur den Raum, sondern gleich auch die Stadt und die Gegend, genau wie vor drei Jahren. Sie blieb nur deshalb scheinbar ungerührt vor der Melonenbowle stehen, weil sie niemandem den Triumph gönnte, sie vertrieben zu haben.

„Hat deine Familie noch das Blockhaus draußen am See?"

Bevor Sunny antworten konnte, kam der weibliche Ehrengast der Party auf sie zu. „Sunny, kannst du mir kurz bei meiner Frisur helfen? Ich fühle, wie gerade eine strategisch wichtige Nadel verrutscht. Bitte. Entschuldigen Sie uns, Mrs Morris."

Sunny ließ ihren erst halb gefüllten Teller zurück. Sie hatte ohnehin nichts essen, sondern nur ihre Hände beschäftigen wollen. „Danke", flüsterte sie, während ihre Freundin sich bei ihr einhakte und mit ihr über den Korridor zum Waschraum ging.

Fran lachte. „Du hast ausgesehen, als müsstest du gerettet werden. Aber vielleicht war ja auch Mrs Morris in Gefahr. Ich hatte schon Angst, du würdest die schwedische Frikadelle essen und die Frau hinterher mit dem Zahnstocher aufspießen."

Sie überzeugten sich davon, dass sie im Waschraum unter der Treppe allein waren, und verriegelten die Tür hinter sich, um ungestört reden zu können. Sunny lehnte sich dagegen und seufzte erschöpft. „Und da wunderst du dich, dass ich heute zum ersten Mal seit drei Jahren wieder herkomme? Kannst du es mir verdenken, dass ich so lange fortgeblieben bin? Die Frau hatte praktisch Schaum vor dem Mund, so gierig war sie darauf, all die brisanten Einzelheiten über mein Leben in der Großstadt zu erfahren."

Fran saß am Schminktisch und zog sich die Lippen nach. „Gibt es denn brisante Einzelheiten über dein Leben in der Großstadt?" Sie warf Sunny im oval gerahmten Spiegel einen spöttischen Blick zu und quittierte Sunnys eisige Miene mit einem fröhlichen Lachen. „Entspann dich, Sunny. Das hier ist eine typisch amerikanische Kleinstadt. Was haben Leute wie Mrs Morris sonst zu tun?"

„Dem Gras beim Wachsen zusehen?"

„Genau. Sie müssen sich mit den Angelegenheiten der anderen Leute beschäftigen. Und lass uns ehrlich sein, du hast ihnen vor einigen Jahren jede Menge Stoff geliefert."

„Ich habe nicht versucht, ihre Aufmerksamkeit zu erregen."

„Na ja, du hast sie trotzdem bekommen. In all den Jahren sind sie vor Neugier fast gestorben. Sie wollen unbedingt wissen, warum du das damals getan hast. Deine Eltern sind kurz darauf weggezogen, konnten also nicht dazu beitragen, das Rätsel zu lösen. Jetzt tauchst du wieder auf, siehst aus wie jemand aus dem Denver Clan und benimmst dich auch noch so, als hätte der Vorfall dir nicht das Geringste ausgemacht. Sie können es kaum abwarten zu erfahren, warum du dir etwas so Unerhörtes geleistet hast. Kann du es ihnen denn übel nehmen, dass sie neugierig sind?"

„Ja, das kann ich. Diese Klatschtanten haben meine Eltern mit ihrer kindischen Neugier praktisch um den Verstand gebracht. Mom und Dad konnten nirgendwo hingehen, ohne mit abfälligen Blicken und indiskreten Fragen bombardiert zu werden. Selbst sogenannte Freunde haben ihnen keine Ruhe gelassen. Irgendwann haben sie den Druck nicht mehr ausgehalten und die Stadt verlassen."

„Ich dachte, sie sind umgezogen, weil dein Dad einen Job in Jackson gekriegt hat."

„Das ist der Grund, den sie mir genannt haben, aber ich habe es ihnen nie geglaubt. Ich denke, dass ich der Grund für den Umzug war." Sie holte einen Lippenstift aus ihrer kleinen Handtasche und betupfte sich den Mund damit. „Doch danke für das Kompliment, dass ich wie eine der Frauen aus dem Denver Clan aussehe."

Fran lächelte. „Die Ladies hier tragen entweder kurze Cocktailkleider oder lange Abendroben. Der Mini ist hier noch nicht angekommen. Und ihre Rocksäume sind schnurgerade, nicht ausgefranst wie deiner. Niemand würde auf die Idee kommen, Violett mit Orange zu kombinieren, aber dir steht es sensationell", sagte sie und musterte bewundernd Sunnys Kleid. Es sah aus, als wären kunstvoll ineinander verschlungene Tücher um ihren Körper drapiert.

„Und nein … nein!", rief Fran und schlug sich in gespieltem Entsetzen auf die Wangen. „Hast du wirklich zwei Löcher in einem Ohrläppchen? Das ist ja geradezu revolutionär. Ich würde mich nicht wundern, wenn es in deinem Stammbaum einen oder zwei Nordstaatler gäbe."

Lachend wedelte Sunny mit der Hand vor Frans Nase. „Sei still! Du bringst mich zum Lachen, und ich will nicht lachen."

Fran griff nach Sunnys Hand. „Mir ist klar, du wolltest nicht zurückkommen und hast es nur getan, weil du bei meiner Hochzeit dabei sein wolltest. Mir ist klar, was das für ein Opfer ist, und ich bin dir sehr dankbar."

„Deine Hochzeit hätte ich auf keinen Fall verpasst, Franny. Das weißt du. Obwohl …"

„Obwohl du nicht verstehst, warum ich wieder heiraten will", beendete Fran den Satz für sie.

Sunny schaute ihr tief in die Augen. Ihr schien es, als würde Fran den gleichen Fehler ein zweites Mal begehen. Nach der Scheidung von ihrem ersten Mann hätte sie ihre zwei Kinder nehmen und dieses Provinzkaff für immer hinter sich lassen können. Aber Fran war geblieben, hatte das Getuschel tapfer ertragen und trat jetzt erneut vor den Traualtar.

„Sunny, ich liebe Steve. Ich will ihn heiraten und ein Baby mit ihm haben." Frans Blick bat flehentlich um das Verständnis ihrer Freundin. „Ich dachte, ich wäre in Ernie verliebt, doch ich habe in ihm nur das gesehen, was alle gesehen haben – den gut aussehenden Football-Star. Leider war er nicht mehr als das. Und als er es nicht mehr sein konnte, fiel er in sich zusammen. Er hat sich mit Alkohol getröstet. Und mit anderen Frauen, denn die haben ihn angehimmelt, anstatt ihm – wie ich, die nörgelnde Ehefrau – zu sagen, dass er endlich erwachsen werden sollte."

Sie lächelte. „Na ja, Steve ist ganz anders. Mein Fels in der Brandung. Er liebt mich, er liebt meine Mädchen. Er sieht nicht so gut aus wie Ernie und hat auch nicht so breite Schultern, aber er ist ein richtiger Mann, kein zu groß geratenes Kind."

Sunny tätschelte Frans Hand. „Ich freue mich für dich, das weißt du, und ich finde es toll, dass Steve dich so glücklich macht. Ich kann mir einfach nur nicht vorstellen, dass jemand sich freiwillig so ein Leben aussucht. Ich bin so froh, dass ich es hinter mir lassen konnte."

„Weil du noch nicht den Mann gefunden hast, mit dem du es teilen kannst." Fran zog eine Augenbraue hoch. „Apropos, ich schätze mal, du hast deinen Exverlobten noch nicht gesehen."

„Nein, und ich hoffe, es bleibt mir erspart." Sunny nestelte an ihrem Haar. „Er und Gretchen sind noch verheiratet, vermute ich."

„Ja, man hört allerdings so manches. Die Gerüchteküche meldet, dass ..."

„Nein!", unterbrach Sunny sie. „Ich will es nicht wissen. Ich sinke nicht so tief wie alle anderen in dieser Stadt und giere nach dem neuesten Klatsch und Tratsch." Sie musterte Frans Frisur. „Dein Haar sitzt perfekt. Wo ist denn die rutschende Nadel, von der du gesprochen hast?"

„Das war nur ein Trick, um dich von Mrs Morris wegzuholen." Fran sprang so schnell auf, dass man ihr die dreißigjährige Mutter zweier Kinder gar nicht ansah. Kichernd verließen die beiden Freundinnen den Waschraum, wie sie es als Schulmädchen immer getan hatten. Erst als sie in den Salon zurückgingen, machte Fran ein ernsteres Gesicht.

Ihr zukünftiger Ehemann entdeckte sie und eilte ihr und Sunny entgegen. „Honey, mein Chef ist gerade aus Baton Rouge eingetroffen", verkündete Steve. „Er kann es kaum abwarten, dich kennenzulernen. Er sagt, er will die Frau sehen, die es geschafft hat, aus einem eingefleischten Junggesellen wie mir einen Ehemann zu machen. Entschuldige uns bitte, Sunny."

„Natürlich."

Sie schaute den beiden nach, während der erfolgreiche Versicherungsmanager seine Braut zu seinem Vorgesetzten führte. Stolz stellte Steve Fran und ihre beiden jungen Töchter vor. Sunny gönnte Fran das neu gefundene Glück von Herzen. Nach der Ehe mit Ernie hatte sie es wahrlich verdient.

Beschützend und besitzergreifend legte Steve den Arm um Frans schmale Schultern. Sunny entging die instinktive, unbewusste Geste nicht. Wortlos zeigte er damit, was er für seine zukünftige Ehefrau empfand. Sunny schrieb das leere Gefühl, das sie plötzlich überkam, dem Hunger zu und entschied sich, es noch mal am Buffet zu versuchen.

Als wäre die Rückkehr nach Latham Green nicht schon schlimm genug, musste sie auch noch ausgerechnet zu einer Hochzeit gehen, bei der sie mit Don – dem Mann, den sie fast geheiratet hatte – konfrontiert werden würde. Es war unvermeidlich gewesen, dass jemand sie darauf ansprechen würde. Aber das hatte sie jetzt ja zum Glück überstanden, und ihr graute nicht mehr davor.

Über ihn zu reden, hatte all die schlechten Gefühle wieder an die Oberfläche gebracht, die sie drei Jahre zuvor hinter sich gelassen hatte. Sunny hatte geglaubt, sie für immer losgeworden zu sein, doch es schien, als hätten sie am Stadtrand auf sie gewartet. Kaum hatte sie Latham Green betreten, waren sie über sie hergefallen.

Sie hätte es besser wissen müssen und diesen Ort für immer meiden sollen. Aber wie hätte sie Fran enttäuschen können? Dies war die Hochzeit ihrer besten Freundin. Fran wäre traurig gewesen, wenn sie nur zur Trauung aufgetaucht und sofort wieder verschwunden wäre. Ohne es wirklich zu wollen, hatte Sunny ihr versprochen, zur Party zu kommen und bis nach der Hochzeit zu bleiben. Sie hatte hier ein paar Dinge zu erledigen, aber das änderte nichts daran, dass sie eine Woche durchstehen musste. Eine ganze Woche. In einer Stadt, von der sie sich geschworen hatte, dass sie sie nie wiedersehen wollte. Würde sie das überleben?

Vielleicht. Allerdings nicht, ohne sich dafür zu entschädigen. Ein oder zwei Mal darf ich schwach werden, dachte sie und ließ den Blick über die Süßigkeiten am Ende des Buffets wandern. Ein bisschen über die Stränge zu schlagen, würde ihr helfen, nicht den Verstand zu verlieren. Und sie hatte wirklich eine Belohnung verdient. Wie sollte sie Fran moralische Unterstützung leisten, wenn sie sich nicht mit einigen ausgewählten Leckereien stärkte?

Bevor sie es sich anders überlegen konnte, nahm sie sich zwei mit drei Schichten Schokolade überzogene Erdbeeren von einem Silbertablett und suchte sich eine ruhige Ecke, um sie zu genießen. Natürlich waren es für eine Frau, die ihre schlanke Figur behalten wollte, verbotene Früchte. Aber verbotene Früchte waren genau das, was Sunny im Moment brauchte.

Sie hielt den winzigen grünen Stiel zwischen Daumen und Zeigefinger und biss in die erste Erdbeere. Die oberste Schokoladenschicht schmeckte bittersüß, dann kam zarte, auf der Zunge zergehende Milchschokolade, danach – wie ein Höhepunkt – milde weiße Schokolade, die den Gaumen auf die saftige rote Frucht vorbereitete.

Langsam, mit sündhaftem Genuss, zerkaute sie die Erdbeere und füllte den Mund mit der unvergleichlichen Süße.

Es war ein sinnliches Erlebnis. Nicht nur für Sunny, sondern auch für den Mann, der sie von der anderen Seite des Raums dabei beobachtete. Lässig an der Wand lehnend, ein Bein über das andere geschlagen, sah er zu, wie Sunny Chandler sich die beiden Schokoerdbeeren schmecken ließ. Der Anblick war so erotisch, dass selbst ihm das Wasser im Mund zusammenlief. Wobei der Reiz nicht von den süßen Früchten, sondern von den Lippen und der Zunge ausging, mit denen sie den Genuss geradezu zelebrierte.

„Wie ich merke, kannst du die Augen noch immer nicht von ihr lassen."

Der Angesprochene verlagerte das Gewicht, wandte den Blick jedoch nicht von der Frau ab. „Sunny Chandler ist ein toller Anblick", gab er zu.

„Das war sie immer. Eins der hübschesten Mädchen der ganzen Schule. Sie hatte Klasse, weißt du."

„Was sie getan hat, bevor sie von hier verschwunden ist, hatte keine Klasse. Warum hat sie es gemacht?"

„Keine Ahnung."

Der hochgewachsene Mann schaute zu seinem Freund hinunter. „Ach ja? Sie zieht so eine Nummer ab, und weg ist sie?"

„Genau so." Er schnippte mit den Fingern. „Hat ihren Bräutigam – Don Jenkins, du kennst ihn – einfach sitzen lassen."

Sie schauten kurz zum Brautpaar hinüber, das gerade Geschenke auspackte und dabei von begeisterten Ausrufen der Gäste begleitet wurde.

„Sie sollte Don Jenkins heiraten?"

„Ja. Jedes Mal, wenn ich die Baptistenkirche betrete, muss ich daran denken."

„Und kein Mensch weiß, warum sie gekniffen hat?"

„Nein. Natürlich gab es jede Menge Spekulationen."

Eine fragend hochgezogene Augenbraue reichte aus, damit er seinem Gegenüber die erste von vielen möglichen Erklärungen entlocken konnte, die damals an den Kartentischen und Wäscheleinen erörtert worden waren. Er musterte die Frau noch einen Moment und registrierte, dass sie einem vorbeigehenden Kellner ihren Teller reichte. „Ich glaube, ich fordere die Lady zum Tanzen auf."

Er stieß sich von der Wand ab, blieb jedoch stehen, als sein Freund lachte. „Viel Glück, Kumpel."

„Das klingt, als würde ich es brauchen."

„Dieser Frau solltest du dich nicht auf zehn Meter Entfernung nähern."

„Ich will mich ihr nicht nähern, ich will mit ihr ins Bett gehen."

Verblüfft starrte sein Freund ihn an. So offen war er noch nie gewesen. Sicher, unter Männern nahm er kein Blatt vor den Mund, aber wenn er eine deftige Geschichte erzählte, ging es darin immer um andere, nie um ihn selbst. Sein Privatleben war tabu. Er hatte es nicht nötig, mit seinen Eroberungen zu prahlen, denn seine Erfolgsquote war allgemein bekannt.

Der zweite Mann erholte sich von seiner Überraschung. „Ich weiß, dass du bei Frauen einen imponierenden Rekord aufgestellt hast, doch diesmal beißt du dir die Zähne aus."

„Wie kommst du darauf?"

„Soweit ich gehört habe, ist Sunny eine echt harte Nuss. Sie will mit Männern absolut nichts zu tun haben. Jeden, der ihr zu nahe kommt, droht sie schon allein mit ihrem Blick in Stein zu verwandeln."

Die Warnung schreckte ihn nicht ab. Im Gegenteil, sie machte ihn nur noch neugieriger. Er liebte Herausforderungen. Seine Augen wurden schmal, während er sie weiter musterte.

Sein Freund deutete den Blick richtig. „Ich weiß, was du gerade denkst. Aber die Eisprinzessin taust du nicht auf."

„Hast du dein Vertrauen in mich verloren?"

„Wenn es um Sunny Chandler geht, ja."

Er lächelte zuversichtlich. „Um was willst du wetten?"

„Im Ernst?"

Sein Gegenüber nickte.

Der Mann spielte gedankenverloren mit seinem Ohrläppchen, während er über einen möglichen Wetteinsatz nachdachte. „Ich wollte mir eine Angelrute fürs Fliegenfischen kaufen, aber Wanda ist eine Krone ausgefallen, sie braucht eine neue. Und was die Zahnärzte heutzutage für so etwas verlangen …"

„Okay. Eine neue Angelrute. Und du weißt ja, wie gern ich Wild Turkey trinke, meinen Lieblingswhiskey. Sagen wir, einen Karton Bourbon gegen eine neue Rute fürs Fliegenfischen?"

Sie besiegelten die Wette mit einem Handschlag. „Sie verschwindet wieder nach New Orleans, sobald diese Hochzeit vorbei ist. Du hast nicht viel Zeit. Höchstens eine Woche."

„Die brauche ich nicht." Er setzte sich in Bewegung.

„Warte." Der andere Mann hielt ihn zum zweiten Mal auf. „Woran erkenne ich, ob du es geschafft hast?"

„Am Lächeln auf ihrem Gesicht."

Sein Lächeln hingegen ließ ihn so listig wie ein Fuchs und so ehrlich wie ein Pfadfinder aussehen. Es war eine seltene Mischung aus seeräuberischer Verwegenheit und engelhafter Ehrlichkeit. Ein Lächeln, das einen entweder dahinschmelzen oder frösteln ließ, je nach dem, wofür man empfänglich war. Auf Sunnys Gesicht zeigte sich ein wenig von beiden Reaktionen, sowie sie sich wenig später gegenüberstanden.

Er klopfte ihr auf die Schulter, sie drehte sich um und starrte auf eine rote Krawatte mit schmalen blauen Streifen vor einem taubengrauen Oberhemd. Ihr Blick wanderte daran hinauf – und sie sah direkt in sein umwerfendes Lächeln.

Ihr blieb fast das Herz stehen. Ihr Magen schien einen Salto zu vollführen. Ihr Mund wurde so trocken, dass ihre Zunge sich wie ein Stück Papier anfühlte. Aber sie schaffte es, keine Miene zu verziehen, während sie das blonde Haar, die nordisch blauen Augen, das sonnengebräunte Gesicht und die hochgewachsene, muskulöse Gestalt registrierte. Sie erkannte in ihm einen der Männer, die zuvor so unzivilisiert losgelacht hatten.

Hübsche Verpackung, dachte sie. Und wenn schon. Sie kannte den Typ. Und das Lächeln. Der Kerl leckte sich schon die Lippen, als freute er sich auf einen Leckerbissen. Na ja, er würde bald merken, dass sie mehr nach Essig als nach Honig schmeckte.

„Mir gefällt Ihre Art, Erdbeeren zu essen."

Das war nicht gerade der Spruch, mit dem Sunny gerechnet hatte. Wenigstens in der Hinsicht war der Mann originell, das musste sie ihm lassen. Insgeheim konnte sie ihn dafür loben und dann wieder vergessen.

Ihre körperlichen Reaktionen konnte sie allerdings nicht so leicht abtun. In ihrem Bauch kribbelte es nämlich wieder, denn seine Worte hatten ihr Verschiedenes verraten. Dass er sie eine Weile beobachtet hatte. Dass er mochte, was er gesehen hatte. Dass er interessiert genug war, um genauer hinzuschauen.

Schmeichelhaft? Ja. Bei jeder anderen Frau hätte es vielleicht funktioniert. Aber nicht bei ihr. Sie bedachte ihn mit einem herablassenden Blick, der einen weniger entschlossenen Mann schlagartig entmutigt hätte.

Er starrte auf ihren Mund. „Was können Sie noch so gut?"

„Unerwünschte Avancen abwehren."

Er lachte. „Und geistreich kontern."

„Danke."

„Tanzen wir?"
„Nein danke."
Sie wollte ihm den Rücken zukehren, aber er berührte ihren Ellbogen. „Bitte."
„Nein. Danke." Sie betonte die Worte so, dass die Ablehnung nicht zu überhören war.
„Warum nicht?"
Sunny wollte Fran und Steve nicht in Verlegenheit bringen. Sonst hätte sie diesen schlagfertigen blauäugigen Blonden mit dem aufregenden Körper und dem hinreißenden Lächeln daran erinnert, dass sie nun mal nicht mit ihm tanzen wollte und ihm dafür keine Erklärung schuldig war.
„Ich habe schon zu viel getanzt, und mir tun die Füße weh. Und jetzt entschuldigen Sie mich bitte."
Sie ging davon, ohne ihn noch eines Blickes zu würdigen, umrundete das Buffet und steuerte den Tisch in der Mitte des Raums an, auf dem die Champagnerquelle sprudelte. Sie füllte sich ein Glas.
„Ich habe in der Sonntagsschule gelernt, dass Lügen eine Sünde ist."
Champagner ergoss sich über Sunnys Hand, als sie herumwirbelte und erneut die breite Brust vor sich sah. Sie bezweifelte stark, dass er jemals die Sonntagsschule besucht hatte. Und sie war absolut sicher, dass ihn an Sünden nur die Frage interessierte, welche er als nächste begehen sollte. „Und ich habe gelernt, dass es unhöflich ist, anderen auf die Nerven zu gehen."
„Sie hätten nicht zu lügen brauchen, wissen Sie."
„Ich habe nicht gelogen."
Er schnalzte mit der Zunge. „Also wirklich, Miss Chandler. Ich beobachte Sie seit über einer Stunde, und Sie haben kein einziges Mal getanzt, obwohl Sie mehrfach aufgefordert wurden."
Ihre Wangen verfärbten sich, allerdings mehr aus Ärger als Verlegenheit. „Dann hätten Sie daraus die einzig mögliche Schlussfolgerung ziehen sollen. Ich möchte nicht tanzen."
„Warum haben Sie das nicht einfach gesagt?"
„Das habe ich gerade getan."
Er lachte wieder. „Ich mag Ihren Humor."
„Ich habe nicht versucht, komisch zu sein, und mir ist völlig egal, ob Sie meinen Humor mögen. Oder meine Art, Erdbeeren zu essen."
„Das haben Sie deutlich genug gemacht, doch schauen Sie, genau das stellt uns beide vor ein kleines Problem."

„Inwiefern?“ Langsam, aber sicher verlor sie die Geduld. Sein Spielchen war ermüdend. Wäre da nicht Mrs Morris’ neugieriger Blick gewesen, hätte sie ihr Champagnerglas abgestellt und wäre aus dem Raum marschiert. Bei Fran und Steve hätte sie sich später für ihren abrupten Abgang entschuldigt. „Welches Problem könnten Sie und ich gemeinsam haben?“

„Sehen Sie den Mann, der dort drüben am Korb mit den Rosen steht?“

„Wen meinen sie? George Henderson?“

„Sie erinnern sich an ihn?“

„Natürlich.“ Lächelnd winkte Sunny ihm zu. George errötete bis zu den Haarspitzen und winkte zurück.

„Nun ja“, fuhr der Fremde fort. „George und ich haben gerade eine Wette abgeschlossen.“

„So?“

„Wir haben um eine neue Angelrute fürs Fliegenfischen gegen einen Karton Wild Turkey gewettet, dass ich Sie bis Ende nächster Woche ins Bett bekomme. Und wenn es Ihnen wirklich egal ist, ob ich Sie mag oder nicht, wird es für mich verdammt schwer, meinen Bourbon zu gewinnen.“

Vorsichtig nahm er ihr das Champagnerglas aus den plötzlich blutleeren, zitternden Fingern, bevor sie noch mehr verschüttete. Er stellte es auf den Tisch und zog sie an sich. „Tanzen wir?“

Die Band war schon bei der zweiten Strophe des Songs, bevor Sunny ein Wort herausbrachte. „Das ist nicht Ihr Ernst, oder?“

Er schenkte ihr sein charmantestes Lächeln. „Was denken Sie?“

Sie hatte keine Ahnung, was sie denken sollte. Sie kannte keinen Mann, der so mutig war, sich auf eine solche Wette einzulassen. Vorausgesetzt, er wäre so unverschämt, sie sich auszudenken. Nein, bestimmt wollte der Kerl sich nur über sie lustig machen! Aber leider sprach sein Lächeln eine andere Sprache.

Sie erwiderte es nicht. „Was ich denke? Ich denke, dass Sie wirklich hartnäckig sind.“

„Nur wenn ich etwas unbedingt will.“

„Und Sie wollten unbedingt mit mir tanzen?“

„Richtig.“

„Warum?“

„Ich bin noch nie einer Frau mit goldenen Augen begegnet.“

Sie blinzelte. „Meine Augen sind nicht golden. Sie sind hellbraun.“

„Ich nenne sie golden", beharrte er. „Und sie passen zu Ihrem Namen. Wie ist Ihre Mutter bloß darauf gekommen, Sie Sunny zu nennen? Hatten Sie schon als Baby so ein sonniges Gemüt?"

George Henderson musste ihm erzählt haben, wie sie hieß. Kein Grund zur Beunruhigung. Doch von der anderen Seite des Raums aus konnte er kaum gesehen haben, welche Farbe ihre Augen hatten, und genau das sagte sie ihm. „Also, warum wollten Sie wirklich mit mir tanzen?", fügte sie hinzu.

Er presste sie näher zu sich heran. „Wie ich schon meinte, mir gefällt, wie Sie Erdbeeren essen." Seine Augen hatten die Farbe eines skandinavischen Fjords, und er fixierte ganz offensichtlich ihren Mund. „An ihrem linken Mundwinkel klebt noch ein winziger Krümel Schokolade."

Unwillkürlich tastete Sunny mit der Zungenspitze danach.

„Treffer", sagte der Fremde, nachdem sie den Schokorest gefunden hatte.

Sie riss sich aus der Trance, in die er sie auf wundersame Weise versetzt hatte. „Ich nehme an, George hat Ihnen alles über mich erzählt."

„Genug. Ein paar Dinge allerdings möchte ich selbst herausfinden."

„Was zum Beispiel?"

„Eine ganze Menge. Aber Sie wollen bestimmt nicht, dass ich es hier auf der Tanzfläche herausfinde."

Sie löste sich aus seiner Umarmung. „Danke für den Tanz", entgegnete sie frostig. „Mr ..."

„Beaumont. Ty Beaumont. Aber Sie können jetzt nicht aufhören zu tanzen. Der nächste Song hat schon begonnen." Er zog sie wieder an sich. „Hi, Fran. Hi, Steve. Tolle Party", sagte er, während sie sich so unauffällig wie möglich zu befreien versuchte.

„Hallo, Ty", erwiderten die beiden gleichzeitig.

Sunny warf ihnen ein mattes Lächeln zu, als sie vorbeitanzten, und bedachte ihren Tanzpartner mit einem giftigen Blick. Er hatte sie ganz gezielt in die Falle gelockt. Er würde sie nicht so einfach loslassen und konnte darauf vertrauen, dass sie keine peinliche Szene riskieren würde.

Aber ganz sicher würde sie ihren Körper nicht so an seinen schmiegen, wie seine kräftigen Arme es verlangten. Ihm so nah zu sein, war schon beunruhigend genug. Seine muskulösen Oberschenkel rieben sich an ihren, während er sich bewegte.

„Zurück zu der Frage, warum ich unbedingt mit Ihnen tanzen wollte", sagte Ty im Plauderton. „Ich mag auch Ihr goldenes Haar."

„Danke."

„Ich wette, auf einem Kissen ausgebreitet sieht es höllisch sexy aus."

„Das werden Sie nie erfahren."

„Darauf habe ich bereits eine Wette laufen. Wollen wir beide auch noch eine abschließen?"

„Nein."

„Das ist gut. Denn Sie würden sie verlieren."

„Im Gegenteil, ich würde sie mit Sicherheit gewinnen, Mr Beaumont. Und jetzt nehmen Sie bitte Ihre Hand dort weg."

„Von hier?"

Er drückte fester, kurz oberhalb ihres Pos. Eine Hitzewelle durchströmte Sunnys Unterleib. Fast hätte sie vor Schreck nach Luft geschnappt, erst in letzter Sekunde beherrschte sie sich. Trotzdem hatte sie Angst, dass Ty Beaumont ihre heftige Reaktion nicht entgangen war, denn er beobachtete sie aufmerksam.

„Entspannen Sie sich", meinte er.

„Das können Sie vergessen."

„Ich wollte Ihnen nicht zu nahe treten."

„Wollten Sie nicht?"

„Nein. Ich bewundere nur Ihre Schönheit."

„Wenn Sie das müssen, tun Sie es bitte aus der Ferne."

„Ich wäre der Erste, der Ihnen zu Hilfe kommen würde, wenn ein anderer Mann sich das hier bei Ihnen erlauben würde. Aber da wir beide uns noch intimer kennenlernen werden, denke ich ..."

„Wir werden uns nicht intimer kennenlernen."

Er lächelte wissend.

Sunnys gequältes Lächeln galt allein den Mrs Morrises, die sich im Raum drängten. Sie war nicht nur verärgert, sondern auch eingeschüchtert. Von Ty Beaumont ging eine maskuline, fast animalische Kraft aus, der sich kein weibliches Wesen entziehen konnte. Und sosehr sie sich auch gegen männlichen Charme gewappnet hatte, sie war immer noch eine Frau. Offenbar war sie gegen rein sexuelle Anziehungskraft nicht so immun, wie sie angenommen hatte. Um sie abzuwehren, musste sie das Gespräch so schnell wie möglich in sicherere Bahnen lenken.

„Wann sind Sie eigentlich nach Latham Green gezogen, Mr Beaumont?"

„Mal sehen", sagte er und überlegte mit gerunzelter Stirn. „Vor etwa drei Jahren. Wahrscheinlich haben wir uns knapp verpasst."

Vermutlich hatte George ihm erzählt, wann sie nach New Orleans gegangen war. Bevor sie ihn fragen konnte, was er noch alles über sie wusste, sprach er weiter. „In einem Raum voller Polyester fällt Ihre Seide wirklich auf.“ Er strich mit der Hand über ihren Rücken.

Unwillkürlich richtete sie sich auf, was keine gute Idee war, denn dadurch pressten sich ihre Brüste an seine harte Brust. Der Blick seiner blauen Augen wurde dunkel und intensiv. Sunny hielt den Atem an.

„Womit verdienen Sie Ihren Lebensunterhalt?“, fragte sie mit dünner Stimme.

„Ich wette, Sie tragen auch seidene Dessous.“

Plötzlich hielt Ty nichts als Luft in den Armen. Sunny hatte sich von ihm losgemacht und entschuldigte sich leise und unauffällig bei den Gästen, an denen sie sich auf dem Weg zur Tür vorbeidrängen musste. Erst auf den Eingangsstufen des im Kolonialstil errichteten Country Clubs holte er sie ein.

„Habe ich etwas Falsches gesagt?“

Mit dem Ausdruck einer fauchenden Katze drehte sie sich zu ihm um. „Alles, was Sie gesagt haben, und alles, was Sie getan haben, war falsch. Ich kann diese dämliche männliche Überheblichkeit, die Sie ausströmen wie schlechten Körpergeruch, nicht ausstehen. Mehr noch, Ihr ganzes sexistisches Gehabe widert mich an, Mr Beaumont. Und jetzt lassen Sie mich in Ruhe.“

„Na gut. Hören Sie, es tut mir leid, vielleicht habe ich wirklich etwas zu dick aufgetragen.“

„Etwas zu dick?“

„Ich habe Sie gesehen und wollte sofort mit Ihnen ins Bett. Also …“

Da er schon wieder mit ihrem Rücken sprach, war er gezwungen, ihr über die Treppe und in die mit Kies bedeckte Einfahrt hinterherzueilen. Er hielt sie am Arm fest. Sie riss sich los.

„Wenn es Ihnen einen Kick verpasst, anzüglich zu werden, schlage ich vor, Sie gehen in die Bourbon Street. Dort gibt es Mädchen, die Sie stundenweise dafür bezahlen können, dass sie sich solchen Mist anhören. Aber mir ersparen Sie ihn bitte.“

„George hat angedeutet, dass Sie anders sind als die Frauen in Latham Green.“

„Dem Himmel sei Dank.“

„Sie leben in der Großstadt. Und zwar als Single.“

„Richtig.“

„Deshalb bin ich sofort zur Sache gekommen. Es bleibt uns nur eine Woche.“

„Natürlich. Wozu Zeit vergeuden?“, erwiderte sie, und jede Silbe triefte vor Sarkasmus.

„Eine so weltgewandte Frau wie Sie weiß doch, wie es läuft. Ich habe Sie gesehen, ich wollte Sie, ich habe Sie angesprochen. Falls ich Sie falsch verstanden habe, tut es mir von Herzen leid. Ich möchte Sie auf keinen Fall verletzen.“

„Ich kann Ihnen gar nicht sagen, wie sehr ich das zu schätzen weiß.“

„Also verabreden wir uns jetzt zu einer Nummer im Bett, oder nicht? Später in der Woche vielleicht?“

Die unverschämte Frage verschlug ihr einen Moment lang die Sprache. Sie starrte ihn an. Er sah tatsächlich so aus, als würde er eine Antwort erwarten. „Nein, Mr Beaumont, das tun wir nicht“, sagte sie schließlich.

Er lächelte entwaffnend. „Sicher?“

Sie verschränkte die Arme, straffte die Schultern, rümpfte die Nase und setzte eine herablassende Miene auf, die bereits unzählige männliche Egos erschüttert hatte. „Eher friert die Hölle zu, Mr Beaumont.“

Es schien ihn nicht zu beeindrucken. Im Gegenteil, er kam noch näher, so nahe, dass sie den Kopf in den Nacken legen musste, um ihm ins Gesicht zu sehen. „Dann spielen Sie nicht fair. Das hätten Sie mir doch gleich sagen können, Sunny, anstatt beim Tanzen warm und feucht zu werden“, sagte er mit vibrierender Stimme.

Entsetzt starrte Sunny ihn an. Nicht nur weil seine Worte so provokant waren, sondern auch weil sie so treffend beschrieben, wie sie sich gefühlt hatte. „Ich ... Sie ... Ich bin nicht warm und ... und ... und feucht geworden.“

Unter den zerzausten dunkelblonden Brauen wurde Ty Beaumonts Blick durchdringend. „Eine Lüge haben Sie schon auf dem Konto, Miss Chandler. Wenn ich Sie wäre, würde ich mich damit begnügen.“

„Ich lüge nicht!“

Er schaute an ihr hinab. „Soll ich es Ihnen beweisen?“

Sie wirbelte auf dem Absatz herum, was in dem lockeren Kies nicht so einfach war, und eilte zu ihrem Wagen. Mit einem breiten Lächeln beobachtete Ty, wie sie in einen amerikanischen Sportwagen stieg und davonraste, als wäre der Teufel hinter ihr her. Na ja, eigentlich ist er das auch, dachte Ty mit einem diabolischen Grinsen.

„Ich habe dir doch gesagt, du schaffst es nicht“, sagte George, als er seinen Freund in der Wagenauffahrt wiedertraf.

„Das war nur der erste Versuch, George. Fang bloß nicht an, auf deinem Kaminsims Platz für all die Angeltrophäen zu schaffen, die du mit der neuen Rute fangen willst", erwiderte Ty voller Zuversicht. „In einer Woche kann viel passieren."

George schien sich seines Sieges ebenso sicher wie sein Freund. „Eine Woche ist nicht lang."

In ihrem Wagen raste Sunny über den Highway. „Eine Woche!", rief sie. Es würde ihr wie eine Ewigkeit vorkommen.

## 2. KAPITEL

Sunny hatte vergessen, wie heiß die Sonne draußen am See brennen konnte. Fran und sie hatten früher stundenlang auf Badelaken auf genau diesem Steg gelegen, so dick mit Sonnenöl eingerieben, dass sie sich die Namen ihrer aktuellen Verehrer auf Oberschenkel, Bauch und Brust schreiben konnten.

Und wie sie gekichert hatten! Wie gemein sie gewesen waren, wenn sie darüber spekulierten, ob dieses oder jenes Mädchen wirklich getan hatte, was alle behaupteten. Wenn sie sich fragten, ob ein bestimmter Junge tatsächlich so gut küsste, wie seine angeberische Freundin es überall herumerzählte.

Damals hatte alles riesigen Spaß gemacht. In einer Kleinstadt aufzuwachsen, war gar nicht so übel gewesen. Vielleicht war genau das ihr Problem – sie war aus Latham Green herausgewachsen. Sie war einfach kein Kleinstadtmädchen mehr. Heute war sie ein Großstadtmensch.

New Orleans war zwar nicht so hektisch wie viele andere große Städte, aber eine gelassene Heiterkeit wie hier gab es selbst dort nicht. Sie hatte vergessen, wie ruhig es auf dem Land war. Der Trubel und der Lärm ihrer neuen Heimat schienen Welten entfernt zu sein. Den heutigen Tag würde sie allein damit verbringen, in der Sonne zu liegen und die Stille und die herrliche Hitze ganz in sich aufzunehmen.

Die meisten Leute hätten die Schwüle als drückend empfunden. Sunny liebte sie jedoch. Die Sonnenstrahlen entfalteten eine heilsame, beinahe magische Kraft und erfüllten sie mit einer wohligen Trägheit – dem entspannenden Gefühl, einfach nur faul sein zu dürfen.

Am See wehte keine Brise, nur ab und zu setzte ein Windhauch die Wipfel der Zypressen in Bewegung, die das Ufer säumten. Am Horizont türmten sich gewaltige weiße Gewitterwolken. Sie waren nicht mehr als eine leere Drohung, denn die von manchen erhofften abendlichen Schauer fielen nur selten. Der See lag still da, die Wasseroberfläche war wie ein einziger großer Spiegel. Sunny mochte es, das leise Geplätscher unter dem Anleger zu hören. Insekten umschwirrten sie. Libellen surrten übers Wasser, und manchmal erzeugten sie mit ihren zerbrechlichen, durchsichtigen Flügeln winzige Wellen.

Zusammen mit dem rhythmischen Schlagen des Wassers an den Pfosten hatte ihr Summen eine geradezu hypnotische Wirkung. Sie schlief ein.

„Na, Sie haben vielleicht Nerven!“

Sunny setzte sich auf und griff hastig nach dem Oberteil ihres Bikinis. Das Herz schlug ihr bis zum Hals. Vor ihren Augen explodierten grelle gelbe Punkte auf einem pechschwarzen Hintergrund. Sie hatte sich zu schnell aufgesetzt, verlor fast das Gleichgewicht und blinzelte, um wieder klar zu sehen. Als die Welt um sie herum wieder Gestalt annahm, entfuhr ihr ein leiser Fluch.

Ty Beaumont war gerade dabei, auf den Steg zu klettern und sein kleines Boot an einem der Pfosten festzumachen.

„Sie sind derjenige, der hier Nerven hat, Mr Beaumont. Sie haben mich halb zu Tode erschreckt!“

„Tut mir leid.“ Sein Lächeln sagte das Gegenteil. „Haben Sie geschlafen?“

„Ich muss eingenickt sein.“

„Haben Sie meinen Motor denn nicht gehört?“

„Ich dachte, es sei ein Insekt.“

„Ein Insekt?“

„Eine Libelle.“

Er musterte sie besorgt. „Wie lange liegen Sie schon hier draußen in der Sonne?“

„Vergessen Sie’s einfach“, erwiderte Sunny und seufzte dramatisch.

Sie konnte sich nicht wieder hinlegen. Es war schlimm genug, im Sitzen zu ihm hochzusehen. Trotzig weigerte sie sich, die Träger ihres Bikinis am Nacken zu verknoten. Das Oberteil war elastisch und saß auch so fest genug, um nicht zu verrutschen. Er sollte nicht glauben, dass er sie aus der Fassung gebracht hatte. Wenn sie jetzt nach den Trägern tastete und sie umständlich zusammenband, würde sie unweigerlich wie eine verlegene alte Jungfer aussehen, die zum ersten Mal Besuch von einem Gentleman bekam. Sie war keine alte Jungfer. Und er war ganz sicher kein Gentleman.

Er ließ sich neben ihr auf den Holzplanken nieder. „Nehmen Sie doch Platz“, sagte sie mit zuckersüßer Stimme.

Er lächelte nur. „Danke.“

Um nicht auf seine verspiegelte Sonnenbrille starren zu müssen und sich zu fragen, welchen Teil ihres kaum verhüllten Körpers er gerade inspizierte, nahm sie ihre eigene Brille ab und putzte die Gläser mit einer Ecke ihres Badetuchs. Es war völlig überflüssig, aber es erfüllte seinen Zweck. „Was tun Sie hier?“

„Ich habe auf dem See geangelt und rein zufällig bemerkt, dass Sie halb nackt auf diesem Steg liegen. Nur deshalb habe ich gesagt, Sie haben vielleicht Nerven. Ihr Anblick ist eine Einladung an jeden Perversen draußen auf dem See, herzukommen und Sie zu begaffen oder Ihnen vielleicht sogar etwas anzutun."

„Ich habe mich praktisch mein ganzes Leben genau hier gesonnt, und bisher hat mich noch kein Mensch belästigt. Außerdem ist dieser Steg vom See aus gar nicht zu sehen. Dazu muss man schon in diese kleine Bucht kommen. Und soweit ich weiß, hat es auf dem See von Latham noch nie einen Perversen gegeben ... bis heute."

Sein Lachen war tief und äußerst männlich. „Nun ja, ich habe schon zugegeben, dass mich Ihr Körper interessiert, aber ich würde nichts allzu Perverses tun." Er machte eine kurze Pause. „Es sei denn, das gefällt Ihnen."

Sunny hätte schwören können, dass er ihr hinter der Sonnenbrille zuzwinkerte. Hastig warf sie ihre Sachen in den Strandbeutel. Taschenbuch. Sonnenschutzmittel. Kofferradio. Sie entschied sich, das Badelaken vorläufig dort zu lassen, wo es war, erhob sich und ging barfuß über die Planken.

„Wohin wollen Sie?"

Er streckte den Arm nach ihr aus. Sunny schrie auf. Seine kräftigen Finger umschlossen ihr Fußgelenk. Er brachte sie nicht zum Stolpern, aber er hielt sie fest.

„Ins Haus. Ich ziehe es vor, meine Sonnenbäder allein zu nehmen. Abgesehen davon habe ich keine Lust, mit Ihnen schlüpfrige Bemerkungen auszutauschen, Mr Beaumont."

„Feige?"

„Nein."

„Dann kommen Sie zurück."

Es war eine Herausforderung, die Sunny annehmen musste. Aber sie wäre mit allem einverstanden gewesen, nur um seine Finger von ihrem Fußgelenk zu entfernen. Die Berührung bewirkte beunruhigende Empfindungen, die ihr Bein hinauf und in den Oberschenkel wanderten. Sie löste sich aus seinem Griff und setzte sich mit finsterer Miene auf das Badelaken.

„Ich wollte Ihnen nur einen netten Empfang hier in dieser Stadt bereiten."

Sie warf ihm einen ungläubigen Blick zu.

„Wirklich", beteuerte er. „Ich wollte Ihnen das Gefühl geben, hier willkommen zu sein."

„Sie brauchen mir keinen Willkommensteppich auszurollen. Ich bin hier aufgewachsen, schon vergessen?“

„Dann bin ich der Neuankömmling. Sie sollten netter zu mir sein.“

Sie unterdrückte ein Lächeln. Wer diesem Mann den kleinen Finger gab, riskierte, dass er einem den Arm ausriss. Und dazu brauchte er keine Ermutigung, nicht mal ein Lächeln. Sunny wünschte nur, sein Charme wäre einfacher abzuwehren.

Er trug abgeschnittene Jeans und ein ausgewaschenes Shirt. Es war ärmellos und gab den Blick auf die breite Brust frei, auf der sich schweißnasses dunkelblondes Haar kräuselte. Die Beine waren auch nicht schlecht, wenn man straffe, wohlgeformte Muskeln unter gebräunter Haut mochte. Seine Tennisschuhe trug er ohne Socken und auf dem Kopf ein Cap.

Zu solchen Caps fielen Sunny nur Baseballspieler und Männer ein, deren schlammige Pick-ups Aufkleber zierten, auf denen „Hupe, wenn du scharf bist“ stand – kurz gesagt, Männer, die sie absolut nicht reizten. Aber Ty Beaumont sah selbst in diesem Outfit nicht übel aus. Vielleicht weil sein blondes Haar unter der Mütze hervorlugte und weil er sie tief in die Stirn, fast bis an seine verspiegelte Sonnenbrille gezogen hatte. Wenn er lächelte, blitzten die weißen Zähne im tief gebräunten Gesicht auf.

Das Shirt klebte ihm auf der Haut. Schweißperlen rannen an seinem Hals und seinen Haarsträhnen hinab. Sunny hatte nur selten Gelegenheit, einen Mann schwitzen zu sehen. Wenn sie welchen begegnete, geschah das meistens in klimatisierten Räumen. Dann trugen sie Anzüge und Krawatten. Und immer Socken.

Beaumonts Anblick war ungewohnt. Nein, mehr als das – ein Schock. Dass ein Mann nach Schweiß und Sonnenschein und Wasser aus einem See roch, war für sie eine neuartige Erfahrung.

Bestimmt lag es daran, dass ihr Herz mit einem Mal schneller schlug und das Kribbeln in ihrem Bauch immer stärker wurde. Am liebsten wäre sie davongerannt, um sich in ihrem Blockhaus in Sicherheit zu bringen. Aber das konnte sie nicht, ohne das Gesicht zu verlieren. Also würde sie bleiben und die eingeforderte „Nettigkeit“ aufbringen – und wenn es sie umbrachte.

„Haben Sie etwas gefangen?“, fragte sie mit einem Blick auf sein Boot.

Er lehnte sich zurück, streckte die langen Beine aus und stützte sich auf einen Ellbogen. „Noch nicht.“

In seiner kurzen Antwort schwang etwas mit, das sie daran denken ließ, wie knapp ihr Bikini war. Er hatte die Farbe von Cayennepfeffer und betonte ihre gebräunte Haut. Sie wünschte, sie hätte den dazugehörigen Sarong mitgenommen. Aber sie hatte nicht damit gerechnet, ihre Blößen bedecken zu müssen. Jetzt sehnte sie sich nach einem T-Shirt, einem Bademantel, einem Bärenfell – irgendetwas, das sie vor Ty Beaumonts interessiertem Blick schützte. Hinter der Sonnenbrille war es zwar nicht zu erkennen, aber sie fühlte, wie er seine Blicke über ihren Körper wandern ließ und Körperregionen musterte, die sich – nicht durch die Sonne – spürbar erwärmten.

„Es ist heiß heute", sagte sie forsch.

„Und es wird immer heißer."

„Fast zu heiß zum Angeln." Misstrauisch kniff sie die Augen zusammen. Ihr Vater war oft auf dem See. Im Sommer fuhr er frühmorgens hinaus, wenn es noch ziemlich kühl war und Nebel auf dem Wasser lag. Wenn die Sonne vom Himmel brannte, blieb er an Land. Eine vorwurfsvolle Frage lag ihr auf der Zunge, doch bevor sie ihr über die Lippen kam, sprach Ty weiter.

„Ich wette, Sie lieben die Hitze."

„Stimmt", gab Sunny zu. „Woher wissen Sie das?"

„Sie sind eine sehr sinnliche Frau."

„Wie kommen Sie denn darauf?"

„Aus vielerlei Gründen. Ich habe Sie gestern auf der Party beobachtet."

Er schlug die Beine übereinander und machte es sich auf den Holzplanken bequem. Sie hingegen machte das nur noch nervöser. Sie schluckte schwer, als ihr Blick auf seine abgeschnittenen Jeans fiel. Der ausgebleichte Stoff hatte sich schon vor Jahren an die Form seines Körpers angepasst und verheimlichte nichts.

„Das da ist mir sofort aufgefallen." Er streckte den Arm aus und strich mit der Fingerspitze über die schlichte goldene Kette an ihrem Fußgelenk. „In ganz Latham Green gibt es keine andere Frau, die so etwas trägt."

„Haben Sie sich persönlich davon überzeugt?"

„Eine begründete Vermutung", erwiderte er lächelnd. „Den meisten Frauen steht solcher Schmuck nicht. Er passt nur zu Frauen, die eine äußerst leidenschaftliche Natur haben."

Sie zog den Fuß fort. „Das ist Unsinn." Sunny wünschte, sie hätte überzeugter geklungen. Vor allem nicht so atemlos. „Die habe ich gekauft, weil sie mir gefällt. Ich finde sie hübsch."

„Sie haben sie selbst gekauft?"

„Warum denn nicht?“

„Sie haben sie nicht von einem Mann bekommen?“

„Nein.“

„Das ist verdammt schade.“

„Warum?“

„Sie Ihnen umzulegen, wäre ein tolles Privatvergnügen gewesen.“ Er strahlte sie an.

„Hören Sie, Mr Beaumont, ich weiß nicht, was mein ehemaliger Freund George Ihnen über mich erzählt hat ...“

„Oh, er hat mir jede Menge erzählt, aber ich habe mir meine eigene Meinung gebildet.“

„In den zehn Minuten, die wir zusammen verbracht haben?“

„Noch bevor wir uns überhaupt begegnet sind“, erwiderte er unbeschwert. „Ist Ihnen bewusst, dass Sie gestern Abend jeden Song mitgesungen haben, den die Band gespielt hat?“

Sunny wollte widersprechen, aber es wäre gelogen. Sie kannte fast jeden Song, der aus dem Radio in ihrer Küche kam, und sang sie seit Jahren mit. „Ich mag Musik.“

„Und Essen. Ich habe Ihnen ja schon gesagt, dass Ihr Mund besser zu Erdbeeren passt als Zucker oder Schlagsahne.“

„Das klingt nahezu, als wäre Erdbeeren essen etwas Unanständiges.“

„Das kann es durchaus sein“, meinte er leise.

Darauf hatte Sunny keine Antwort parat. Vielleicht ist es gut so, dachte sie, denn wenn sie am schärfsten reagierte, schien er besonders schlagfertig zu sein.

„Sie waren am Buffet sehr wählerisch. Sie haben Sachen ausgesucht, die fürs Auge reizvoll sind. Alles, was Sie auf Ihren Teller gelegt haben, war sehr ... hübsch.“ Er lächelte, als sei „hübsch“ kein Wort, das er häufig verwendete. „Abgesehen von der Auster natürlich, und die haben Sie nur genommen, weil Mrs Morris Ihnen auf die Nerven gegangen ist.“

Sunnys Lippen formten ein stummes Oh. Wie lange hatte er sie beobachtet? Doch erstaunlicher als die Zeit, die er darauf verwendet hatte, war die Genauigkeit, mit der es getan hatte. Sie fühlte sich entblößt und verletzlich. „Sie hätten Spanner werden sollen.“

„Woher wissen, dass ich keiner bin?“ Er lachte über ihr verblüfftes Gesicht. „Entspannen Sie sich. So heimtückisch bin ich nicht. Und auch nicht so masochistisch. Wenn mich eine Frau interessiert, begnüge ich mich nicht damit, ihr aus den Büschen nachzuspionieren. Ich will sie berühren.“

Er nahm ihr Sonnenöl und goss sich einen Tropfen auf die Handfläche. „Riecht wie ein exotischer Cocktail."

„Genau deshalb habe ich es gekauft."

„Das überrascht mich nicht. Gestern Abend haben Sie oft an den Blumen geschnuppert."

Er verrieb das Öl zwischen den Händen. Sunny beobachtete die langsamen, kreisenden Bewegungen der schlanken, dennoch kräftigen Finger, und es durchfuhr sie heiß. Sie blinzelte heftig, um die Trance abzuwehren, die sie zu befallen drohte. „Ich mag Parfüm." Plötzlich merkte sie, wie durstig sie war. „Ich liebe alles, was gut duftet. Blumen, Sonnenöl, was auch immer."

„Waren Sie schon mal in dieser Parfümerie im New Orleans?"

„Meinen Sie die in der Royal Street?"

„Ich habe keinen Schimmer, wo sie genau liegt. Irgendwo im French Quarter." Er rieb mit den Daumen über seine Fingerspitzen, um das Öl zu verteilen. „Ich habe dort mal ein Parfüm ausgesucht und eine unterhaltsame Stunde verbracht."

„Für wen war es?" Sie hatte viel zu lange auf seine Hände gestarrt. Die genießerischen Bewegungen hatten sie schläfrig gemacht. Die Frage war ihr rausgerutscht, ohne dass es ihr bewusst gewesen war. Sie riss sich zusammen und konzentrierte sich wieder.

„Meine Mutter."

„Das hätte ich mir denken können."

Er lächelte. „Bis dahin wusste ich gar nicht, dass die Auswahl eines Dufts eine Wissenschaft ist."

„Die Parfümeure hüten die Zusammensetzungen ihrer Kreationen wie ein Geheimnis."

„Das meine ich nicht." Er setzte sich auf und beugte sich zu ihr. „Ich rede von der Wissenschaft, den Duft aufzutragen."

Sunny wünschte, er würde die Sonnenbrille abnehmen. Es war irritierend, mit ihrem eigenen Spiegelbild in den Gläsern zu sprechen. Doch als er ihr den unausgesprochenen Wunsch erfüllte und sie tatsächlich abnahm, war es ihr auch nicht recht. Seine Augen waren noch beunruhigender als die undurchsichtigen Gläser.

„Ich dachte immer, Frauen tupfen sich das Parfüm hinter die Ohren und auf die Handgelenke."

„Das tun sie", erwiderte Sunny.

„Ja, doch dort verfliegt es schneller. Parfüm sollte entweder mit Baumwolle aufgetragen oder aufgesprüht werden. Erst in dem Geschäft in New Orleans habe ich gelernt, dass man sogar das, was in der Flasche bleibt, verändert, wenn man es mit einem Finger aufträgt."

„Das hat mit der Säure zu tun, die die eigene Haut dabei abgibt, glaube ich."

„Und die Verkäuferin hat mir erklärt, dass ein Duft sich nur dort voll entfaltet, wo er sich mit der Körperwärme einer Frau verbindet und sich jedes Mal verströmt, wenn sie sich bewegt. Deshalb sollte sie es ..."

„Ich muss jetzt wirklich aus der Sonne."

„... auf ihr Haar ... die Brüste ... den Bauch ... und die ... Oberschenkel auftragen."

Bei jedem Wort ließ er den Blick über die entsprechende Stelle wandern. Beim letzten starrte auf er ihren Schoß. „Sagen Sie, Sunny, haben Sie jemals – als sinnliche Frau, die Sie sind – Parfüm auf Ihre ...", langsam glitt sein Blick an ihr hinauf, „Haare gesprüht?"

Einen Moment lang brachte sie kein Wort heraus. Ein Schweißtropfen lief zwischen ihren Brüsten hinab. Und einer rann über Tys Hals. Das Summen der Insekten war einschläfernd. Durch die federleichten Zweige der Zypressen wisperte eine leichte Brise, aber sonst war alles still.

„Ich denke, ich sollte jetzt wirklich hineingehen", sagte sie schließlich. „Ich will mir nicht die Haut verbrennen." Das war nicht zweideutig gemeint, und sie konnte nur hoffen, dass er es nicht so verstand. Sein angedeutetes Lächeln war schwer zu entschlüsseln.

„George hat mir eine ziemlich interessante Geschichte über Sie erzählt."

Sie hasste ihn dafür, dass er ihre Vergangenheit ins Spiel brachte. Und zugleich war sie ihm dankbar dafür. Denn es holte sie aus der Benommenheit, in die seine tiefe Stimme sie versetzt hatte, während er von Parfüm sprach und davon, wo es aufzutragen war. Hatte sie noch alle ihre Sinne beisammen? Warum war sie nicht längst aufgestanden und hineingegangen? Vielleicht hatte sie tatsächlich zu lange in der Sonne gelegen.

„Ist es wahr, Sunny?"

„Das kommt darauf an, was er Ihnen erzählt hat?", entgegnete sie scharf.

„Er hat gesagt, dass Sie eins der hübschesten Mädchen der Schule waren."

Sunny schaute zur Seite. „Ich schätze, ich war ziemlich beliebt."

„Sind Sie deshalb nach vier Jahren auf dem College nach Latham Green zurückgekehrt?"

„Meine Eltern haben noch hier gelebt.“

„Damals. Aber jetzt nicht mehr.“

„Nein, jetzt nicht mehr.“

„Nicht, seit Sie aus der Baptistenkirche marschiert sind und Ihren Bräutigam am Altar stehen gelassen haben.“

Sunny funkelte ihn an. „Nun ja, das beantwortet meine Frage. Offensichtlich war George sehr gesprächig.“

„Können Sie ihm das verdenken? Es ist eine spannende Geschichte. Ich kann mich nicht erinnern, jemals von einer Braut gehört zu haben, die auf die Frage ‚Willst du …‘ und so weiter ‚Nein, ich glaube nicht‘ geantwortet hat. Und die sich danach auf dem Absatz umgedreht hat und durch den Mittelgang aus der Kirche marschiert ist. Zum Entsetzen aller Anwesenden, einschließlich des Bräutigams.“

Sunnys Wangen waren leuchtend rot, und das hatte nichts mit dem leichten Sonnenbrand zu tun, den sie sich zugezogen hatte. Die Erinnerungen überwältigten sie. Wie der Morast im nahegelegenen Sumpf hatten sie nur darauf gelauert, dass sie ausrutschte und hineinfiel, um sie hinabzuziehen und ihr die Luft zum Atmen zu nehmen.

„Das war ziemlich mutig von Ihnen“, sagte Ty, ohne sie aus den Augen zu lassen.

Sie hatte erwartet, dass er lachte oder sich über den bizarren Abbruch ihrer Trauzeremonie lustig machte. Stattdessen wirkte er fast mitfühlend. Na ja, sie war ihm dankbar, dass er sich nicht über sie amüsierte, aber sein Mitleid brauchte sie nun wirklich nicht.

„Ich konnte ihn nicht heiraten.“

„Ich glaube, das könnte ich auch nicht. Wenn ich eine Frau wäre, heißt das. Don Jenkins ist so trocken und verkrustet wie ein Toast vom Vortag. Eine sinnliche Frau wie Sie hätte er niemals glücklich gemacht. Der Mann wüsste gar nicht, wo er anfangen soll.“

Ty rutschte näher an sie heran. „Aber ich frage mich, warum Ihnen das erst bewusst geworden ist, als der Gemeindepfarrer die entscheidende Frage gestellt hat. Ich meine, Sie standen da, in Ihrem langen Hochzeitskleid aus weißer Spitze.“

„Es war ecru“, verbesserte sie ihn gedankenverloren. Vertieft in die Erinnerung, zupfte sie am ausgefransten Rand des Badelakens.

„George hat mir erzählt, dass die ganze Stadt dabei war.“

„Ja.“

„Warum haben Sie das getan, Sunny?“

Ihre Benommenheit wich schlagartig, und sie hob abrupt den Kopf.

Ihre Augen glitzerten. „Das geht Sie verdammt noch mal nichts an, Mr Beaumont."

Sein Lachen war leise und tief. „Genau wie alle anderen, was? Bis zum heutigen Tag hat niemand sich erklären können, warum Sie aus der Kirche marschiert sind. Natürlich hat es Vermutungen gegeben."

„Das kann ich mir vorstellen."

„Eine Schwangerschaft, zum Beispiel."

„Was?" Sunny schnappte nach Luft. „Die Leute glauben, dass ich schwanger war?"

„Laut George war das bei fast allen der erste Gedanke. Sie sind verschwunden, weil Sie die Schande nicht ertragen hätten."

„Latham Green ist zwar altmodisch, aber so altmodisch nun auch wieder nicht. Viele Mädchen sind an ihrem Hochzeitstag bereits schwanger."

„Aber sie bekommen ein Kind von dem Mann, den sie heiraten."

Verblüfft starrte Sunny ihn an. „Sie meinen, die Leuten dachten …" Sie brachte es nicht fertig, die ungeheuerliche Vermutung auch nur auszusprechen.

Ty zuckte mit den Schultern. „Es wurde angedeutet, dass das Kind nicht von Don war."

Sie fand es empörend, auf welche Ideen manche Kleinstädter kamen. „Es gab kein Kind, um Himmels willen! Weder von Don noch von einem anderen."

„Das glaube ich Ihnen gern. Keine Schwangerschaftsstreifen." Bevor sie sich darauf vorbereiten konnte, strich er mit dem Finger über ihren straffen Bauch. „Natürlich müsste ich auch Ihre Brüste sehen, um ganz sicher zu sein."

Sunny wich zurück. „Ich habe kein Kind zur Welt gebracht", beteuerte sie.

Er hob den Zeigefinger. „Hierzu gibt es eine zweite Vermutung, die in Latham Green kursierte. Sie waren schwanger, haben das Baby allerdings nicht bekommen."

„Eine Abtreibung?" Der Gedanke war so schrecklich, dass sie das Wort nur hauchen konnte. „Die Leute dachten, ich bin nach New Orleans gegangen, damit ich eine Abtreibung vornehmen lassen konnte?" Sie schlug die Hände vors Gesicht. „Kein Wunder, dass meine Eltern von hier wegziehen mussten." Nach einem Moment warf sie den Kopf zurück und sah Ty an. „Erzählen Sie mir den Rest. Was wird noch alles behauptet?"

„Ab jetzt wird es richtig übel."

„Ich will es wissen. Fran wollte mir nicht erzählen, was über mich geredet wurde, nachdem ich weggegangen war. Erzählen Sie es mir."

Er zögerte.

„Erzählen Sie es mir", beharrte sie.

Er atmete tief ein. „Manche dachten, dass Sie Drogen genommen haben."

„Lächerlich. Was noch?"

„Dass Sie eine Geschlechtskrankheit hatten. Aber das wurde als unwahrscheinlich verworfen. Manche hielten es für möglich, dass Sie mehr auf Mädchen als auf Jungs stehen."

„Das ist nicht Ihr Ernst!"

„Ich gebe nur wieder, was George erzählt hat. Die zweitbeliebteste Theorie, nach der mit dem Baby, war, dass Sie … na ja, lassen wir das."

„Kommen Sie schon, heraus damit."

„Nein, ich muss los."

Er tat so, als wolle er aufstehen. Sunny hielt ihn am Arm fest. „Erzählen Sie es mir, verdammt noch mal. Sie haben davon angefangen."

Sein Blick wanderte langsam über ihr sorgenvolles Gesicht und erfasste den zerzausten Pferdeschwanz und die verschwitzten Strähnen, die an ihrem Hals klebten. Schließlich richtete er seine Aufmerksamkeit auf ihren Mund. „Sind Sie frigide, Sunny?"

Ungläubig starrte sie zu ihm hinauf. „Nur weil ich Don nicht heiraten wollte, glaubt man, dass ich frigide bin?"

Wieder zuckte er mit den Schultern. „Die Leute reden. Sie denken sich Dinge aus und verdrehen sie, bis sie in ihre wilden Geschichten passen." Er schaute ihr in die Augen. „Natürlich hat jede Spekulation einen wahren Kern."

„Diese nicht."

„George hat gesagt, dass Sie Ihre Freunde wie Kosmetiktücher gewechselt haben."

„George neigt zur Übertreibung."

„Sie haben keine Reihe gebrochener Herzen auf Ihrem Konto?"

„Nicht mehr als andere Frauen in meinem Alter."

„Jungs reden."

„Soll heißen?"

„Laut George hat niemals jemand für sich in Anspruch genommen, dass er … Sie wissen schon. Sie sind niemals …"

Sunny beherrschte sich nur mühsam. „Bis zum Letzten gegangen?"

Sein Lächeln war nur angedeutet, aber trotzdem hinreißend. „Altmodische Formulierung, doch sie trifft es, ja. Nach dem, was ich so höre, haben Sie die Jungs von Latham Green erst in Fahrt gebracht und dann die Notbremse gezogen. Ich weiß, das klingt ziemlich technisch, aber so sind wir Männer nun mal."

„Widerlich." Trotz der Hitze fröstelte sie.

„Mädchen, die so etwas tun, werden mit nicht besonders schmeichelhaften Bezeichnungen bedacht." Er ließ seinen Blick an ihr hinabwandern. „Ich persönlich denke nicht, dass das auf Sie zutrifft. Dennoch müssen Sie zugeben, dass einiges dafür spricht. Sie sind noch immer Single. Sie haben keinen Freund."

„Ich hatte Freunde!"

„Wie viele?"

Sunny erstarrte, als ihr ein Licht aufging. Sie warf ihm einen zornigen Blick zu, bevor sie langsam den Kopf hob. Ihre golden schimmernden Augen schienen zu glühen. „Sie denken sich das alles nur aus, nicht wahr? Das stimmt doch, oder?" Sie sprang auf. „Sie Mistkerl." Sie trat nach seinem Schienbein, er wich allerdings geschickt aus. „Verschwinden Sie von meinem Steg."

Er stand ebenfalls auf und streckte den Arm nach ihr aus, verfehlte sie jedoch. „Beruhigen Sie sich."

„Ich soll mich beruhigen? Mich beruhigen!" Sie war so wütend, dass sich ihre Stimme überschlug. „Ich bringe Sie um. Ich habe eine Waffe in der Blockhütte", warnte sie ihn und zeigte hinüber. „Ich erschieße Sie, wenn Sie nicht sofort in Ihr Boot …"

„Ich wollte nur herausfinden, wer meine Konkurrenz ist."

„Sie haben keine Konkurrenz, weil Sie gar nicht im Rennen sind."

„Für mich sieht das hier nach einer fröhlichen Jagd aus."

„Sagen Sie das dem Teufel, wenn Sie ihn sehen."

„Also wirklich, Sunny, ist das nett? Ich habe mir nicht alles ausgedacht. Es gab durchaus Gerüchte über eine Schwangerschaft, eine Abtreibung und den Rest." Er senkte den Kopf, bis seine Lippen nur Zentimeter von ihren entfernt waren. „Dass Sie vielleicht frigide sind, habe ich nur hinzugefügt, um Sie auf die Probe zu stellen." Lächelnd legte er die Hände auf ihre Schultern. „Und diese Vermutung haben Sie gerade entkräftet. Und zwar sehr überzeugend. Sie sind, im Gegenteil, heiß und explosiv."

„Das werden Sie niemals in Erfahrung bringen, Mr Beaumont."

„Seien Sie da nicht so sicher. Ich will diese Wette gewinnen. Abends trinke ich gern einen Bourbon, vor allem wenn gerade genug Wasser darin ist, um ihm die Farbe Ihrer Augen zu geben."

„Lassen Sie mich los."

„Mir gefällt, wie er sich anfühlt." Er zog sie näher zu sich heran. „Weich und sanft. Ich mag es, wenn er im Bauch ankommt und seine Hitze verbreitet."

Sunnys Knie drohten nachzugeben, wenn Ty sie losließ. Ihre Sinne befanden sich in Aufruhr. Es stimmte, dass sie männliche Verehrer hatte, die sie zum Abendessen oder ins Kino ausführten, und einige davon lud sie sogar auf einen Drink und zu ein paar harmlosen Zärtlichkeiten zu sich nach Hause ein.

Aber noch niemals im Leben war sie einem Mann begegnet, der sie allein mit dem, was er sagte und wie er es sagte, aus der Fassung brachte. Die Männer, mit denen sie ausging, waren belanglos und wenig einprägsam. Sobald das Date vorüber war, vergaß sie meistens, was der jeweilige Verehrer angehabt oder wie sein Rasierwasser geduftet hatte.

Ty Beaumont war nicht so leicht zu vergessen. Seine athletische Figur prägte sich ihrem Körper ein. So tief, dass sie ihn selbst dann noch fühlen würde, wenn er nicht mehr da war. Und sein Duft würde ihr für immer im Gedächtnis bleiben.

Das bedeutete nicht, dass sie ihn begehrte. Es bewies nur, dass sie noch am Leben war. Denn nur eine Frau, die tot war, hätte diesem Ansturm purer Männlichkeit widerstehen können.

„Selbst wenn ich keinen Karton Bourbon darauf gewettet hätte, würde ich immer noch mit Ihnen ins Bett gehen wollen, Sunny Chandler. Sie sind mindestens so berauschend wie Wild Turkey."

„Ich werde nicht hier herumstehen und …"

„Gute Idee."

Bevor sie wusste, wie ihr geschah, saß sie wieder auf dem Badelaken. Ty kniete vor ihr, ihre Oberschenkel zwischen seinen Beinen, und stützte ihren Kopf mit seinen kräftigen Händen.

Als sie sah, wie sein Mund sich ihrem näherte, wandte sie das Gesicht ab. „Nein!"

Er hob den Kopf wieder. „Vielleicht hatte ich recht. Vielleicht ertragen Sie es nicht, von einem Mann berührt zu werden."

„Das ist nicht wahr."

„Na dann …"

Sunny ließ sich aufs Bett fallen.

Die kalte Dusche hatte nicht geholfen. Die Klimaanlage kälter zu stellen, hatte nicht geholfen. Den Ventilator an der Decke einzuschalten, hatte nicht geholfen.

Ihr war heiß.

Sie hatte die Jalousie am Fenster geschlossen, bis das Sonnenlicht nur noch in schmalen Streifen hereindrang. In dem Zimmer, in dem sie immer geschlafen hatte, wenn ihre Familie im Blockhaus war, hätte es längst kühl sein müssen. Aber sie fand es noch immer stickig und hatte das Gefühl, innerlich zu brennen.

Verärgert setzte sie sich auf, zog sich das Nachthemd über den Kopf und warf es auf den Schaukelstuhl neben dem Bett. Sie hatte es nach der Dusche angezogen, weil es das dünnste Kleidungsstück war, das sie besaß. Normalerweise berührte der weiße Batist ihre Haut nur an den Schultern, mit schmalen Trägern ... aber an diesem Nachmittag schien er förmlich an ihr zu kleben.

Und genauso hartnäckig hafteten ihre Erinnerungen an den schrecklichen Kuss im Gedächtnis.

Sie hatte ihn nicht erwidert.

„Das habe ich wirklich nicht“, flüsterte sie, als könnte sie die Zimmerdecke von dem überzeugen, was sie selbst nicht glaubte.

Sein Mund war so unverschämt gierig gewesen, so stürmisch und fordernd. Entschlossen hatte er seine Lippen auf ihre gepresst, bis sie sie geöffnet hatte. Und dann ...

Sunny stöhnte auf. Ein erregendes Kribbeln breitete sich in ihr aus, und sie atmete schneller, als sie daran dachte, wie seine Zunge sich zwischen ihre Lippen und in ihren Mund getastet hatte. Erotisch. Ungezügelt. Hatte ihr wie ein Eindringling die Widerstandskraft geraubt.

In diesem Moment hatte sie aufgehört, sich dagegen zu wehren. Sie hatte nicht länger versucht, sich aus seinen Armen zu befreien. Die Wirbel an ihrem Nacken schienen sich in Wackelpeter verwandelt zu haben. Ihr Kopf war noch weiter nach hinten gefallen und hatte ihm freien Zugang zu ihrem Mund gewährt. Wieder und wieder war seine Zunge dort eingedrungen und hatte sich jedes Mal noch tiefer hineingewagt.

Sie hatte es zugelassen! Mehr noch, sie hatte ihn sogar dazu ermutigt und mit ihrer Zunge nach seiner getastet, sobald er sie zurückzog.

Als sie kapitulierte, lockerte sich sein Griff. Die Hände, die ihren Hinterkopf so fest umschlossen hatten, wanderten zu ihrem Hals hinab.

Seine Finger streichelten ihren Nacken ebenso liebevoll und zärtlich, wie seine Lippen die ihren küssten.

„Meine Finger sind noch ölig“, hatte er geflüstert. „Stellen Sie sich mal vor, wie herrlich es sich anfühlen würde, wenn ich ...“

Jetzt, im Halbdunkel ihres Zimmers, schaute Sunny an sich hinab und sah, dass ihre Brustwarzen auf die Erinnerung ebenso heftig reagierten wie auf seine atemberaubenden Vorschläge. Als er mit teuflisch verführerischer Stimme gewispert hatte, was er alles mit seinen Lippen und der Zunge anstellen wollte, hatte sie sich nur noch nach einem gesehnt – dass er endlich verstummte und tat, wovon er schwärmte.

Sunny fröstelte. Langsam kühlte ihr erhitzter Körper ab. Sie bekam eine Gänsehaut. Aber das Feuer in ihr war außer Kontrolle geraten und wütete noch immer. Es speiste sich ebenso sehr aus dem Verlangen wie aus der Scham über das, wozu sie sich hatte hinreißen lassen.

„Dieser verdammte Kerl.“

Tausend Mal hatte sie diese Worte wiederholt. Denn in genau dem Moment, in dem sie ihm nicht mehr widerstand und bereit gewesen wäre, seine geflüsterten Fantasien in die Tat umzusetzen, löste er sich von ihr. „Ich bin schon viel zu lange geblieben. Ich muss los“, sagte er lächelnd.

Während sie vor Erregung und Enttäuschung zitternd auf ihrem Badelaken lag, sprang er vor ihren Augen vom Steg in sein Boot und machte es vom Pfosten los. „An Ihrer Stelle wäre ich vorsichtig. Es ist nicht ungefährlich, einfach so hier draußen herumzuliegen. Durch diese Wälder streifen alle möglichen Verrückten, und Ihr nächster Nachbar wohnt über eine Meile entfernt.“

Er betrachtete sie, und sie folgte seinem Blick. Entsetzt stellte sie fest, dass bei der heftigen Umarmung das Bikinioberteil verrutscht war. Ihre Brüste schienen sich daraus befreien zu wollen. Hastig zog sie es wieder hoch.

Dreist zwinkerte er ihr zu, bevor er die Sonnenbrille aufsetzte. „Wir sehen uns später, Sunny.“

Mit einem fröhlichen Winken war er davongefahren.

Sie zog die Bettdecke über ihren nackten Körper, drehte sich auf die Seite und kniff die Augen zu. Nach einem Nickerchen würde sie sich besser fühlen. Vielleicht schlief sie ja schon und würde nach dem Aufwachen feststellen, dass der Besuch von Ty Beaumont nur ein böser Traum gewesen war.

Sein Geschmack schien an ihrer Zunge und den Lippen zu haften. Sie konnte ihn noch immer fühlen, erregt und drängend, genau dort, wo sie seine Berührung am meisten ersehnte. Seine Denimshorts hatten sich an ihren bloßen Oberschenkeln gerieben. Der ausgefranste Rand hatte gekitzelt. Ihre Brüste kribbelten jedes Mal, wenn seine verführerischen Worte in ihrem Kopf widerhallten.

Sie hasste ihn dafür.

Als Sunny Stunden später erwachte, war sie verwirrt und fühlte sich kein bisschen erholt. Im Gegenteil, ihre Muskeln hatten sich verkrampft, und die Haut brannte von der viel zu langen Zeit in der grellen Sonne.

Sie stand auf und zog das Nachthemd wieder an. Ihr knurrender Magen erinnerte sie daran, dass sie außer einer Grapefruit am Morgen nichts gegessen hatte. Sie trottete in die Küche und machte sich ein Omelett. Morgen Abend würde sie vielleicht essen gehen, doch heute war ihr nicht nach Gesellschaft. Nicht wenn das, was Ty Beaumont ihr über die Gerüchte in Latham Green erzählt hatte, der Wahrheit entsprach.

Konnte es wirklich sein, dass Menschen, die sie ihr ganzes Leben lang gekannt hatte, so schlimme Dinge über sie dachten? Kein Wunder, dass sie sie gestern auf der Party im Country Club angestarrt hatten, als wäre sie ein Monstrum.

Außerdem würde sie in der Stadt nur riskieren, Don und Gretchen über den Weg zu laufen. Und das würde sie nicht ertragen.

Sie wusch das Geschirr ab und schaltete das Licht in der Küche aus. Bis sie wieder müde wurde, gab es nicht anderes zu tun, als zu lesen oder fernzusehen. Sie überlegte gerade, womit sie die Zeit totschlagen sollte, da hörte sie draußen ein Geräusch.

## 3. KAPITEL

Alte Holzhäuser knarrten doch, richtig?

Richtig.

Zweige schlugen gegen die Dachkante, wenn der Wind wehte, richtig?

Richtig.

Also gab es überhaupt keinen Grund zur Panik, richtig?

Falsch. Denn das Geräusch kam aus dem Schuppen hinterm Haus, in dem ihr Vater früher immer die Fische ausgenommen hatte. Es konnte unmöglich von einem Balken oder dem Wind stammen.

Sunnys Herz klopfte so laut, dass sie fast glaubte, sich alles nur eingebildet zu haben. Doch als das Geräusch sich wiederholte und auch noch so klang, als würde jemand sich durch das Unterholz hinter dem Schuppen kämpfen, brach ihr der Angstschweiß aus.

Zum Glück hatte sie das Licht in der Küche bereits ausgeschaltet. Sie schlich zum Fenster über der Spüle, durch das man bis zum Steg und dem See dahinter schauen konnte. Ihre Hand zitterte, während sie die Gardine zur Seite schob. Der Spalt war höchstens drei Finger breit, dennoch reichte er aus, um nach draußen zu spähen.

Nichts. Es war eine dunkle Nacht, der Mond nur eine schmale Sichel, die noch dazu hinter Wolken verborgen war. Der Wind hatte zugenommen, und das Wasser des Sees kräuselte sich. Es sah aus, als würden die Wolken am Horizont doch noch ein Sommergewitter nach Latham Green bringen.

Minutenlang blieb Sunny reglos am Küchenfenster stehen. Davor bewegte sich nichts außer den Bäumen, die sich geschmeidig im Wind bogen. Das Geräusch musste ein Zweig gewesen sein, der gegen die Blockhütte schlug. Sie ließ die Gardine wieder zurückfallen.

Zugleich belustigt und verärgert über ihr albernes Verhalten schüttelte sie den Kopf und wollte die Küche zum zweiten Mal an diesem Abend verlassen. Wieder schaffte sie es nur bis zur Tür, denn ein anderes Geräusch drang von draußen herein. Es hörte sich an, als würde Metall gegen Metall schlagen. Ihr Vater hatte Eimer, Gartengeräte und Werkzeug im Schuppen verstaut.

„O mein Gott.“ Vor Furcht wimmernd, presste sie die Finger auf die Lippen.

Steve und Fran hatten sie davor gewarnt, allein hier draußen am See zu übernachten.

„Natürlich ist dort draußen noch kein Verbrechen passiert“, hatte Steve zu ihr gesagt. „Aber die Jugendlichen treffen sich am See, bringen reichlich Bier mit, betrinken sich und geraten außer Rand und Band.“

„Bist du ganz sicher, dass du nicht lieber bei uns in der Stadt wohnen willst?“, hatte Fran gefragt.

„Ganz sicher. Bei euch zu Hause ist es die ganze Woche lang aufregend genug. Nein, ich wohne lieber allein am See. Ich passe schon auf mich auf mich auf.“

Jetzt bereute Sunny ihren Entschluss. Wäre sie nicht so eigensinnig gewesen, säße sie jetzt sicher und geborgen in Frans Gästezimmer, anstatt im einsam gelegenen Blockhaus vor Angst zittern zu müssen.

Sie verschwendete keine weitere Sekunde, sondern eilte ans Wandtelefon, das ihre Eltern nie abgemeldet hatten. In der Dunkelheit rammte sie einen Küchenstuhl, der polternd zu Boden fiel. Als sie sich buchstäblich auf den Hörer stürzte, stieß sie sich einen Zeh am Tisch. Sie wählte die Null und wartete mit angehaltenem Atem darauf, dass die Frau in der Vermittlung sich meldete.

„Ich brauche Hilfe“, flüsterte Sunny. Ihre Worte überschlugen sich, und sie wusste, dass sie hysterisch klang, konnte es jedoch nicht ändern. „Rufen Sie die Polizei. Sagen Sie ihnen, sie sollen sofort herkommen. Ich bin allein in meinem Blockhaus am See, und draußen ist jemand. Ich glaube, er will hier einbrechen.“

Das stimmte zwar nicht, doch sie wollte auf Nummer sicher gehen. Besser, man ahnte voraus, was ein Verbrecher vorhatte. Abzuwarten war viel riskanter. Außerdem verlieh es ihrer Bitte eine zusätzliche Dringlichkeit.

Es wirkte. Die Frau am anderen Ende zögerte keine Sekunde. „Ich rufe sofort im Büro des Sheriffs an. Es wird gleich jemand bei Ihnen sein.“

Sunny gab der Frau ihre Adresse und legte auf. Wen konnte sie noch anrufen? Ihre Nachbarn? Die kannte sie nicht. Nicht mal ihre Namen. Die Leute waren eingezogen, da war sie schon in New Orleans gewesen. Steve und Fran? Ja. Zwar würde sie sich gründlich blamieren, wenn das hier ein falscher Alarm war, aber …

Sie wollte sich nicht ausmalen, was alles passieren konnte, wenn sie sich aus falsch verstandener Scham nicht traute, jemanden anzurufen. Sie hatte die Nummer im Kopf, verwählte sich aber zweimal, bevor es bei ihren Freunden läutete … und läutete … „Kommt schon, kommt schon, geht ran", murmelte Sunny. Sowie ihr klar wurde, dass niemand da war, legte sie auf, inzwischen den Tränen nahe.

Was, wenn er sie durchs Fenster beobachtete?

Fast wäre sie zusammengebrochen, als ihr einfiel, was sie zu Ty Beaumont gesagt hatte. „Sie hätten Spanner werden sollen." – „Woher wissen Sie, dass ich keiner bin?", hatte er geantwortet.

Guter Gott! *Er* war es gewesen, der sie vor den zwielichtigen Gestalten gewarnt hatte, die sich am See herumtrieben. *Er* war es gewesen, der sie darauf hingewiesen hatte, dass der nächste Nachbar über eine Meile entfernt wohnte. *Er* war es gewesen, der sich die Mühe gemacht hatte herauszufinden, wo sie übernachtete. *Er* war derjenige, der in einem Boot über den See gekommen war, um sie auf dem Steg zu besuchen. Und waren seine Abschiedsworte – „Wir sehen uns später, Sunny" – nicht zugleich ein Versprechen und eine Drohung gewesen?

Was wusste sie denn über ihn? Nur wie er hieß. Sicher, Fran und Steve hatten ihn zu ihrer Party eingeladen, aber Serienmörder waren oft charmante Männer, die ihre ahnungslosen Opfer …

*Hör auf! Bekomm dich wieder in den Griff. Denk nach. Werd jetzt nicht panisch.*

Wie war noch gleich George Hendersons Nummer? Sie würde ihn anrufen und über diesen Ty Beaumont ausfragen. Doch wie war Georges Nummer?

Die Schublade unter dem Telefon klemmte. Sunny rüttelte mehrfach daran, aber dann zog sie so kräftig, dass das Ding sich aus den Schienen löste und krachend zu Boden fiel. Das Telefonbuch, ein paar stumpfe Bleistifte, ein Stück Stoff, den ihre Mutter als Farbmuster verwendet hatte, ein Gutschein, mit dem man zwei Catfish-Gerichte für den Preis von einem bekam, und ein rostiger Nagel verteilten sich auf dem Linoleum.

Der Lärm, den sie machte, ließ Sunny sekundenlang erstarren. Dann fiel sie auf die Knie, wobei sich der Kopf des Nagels schmerzhaft in ihre Haut bohrte, und griff nach dem Telefonbuch. Ohne daran zu denken, dass sie die Namen und Nummern in der Dunkelheit gar nicht lesen konnte, blätterte sie hektisch in den alten, vergilbten Seiten.

In dem Moment hörte sie schwere Schritte auf der Veranda. Sie presste das Telefonbuch an ihr klopfendes Herz, ging mit vor Angst weit aufgerissenen Augen zur Tür und gab einen hilflosen Laut von sich, als der Knauf sich bewegte, als würde jemand versuchen, die Tür zu öffnen.

Sunny zog sich an der Arbeitsfläche hoch. Am ganzen Leib zitternd, tastete sie sich an der Wand entlang ins Wohnzimmer und starrte panisch auf den Knauf, der sich erst nach links, dann nach rechts drehte.

Sie zuckte zusammen, als ein lautes Klopfen durch das Blockhaus hallte. Sie hatte nicht erwartet, dass der Eindringling anklopfen würde. Sie wartete. Es klopfte wieder, dann noch mal.

Welcher Spanner oder Serienmörder kündigte sich so an? Aber wer konnte es sonst sein?

Der Sheriff natürlich! Warum kam sie erst jetzt darauf? Sie rannte zur Tür, entriegelte sie und riss sie atemlos auf.

Auf der Schwelle stand Ty Beaumont.

Sunny schrie auf.

Sie wirbelte herum und hastete durchs Wohnzimmer, um sich im Schlafzimmer einzuschließen.

Er hielt sie am Nachthemd fest. „Was zum Teufel ist los mit Ihnen?" Er drehte sie zu sich um. „Geht es Ihnen gut? Was ist passiert?"

„Ich habe den Sheriff gerufen", verkündete sie warnend.

„Haben Sie das?"

„Ja. Er ist schon unterwegs und wird jede Minute hier sein."

„Er ist schon hier." Seine Lippen zuckten, als er ein Lächeln unterdrückte. Dann machte er ihr ungläubiges Gesicht nach.

„Sie sind …"

„Sheriff Ty Beaumont. Freue mich, Ihre Bekanntschaft zu machen, Ma'am", sagte er mit breitem Südstaatenakzent. „Was kann ich für Sie tun?"

„Sie können auf direktem Weg zur Hölle fahren!"

Sunny riss sich los. Sie kochte vor Wut. Der Mann versuchte gar nicht erst, seine Belustigung zu verbergen. Eigentlich war sie auf sich selbst ebenso wütend wie auf ihn. Sie, die seit Jahren in New Orleans allein lebte, hatte ihre Fantasie nicht im Griff gehabt und den Kopf verloren. Bestimmt hielt er sie für komplett bescheuert.

Sie strich sich das zerzauste Haar aus dem Gesicht. „Woher soll ich wissen, dass Sie wirklich der Sheriff sind?"

„Möchten Sie meine Pistole sehen?", entgegnete er augenzwinkernd. Jede Parade an Thanksgiving war subtiler als sein anzüglicher Unterton. Zornig kniff sie die Augen zusammen. „Warum haben Sie mir nicht erzählt, dass Sie der Sheriff sind?"

„Haben Sie mich gefragt?"

„Was fällt Ihnen ein, mitten in der Nacht um mein Haus zu schleichen?“

„Ich habe auf Ihren Notruf reagiert. Arleta, die Frau in der Vermittlung, hat gesagt, dass Sie sich panisch angehört haben.“

„Das war ich auch!“

„Sind Sie immer ein solcher Angsthase?“

„Natürlich nicht. Was wollten Sie draußen im Schuppen?“

„In welchem Schuppen?“

„Soll das heißen, das waren gar nicht Sie?“

„Soll das heißen, es gab tatsächlich ein verdächtiges Geräusch?“

„Sonst hätte ich wohl kaum angerufen!“, rief Sunny aus.

Er hakte die Daumen hinter den Bund seiner engen Jeans und legte den Kopf auf die Seite. „Ich dachte, Sie hätten sich den ‚Eindringling‘ ausgedacht, um mich herzulocken.“

„Sie arroganter Mist…“ Ihre Augen glitzerten vor Empörung. „Ich habe etwas gehört. Draußen im Schuppen“, sagte sie und zeigte zur Küche hinüber.

Besorgt runzelte er die Stirn. „Dann schaue ich wohl besser mal nach. Sie bleiben hier.“

Sie ignorierte seine Anweisung und folgte ihm auf Zehenspitzen in die Küche. Dort beobachtete sie gebannt, wie er die Hintertür entriegelte und hinausging. Ty überquerte den Hof, im Mondschein zeichnete sich seine hochgewachsene Gestalt ab. Er hatte eine Taschenlampe mitgebracht, knipste sie an und richtete sie auf den dichten Wald, der die Blockhütte umgab. Ihr Vater hatte gerade genug Land gerodet, um das Häuschen bauen zu können, und die Natur drum herum unberührt gelassen.

Durch das Fliegengitter der Küchentür sah Sunny, wie Ty Beaumont hinter dem Schuppen verschwand. Der Strahl der Taschenlampe wanderte über den Steg und die Bäume. Es schien eine Ewigkeit zu dauern, bis er wieder auftauchte. Er schaltete die Taschenlampe aus und betrat die Küche.

Sie trat zur Seite und hielt ihm das Fliegengitter auf. „Und?“

„Sie hatten tatsächlich Eindringlinge.“

„Eindringlinge? Mehrzahl?“

„Vier“, verkündete er grimmig.

Sie erblasste. „Vier.“

„Ja, eine Waschbärenmama und ihre drei Babys.“

Sunny öffnete den Mund, um etwas zu erwidern. Aber was immer sie jetzt sagte, es würde sie noch lächerlicher wirken lassen. Also schloss sie ihn so heftig wieder, dass ihre Zähne in der plötzlichen Stille hörbar aufeinander stießen.

„Die Tiere haben Lebensmittelreste hinter ein paar Eimern gehortet", berichtete er.

Sie hatte den Kopf gesenkt und fühlte, wie seine verdammten blauen Augen ein Loch hineinbrannten. Gleich würde er sie vermutlich auch noch auslachen. Ruckartig hob sie den Kopf. „Das ist zum Teil Ihre Schuld", sagte sie vorwurfsvoll. „All das Gerede über Spanner und zwielichtige Gestalten."

„Von den Spannern haben Sie angefangen, nicht ich." Er legte die Taschenlampe auf den Küchentisch. „Haben Sie einen Kaffee für mich?"

„Nein."

Selbst in der Dunkelheit sah sie, wie sein Lächeln breiter wurde. „Nicht mal für den tapferen Polizisten, der Sie vor einer tobenden Waschbärenfamilie gerettet hat?"

Sie stemmte die Fäuste in die Seiten. „Sie genießen das hier, nicht wahr?"

Er stellte den Stuhl, den sie umgekippt hatte, wieder auf und nahm darauf Platz. „Na ja, Sie müssen zugeben, dass der Anblick berückend ist."

Als Sunny aufging, dass sie nur das enge Nachthemd anhatte und ihre Körperhaltung bewirkte, dass ihre Brüste sich noch deutlicher abzeichneten, ließ sie die Arme sinken. Sie drehte sich um und wollte aus der Küche stürmen.

Aber der Inhalt der heruntergefallenen Schublade bremste ihren Rückzug. Unter einem Fuß zerbrach ein Bleistift, während sie mit dem anderen auf den Nagel trat. Mit einem wenig damenhaften Fluch humpelte sie weiter.

Als sie einige Minuten später in Shorts und T-Shirt zurückkehrte, brannte in der Küche Licht, und auf dem Gasherd stand bereits eine Kanne Kaffee.

„Fühlen Sie sich wie zu Hause."

Er ignorierte ihren Sarkasmus. „Danke, das tue ich bereits."

Sie ging an den Schrank und nahm Tassen und Untertassen heraus. „Zucker und Sahne?"

„Schwarz. Haben Sie Kekse?"

Sie verdrehte die Augen und holte eine Packung Kekse aus der Speisekammer, die sie für ihren Aufenthalt aufgefüllt hatte.

„Nur fürs Protokoll", murmelte er, während er an einem großen Bissen Schokoladenkeks kaute, „das andere Outfit hat mir besser gefallen."

„Zweifellos."

„Obwohl auch das hier deutliche Vorzüge hat."

Beim Wort „deutliche" fiel sein Blick auf ihre Brüste. Dass sie unter dem knappen T-Shirt keinen BH trug, war nicht zu übersehen. Je länger er hinschaute, desto sichtbarer wurde es.

Sunny versuchte, ihre Verlegenheit mit einer spitzen Frage zu tarnen. „Wissen die Steuerzahler von Latham Green eigentlich, dass ihr Sheriff sexsüchtig ist?"

Er schmunzelte. „Ich bin im Dienst."

„Irgendwie finde ich das nicht sehr beruhigend."

„Na, das sollten Sie aber. Wenn ich nicht im Dienst wäre, hätte ich Sie längst im Bett."

„Keine Chance, Mr Beaumont."

Er lächelte selbstsicher. „Er ist so weit." Verblüfft starrte sie ihn an. „Der Kaffee, Miss Chandler. Der *Kaffee* ist so weit."

Sie goss ihn ein und versuchte, nicht daran zu denken, dass er dabei auf die nackten Rückseiten ihrer Oberschenkel starrte. Sie war sicher, dass er das tat. „Wie lange sind Sie schon Sheriff?", fragte sie und stellte ihm eine Tasse hin.

„Seit ich hier bin. Ich bin hergezogen, um den Job zu übernehmen."

„Und davor?" Sie nahm ihm gegenüber Platz und nippte an ihrem Kaffee.

Zum ersten Mal, seit er sie am Abend zuvor zum Tanzen aufgefordert hatte, verschwanden die Lachfältchen um seine Augen. Plötzlich blickten sie hart und kühl. Die tiefen Falten an seinen Mundwinkeln wirkten nicht mehr, als kämen sie vom Lachen. „Davor war ich woanders."

„Ah."

Sunny verstand die Botschaft. Seine Vergangenheit war ein Tabuthema. Darum beneidete sie ihn. Sie wünschte, ihre wäre es auch. In New Orleans war sie sicher. Dort wusste niemand von dem Debakel mit Don Jenkins. Ihre Freunde wussten nur, dass sie aus einer Kleinstadt kam, aber niemand hatte sie gefragt, warum sie sie verlassen hatte. Und dafür war sie dankbar.

Deshalb respektierte sie Ty Beaumonts Entscheidung, nicht über seine Vergangenheit zu reden, obwohl noch kein Mann sie so neugierig gemacht hatte wie er. Sie schluckte ihre Fragen herunter und überbrückte das angespannte Schweigen, indem sie an einem Keks knabberte.

„Hatten Sie ein kleines Missgeschick?", fragte er nach einer Weile.

Sunny folgte seinem Blick. Die Sachen aus der Schublade lagen noch immer auf dem Boden verstreut. Sie lachte verlegen. „Ich wollte George Hendersons Nummer nachschlagen und ihn über Sie ausfragen."

„Er hätte sich verpflichtet gefühlt, Ihnen nur das Beste zu erzählen. Er arbeitet für mich."

„George ist Polizist?"

„Er ist der Hilfssheriff."

Ungläubig schüttelte Sunny den Kopf. „Ich kann mich noch gut daran erinnern, wie er Wassermelonen gestohlen hat."

„Ich glaube, das tut er noch immer."

Sie lachten gleichzeitig, und es fühlte sich gut an. Etwas zu gut für Sunnys Geschmack. Als das Lachen verklungen war, wurde ihr bewusst, wie intim die Situation war. „Es wird spät." Sie entriss ihm praktisch die Kaffeetasse und stellte sie zusammen mit ihrer in die Spüle.

„Humpeln Sie?"

„Halb so wild", erwiderte sie achselzuckend und legte die Kekspackung wieder in die Speisekammer.

„Doch, Sie haben doch etwas."

Sie streckte das Bein aus. „Mein Knie hat zielsicher den Kopf des Nagels gefunden, als ich auf allen vieren durch die Küche gekrochen bin. Sehen Sie?" Sie zeigte auf die gerötete Stelle. „Ist nicht weiter schlimm."

„Deshalb allein werden Sie doch nicht humpeln?"

„Ich habe mir auch einen Zeh gestoßen."

„Noch etwas?"

„Nichts", beteuerte sie.

„Was noch?", fragte Ty leise, aber nachdrücklich.

„Ich bin auf den verdammten Nagel getreten", rief sie frustriert. „Okay?"

„Nicht okay. Setzen Sie sich." Mit strenger Miene zeigte er auf den Stuhl, von dem sie gerade aufgestanden war.

„Es wird Zeit, dass Sie gehen, Sheriff."

„Wenn ich mir Ihren Fuß nicht ansehen darf, bin ich als Sheriff verpflichtet, Sie ins Krankenhaus zu bringen. Dann ist die ganze Sache mit den Waschbären und der Angst vor einem Spanner morgen im Frisiersalon Tagesgespräch, und …"

Sunny ließ sich auf den Stuhl fallen.

„Schon besser“, lobte Ty lächelnd. „Geben Sie mir Ihren Fuß.“

Sie tat es nicht, deshalb beugte er sich vor und hob ihn an, bis sie das Gleichgewicht verlor und mit dem Po fast bis zur Sitzkante rutschte. Sie hielt sich am Stuhl fest und beobachtete, wie seine großen gebräunten Hände den Fuß umfassten.

Er untersuchte die Sohle. „Hier?“ Vorsichtig berührte er die halbmondförmige Wunde, und sie verzog das Gesicht. „Tut es weh?“

„Nur wenn Sie darauf herumdrücken.“

„Ganz schöner Bluterguss. Sie haben Glück, dass der Nagel nicht durch die Haut gedrungen ist. Sie brauchen zwar keine Tetanusimpfung, aber Sie sollten das hier die nächsten Tage im Auge behalten.“

„Das werde ich. Danke.“ Sie versuchte, den Fuß wegzuziehen, aber er ließ ihn nicht los, sondern nahm ihn noch fester zwischen die Hände.

„Sie sind ein bisschen mager, aber sonst haben Sie sehr hübsche Füße.“

„Gehört das hier zu Ihren offiziellen Pflichten, Sheriff Beaumont?“

„Meine Pflicht besteht darin, die Bürger von Latham Green vor Schaden zu bewahren. Ich glaube, im Moment braucht diese Bürgerin eine Fußmassage.“

Sie wand sich auf dem Stuhl, als er mit dem Daumen über ihre Sohle strich. Es kitzelte ein wenig, und zu ihrem Erstaunen löste es auch noch ein Kribbeln im Nacken aus.

„Ich war mal in Japan.“ Er strich mit dem Daumen über die Zehen und inspizierte jeden lackierten Nagel. „Dort verpassen sie einem tolle Fußmassagen. Die Geisha …“

„Das interessiert mich wirklich nicht.“

„… hat sich vorher die Hände mit einer Lotion eingerieben. Haben Sie welche da?“

„Es geht auch ohne.“

„Wie Sie wollen. Jedenfalls, diese Geisha hatte so eine Art, jeden einzelnen Zeh zwischen die Finger zu nehmen und zu drücken. Fest, aber nicht so fest, dass es schmerzte. Es fühlte sich eher an, als würde sie daran lutschen.“

Er nahm den Mittelzeh zwischen die kräftigen Finger, und sie fühlte es im ganzen Körper, vor allem an den erogenen Zonen. Es sah sogar erotisch aus. Auf seinen Handrücken wuchsen feine blonde Haare. Die Hände selbst wirkten an ihrem schmalen Fuß noch größer und männlicher.

Die Massage löste in rascher Folge die unterschiedlichsten verbotenen Empfindungen in ihr aus. Als er sich den Zehenwurzeln an der Unterseite des Fußes widmete, sprang sie fast vom Stuhl. „Ich glaube nicht, dass sich das hier für einen Sheriff gehört."

Er lächelte. „Ganz bestimmt nicht. Aber es fühlt sich verdammt gut an, nicht wahr? Gönnen wir es uns einfach. Schließlich haben Sie Todesangst gehabt, und ich habe Ihnen das Leben gerettet. Da haben wir doch eine Belohnung verdient. Ich erzähle auch niemandem davon, wenn Sie es nicht tun."

Sunny fand seine tiefe Stimme und den Schlafzimmerblick fast so hypnotisch wie die Fußmassage. Sie wehrte sich nicht, als er sich den Fuß zwischen die Oberschenkel klemmte.

„Nachdem die Geisha sich jeden einzelnen Muskel und Knochen in meinem Fuß vorgenommen hatte, hat sie nur die Zehenspitzen massiert. So ungefähr. Winzige Kreise. Manchmal so leicht, dass ich geglaubt habe, ich würde mir die Berührung nur einbilden."

Sunny stockte der Atem, als sich ein herrlich erregendes Kribbeln im ganzen Bein ausbreitete. Unwillkürlich presste sie den Fuß noch fester gegen seinen Hosenschlitz. Sie wollte lieber nicht darüber nachdenken, welchen Teil seines Körpers sie an der Sohle fühlte.

„Es wird behauptet, dass es am schönsten ist, wenn die Zehen mit der Zunge massiert werden", fuhr er mit verführerischer Stimme fort.

Sunny schloss die Augen.

Im nächsten Moment musste sie aufpassen, dass sie nicht vom Stuhl fiel. Er hatte ihren Fuß wieder auf den Boden gestellt und klopfte sich die Hände ab, als hätte er gerade eine schwierige Aufgabe erledigt.

„Aber die Massage mit der Zunge kostet extra, und ich war ein armer Soldat mit wenig Bargeld, also kann ich leider nicht behaupten, das spezielle Vergnügen erlebt zu haben. Sie?", fragte er sie und setzte eine Unschuldsmiene auf.

Wütend über ihren Leichtsinn sprang Sunny auf. „Es ist Zeit, dass Sie gehen", sagte sie kühl.

Höchste Zeit, dachte sie. Allerhöchste. Es war verrückt, sich so von ihm berühren zu lassen. Und sich seine Unverschämtheiten anzuhören. Sie marschierte aus der Küche und schaltete sämtliche Lampen ein. Im Blockhaus sollte es so hell und laut sein, dass das Gefühl von Intimität, das sie beschlichen hatte, keine Chance mehr hatte.

„Danke, dass Sie gekommen sind." Als er ins Wohnzimmer kam, stand sie schon an der Haustür und hielt sie demonstrativ auf.

„Dafür werde ich bezahlt."

„Wie sind Sie überhaupt so schnell hergekommen?“
„Ich war schon hier.“
„Schon hier?“, wiederholte sie verblüfft.
Er nickte. „Ich bin hergefahren, um nach Ihnen zu schauen.“
„Warum um alles in der Welt haben Sie das getan?“
„Ich habe mir Sorgen gemacht. Wegen der zwielichtigen Gestalten.“
„Es gab keine zwielichtigen Gestalten.“
„Da konnten wir nicht sicher sein. Und wenn Sie nicht mal mit einer Waschbärenfamilie fertigwerden, was glauben Sie, wie Sie mit einer zwielichtigen Gestalt fertiggeworden wären?“
„Gute Nacht, Mr Beaumont“, sagte Sunny entschieden.
„Ich war fast hier, da ertönte über Funk die Meldung, dass Sie einen Einbrecher vermuten und Hilfe brauchen. Haben Sie meine Scheinwerfer nicht gesehen?“
Sie kam sich noch alberner vor und wich seinem spöttischen Blick aus. „Nein, habe ich nicht. Ich war in der Küche. Aber jetzt, da ich weiß, dass Sie das Seeufer kontrollieren, bin ich wohlauf.“
„Warum sind Sie in Panik geraten, sowie Sie das Geräusch gehört haben? Warum haben Sie nicht Ihre Waffe geholt?“
„Waffe?“
„Die, mit der Sie mich heute Nachmittag erschießen wollten, wenn ich Ihren Steg nicht verlassen hätte.“
„Ich … Wahrscheinlich hat mein Vater sie mitgenommen, als er … Ich habe gar keine Ahnung, wo … Sie war nicht geladen.“
„Soll ich mir eine Antwort aussuchen?“
Sie funkelte ihn an.
„Sind Sie sicher, dass eine Waffe im Haus ist?“
„Gute Nacht, Mr Beaumont“, wiederholte sie und presste die Lippen zusammen.
„Was ist das denn?“, wollte Ty unvermittelt wissen.
Ty schaute auf den Tisch, auf dem mehrere Zeichenblöcke lagen. Die meisten Bleistiftskizzen waren noch unvollendet.
„Das? Ach das …“ Sunny seufzte verärgert und knallte die Haustür wieder zu, um keine Moskitos hereinzulassen. „Zeichnungen.“
„Von Insekten?“, fragte er und griff nach einer, um sie kritisch zu betrachten.
„Das ist eine Libelle.“
„Schon wieder Libellen. Sind die Ihr Hobby oder so etwas? Sie können nicht besonders gut zeichnen“, sagte er unverblümt.

Sie entriss ihm den Block und legte ihn auf den Tisch zurück. „Und Sie sind kein besonders guter Sheriff. Sie tragen nicht mal Uniform."

Er hatte Jeans und ein schlichtes weißes Hemd an, das an ihm alles andere als schlicht aussah. Die Ärmel hatte er bis unter die Ellbogen aufgekrempelt, und die weiße Baumwolle betonte die gebräunte Haut und die strahlend blauen Augen. Ja sogar das Lächeln, mit dem er ihre Worte quittierte.

„Aber ich habe eine silberne Dienstmarke und einen Streifenwagen mit Blaulicht. Wenn Sie nett sind, nehme ich Sie mal darin mit."

„Ich bezweifle, dass eine Frau mit Nettigkeit bei Ihnen Punkte machen könnte, Mr Beaumont."

Er nickte, als wollte er „eins zu null für Sie" sagen. Doch in seinem Lächeln lag keine Reue. Er war schon fast an der Tür, als er abrupt stehen blieb und mit den Fingern schnippte. „Ups, jetzt habe ich doch tatsächlich meine Taschenlampe vergessen." Er ging in die Küche zurück.

Sunny wartete an der Haustür. Als eine Minute verstrich und er nicht wiederkam, fragte sie sich, warum er so lange brauchte. „Mr Beaumont?", rief sie nach hinten. Nichts. Ungeduldig tippte sie mit dem nackten Fuß auf den Boden.

Eine weitere Minute verging, ohne dass er auftauchte. Verwirrt und neugierig folgte sie ihm in die Küche. Er lehnte an der Arbeitsfläche und schaute auf seine Armbanduhr.

„Was um alles in der Welt tun Sie da?"

„Kommen Sie her", sagte er, ohne den Blick vom Ziffernblatt zu nehmen.

Gespannt ging sie zu ihm und schaute ebenfalls auf die Uhr. Das Ding tat nichts Ungewöhnliches, jedenfalls nichts, das ihn so hätte fesseln sollen. Der kleine Zeiger näherte sich der Zwölf.

„Fünf, vier, drei, zwei, eins", zählte Ty.

„Und? Was bedeutet das?"

„Das bedeutet, Sunny Chandler, dass Sie ein echtes Problem haben."

Er drehte sich um und versperrte ihr damit den Weg. Sie stand in der Ecke, in der sich die Küchenschränke trafen. Er stützte sich mit den Händen neben ihren Hüften ab und beugte sich zu ihr. „Es ist Mitternacht."

„Und um Mitternacht verwandeln Sie sich immer in eine Ratte?"

Er lachte. „In gewisser Weise. Ich bin offiziell nicht mehr im Dienst."

Sie warf ihm einen wütenden Blick zu. „Lassen Sie mich sofort durch."

„Ach, kommen Sie, Sunny. Seien Sie keine Spielverderberin.“ Er nahm eine ihrer Haarsträhnen zwischen die Finger und strich damit über ihren Hals. „Ich habe einen harten Tag hinter mir. Ich musste zwei Väter trennen, die beim Baseballspiel ihrer Söhne aufeinander losgegangen sind. Ich habe ein Kind gesucht, das sich verlaufen hatte, und einen betrunkenen Autofahrer festgenommen. Und dann musste ich auch noch auf den gefährlichen Straßen von Latham Green patrouillieren und eine hysterische Frau vor einer Herde Waschbären retten. Oder sagt man bei Waschbären Rudel?“ Er zuckte mit den Schultern. „Egal. Sie wissen, was ich meine. Die Arbeit ist vorbei, jetzt sind Spiel und Spaß angesagt. Wollen Sie nicht mit mir spielen?“

„Nein. Lassen Sie ...“ Sie schrie auf. „Was tun Sie?“

„Ich fühle Ihr Herz.“ Er legte die Hand auf die Oberseite einer Brust. „Als ich hereinkam, habe ich Ihren Pulsschlag gesehen. Hier.“ Er drückte die Brust. „Und hier.“ Er presste die Lippen an ihren Halsansatz und küsste ihn zärtlich. „Wissen Sie was?“ Er ließ die Hand unter ihr T-Shirt gleiten. „Ich glaube, Ihr Herz klopft gerade so heftig wie vorhin.“

Nicht nur das, sie atmete auch noch so schnell und flach, dass ihre Brust sich in seine Handfläche schmiegte. Er bewegte sie nicht und versuchte nicht, mehr als die Oberseite zu berühren. Bis in die Brustwarze fühlte sie die Zärtlichkeit, die er ihr vorenthielt. Es brachte sie um den Verstand.

„Lassen Sie mich in Ruhe“, sagte sie mit matter und wenig überzeugender Stimme. Aber wie konnte sie gebieterisch klingen, während er an ihrem Hals knabberte?

„Soll ich Ihnen ein Geheimnis verraten?“ Seine Lippen glitten über ihren Hals und zu ihrem Ohr. „Als ich Sie vorhin in der Haustür gesehen habe, mit nichts als einem Nachthemd an, fing mein Herz auch an zu klopfen. Fühlen Sie mal.“

Mit seiner freien Hand griff er nach ihrer und schob sie in sein Hemd, direkt über dem Herzen. Es schlug kräftig und gleichmäßig. Die warme Haut war so einladend wie ein brennender Kamin an einem frostigen Morgen. Das dichte Haar war wie ein Wald, der nur darauf wartete, dass ihre Finger ihn erkundeten.

Behutsam nahm er ihr Ohrläppchen zwischen die Zähne und tastete mit der Zungenspitze über die beiden Diamantstecker. „Als ich heute Nachmittag weg war, haben Sie da an mich gedacht?“

„Nein.“

„Flunkern Sie mich nicht an." Er schob sich zwischen ihre Oberschenkel. „Sie haben an mich gedacht. An uns. Sie haben an den Kuss gedacht."

„Nein, das habe ich nicht."

Er lachte heiser. „Oh, doch, das haben Sie. Sie haben an nichts anderes gedacht. Genau wie ich. Fast hätte ich darüber meine Pflichten als Sheriff vernachlässigt." Sein Mund kehrte zu ihrem zurück. Er rieb seine Lippen an ihren. „An meine Zunge, die in Ihren Mund eindringt und sich wieder zurückzieht. Wie beim Sex."

„Hören Sie auf damit." Ihr Protest war kaum mehr als ein atemloses Hauchen.

„Niemals, Sunny. Erst wenn Sie unter mir liegen. Nackt und leidenschaftlich."

Er küsste sie wieder. Und wie beim ersten Mal geriet die Welt, die sie kannte, aus den Fugen. Sie wurde in eine Sphäre versetzt, in der alles nach Ty duftete und so schmeckte und sich so anfühlte wie er. Es war sein Universum. Er beherrschte es. Und er allein bestimmte, was darin geschah.

Er ließ seine Hände nach unten gleiten. Nur ein wenig. Sie fühlte jeden Finger, aber noch immer ignorierte er die aufgerichtete Brustspitze, die sich so sehr nach seiner Berührung sehnte.

Sunny klammerte sich an ihm fest und tastete mit ihrer Zunge nach seiner. Wie von selbst bewegten sich ihre Hüften, und als sie fühlte, wie sehr er sie begehrte, hielten sie beide einen kurzen Augenblick atemlos inne.

Seine Augen waren dunkel und der Blick durchdringend, als er den Kopf hob und in ihr Gesicht schaute. Ihre Lippen waren rosig und feucht. Sie wagte kaum zu atmen.

„Aber wie Sie bereits sagten", flüsterte er, „es wird spät."

Sunny konnte es nicht glauben!

Er ließ sie los und ging hinaus. Sekunden später fiel die Haustür hinter ihm zu, und dann sprang der Motor des Streifenwagens an. Als sie die Fassung endlich wiedergefunden hatte, war er fort.

Sunny Chandler warf die Tasse, aus der er getrunken hatte, gegen die Küchenwand und beschwor sämtliche bösen Geister, von Ty Beaumonts Körper und Seele Besitz zu ergreifen.

## 4. KAPITEL

Sunny schlug die Beine übereinander und zog sich züchtig den geraden Rocksaum über die Knie, als sie bemerkte, dass ihre ungeduldige Bewegung den Blick des Mannes hinter dem Schreibtisch auf sich gezogen hatte.

„Die Unterlagen sind so vollständig wie möglich, Mr Smithie. Sie umfassen auch mehrere Kreditauskünfte, die Steuerbescheide der letzten drei Jahre und die Schätzung meines zukünftigen Einkommens."

„Sie waren sehr gründlich, Miss Chandler."

Die Antwort verriet nicht, was der Bankangestellte von den Zahlenkolonnen hielt, die er seit ihrer Ankunft vor einer Viertelstunde mindestens ein Dutzend Mal überflogen hatte. Er rückte seine Brille zurecht und schaute erneut in die Unterlagen.

Dann schob er die sorgfältig vorbereiteten Unterlagen zur Seite, legte die gefalteten Hände auf den Schreibtisch und sah Sunny an, als müsste er ihr die traurige Mitteilung machen, dass es gar keinen Weihnachtsmann gab. Sein Gesichtsausdruck war ein wenig herablassend, aber auch mitfühlend. Sie machte sich darauf gefasst, dass ihre Hoffnung von männlichen Vorurteilen zunichte gemacht wurde.

„Die Zahlen, die Sie vorgelegt haben, sind beeindruckend, Miss Chandler."

„Aber auch realistisch, denke ich." Sie lächelte und versuchte, sich nicht anmerken zu lassen, wie nervös sie war. Banken verliehen kein Geld an Menschen, die aussahen, als brauchten sie es dringend.

„Sosehr ich Ihre Begeisterung auch bewundere, ich fürchte, Sie sind eine Spur zu optimistisch."

„Ganz im Gegenteil, ich bin bei meiner Schätzung sehr zurückhaltend gewesen."

„Trotzdem", sagte Mr Smithie und räusperte sich wichtigtuerisch, „es sind nur Schätzungen."

„Schätzungen, die auf konkreten Erfahrungen beruhen." Sunny wollte sich mit dem Mann nicht streiten, aber so schnell gab sie nicht auf. „Ich weiß, was Frauen – und Männer übrigens auch – für solche Dinge ausgeben. Meine Kunden werden prominente Menschen mit enormen finanziellen Mitteln sein."

„Aber noch haben Sie keine Kunden", entgegnete er nüchtern.

„Genau deshalb brauche ich ja den Geschäftskredit. Um für mich zu werben. Ich habe durchaus Kunden, und zwar welche, die dort, wo ich momentan beschäftigt bin, ausschließlich mit mir zusammenarbeiten wollen. Sie lehnen es strikt ab, jemand anderem zu vertrauen. Wenn sie erfahren, dass ich mich selbstständig gemacht habe, werden sie ganz selbstverständlich zu mir wechseln."

Er schaute skeptisch drein, widersprach jedoch nicht. Stattdessen sah er auf die Uhr, um sie daran zu erinnern, dass sie seine wertvolle Zeit schon sehr lange in Anspruch nahm. „Was die Sicherheit betrifft ..."

„Das Seegrundstück."

„Aber das gehört doch Ihrem Vater."

„Und Sie haben in den Unterlagen einen Brief, in dem er mich ermächtigt, es der Bank als Sicherheit anzubieten. Glauben Sie etwa, ich hätte seine Unterschrift gefälscht, Mr Smithie?"

„Natürlich nicht, Sunny", erwiderte er mit einem gönnerhaften Lächeln. Er hatte sie beim Vornamen genannt, aber das fiel keinem von ihnen auf, weil er sie schon früher immer so angesprochen hatte.

„Dann sehe ich kein Problem. Das Blockhaus und das dazugehörige Grundstück sind mehr wert als der Betrag, den ich mir von Ihnen leihen möchte. Wie Sie wissen, ist mein Vater ein angesehener Geschäftsmann. Er würde sein Eigentum nicht aufs Spiel setzen, wenn er von dem, was ich vorhabe, nicht überzeugt wäre."

„Doch ein eigenes Geschäft zu eröffnen", sagte der Bankangestellte und schüttelte betrübt den Kopf, „das ist für jeden ein ehrgeiziges Unterfangen. Vor allem für eine Frau."

Sunny lehnte sich zurück und sah ihn forschend an. „Sie meinen, wenn ich ein Mann wäre, hätte die Bank keine Bedenken, mir das Geld zu leihen?"

Er hob beide Hände. „Nein, nein, das meine ich nicht. Die Bank hat da keinerlei Vorurteile."

Natürlich nicht, dachte Sunny.

„Es ist nur so, dass die meisten jungen Frauen, die hier aufwachsen, bald heiraten und ..." Zu spät ging Mr Smithie auf, dass er gerade dabei war, ihren Verdacht zu bestätigen.

Zufrieden registrierte Sunny, wie seine Wangen sich verfärbten. Jetzt war er in der Defensive.

„Was ich sagen will, ist, dass es vielleicht sinnvoller wäre, den Kredit bei einer Bank in New Orleans zu beantragen."

Das hatte sie getan. Sie war zu mehreren Banken gegangen und war jedes Mal abgewiesen worden. Die Latham Green National Bank war ihre letzte Hoffnung, allerdings brauchte das ihr Gegenüber nicht zu wissen. „Ich dachte, Sie würden sich freuen, mich als Kundin zu gewinnen“, sagte sie und lächelte herausfordernd.

„Oh, das tun wir. Wirklich. Es ist nur so, dass ...“ Er verstummte und schob die Papiere auf dem Schreibtisch hin und her, während er nach den richtigen Worten suchte.

Fast tat er Sunny leid. Er wollte ihren Kreditantrag auf eine Weise ablehnen, die ihr, ihm und der Bank jede Peinlichkeit ersparte.

Na schön, dachte sie. Willkommen im Club, Mr Smithie.

Ihre Woche hatte nicht gerade großartig angefangen. Erst hatte sie in eine Stadt zurückkehren müssen, von der sie sicher gewesen war, dass sie ihr für immer den Rücken gekehrt hatte. Dann war sie diesem Krokodil mit Sheriffstern zum Opfer gefallen. Punkt Mitternacht hatte sie herausgefunden, welcher gefährlichen Spezies er angehörte.

Der Gedanke daran machte sie nur noch entschlossener, wenigstens etwas aus diesem Besuch in Latham Green herauszuholen. Sie beugte sich vor und senkte die Stimme zu einem eindringlichen Flüstern. „Mr Smithie, vergessen Sie mal eine Minute lang, dass Sie mich kennen, seit ich aus den Windeln bin. Vergessen Sie, dass ich eine alleinstehende, unabhängige Frau bin. Hören Sie mir einfach nur zu.“ Sie befeuchtete ihre Lippen. „Ich brauche den Kredit. Ich will mich selbstständig machen. Ohne den Kredit kann ich das nicht. Mein Vater hat dieser Bank jeden Cent zurückgezahlt, den er sich von ihr geliehen hat. Plus Zinsen. Das werde ich auch. Sie gehen kein Risiko ein.“

Er spitzte die blassen Bankerlippen. „Sie zwingen mich, ganz ehrlich zu sein, Sunny. Diese Bank ist stolz darauf, dynamischen jungen Menschen mit ehrgeizigen Plänen Geld zu leihen. Aber dazu müssen wir sicher sein, dass sie über ein gesundes Urteilsvermögen und ein hohes Verantwortungsgefühl verfügen. Und um ganz offen zu sein ... nun ja ... was Sie getan haben ...“

Sie ließ sich auf den Stuhl zurückfallen und starrte ihn fassungslos an. „Was ich vor drei Jahren getan habe, beweist einen Mangel an Urteilsvermögen und Verantwortungsgefühl? Ist es das?“

Anstatt zu antworten, senkte er den Blick und schaute auf seinen polierten Schreibtisch.

Sunny legte eine Hand an die Stirn und rieb sie dort, wo sich ein stechender Kopfschmerz ausbreitete. Sie hatte erwartet und befürchtet, dass man sie abweisen würde. Aber nicht, weil sie Don Jenkins vor dem Traualtar hatte stehen lassen.

Würde es sie für den Rest ihres Lebens verfolgen? Verstanden die

Leute denn nicht, dass eine Frau, die so etwas tat, dafür einen verdammt guten Grund haben musste? Glaubten sie etwa, sie hätte es spontan, aus einer Laune heraus, getan?

„Vielleicht können wir uns auf einen kleineren Betrag einigen", sagte Mr Smithie, um seine verletzende Offenheit wiedergutzumachen.

Noch bevor er ausgesprochen hatte, schüttelte Sunny heftig den Kopf. „Ich werde mit Kunden zu tun haben, die erstklassigen Service gewöhnt sind. Das heißt, ich muss zu den Besten der Branche gehören. Oberste Schublade. Elite. Wenn ich vorher schon Abstriche mache, bin ich tot, bevor ich richtig angefangen habe."

Er kniff den Mund zusammen. „Vielleicht sollten wir uns Ihr Konzept noch einmal genauer anschauen ..."

„Die Zeit habe ich nicht. Ich muss jetzt anfangen."

„Aber bis zum Karnevalsdienstag ist noch lange hin. Erst Anfang nächsten Jahres."

„Die Planungen beginnen schon Monate vorher. Wenn ich jetzt nicht anfange, muss ich ein weiteres Jahr warten." Sie legte die Hände flach auf den Schreibtisch. „Ich weiß nicht, was Sie und alle anderen nach dem, was an meinem Hochzeitstag passiert ist, von mir halten, aber ich bin verdammt gut in dem, was ich tue." Sie schlug mit Nachdruck auf den Schreibtisch. Er zog die Augenbrauen hoch. Wenigstens hatte sie seine Aufmerksamkeit. „Ich werde in den nächsten Jahren eine Menge Geld verdienen. Einiges davon würde ich gern bei dieser Bank anlegen. Ja oder nein, Mr Smithie? Ich brauche eine Antwort. Sonst vergeuden Sie meine Zeit."

Er sah sie nun nicht mehr an, als wäre sie die Einzige, die es beim Probetraining nicht ins Team geschafft hatte. Stattdessen blitzte in seinen unerbittlich blickenden Augen so etwas wie Interesse und Respekt auf.

„Ich werde noch mal über Ihren Antrag nachdenken und mit meinen Kollegen aus der Kreditabteilung sprechen. Kommen Sie heute in einer Woche wieder vorbei, dann teile ich Ihnen unsere Entscheidung mit."

„Das reicht mir nicht. Ich reise am Sonntagvormittag ab und muss spätestens am Freitag Bescheid wissen."

Er überlegte kurz. „Ich werde sehen, was ich tun kann, kann Ihnen aber nichts versprechen." Er stand auf und signalisierte damit, dass sie genug von seiner Zeit in Anspruch genommen hatte. Als Sunny ihm die Hand gab, stellte sie zufrieden fest, dass seine ebenso feucht war wie ihre. Wahrscheinlich würde er ihren Antrag ablehnen, aber wenigstens hatte sie Eindruck auf ihn gemacht.

Auf dem Weg durch die wenig einladende Eingangshalle der Bank setzte sie ihre Sonnenbrille auf und sagte sich, dass sie es nicht tat, um den neugierigen Blicken der anderen Kunden zu entgehen.

Im Freien war es wie in einer Sauna. Die Hitze war an diesem Tag feucht und drückend. Selbst mit Sonnenbrille brauchten ihre Augen einen Moment, um sich an das grelle Licht zu gewöhnen, das an einem fast wolkenlosen Sommertag im Süden herrschte. Als sie wieder klar sehen konnte, bot sich ihr ein Anblick, der sie aufstöhnen ließ.

Ty Beaumont lehnte neben dem Eingang an der Hauswand. Ein Bein hatte er angezogen, den gestiefelten Fuß gegen den Backstein gestützt. Er hatte sich den Cowboyhut aus Stroh tief in die Stirn gezogen und die Daumen in die Gürtelschlaufen seiner Jeans gehakt. Wäre da nicht das lederne Pistolenhalfter an der Hüfte und das silberne Abzeichen an der Brusttasche des weißen Oberhemds gewesen, hätte man ihn nicht für den Sheriff, sondern für einen Herumtreiber gehalten.

Da ihr Wagen nicht vor der Bank stand, blieb ihr nichts anderes übrig, als an ihm vorbeizugehen oder einen Umweg zu machen. Doch für einen langen Fußmarsch war es zu heiß, und ungesehen an ihm vorbeizukommen, war unmöglich. Damit er zumindest nicht merkte, wie sehr er sie verunsicherte, überließ sie ihm nicht das erste Wort. „Rechnen Sie mit einem Bankraub?“

Das belustigte Lächeln machte sein markantes Gesicht noch attraktiver. Er sollte in einem dieser machohaften Werbespots für Zigaretten auftreten, dachte Sunny. Er war genau der Typ dafür, mit gerade genug Falten, um den kantigen Zügen Charakter zu verleihen.

„Das kann man nie wissen“, erwiderte er, während er sich lässig von der Wand abstieß und mit ihr weiterging. „Auf jeden Fall würde es einen langweiligen Montagvormittag beleben.“

„Glauben Sie mir, die Bank hütet ihr Geld sorgfältig.“

„So?“

„Schon gut. Das Thema ist abgehakt.“

„Okay. Dann darf ich vielleicht sagen, dass Sie heute frisch wie der junge Morgen aussehen, Miss Chandler.“ Mühelos schlüpfte er in die Rolle des Südstaaten-Gentlemans, während sie an den Schaufenstern vorbeischlenderten.

Sie spielte mit. „Ich danke Ihnen, Sir, doch ich fürchte, die Hitze wird die morgendliche Frische rasch vertreiben“, erwiderte sie kokett.

„Vielleicht hätten Sie einen Fächer mitnehmen sollen."

„Ich habe keinen, der zu dieser Garderobe passt."

Sie war nicht der Typ, der Businesskostüme trug, hatte sich jedoch für den Termin bei Mr Smithie etwas dezenter angezogen als sonst. Das grüne Leinenkleid, zu dem sie weiße Schuhe und Schmuck gewählt hatte, betonte ihre Figur auf unaufdringliche Weise. Es war elegant und modisch, aber nicht auffallend. Ein auffallendes Outfit wäre in der Latham Green National Bank nicht gut angekommen.

„Vielleicht regnet es ja bald. Dann wird es ein wenig kühler", fügte sie hinzu.

„Sind wir beide jetzt schon so weit, dass wir nur noch übers Wetter reden können?"

„Wir müssen über gar nichts reden. Hier verabschiede ich mich." Sie standen an einer Kreuzung und warteten darauf, dass eine der wenigen Ampeln der Stadt umsprang.

„Ich muss ohnehin hier entlang", sagte er beiläufig. Als es grün wurde und sie vom erhöhten Fußweg auf die Straße traten, legte er stützend eine Hand um ihren Ellbogen. Die zerfurchte Fahrbahn stellte für High Heels ein im wahrsten Sinne des Wortes gefährliches Pflaster dar. „Haben Sie sich von unserem Kuss gestern Abend erholt?" Sie sah ihn nicht an und antwortete auch nicht. „Oder ist das Thema auch abgehakt?", fragte er.

„Ist es."

„Na schön. Darf ich Sie zu einer Tasse Kaffee einladen?"

„Nein danke."

„Cherry Coke?"

„Nein, ich ..."

„Tun Sie mir den Gefallen. In unserem Woolworth gibt es noch immer die beste Cherry Coke der Welt. Das gehört zu den wenigen Dingen, für die Latham Green berühmt ist."

Wieder nahm er ihren Ellbogen, und um den anderen Passanten kein unterhaltsames Schauspiel zu bieten, ließ Sunny sich von ihm in das kleine Kaufhaus führen.

Es war wie eine Reise in die Vergangenheit. Obwohl vor Jahren eine Klimaanlage installiert worden war, drehten sich an der Decke noch immer altmodische Ventilatoren. Der Holzboden knarrte wie früher, und es roch nach dem Zitronenputzmittel, mit dem er abends gewischt wurde. In den Regalen gab es Artikel, die man nirgendwo anders kaufen konnte, zum Beispiel „Tangee Nagelpolitur" oder ein Parfüm mit dem schönen Namen „Abend in Paris" in einer undurchsichtigen blauen Glasflasche mit silbernem Deckel. Sunny und ihre Freundinnen hatten Stunden in diesem Laden verbracht und das Geld ausgegeben, das sie sich als Babysitter verdient hatten.

Die kleine Erfrischungsbar im hinteren Teil, an der es Eiscreme und Softdrinks gab, sah auch noch so aus wie damals. Sunny lief das Wasser im Mund zusammen, als Ty ihr die versprochene Cherry Coke bestellte.

„Für hier oder zum Mitnehmen?", fragte der junge Mann hinter dem Tresen.

„Hier."

„Zum Mitnehmen."

Sie hatten beide gleichzeitig geantwortet. Ty nahm die Sonnenbrille ab und schaute Sunny an. „Wenn Sie sie nach draußen mitnehmen, schmilzt das Eis. Wir trinken sie hier."

Er zeigte auf einen Hocker, sie setzte sich und nahm ebenfalls die Sonnenbrille ab. „Sie genießen es, Leute herumzukommandieren, nicht wahr, Sheriff?"

„Ich gebe gern den Ton an, das stimmt."

„Möge der Himmel mich vor männlicher Dominanz bewahren."

Der Angestellte schob ihnen zwei Gläser hin und widmete sich wieder seiner Autozeitschrift. „Höre ich da eine Spur von Bitterkeit heraus?", fragte Ty, nachdem er durch den Strohhalm an seinem Getränk genippt hatte.

„Mehr als eine Spur."

Er drehte sich zu ihr. „Was hat Sie so gegen Männer aufgebracht?"

„Im Allgemeinen oder im Besonderen?", fragte sie mit zuckersüßer Stimme zurück.

„Fangen wir mit dem Allgemeinen an."

„Im Allgemeinen wollen Männer Frauen ‚in ihre Schranken weisen'."

„Hmm, das würde ich vielleicht bestreiten, jedenfalls solange wir nicht festgelegt haben, wo sich die Schranken befinden. Machen wir erst mal mit dem Besonderen weiter."

„Im Besonderen", begann sie und zog die Wörter in die Länge, „wäre mein Kreditantrag von der Bank anders beschieden worden, wenn ich statt einer Strumpfhose eine Hose anhätte."

Er schaute auf ihre schlanken Beinen hinunter, schien jedoch zu spüren, dass sie nicht in der Stimmung für freche Kommentare war. „Sie haben den Antrag abgelehnt, was?"

„Noch nicht, allerdings so gut wie."

„Wofür wollen Sie eigentlich einen Kredit?"

Sunny wunderte sich, warum er sich dafür interessierte. Aber vielleicht tat er das gar nicht, sondern suchte nur nach einem harmlosen Thema. Genau deshalb war sie versucht, ihm von ihren Plänen zu erzählen. Es konnte ganz erfrischend sein, die Meinung von jemandem zu hören, der die Sache objektiv betrachtete und keine Vorurteile über sie oder ihre Arbeit hatte.

„Ich will mich selbstständig machen", erwiderte sie knapp.

„Als was?" Er leerte sein Glas, stellte es zur Seite und konzentrierte sich voll und ganz auf sie.

„Ich entwerfe und nähe Kostüme für den Karneval in New Orleans."

Er starrte sie an. Nach einem Moment begann er zu lachen. Überrascht und äußerst verärgert über seine Reaktion nahm sie ihre Handtasche und die Sonnenbrille und glitt vom Hocker.

Er hielt sie am Arm fest. „Warten Sie. Sie haben keinen Grund, beleidigt davonzulaufen. Ich lache über George, nicht über Sie."

„Über George?"

„Er hat mir erzählt, dass Sie Näherin sind. Irgendwie konnte ich Sie mir nicht über eine Nähmaschine gebeugt in einer Textilfabrik vorstellen."

Sie setzte sich wieder. „Na ja, ich habe viele Stunden damit verbracht, mich über eine Nähmaschine zu beugen, doch meistens mache ich nur die Entwürfe und arbeite dann mit den Näherinnen zusammen, die das Kostüm anfertigen. Sie nähen, ich sage ihnen, was sie wie und wo zusammenfügen sollen."

„Das hört sich für mich an, als hätten Sie schon eine eigene Firma."

„Nein, ich arbeite für eine kleine Schneiderei, die seit Jahren im Geschäft ist. Es ist eine hoch spezialisierte Branche. Ich möchte etwas Eigenes aufmachen."

„Warum?" Er stützte den Ellbogen auf den pinkfarbenen Kunststofftresen, legte das Kinn in die Hand und machte den Eindruck, als würde es ihn tatsächlich interessieren.

„Ich kann meine Kreativität nicht ausleben. Das Ehepaar, für das ich arbeite, hat keine rechte Lust mehr. Ihr Ideenreichtum ist erschöpft. Und das zeigt sich in ihrer Arbeit. Die einzigen neuen Entwürfe, die wir in den letzten Jahren produziert haben, stammen von mir. Dabei bin ich nur Gehaltsempfängerin."

„Das bremst Ihre Motivation."

„Es bremst nur meine Motivation, bei den beiden zu bleiben. Ich habe zu viele Ideen, die danach schreien, verwirklicht zu werden. Wenn ich gehe, folgen mir viele ihrer enttäuschten Stammkunden, und durch Mundpropaganda bekomme ich noch mehr Abnehmer. Ich bin zuversichtlich, dass es nicht lange dauern wird, bis meine Firma sich selbst trägt."

„Aber bis dahin brauchen Sie Betriebskapital."

„Genau. Für die unzähligen Ausgaben, die eine Firmengründung mit sich bringt. Vor allem muss ich erst mal einige Ausstellungsstücke anfertigen. Hoffentlich kann ich sie später verkaufen, aber zunächst sollen sie den Kunden, die mich noch nicht kennen, mein Talent beweisen."

Ty lächelte über ihre mangelnde Bescheidenheit, aber Sunny war zu sehr in ihre Pläne vertieft, um es zu bemerken.

„Die Ballkostüme sind sehr aufwendig", fuhr sie fort. „Allein für ein einziges Abendkleid kostet das Material Tausende Dollar. Die muss ich erst mal aufbringen."

„Mal sehen, ob ich es richtig verstehe", sagte er. „Sie unterbreiten einer Kundin eine oder mehrere Ideen. Die Kundin sucht sich einen Entwurf aus, und Sie stellen das Kostüm für Sie her."

Er begriff schnell, das musste sie ihm lassen. „Schade, dass Sie kein Bankangestellter sind. Wie es scheint, ging Mr Smithie mein Konzept nicht in den Kopf."

„Banker sehen nur, was unter dem Strich steht."

„Im ersten Jahr brauche ich nur eine Handvoll Aufträge, um Gewinne zu erwirtschaften. Das können nicht viele Firmen versprechen. Und ich weiß hier drin", sie legte eine Hand aufs Herz, „dass meine Kostüme genug Aufsehen erregen werden, um schon im zweiten Jahr mehr Bestellungen hereinzuholen, als ich anfertigen kann."

Er musterte ihr ernstes Gesicht. „Sie haben mich überzeugt." Ihre Blicke verschmolzen einige Sekunden lang. „Können wir?", erkundigte er sich schließlich und zeigte auf ihr leeres Glas.

„Ja", murmelte sie blinzelnd. „Danke."

Er bezahlte. „Welchen Gang wollen wir nehmen? Den mit Spielsachen und Büchern oder den mit Intimhygiene?"

Eigentlich war Sunny ihm dankbar, dass er die angespannte Atmosphäre, die plötzlich zwischen ihnen entstanden war, wieder auflockerte. Trotzdem schüttelte sie verärgert den Kopf und bog in den Gang mit Sandkastenspielzeug und Action-Puppen.

„Eine Frage habe ich noch", sagte er. „Was hat das alles damit zu tun, dass Sie so schlechte Zeichnungen von Insekten machen?"

„Wie habe ich nur einen Moment denken können, dass Sie mich ernst nehmen?"

„Das habe ich." Er klang gekränkt.

„Vielleicht. Aber wenn es ums Geschäft und das weibliche Geschlecht geht, sind Sie nicht anders als so ein Bankangestellter. Wenn Sie eine Frau betrachten, sehen Sie nur ein Paar …" Sie schluckte das letzte Wort herunter und ärgerte sich über ihre Achtlosigkeit.

„Oh, Ihr Paar ist mir tatsächlich aufgefallen. Doch so hübsch sie auch sind, ich nehme durchaus mehr wahr als nur die."

Sunny war nicht sicher, ob es draußen heißer geworden war oder ob es an seiner Bemerkung über ihre Brüste lag. Kaum hatten sie den Bürgersteig erreicht, wandte sie sich in Richtung ihres Wagens. Er schien die dauernden Anspielungen einfach nicht lassen zu können, dennoch musste sie zugeben, dass er ein guter Zuhörer war. Sie bedankte sich dafür. „Ich musste mal Dampf ablassen", fügte sie hinzu.

„Kopf hoch", meinte er und hob behutsam ihr Kinn an. „Vielleicht überrascht Mr Smithie Sie ja und gibt Ihnen den Kredit."

„Das wäre eher ein Schock als eine Überraschung."

„Wenn ich die Bank wäre, würde ich Ihnen das Geld leihen."

„Weil Sie an das glauben, was ich vorhabe?"

„Weil eine Frau, die den Mut aufbringt, an ihrem Hochzeitstag aus einer vollen Kirche zu marschieren, alles schafft, was sie sich vornimmt."

Sunny blieb stehen. „Ich wünschte, Sie würden die Geschichte vergessen. Aber warum sollten Sie der einzige Mensch sein, der das kann?"

Er drehte sie zu sich. „Oje. Ich glaube, ich habe gerade einen wunden Punkt getroffen." Er schaute in ihr betrübtes Gesicht. „Hat Smithie etwa das als Begründung dafür genannt, dass Sie keinen Kredit bekommen?"

Sie antwortete nicht, sondern ging weiter.

„Dieser Mistkerl", hörte sie den Sheriff murmeln.

Als sie zu ihrem Wagen kamen, schloss sie auf und wollte die Tür öffnen. Ty lehnte sich mit ausgestrecktem Arm dagegen und hinderte sie daran. Als sie sich umdrehte, stand sie zwischen ihm und ihrem Auto. Sein Lächeln verriet, dass er sie aufheitern wollte.

„Was dieses Insekt betrifft …"

„Ich habe Ihnen doch gesagt, dass es eine Libelle ist."

„Das werde ich mir merken." Noch immer sah er sie fragend an.

„Ich hatte da so eine Idee", sagte sie resigniert. „Von einem Libellenkostüm. Ich sehe es vor mir. Schwarz, mit Pailletten besetzt, vom Kopf bis zum Saum des hautengen Rocks." Sie legte die Stirn in Falten. „Ich weiß nur noch nicht, was ich mit den Flügeln mache. Die müssten riesig sein. Hauchdünn, schillernd. Sie müssten beweglich sein, um die richtige Wirkung zu erzielen, und fest genug, um vom Körper abzustehen. Und irgendwie müsste die Trägerin sie zusammenfalten oder komplett abnehmen können, nachdem sie ihren großen Auftritt hatte."

Als Sunny plötzlich bewusst wurde, wo sie war, warf sie Ty einen verlegenen Blick zu. Wahrscheinlich hielt er sie jetzt für noch verrückter als vorher schon. Oder sie hatte ihn mit ihrem Gedankenflug gelangweilt. Aber sein Lächeln verriet, wie wohl er sich fühlte.

„Klingt gut", erwiderte er.

„Danke."

„Könnte ich Sie für ein gemeinsames Mittagessen gewinnen?"

„Ich esse mittags nicht."

„Sex?"

Der Vorschlag war so unverfroren, dass sie lachen musste. „Nein danke."

„Ein nachmittägliches Nacktbad im See?"

„Sind Sie denn nicht im Dienst?"

„Na gut, dann ein abendliches Nacktbad im Mondschein." Er kam näher. „Wenn ich darüber nachdenke, hört sich das sogar noch reizvoller an."

„Nächtliches Schwimmen führt unweigerlich zu einer sommerlichen Erkältung."

„Meine Liebe", stöhnte er, „was mir für uns beide vorschwebt, würde den See zum Brodeln bringen."

Seine eindringliche Stimme ließ sie bezweifeln, dass er nur scherzte. Gegen ihren Willen malte sie sich aus, was alles passieren konnte, wenn sie sich darauf einließ. Hastig zügelte sie ihre Fantasie. „Offenbar haben Sie es einfach nicht begriffen, Mr Beaumont. Ich bin nicht interessiert an einer … sexuellen Begegnung mit Ihnen. Ich bin nur eine Woche hier."

„Und genau deswegen kann ich nicht meinen ganzen Charme entfalten."

„Sie haben Angst, Ihre Wette mit George zu verlieren, was?"

Er lächelte unbeschwert. „Sehen Sie es einfach als Ihre gute Tat der Woche an. Helfen Sie mir aus der Patsche."

„Gehen Sie mit einem Sexsüchtigen essen."

Er lachte. „Ich garantiere Ihnen, dass Sie Spaß haben werden. Ich will diese Wette gewinnen. Machen Sie es mir doch nicht so schwer."

„Ich mache es Ihnen nicht nur schwer, Mr Beaumont, ich mache es unmöglich."

Er hob eine Hand und tastete mit den Fingern über die Knöpfe an ihrem Kleid. Am Ende der Reihe, gute fünf Zentimeter unterhalb des Nabels, verpasste er ihr einen leichten Stups. „Nichts ist unmöglich."

Er öffnete die Fahrertür. Sunny stieg ein, und er schloss sie wieder. Dann schenkte er ihr ein siegessicheres Lächeln, drehte sich um und schlenderte davon.

„Ich verfluche dich, Sunny!"

Erstaunt sah sie auf und starrte Fran an. „Wofür?"

„Dafür, dass du so gut aussiehst." Fran zeigte auf den Spiegel, vor dem Sunny stand. Sie waren im Schlafzimmer in Frans Haus, und Sunny probierte – hoffentlich zum letzten Mal – das Brautjungfernkleid an, das sie zur Hochzeit ihrer besten Freundin tragen würde. „Niemand wird mich ansehen, wenn du darin neben mir stehst."

„Sei nicht albern."

„Ich muss verrückt gewesen sein, als ich die Farbe für dein Kleid ausgesucht habe." Fran setzte sich auf die Bettkante. „Erinnerst du dich an die Eisbecher, die wir früher mit frischen, warmen Pfirsichen gemacht haben? Genau so siehst du aus."

„Wie Pfirsiche mit Sahne?" Sunny lachte. „Komm schon, Fran. Du hast doch mehr auf Lager als abgegriffene Klischees."

„Klischee oder nicht, du siehst toll aus. Das Kleid ist einfach perfekt, verdammt noch mal. Bitte zieh es aus."

Sunny zog den Reißverschluss der Seidenkreation auf, ließ sie über die Hüften gleiten und stieg vorsichtig heraus.

„Auch das noch", stöhnte Fran. „Zieh es sofort wieder an. Der Anblick deiner Modelfigur erinnert mich daran, dass ich zwei Kinder bekommen und viel zu viele Eisbecher mit heißen Pfirsichen gegessen habe."

Sunny hängte das Kleid zurück auf den gepolsterten Bügel und verstaute es in seiner Plastikhülle. Sie streifte sich auch das kurz Unterkleid ab, das passend zum hauchzarten Oberteil entworfen worden war, stand ohne jede Verlegenheit nur im Slip vor ihrer Freundin und griff nach der Hose und dem Top, in denen sie zu dieser Anprobe gekommen war.

„Du klingst heute so melancholisch. Sag bloß, du bekommst im letzten Moment noch kalte Füße?"

Fran antwortete nicht.

Nachdem sie angezogen war, setzte Sunny sich zu ihrer Freundin und nahm ihre Hand. „Was ist los, Fran?"

Matt lächelte Fran. „Ich mache mir nichts vor, Sunny. Die fünf Jahre, die ich mit Ernie verheiratet war, haben Spuren hinterlassen. Nicht nur emotional, sondern auch körperlich." Ihre Augen füllten sich mit Tränen. „Ich bin dick und rund geworden. Was, wenn ich Steve nicht gefalle?"

„Oh, Fran!“ Sunny drückte ihre Freundin fest an sich. „Mach dich nicht lächerlich. Steve liebt dich.“

„Das weiß ich.“ Verlegen löste Fran sich aus der Umarmung. „Schließlich haben wir schon miteinander geschlafen. Beim zweiten Versuch wollte ich auf Nummer sicher gehen. Ernies toller Body war nur Show. Im Bett war er lausig.“ Sie fuhr mit dem Fingernagel den Saum der Tagesdecke nach. „Aber als Steve und ich zusammen waren, habe ich für eine romantische Stimmung gesorgt. Dafür, dass es nicht zu hell war. Er sollte nicht zu viel von mir sehen. Doch jetzt mache ich mir Sorgen. Wenn wir zusammenleben, wenn sämtliche Lichter an sind und er meine schlaffen Brüste und die Orangenhaut an den …“

„Ich glaube es nicht!“ Sunny fasste Fran freundschaftlich an den Schultern. „Du hattest noch nie ein schlechtes Bild von dir. Warum jetzt?“ Sie schaute ihrer Freundin tief in die Augen. „Das ist gar nicht das Problem, oder?“

„Du kennst mich zu gut“, murmelte Fran.

„Los, heraus damit.“

„Vielleicht sind mir tatsächlich Zweifel gekommen.“

„Über Steve?“, fragte Sunny leise.

„Nein. Ich bin verrückt nach Steve. Aber vielleicht ist es falsch, zum zweiten Mal zu heiraten. In gewisser Weise beneide ich dich. Du bist mit unzähligen Männern ausgegangen, ich eigentlich nur mit Ernie. Ich hatte nie wirklich die Gelegenheit, jemand anderen zu treffen. Und dann kam Steve, schon kurz nach der Scheidung. Vielleicht hätte ich für eine Weile von hier wegziehen sollen. In die Großstadt. Vielleicht hätte ich mal ein anderes Leben ausprobieren sollen. Ein fröhliches Single-Dasein.“

„Das ist keineswegs so toll, wie behauptet wird, Fran. Im Gegenteil, man kann sehr einsam sein.“

Sofort dachte Fran nicht mehr an sich selbst, sondern an ihre Freundin. „Wünschst du dir, du wärst hiergeblieben und hättest Don geheiratet?“

„Nein, ich habe die Entscheidung, ihn nicht zu heiraten, noch keine Sekunde bereut.“

„Sunny …“

„Frag mich nicht, Frannie“, unterbrach Sunny sie schnell und drückte ihre Hand, als wollte sie sie am Weitersprechen hindern. „Wenn es jemanden gibt, dem ich irgendwann vielleicht erzähle, warum ich aus der Kirche marschiert bin, dann bist du es. Das weißt du.“

Sie schaute auf ihre verschränkten Hände hinunter, ohne sie wirklich wahrzunehmen. Stattdessen sah sie die entsetzten Gesichter ihrer Eltern vor ihrem geistigen Auge. Die beiden waren völlig fassungslos gewesen, als ihre Tochter sich am Altar zu ihnen umgedreht und verkündet hatte, dass sie nicht heiraten konnte.

„Ich musste es tun. Ich weiß, die Leute haben gedacht, dass es typisch für mich ist, aber es war keine Entscheidung, die ich leichten Herzens getroffen habe. Ich hätte meine Eltern niemals in eine so peinliche Situation gebracht, wenn ich nicht einen sehr guten Grund gehabt hätte. Ich war fest davon überzeugt, dass es die beste, wenn auch nicht die einfachste Lösung ist. Bitte glaub mir das."

„Vor mir brauchst du dich nicht zu rechtfertigen, Sunny. Ich habe nur deshalb davon angefangen, weil ich das Gefühl hatte, dass du darüber reden möchtest."

„Ich kann nicht, Fran. Irgendwann vielleicht", wiederholte sie. „Aber nicht jetzt."

„Na gut. Es ist Mittag, und ich habe den Mädchen versprochen, mit ihnen bei Dairy Mart Burger zu essen. Möchtest du mitkommen?"

Sunny sprang vom Bett und leckte sich die Lippen. „Worauf du wetten kannst. Einen Dairy-Mart-Burger habe ich seit drei Jahren nicht mehr gegessen."

„Ob es dort auch Eisbecher mit heißen Pfirsichen gibt?"

„Was ist aus deiner Angst vor Hängebusen und Orangenhaut geworden?"

Fran rief ihre Töchter, die draußen Skateboard fuhren, und bat sie, schon in den Wagen zu steigen. „Die Krise ist vorbei. An meinem Selbstmitleid ist wahrscheinlich nur mein Biorhythmus, eine Unterzuckerung oder das ganz normale Lampenfieber einer Braut schuld. Steve ist verrückt nach mir. Nach allem an mir. So glamourös dein Leben auch ist, Sunny, ich würde für nichts auf der Welt mit dir tauschen."

Sunny fragte sich, ob Fran erkannt hatte, dass die Dinge nicht immer so rosig waren, wie sie aussahen.

„Lecker."

„Mmmm." Sunny war ganz begeistert von ihrem dicken, saftigen Cheeseburger. Es war auf die altmodische, kein bisschen fließbandmäßige Art zubereitet worden, mit über Holzkohle gegrilltem Hackfleisch und in Butter gerösteten Brötchen. Die Pommes frites waren fett und heiß und kamen direkt aus dem Öl.

„Ich rede nicht vom Essen. Ich rede von dem da."

Sunny hob den Kopf und folgte Frans Blick durch die Windschutzscheibe ihres Autos. Der Sheriff von Latham Green ging gerade auf das Fenster zu, an dem die Gäste des Drive-in-Restaurants ihre Bestellung aufgaben. Der Bissen, an dem Sunny bisher genussvoll gekaut hatte, schien ihr im Hals stecken zu bleiben.

Sie hatte Ty seit Montag nicht mehr gesehen. Gestern hatte sie den ganzen Tag damit gerechnet, dass er anrief oder unter irgendeinem Vorwand vorbeikam. Er hätte ihren „Eindringling" zum Anlass nehmen können, nach ihr zu schauen. Oder er hätte die Einladung zum Bad im Mondschein erneuern können. Doch er hatte sich nicht gemeldet, und in Sunny hatten Erleichterung und ein Anflug von Enttäuschung miteinander gerungen.

„Hm, er sieht ganz gut aus", sagte sie wie beiläufig.

Fran drehte sich zu ihr und starrte sie an. „Ganz gut? Stimmt mit deinen Augen etwas nicht?"

Sie schauten beide wieder zu Ty hinüber. Er schob sich gerade den Strohhut aus der Stirn und beugte sich hinab, um mit dem aufgeregten Mädchen am Drive-in-Schalter zu sprechen. Die Ärmste war so durcheinander, dass sie Mühe hatte, seine Bestellung zu notieren. Die gebückte Haltung betonte einen seiner beeindruckendsten Vorzüge, vor allem für Frauen, die direkt hinter ihm in einem Auto saßen. Sein wohlproportionierter Körperbau machte eine gewöhnliche Bluejeans zu einem aufregenden Kleidungsstück. Er schien es nicht eilig zu haben, sondern schenkte der unsicher lächelnden Bedienung sein hinreißendes Lächeln, während er auf das Essen wartete.

„Ich dachte, du bist wahnsinnig in Steve verliebt", sagte Sunny übellaunig, obwohl sie nicht hätte angeben können, worüber sie sich ärgerte.

„Bin ich. Aber ich bin nicht blind", entgegnete Fran. „Steve wird von meinen sexuellen Fantasien profitieren. *Cosmo* zufolge ist so etwas gesund und harmlos."

„Und du findest, Beaumont ist Material für solche Fantasien?" Sunny wollte mehr über ihn wissen, aber sie musste aufpassen, dass sie nicht zu direkt war. Sie wollte Fran nichts in den Mund legen. Vielleicht würde ihre Freundin ja den Köder schlucken und Sunny ein paar der begehrten Informationen liefern.

„Du nicht?"

Sunny zuckte mit den Schultern. „Vermutlich ist er Ernie sehr ähnlich. Alles nur Verpackung."

„Nicht nach dem, was ich so gehört habe."

„Tatsächlich?", fragte Sunny unschuldig.

„Mmm. Eine Freundin von mir hat erzählt ..." Sie brach ab und warf einen Blick über die Schulter. „Hey, Mädchen, wenn ihr fertig seid, könnt ihr aussteigen und Skateboard fahren."

Frans Töchter hatten ihre Burger längst verschlungen und auf dem Rücksitz ungeduldig darauf gewartet, dass ihre Mutter und Sunny zu Ende aßen. Jetzt jubelten sie freudig, nahmen ihre Skateboards und sprangen ins Freie.

„Seid vorsichtig", rief Fran den beiden nach.

Als Ty ihre Stimme hörte, drehte er sich um, entdeckte sie und winkte. Sie winkte zurück. Er gab den Mädchen scherzhaft einen Klaps auf den Po, als sie an ihm vorbeirannten, und ermahnte sie, beim Skateboardfahren auf Autos und Fußgänger zu achten. Dann wandte er sich wieder zum Schalter um und unterhielt sich weiter mit dem Mädchen, das ihn bediente. Da er eine Sonnenbrille trug, wusste Sunny nicht, ob er gesehen hatte, dass sie neben Fran saß.

„Was hat diese Freundin von dir gesagt?" Sie konnte nur hoffen, dass sie beiläufig genug klang.

„Na ja." Fran stopfte sich ein in Ketchup getränktes Pommes in den Mund. „Es lief darauf hinaus, dass ...", sie leckte sich das Salz von den Fingern, „er der Beste war, den sie jemals gehabt hatte." Sie schluckte den Bissen herunter.

Sunny, die nichts im Mund hatte, schluckte ebenso schwer.

Ohne zu merken, was sie bei ihrer Freundin auslöste, sog Fran an ihrem Softdrink. „Als er in die Stadt kam, fingen viele Herzen an zu flattern. Sie haben sich noch nicht wieder beruhigt."

„Woher ist er?"

„Aus Florida, glaube ich. Unter äußerst geheimnisvollen Umständen. Von einer Mrs Beaumont war nie die Rede. Die verwitweten und geschiedenen Frauen von Latham Green haben ihr Bestes gegeben, um das zu ändern. Sie umschwärmen ihn." Fran lachte. „Ich bezweifle, dass er sich mehr als drei Abendessen gekocht hat, seit er hier ist."

„Also hat er sich mit einer Menge Frauen eingelassen?"

„Nein, das ist das Problem. Er lässt sich nicht ein."

„Ach", sagte Sunny verächtlich. „*So* einer ist er."

„Nicht ganz." Nachdenklich rührte Fran in ihrem Becher. „Meine Freundin hat erzählt, dass er seine Karten auf den Tisch gelegt hat, noch bevor seine Hose über dem Fußteil ihres Betts hing. Er hat ihr offen gesagt, dass er keine dauerhafte Beziehung sucht und auch keine erwartet."

„Aber sie hat ihm nicht geglaubt."

„Wohl nicht. Nach einer paar Wochen mit Verabredungen zum Essen und multiplen Orgasmen hat er nicht mehr angerufen. Es hat ihr das Herz gebrochen." Fran machte eine Pause, um einer ihrer Töchter zuzurufen, dass sie der anderen nicht immer vors Skateboard fahren sollte. „So läuft es bei jeder Frau, mit der er sich trifft", fuhr sie fort. „Aber soweit ich weiß, spielt er immer fair. Er macht von Anfang an klar, dass es nichts Dauerhaftes ist."

„Und trotzdem riskieren sie es, verletzt zu werden? So gut kann er nicht sein."

Fran lächelte verschmitzt. „Aber bestimmt wäre es ein Vergnügen, das nachzuprüfen, oder?"

Sunny runzelte die Stirn.

Fran lachte. „Weißt du, Steve und ich haben uns Sorgen um dich gemacht, als wir euch beide tanzen gesehen haben. Du warst plötzlich so schnell weg, dass ich gar nicht mehr dazu kam, dich vor ihm zu warnen. Aber dann dachte ich mir, du wirst schon mit ihm fertig. Ihr zwei seid euch ja so ähnlich."

„Beaumont und ich?", rief Sunny. „Wieso das denn?"

„Na, du bist doch auch ganz gut darin, dich einfach aus der Affäre zu ziehen."

Sunny sank auf dem Beifahrersitz in sich zusammen. „Ach je." Sie beobachteten, wie Ty seine Papiertüte nahm und sich an die Krempe tippte, bevor er den Hut wieder in die Stirn zog. Sein schmalhüftiger, wiegender Gang, den der schwarze Pistolengurt noch betonte, fesselte sie, als er den Streifenwagen ansteuerte. In genau dem Augenblick, als er ihn erreichte, sauste eine von Frans Töchtern an ihm vorbei, gefolgt von ihrer Schwester.

„Oje", entfuhr es Fran.

Ty hielt beide Mädchen auf und ging vor ihnen in die Hocke, um sie zu ermahnen. Sie hörten ihm aufmerksam und respektvoll zu und folgten ihm mit gesenkten Köpfen, als er sie zum Wagen ihrer Mutter brachte.

„Sind wir festgenommen?", fragte Fran ihn, als er sich zum offenen Fenster hinabbeugte.

„Nein." Er schenkte ihr ein unter die Haut gehendes Lächeln. „Aber ihr beide wärt ganz sicher eine Zierde für meinen Zellentrakt."

„Sei gnädig mit uns, Sheriff", scherzte Fran. „Bitte."

„Dieses Mal habe ich die Mädchen nur ermahnt, vorsichtiger zu sein."

„Genau das habe ich ihnen auch gesagt", erwiderte Fran und warf ihrem Nachwuchs einen strengen Blick zu. „Vielleicht hören die beiden bei dir besser zu."

„Und, bereit für die Hochzeit?"

„So bereit, wie ich nur sein kann."

„Steve kann es kaum noch erwarten."

Sunny hatte die ganze Zeit dagesessen wie eine Feldmaus, wenn die Katze auf Pirsch war. Sie zuckte zusammen, als Ty sie mit ihrem Namen ansprach. „Wie geht es Ihnen?"

„Gut."

„Keine Eindringlinge mehr?"

*„Eindringlinge?"*, rief Fran aus.

„Nein." Sunny wandte den Kopf und sah ihn feindselig an, was ihn allerdings ungeheuer zu belustigen schien. Jedenfalls deutete sein Lächeln darauf hin.

„Was machen die Libellen?"

„Libellen?", wiederholte Fran ebenso schrill.

„Ich arbeite noch daran", sagte Sunny zu Ty.

Er nickte. „Lassen Sie mich wissen, wie es läuft. So, jetzt muss ich los, sonst wird mein Cheeseburger kalt. Und ihr Mädchen, denkt daran, was ich euch erklärt habe", sagte er mit einem Blick auf Frans Töchter. „Wir sehen uns bei der Hochzeit."

„Nur, wenn alles rechtzeitig fertig ist", antwortete Fran lachend.

„Die Hochzeit ist erst in drei Tagen. Bestimmt läuft alles nach Plan." Er sagte es zu Sunny, und sie wusste, dass er damit auf seine Wette anspielte. Ihre Wangen röteten sich. Und sie brannten noch, als er längst in seinem Streifenwagen davongefahren war.

Fran beobachtete, wie ihre Freundin ihren nur halb verspeisten Burger einwickelte. Offensichtlich hatte die Begegnung mit Ty Beaumont Sunny den Appetit verdorben. „Und?", wollte Fran wissen.

Sunny räusperte sich nervös. „Und was?"

„Du hast mir nichts von Eindringlingen erzählt."

„Waschbären."

Fran sah sie noch immer erwartungsvoll an. „Waschbären?"

„Du brauchst es nicht zu wiederholen", sagte Sunny spitz.

„Und ich nehme an, das mit den Libellen willst du mir auch nicht erklären. Was sind das, Codenamen oder so etwas?"

„Fran-nie."

„Schon gut, schon gut." Fran startete den Motor. „Aber wenn du persönlich herausfindest, ob das stimmt, worüber wir spekuliert haben, ist es deine Pflicht als beste Freundin, mir alles zu erzählen. Und zwar brühwarm."

Sunny konzentrierte sich so sehr, dass das Telefon mehrmals läutete, bevor sie leise fluchte, den Zeichenstift hinwarf und aufstand, um den Hörer abzunehmen.

„Hallo."

„Hi."

Selbst in der Leitung büßte Ty Beaumonts Stimme nichts von ihrer sinnlichen Wirkung ein. Sie hätte schwören können, dass sie seinen Atem am Ohr fühlte. Sie begann zu frösteln, obwohl es die heißeste Zeit des Nachmittags war. Sie ließ sich auf den nächsten Stuhl sinken.

„Heute Morgen mit dem falschen Bein aufgestanden?"

Sunny hörte das Lächeln heraus. „Es tut mir leid, wenn ich verärgert geklungen habe. Ich war beschäftigt."

„Tut mir leid, dass ich einen ungünstigen Zeitpunkt erwischt habe."

Sie hob das schwere Haar vom Nacken. „Ich musste ohnehin mal eine Pause machen."

„Arbeiten Sie an der Libelle?"

„Die hat sich erledigt. Jetzt arbeite ich an einer Seenixe."

„An einer Seenixe? Das hört sich vielversprechend an."

„Ja, ich glaube, mir schwebt genau die richtige Kundin dafür vor."

„Das habe ich nicht gemeint."

„Ich weiß, was Sie gemeint haben."

Er lachte unbeschwert. „Haben Sie gestern Ihr Mittagessen genossen?"

Bis du aufgetaucht bist, dachte sie. „Dairy-Mart-Cheeseburger sind fast so legendär wie die Cherry Cokes bei Woolworth."

„Sie und Fran sind schon lange befreundet, nehme ich an."

„Seit der Grundschule."

„Bestimmt freuen Sie sich, dass Sie sie besuchen können."

„Sehr sogar."

„Haben Sie beide viel zu bereden?"

„Immer."

„Haben Sie über mich gesprochen?"

Sein Gespür wurde nur noch von seinem Ego übertroffen. „Hören

Sie, Sheriff", begann sie ungeduldig. „Haben Sie keine Spuren zu verfolgen? Oder Verbrechen aufzuklären? Ich bin beschäftigt."

„Hört sich so die berühmte Sunny-Chandler-Abfuhr an?"

Sie hatte nicht vor, die Frage einer Antwort zu würdigen. „Wollten Sie etwas Bestimmtes, Mr Beaumont?"

„Ach, es gibt vieles, was ich von Ihnen will. Soll ich Ihnen eine detaillierte Liste machen?"

„Ich lege jetzt auf. Schönen ..."

„Ich bin um sieben da."

„Wo?"

„Da. Um Sie abzuholen."

„Wozu?"

„Charles Bronson."

„Bitte?"

„Das Autokino. Heute Abend gibt es gleich zwei Filme mit Charles Bronson."

„Nein danke, ich mag keine Gewalt."

„Ich würde nicht im Traum gewalttätig werden. Nicht bei unserem ersten Date."

„Auf der Leinwand", stieß sie hervor.

„Wer fährt ins Autokino, um auf die Leinwand zu sehen?"

„Genau. Deshalb will ich nicht mit."

„Was ist los? Haben Sie Angst, dass ich meine Wette zwei Tage früher gewinne?"

Seine Unverfrorenheit machte sie sprachlos. „Um sieben", sagte er und legte auf, bevor sie auch nur ein Wort herausbekam. Fassungslos starrte sie auf den piependen Hörer.

Sunny war nicht sicher, warum sie einige Minuten vor sieben angezogen und abfahrbereit auf Ty wartete. Wahrscheinlich, weil sie der Herausforderung nicht widerstehen konnte, aber auch weil ihr seine Bemerkung über die „Sunny-Chandler-Abfuhr" nicht gefallen hatte.

Er hatte den Gerüchten Glauben geschenkt, und obwohl sie am liebsten so tun würde, als machte es ihr nichts aus, musste sie zugeben, dass es sie störte. Sie hatte keine Ahnung, warum es ihr wichtig war, was er von ihr dachte. Aber irgendwie wollte sie nicht, dass Ty Beaumont sie für die launische und gefühlskalte Femme fatale hielt, die sie in den Augen aller anderen Bewohner von Latham Green offenbar war.

Sowie sie seinen Wagen hörte, lugte sie durch die Jalousie. Zu ihrer Überraschung kam er nicht im Streifenwagen, sondern in einem silberfarbenen Datsun 280Z. Er faltete seine hochgewachsene Gestalt aus dem flachen Sportwagen und ging zur Haustür. Schlagartig fiel ihr Frans Gerede von den gesunden Fantasien wieder ein. Sie war dankbar für die Gelegenheit, ihn betrachten zu können, ohne dass er es merkte. Denn auf die Weise war sie auf die perfekt sitzenden Jeans und den dunklen Schatten seines Brusthaars unter dem dünnen Baumwollhemd vorbereitet.

Aber dass derartige Fantasien harmlos waren, stimmte einfach nicht. Obwohl sie vorgewarnt war, bekam sie feuchte Hände, als sie die Tür öffnete und sich tapfer den leuchtend blauen Augen und strahlend weißen Zähnen stellte.

„Hi. Können wir?“

„Gleich. Kommen Sie herein.“

Kaum hatte die Tür sich hinter ihm geschlossen, zog er sie an sich. Sie war so verblüfft, dass sie sich nicht wehrte. Der Kuss war lang und gründlich, seine Zunge kein bisschen zurückhaltend. Er legte sich ihre Hände in den Nacken, schob die Daumen in ihre empfindlichen Achselhöhlen und ließ die Hände zu ihrer Taille hinabgleiten.

Dann wandte er den Kopf ein wenig, um sie noch leidenschaftlicher küssen zu können, und presste sie an sich. Er strich mit den Händen über ihre Hüften und ihren Bauch und hielt schließlich bei ihren Brüsten inne. Die Handflächen schmiegten sich an die vollen Rundungen, während er mit der Zunge ihren Mund eroberte.

Als er sie schließlich losließ, schnappte sie nach Luft und starrte ihn an. Ihn dafür herunterzuputzen, dass er sich derartig unverschämte Freiheiten herausnahm, wäre gleichbedeutend mit dem Eingeständnis, dass die Umarmung sie aus der Fassung gebracht hatte.

„Ich bin gleich zurück“, murmelte Sunny stattdessen. Obwohl sie sich benommen fühlte und sich wohl auch so bewegte, schaffte sie es ins Schlafzimmer. Erst ihr zerzauster Anblick im Spiegel holte sie aus der Trance. Ihre Augen sahen aus, als hätte sie Fieber. Mit den geweiteten Pupillen einer äußerst erregten Frau erwiderten sie ihren Blick. Die Lippen waren rot, geschwollen und feucht. Sunny berührte sie. Sie pulsierten noch immer.

Und ihr Haar!

Sie hatte eine halbe Stunde gebraucht, um es zu einem scheinbar nachlässigen Knoten zu arrangieren. Jetzt hing es ihr offen über die Schultern. Er hatte es gelöst, ohne dass sie es auch nur gemerkt hatte!

Wütend auf sich selbst zog sie hastig das Lipgloss nach und griff nach dem Parfümzerstäuber. Nach kurzem Zögern knallte sie ihn wieder auf die Kommode. Doch dann beschloss sie, dass es überhaupt keine Rolle spielte, wie sie duftete, da im Autokino nichts, aber auch gar nichts passieren würde Also sparte sie nicht mit dem Parfüm und sprühte es sogar in ihr Dekolleté.

„Alles klar?“, fragte er, nachdem sie ins Wohnzimmer zurückgekehrt war.

„Ja.“

Als er ihr die Beifahrertür öffnete, hielt er ihr die andere Hand hin. Darin lagen ihre Haarnadeln. Er sagte nichts. Das brauchte er gar nicht. Sein zufriedenes Lächeln sprach Bände.

„Ich dachte, Sie fahren den Streifenwagen“, sagte Sunny, während sie unterwegs waren.

„Ich habe heute Abend frei. George hält allein die Stellung, solange es keinen Notfall gibt.“

„Würde es Ihnen etwas ausmachen, die Fenster zu schließen?“

„Ja. Ich mag den Wind.“

Sunny wusste auch, warum. Der Wind tat ihm einen großen Gefallen, denn er ließ die Bluse buchstäblich an ihrem Körper kleben. Jedes Mal, wenn er den Kopf drehte, um ihr einen Blick zuzuwerfen, bot sich ihm das deutliche, nicht zu übersehende Profil ihrer Brüste dar. Und er drehte oft den Kopf.

Sie verfiel in eisiges Schwiegen. Am liebsten hätte sie ihn aufgefordert, sie wieder nach Hause zu bringen, aber dann würde er sie für feige halten. Also fand sie sich damit ab, dass sie die nächsten Stunden damit verbringen würde, seine anzüglichen Bemerkungen zu kontern. Kein Problem, das konnte sie. Leider war sie nicht so sicher, ob sie auch seinen Angriff auf ihre Sinne abwehren konnte.

Selbst wenn er schaltete, machte er daraus einen erotischen Akt. Seine kräftigen Muskeln bewegten sich mit unbewusster Präzision, spannten und lockerten sich mit geradezu hypnotisierender Geschmeidigkeit. Der Wagen gehorchte ihm wie ein gezähmtes Tier. Eine kurze Drehung des Handgelenks, eine flüssige Bewegung des Beins, und schon tat der Motor, was der Fahrer wollte.

„Das Autokino ist auf der anderen Seite der Stadt“, sagte Sunny, als er herunterschaltete, und riss den Blick von seinem Schoß los.

„Wir müssen erst noch bei mir vorbei.“

„Wozu?“

Sein Lächeln war unvergleichlich. „Ich fahre nie unvorbereitet ins Autokino."

Sie starrte ihn erst entsetzt, dann empört an, bevor sie den Blick abwandte und nach vorn schaute. Er hielt in der Einfahrt eines kleinen, aber gepflegten Hauses an einer von hohen Bäumen gesäumten Straße. Sie hatte nicht damit gerechnet, dass er ausgerechnet hier wohnte.

Es war ein Viertel, in dem vor allem Familien lebten. Kinder spielten auf den großen Rasenflächen. Mehrere Jungen winkten Ty zu, während sie auf ihren Fahrrädern vorbeifuhren. Zwei Frauen plauderten über ein Beet mit blühenden Blumen hinweg. Ein Mann auf der anderen Straßenseite stutzte seine Hecke.

Ty stieg aus und öffnete die Beifahrertür. „Kommen Sie herein."

„Ich warte hier."

„Haben Sie etwas zu verbergen?"

„Ja."

„Was?"

„Mich."

„Sich im Wagen zu verstecken, macht die Nachbarn nur noch neugieriger."

Er hatte recht. Inzwischen hatten fast alle Menschen auf der Straße gemerkt, dass ihr Sheriff nicht allein war. Sie hielten in ihrer Geschäftigkeit inne und starrten unverblümt herüber. Sunny schob die Tür auf und stieg aus, ohne nach Tys ausgestreckter Hand zu greifen. Sie schüttelte auch die Hand ab, die er um ihren Ellbogen legte, als sie die breiten Backsteinstufen zur Veranda hinaufstiegen.

An der Haustür ließ er ihr höflich den Vortritt. Das Wohnzimmer war hell und luftig. Sunny hatte erwartet, dass es dunkler und weniger einladend sein würde. Es war nicht blitzsauber, aber ordentlich, als hätte er vor ihrem Besuch alles weggeräumt, was auf den modernen Möbeln herumlag. Man sah, dass er nur oberflächlich Staub gewischt hatte. Die Pflanzen mussten gegossen werden.

Aber es war ein behagliches Zuhause, das belebt und gastfreundlich wirkte. Ein Wohnzimmer, in dem nicht nur ferngesehen, sondern in dem auch Bücher gelesen wurden. Sunny war versucht, die Schuhe auszuziehen, bevor sie den Holzfußboden betrat. Es war ein Raum, in dem man sich sofort wohlfühlte.

„Sehr hübsch."

„Danke", sagte er. „Möchten Sie das Schlafzimmer sehen?"

„Nein."

„Designerbettwäsche. Ich habe sie heute erst gewechselt."
„Ich verzichte."
„Dann lassen Sie uns in die Küche gehen."
„In die *Küche*?"
„Dort bewahre ich sie auf."
Sunny war so geschockt, dass sie nicht widersprach, sondern ihm nach hinten folgte. Ihr Blick fiel auf den lang gestreckten Garten vor dem Küchenfenster. Ty öffnete die Tür zu einer Speisekammer und griff hinein. Als seine Hände wieder zum Vorschein kamen, schloss sie die Augen. Sie konnte nicht glauben, dass er so … ungehobelt war.
„Popcorn und Colas." Sie riss die Augen wieder auf. Er hatte einen großen Plastikbeutel mit Popcorn und einen Sechserpack Cola auf dem Arm.
„Popcorn und Colas!"
„Ohne die fahre ich nie ins Autokino."
Sie hätte schreien können. „Ich dachte …"
„Was?"
„Nichts." Sie presste die Lippen zusammen.
„Was haben Sie denn gedacht, das ich holen will?" Seine blauen Augen wurden schmal. „Also wirklich, Sie haben doch nicht etwa geglaubt, dass ich … Als ich gesagt habe, dass ich mich immer aufs Autokino vorbereitete, haben Sie doch nicht wirklich angenommen, dass ich …. Ich muss sagen, ich schäme mich für Sie."
„Hören Sie endlich mit dem Blödsinn auf. Beeilen Sie sich einfach, okay? Ich will von hier weg."
Schmunzelnd machte er sich daran, das Popcorn zuzubereiten. Er stellte die Gasflamme unter einer Pfanne an, goss Öl hinein, riss die Packung mit den Zähnen auf und schüttelte die Puffmaiskörner ins Öl.
„Machen Sie sich nützlich und behalten Sie das hier im Auge, während ich mich darum kümmere, dass wir kalte Getränke haben", sagte er. „Und lassen Sie es nicht anbrennen. Ich hasse angebranntes Popcorn."
Mit trotzigem Gesicht stellte Sunny sich an den Herd. Ty hatte einen Deckel auf die Pfanne gelegt, und die Körner prasselten bereits dagegen. „Hat das Autokino denn keinen Erfrischungsstand mehr?"
„Doch", erwiderte er und legte Kühlakkus aus dem Tiefkühlfach in eine kleine, tragbare Kühltasche.

„Warum machen wir dann unser eigenes Popcorn?“ Sie schwenkte die Pfanne, damit das Popcorn nicht anbrannte. Offenbar legte er großen Wert darauf.

„Für mich ist es kein echtes Popcorn, wenn es nicht so zubereitet wird. Meine Mutter hat es immer so gemacht, bevor es Popcornmaschinen gab.“

„Wo wohnen Ihre Eltern?“

„Die leben beide nicht mehr.“

„Oh. Haben Sie Geschwister?“

„Nein. Sie mögen doch Butter, oder?“, wechselte er abrupt das Thema.

Sie nickte. „Ich glaube, es ist fertig. Wo soll ich es hineintun?“

Er holte eine große Plastikschüssel mit festem Deckel hervor. Nachdem er die Getränke in der Kühltasche verstaut hatte, löste er Sunny am Herd ab und bereitete noch zwei Ladungen zu, bevor er ein halbes Stück Butter in die heiße Pfanne gab. Zischend erfüllte sie die Küche mit ihrem milchigen Aroma.

„Ihre häuslichen Fertigkeiten erstaunen mich“, gab Sunny zu und beobachtete, wie er die schmelzende Butter geschickt auf dem Pfannenboden verteilte.

„Ehrlich gesagt, Popcorn zu machen ist das einzig Häusliche, das ich gut kann.“ Er sah Sunny an. „In der Küche, meine ich.“

Sie wich seinem durchdringenden Blick aus. „Fran hat erzählt, dass Sie nur selten zu Hause essen.“

„Dachte ich's mir doch: Sie haben mit ihr über mich gesprochen.“

„Ich habe sie nicht gefragt“, entgegnete sie spitz. „Sie hat es mir von sich aus erzählt.“

„Ich verstehe. Was hat Fran noch alles erzählt?“

„Dass Sie, wenn es um Frauen geht, ein richtiger Mistkerl sind.“

Er wirkte kein bisschen gekränkt. Im Gegenteil, er lachte. „Das klingt nicht nach etwas, das Fran sagen würde.“

„Stimmt. Zu dem Ergebnis bin ich selbst gekommen.“

„Also haben Sie und Fran sich über mein Liebesleben unterhalten.“

„*Liebes*leben würde ich es nicht nennen.“

„So?“

„Durch die Betten zu ziehen, hat für mich nichts mit Liebe zu tun.“

„Was dann? Einen armen Kerl am Traualtar stehen zu lassen?“

Sunny reagierte, als hätte er sie geohrfeigt. Einen Moment stand sie reglos da und starrte ihn nur an. Als sie sich dann doch bewegte, tat sie es so ruckartig, dass ihr Rock raschelte und ihr langes Haar ihn fast im Gesicht traf.

„Warten Sie!“ Sie ging weiter und wurde nicht langsamer, sondern noch schneller. Er überholte sie, stellte sich vor die Haustür und versperrte ihr den Weg ins Freie. „Das hätte ich nicht sagen dürfen. Es war unverzeihlich.“

„Allerdings, das war es. Und jetzt gehen Sie mir aus dem Weg.“

„Es tut mir leid. Wirklich. Und Sie haben völlig recht, manchmal bin ich ein Mistkerl. Reine Gewohnheit.“

„Sie geben zu, dass Sie einer sind?“

„Nein, ich gebe zu, dass ich einer war. Brüsk. Unhöflich. Unsensibel. In den paar Jahren, die ich jetzt hier bin, habe ich mich verändert, aber manchmal erleide ich eben einen Rückfall.“ Er legte die Hände auf ihre Schultern. „Ich wollte das nicht sagen. Es ist mir einfach herausgerutscht.“

„Sie sind mir nichts schuldig, Mr Beaumont. Nicht einmal Höflichkeit. Ich gehöre nicht zu den Frauen, die Sie mit Liebeskummer zurücklassen.“

Seine Mundwinkel zuckten, als er ein Lächeln unterdrückte. „Wie ich sehe, hat Fran allerhand komische Sachen erzählt.“

„Das tun Sie offenbar auch. Und es verschafft Ihnen Zutritt zu vielen Schlafzimmern.“

Das herausfordernde Glitzern verschwand aus seinen Augen. „Ich bin kein Mönch, und ich brauche mehr als die geschäftsmäßige Zuwendung einer Prostituierten. Also ja, es gibt in dieser Stadt einige Frauen, bei denen ich hin und wieder übernachte. Aber ich bin immer ehrlich. Ich habe keine Frau ins Bett bekommen, indem ich ihr Versprechungen gemacht habe, die ich nicht halten wollte.“

Sunny senkte den Kopf. Genau das hatte Fran gesagt. Er machte jeder Frau von Anfang an klar, worauf sie sich einließ. Sie starrte auf die breite Brust, an der sich goldbraunes Haar kräuselte, und verstand plötzlich, warum manche seiner Frauen sich so bereitwillig auf diese emotionale Achterbahnfahrt einließen.

Er legte einen Finger unter ihr Kinn und hob es an. „Gegen die Regel habe ich noch nie verstoßen. Auch Sie wissen seit unserer ersten Begegnung, was ich will.“

„Sie wollen Ihre Wette gewinnen.“

„Ich will Sie ins Bett bekommen.“

„Was ein und dasselbe ist.“

„Wohl kaum“, widersprach er heiser. „So gern ich an einem Wild Turkey Bourbon nippe, meine Süße, viel lieber würde ich Sie schmecken.“

Sie schluckte. „Ich habe Nein gesagt.“ Ihre Stimme zitterte. „Schreckt Sie das nicht ab?“

Er machte einen halben Schritt auf sie zu. „Fassen Sie mich an, dann haben Sie Ihre Antwort.“

Sie holte einen Augenblick tief Luft und kehrte ihm dann den Rücken zu. „Essen Sie das Popcorn mit Salz?“

Ty folgte ihr in die Küche. „Gern“, antwortete er und zog das Wort in die Länge.

Der Mann wechselte seine Stimmung wie ein Chamäleon die Farbe. Sunny wünschte, sie könnte ebenso schnell und mühelos von einem heftigen Flirt auf harmloses Geplauder umschalten.

Er holte einen Salzstreuer aus der Speisekammer und hielt ihn über eine Schüssel Popcorn. Dann goss er die zerlassene Butter darüber.

Sunny beobachtete, wie die goldfarbene Flüssigkeit zwischen die weißen Flocken rann. Das Einzige, was besser duftet als frisches Popcorn mit zerlassener Butter, ist Ty Beaumont, dachte sie. Sein Aftershave war nicht so aufdringlich, dass der Duft sie überwältigte, sondern dezent genug, um einfach nur verführerisch zu sein.

Er wischte den letzten Tropfen Butter vom Rand der Pfanne und stellte sie zur Seite. Dann legte er den Finger an Sunnys Lippen und verrieb die Butter sanft darauf, bis sie feucht glänzten.

Offenbar waren sämtliche Nachbarn hineingegangen, denn von draußen drangen keinerlei Geräusche mehr herein. Die Sonne war mittlerweile so weit hinter dem Horizont verschwunden, dass sie die Küche in zinnoberrotes Licht tauchte. Es war warm und still. Ty verströmte Hitze. Seine Fingerspitze fühlte sich glatt und fest an, während er ohne jede Hast weiter die Butter auf ihren Lippen verrieb.

Sunnys Herz klopfte so heftig, dass es ihr Angst machte. Vielleicht sprach sie seinen Namen deshalb so verwirrt und flehentlich zugleich aus. „Ty?“

„Hmm?“

Sein offener Mund senkte sich auf ihren. Er berührte ihre Lippen kaum und ließ sie nur seinen Atem fühlen, bis Sunny sich verlangend an ihn drängte. Dann strich er mit der Zunge über ihre butterigen Lippen und gab leise, leidenschaftliche Laute von sich. Seine Zunge leckte, schmeckte und lockte. Sie öffnete die Lippen und tastete nach seinen. Ihr Atem ging immer schneller.

Als sie schon befürchtete, vor unterdrücktem Verlangen den Verstand zu verlieren, stöhnte er auf und vertiefte den Kuss. Seine Zunge glitt zwischen die glatten Lippen, die sich erregend an seinen rieben.

„Du weißt, dass ich dich noch immer will", flüsterte er, ohne die Lippen von ihren zu nehmen. „Das weißt du doch, oder?" Sie gab einen Laut von sich, der ihm als Antwort nicht reichte. „Oder?"

„Ja", sagte sie und stöhnte auf. Sie konnte es schlecht bestreiten, denn sie fühlte den Beweis zwischen ihren Schenkeln. Ohne an die Folgen zu denken, presste sie sich an ihn und stellte sich auf die Zehenspitzen, um ihn auch dort zu fühlen, wo sie es am ungeduldigsten ersehnte.

Ty murmelte etwas, das sie nicht verstand, spreizte die Finger auf ihrem Rücken und zog sie so fest an sich, dass sie sein hämmerndes Herz an den Brüsten fühlen konnte. Sunny konnte an nichts anderes mehr denken, nicht an seine rätselhafte Vergangenheit und auch nicht an ihre. Sie schob die Finger in sein dunkelblondes Haar und hielt seinen Kopf fest, während das Feuer in ihrem Körper sich in jedem Winkel ausbreitete.

„Sunny, Sunny." Stöhnend vergrub er das Gesicht an ihrem Nacken. „Es ist Zeit, nicht wahr?"

Die Enttäuschung raubte ihr die letzte Kraft, und sie sank an ihm herab. Er hielt sie fest, schob sie behutsam von sich und lehnte sie gegen die Kante der Arbeitsfläche. Das Gesicht, das ihr den Schlaf geraubt und in den letzten Tagen in unzähligen unerhörten Fantasien aufgetaucht war, verschwamm vor Sunnys Augen.

„Wir sollten besser aufbrechen", sagte er. „Wenn wir jetzt nicht fahren, bekommen wir im Autokino keinen guten Platz mehr."

# 6. KAPITEL

Selbst unter der Woche war das Autokino fast bis auf den letzten Platz besetzt. Ty wurde herzlich begrüßt, als er am Eingangstor hielt. Offenbar kam er oft her, und Sunny fragte sich, mit wem er schon alles hier gewesen war. Er hob die Hüften an und stemmte sich unter dem Lenkrad hoch, um mehrere Geldscheine aus der Tasche der engen Jeans zu fischen.

Seit sie wieder im Wagen saßen, hatte Sunny eisern geschwiegen. Sie wusste, dass sie sich trotzig benahm. Aber sie war so wütend, dass sie fürchtete, ihre Stimme würde sich überschlagen, wenn sie etwas zu sagen versuchte.

Wie oft würde sie noch auf seine sexuellen Anschläge auf ihre Selbstbeherrschung hereinfallen? Jedes Mal, wenn er sie in die Arme nahm, reagierte sie so, wie sie es nicht wollte. Ihr Verstand ließ sie ebenso im Stich wie ihr Körper. Er brauchte sie nur zu berühren, und ihr Gehirn verweigerte den Dienst. Die Vernunft setzte aus. Sie wurde zu einer Marionette, an deren Fäden er nach Belieben ziehen konnte.

Wurde sie womöglich schwach? Verlor sie die harten Fakten des Lebens aus dem Blick? Männer hatten kein Gewissen. Hatte sie das nicht bitter erfahren müssen? Man konnte ihnen nicht trauen. Warum war sie Wachs in den Händen eines Sheriffs, dessen Zärtlichkeiten zu nichts als Enttäuschung führen würden?

Aber alle anderen in der Stadt schienen ihn zu mögen und zu respektieren. Als er zwischen den geparkten Wagen über das Gelände des Autokinos fuhr, hupten und winkten viele Besucher Ty Beaumont zu. Er antwortete stets mit einem freundlichen Hallo und nannte fast jeden beim Namen.

„So dicht an der Leinwand sind kaum noch Plätze frei“, sagte Sunny giftig. Er war schon mehrfach dieselbe Reihe entlanggefahren.

„Ich weiß. Aber alle Rowdys sollen wissen, dass ich hier bin. Dann benehmen sie sich besser.“

Es war dunkel geworden, und der Vorspann des ersten der beiden Filme lief bereits, als er endlich auf einem freien Platz in der letzten Reihe hielt. Er hängte den Lautsprecher ins Fenster. „Hörst du genug?“, fragte er.

„Ja.“

„Gut. Ich bin gleich zurück. Bleib sitzen.“

Er drückte ihr Knie, bevor er die Fahrertür öffnete und ausstieg. Die liebevolle Geste erstaunte sie so sehr, dass sie auf seinen plötzlichen Abgang nicht sofort reagierte.

„Warte“, rief sie ihm nach, als er davonging. „Wohin willst du?“

„Ich komme wieder.“

Sie beobachtete, wie er zwischen den Reihen geparkter Wagen verschwand, und empörte sich halblaut über einen Mann, der seine Begleiterin im Autokino allein ließ. Nach weniger als zehn Minuten kehrte er zurück, aber inzwischen kochte Sunny innerlich. „Wo warst du?“

„Ich musste nach etwas sehen.“

„Ich hoffe, es war wichtig“, sagte sie schnippisch.

„Ich denke schon. Im letzten Frühjahr ist in der Junior High School eine Menge Hasch aufgetaucht. Ich wollte sicher sein, dass in der Zigarette, die bei den Jugendlichen dort drüben herumgereicht wurde, nur Tabak war.“

Sunny schämte sich. „Und?“, fragte sie kleinlaut.

„Wenn nicht, hätte ich sie festnehmen müssen.“

„Schüler von der Junior High?“

„Ich habe geschworen, das Gesetz zu hüten. Drogen verstoßen dagegen. Wer sie nimmt, ist mir egal.“

Das war eine Seite von Ty Beaumont, die sie noch nicht kannte. Das spöttische Glitzern war aus seinen blauen Augen verschwunden. Aus dem verführerischen Lächeln war ein strenges Stirnrunzeln geworden, das bewies, wie ernst er manche Dinge nahm – vor allem seinen Beruf. Ty Beaumont konnte kompromisslos sein. Der Gedanke beunruhigte sie.

„Aber es war kein Dope, also können wir uns entspannen.“ Er lächelte ihr zu, und seine gute Stimmung kehrte zurück. „Möchtest du Popcorn?“

Sunnys Mund war trocken, und ihr war flau im Magen, aber sie nickte trotzdem und bejahte die Frage. Eine Weile starrten sie auf die Leinwand, aber keiner von ihnen interessierte sich für die Handlung, bei der es um grässliche Morde ging. Sunny schaffte es nicht, den Mann, der sie gegen ihren Willen so sehr faszinierte, lange aus den Augen zu lassen. Jedes Mal, wenn sie ihm einen verstohlenen Blick zuwarf, ertappte sie ihn dabei, wie er sie beobachtete. Das machte sie noch nervöser, als sie ohnehin schon war.

So sehr, dass sie zusammenzuckte, als er ihren Namen sagte.

„Was denn?“

„Ich habe gefragt, wie du die Woche in deiner Heimatstadt überlebst.“

„So schlimm ist es gar nicht. Mir graute davor, hierher zurückzukehren, aber bisher war es ganz erträglich. Nur noch drei Tage, dann habe ich es hinter mir."

„Hast du viele Leute getroffen?"

Sie schüttelte den Kopf und strich sich das Salz, das vom Popcorn gerieselt war, vom Schoß. „Nur Frannie und ihre Kinder. Ich gehe kaum aus. Aber der heutige Auftritt im Autokino dürfte die Gerüchteküche wieder anheizen. Danke, dass du mit mir durch sämtliche Reihen gefahren bist."

Er lächelte breit. „Ich habe einen Ruf zu wahren. Und du auch."

Sie wich seinem Blick aus und nippte mehrmals an der Coladose, die er ihr aufgemacht hatte. Sein eisgekühltes Getränk steckte zwischen den Oberschenkeln, und sie musste sich beherrschen, um nicht dorthin zu schauen.

„Schon etwas von der Bank gehört?"

Sie seufzte. „Noch nicht." Tausendmal an diesem Tag hatte sie das Telefon angestarrt und ihm befohlen zu läuten, aber das hatte es nicht. Die Frist, die sie Mr Smithie gegeben hatte, war schon bald verstrichen.

„In dem Fall ist keine Nachricht eine gute Nachricht."

„Das ist so banal wie die Dialoge in dem Film", erwiderte sie.

„Aber ich meine es gut. Ich versuche nur, dich ein wenig aufzuheitern."

„Ich will nicht heiter sein", sagte sie gereizt. „Ich möchte diesen Kredit haben. Es macht mich ungeheuer wütend, wenn ich mir vorstelle, dass Mr Smithie und seinesgleichen in meinen Kontoauszügen blättern, über mich reden und mich nach einem einzigen Tag in meinem Leben beurteilen. Was hat das, was damals passiert ist, damit zu tun, ob ich das geliehene Geld zurückzahlen kann? Was hat das eine mit dem anderen zu tun? Aber du kannst wetten, wenn sie meinen Antrag prüfen, werden diese Kleingeister genau das im Kopf haben."

Sie machte eine Pause, um tief durchzuatmen. Und dann – ohne zu wissen, dass sie es tat – drehte sie sich ganz zu Ty, zog ein Knie an und schob den Fuß unter das andere Bein. „Erinnern sie sich daran, dass ich drei Jahre lang Präsidentin des Schülerrats war? Nein. Dass ich die Latham High School mit Auszeichnung abgeschlossen habe? Nein. Dass ich an der Louisiana State University jedes Semester zu den Besten gehört habe? Nein. Das alles wissen sie, aber an Sunny Chandler interessiert sie nur ihr Hochzeitstag."

„Na ja, du musst zugeben, dass er ziemlich denkwürdig war."

Sie hob den Kopf und schaute in sein breites Lächeln. „Hör auf." Aufgebracht stellte sie beide Füße wieder auf den Boden und drehte sich nach vorn. „Ich weiß gar nicht, warum ich mit dir darüber rede. Du lachst mich ja nur aus."

„Ich habe gelächelt", protestierte er lautstark. „Weißt du, was dein Problem ist? Du bist zu empfindlich und gereizt. Du willst immer recht behalten."

„Das stimmt nicht!"

„Siehst du?" Er richtete den Zeigefinger auf sie. „Genau das meine ich. Kein Wunder, dass du die Jungen von Latham Green so schnell gewechselt hast wie deine T-Shirts. Ich wette, wenn einer dir auch nur beim Eierpreis widersprochen hat, hast du den armen Kerl sitzen lassen. Er war erledigt, weil er dir nicht nach dem Mund geredet hat und nicht ehrerbietig genug war."

„Das ist nicht wahr."

„Ist es nicht? Du erträgst es nicht, jemandem zu unterliegen." Er streckte seine Hand aus, griff in ihr Haar und zog sie über die Mittelkonsole des Sportcoupés, bis ihr Gesicht direkt unter seinem war. „Lass mich dir etwas sagen, Sunny Chandler. Wenn du unter mir liegst, wirst du es lieben."

„Lass mich los."

„Und ich sage dir noch etwas", fuhr er mit zusammengebissenen Zähnen fort, griff in Sunnys Haar und drückte sie näher an sich. „Wäre ich Don Jenkins gewesen, hättest du es nicht mal bis zur Kirchentür geschafft. Glaubst du etwa, ich hätte untätig zugesehen, wie du mich am Traualtar stehen lässt? Niemals. Ich hätte dich nicht so einfach gehen lassen. Ich glaube, mit Jenkins stimmt etwas nicht, sonst hätte er sich das nicht bieten lassen."

„Du weißt nicht, wovon du redest."

„O doch, das tue ich. Ich kenne Frauen wie dich. Wild entschlossen, ihre Unabhängigkeit zu wahren. Müssen immer die Oberhand behalten. Und das letzte Wort haben. Du siehst aus wie Zucker, aber du bist harter Tobak. Du packst einen Kerl an den Kronjuwelen und drückst zu wie ein Schraubstock." Er lachte über ihr schockiertes Gesicht. „Na ja, hier sitzt einer, der dir gewachsen ist, also mach dich auf einen harten Kampf gefasst."

Sunny stemmte sich gegen seine Brust, um sich zu befreien. „Da wir gerade davon reden, solche Männer wie dich kenne ich auch", fuhr sie ihn wütend an. „Du hältst dich für Gottes Geschenk an die Frauen."

„Bisher hatte ich kaum Reklamationen“, entgegnete er in arrogantem Tonfall. „Und keinen einzigen Umtausch.“

„Du glaubst, du brauchst nur einladend zu lächeln, und schon soll die Frau sich hinlegen, die Arme nach dir ausstrecken und sich geehrt fühlen, weil du ihr die Gnade erweist.“

Lächelnd ließ Ty sie los. Sie wich auf ihre Seite des Wagens zurück.

„Sie nehmen auch kein Blatt vor den Mund, wenn man Sie in Rage bringt, nicht wahr, Miss Sunny?“

Sie warf ihm einen vernichtenden Blick zu und rieb sich den Kopf, wo er sie am Haar gezogen hatte. Er war ein Barbar … aber ein Barbar mit Menschenkenntnis. Sie hielt die Männer tatsächlich auf Abstand. Aber nur um sich zu schützen, nicht um sie zu quälen. In der Hinsicht irrte Ty.

Sie verstand es nicht, aber irgendwie hatte sein plötzlicher Angriff sie erregt. Noch nie hatte ein Mann so sehr den Körperkontakt mit ihr gesucht. Und es hatte ihr gefallen, wie sein Atem bei jedem wohlüberlegten Wort über ihr Gesicht gestrichen war. Bei aller Schärfe war sein Unterton so verführerisch gewesen, dass sie ihn wie eine Berührung gefühlt hatte. Die Härte und Unnachgiebigkeit, die sich hinter seiner lässigen Fassade verbargen, reizten sie.

Ein wenig schämte sie sich dafür, doch auch dieses Mal ließ sie ihn nicht merken, wie verwirrt sie war. „Jetzt habe ich eine entscheidende Stelle des Films verpasst“, sagte sie in gespielter Verärgerung.

„Genießt du es, wenn Polizisten abgeknallt werden?“

„Warum hast du mich hergebracht, wenn solche Filme dich zu sehr aufwühlen?“ „Solche Filme wühlen mich nicht auf. Die Realität ist viel schlimmer als alles, was Hollywood auf die Leinwand bringen könnte.“

Wieder erhaschte sie einen Blick auf seine ernste Seite. „Warst du auch schon Polizist, bevor du nach Latham Green gekommen bist?“

„Ja.“

„In einer Großstadt?“ Sunny schaute auf die Leinwand, wo eine rasende Verfolgungsjagd zwischen Hochhäusern das nächste Opfer forderte.

Ty hatte den Blick ebenfalls nach vorn gerichtet und nickte nur.

„Warum bist du von dort weggegangen?“, fragte sie.

Er drehte sich zu ihr, und sie erschrak über die Kälte in seinen Augen. „Weil ich die Guten nicht mehr von den Bösen unterscheiden konnte.“

Sunny wurde bewusst, dass sie ein Risiko einging. Es wäre sicherer, das brisante Thema ruhen zu lassen, schließlich hatte Fran angedeutet, dass Ty Beaumont eine geheimnisumwitterte Vergangenheit hatte. Doch es war nicht nur Neugier, die sie dazu trieb, die nächste Frage zu stellen. „Was ist passiert?"

„Das ist eine lange und langweilige Geschichte."

„Mich würde sie nicht langweilen."

„Aber mich."

„Vermisst du das Großstadtleben?"

„Nein."

„Kein bisschen?"

„Kein bisschen."

„Du willst nie dorthin zurück?"

„Niemals."

Als wollte er damit das Thema beenden, tat er den Deckel auf die Popcornschüssel und stellte sie hinter seinen Sitz. Er stellte auch die Kühlbox nach hinten, drehte sich zur Seite und sah Sunny durchdringend an.

„Stimmt etwas nicht?", fragte sie verunsichert.

„Im Gegenteil. Ich würde sagen, bei dir stimmt alles. Du siehst perfekt aus."

Er tastete nach dem ersten Knopf an ihrer Bluse und öffnete ihn. Dann schob er den Stoff beiseite und strich mit dem Zeigefinger über eine Brust. Es kam so überraschend, dass sie erst nach einigen Sekunden reagierte.

„Nicht", sagte er streng, als sie eine Hand hob, um den Knopf wieder zu schließen. „Ich sehe dich gern an." Sein Blick ruhte auf der Rundung, die er gerade entblößt hatte. „Du bist so verführerisch schön."

Sunny bewegte sich nicht. Sie hätte nicht erklären können, warum sie ihm erlaubte, sie so zu berühren. Vielleicht lag es an seinem Gesichtsausdruck. Ty Beaumont war vollkommen auf sie konzentriert. Es gab keine Frau, die so viel männlicher Aufmerksamkeit hätte widerstehen können.

Er tastete über den Spitzenbesatz. „Wie nennt man das?"

„Das ist eine Camisole."

Er schob die Hand in ihre Bluse und umschloss die in Seide gehüllte Brust gerade lang genug, um sich davon zu überzeugen, dass sie unter der Camisole nichts weiter trug. Seine Hand war groß, kräftig und warm, und in Sunny wuchs das Verlangen. Sie wollte ihn für immer dort fühlen. Aber er zog die Hand zurück und strich mit dem Finger über die längst erhitzte Haut.

„Du trägst die Camisole statt eines BHs?“
„Manchmal.“
„Sie gefällt mir.“
„Danke.“
Sie hätte nicht gedacht, dass es zwischen einem Mann und einer Frau eine so absurde Unterhaltung geben konnte. Wären da nicht seine beständig streichelnden Finger gewesen, hätte sie geglaubt, dass sie sich alles nur einbildete.
„Wann immer ich bei einer Observierung war“, sagte er nachdenklich, „oder etwas richtig Scheußliches passiert ist, habe ich mir die Brüste einer Frau vorgestellt.“
„Das tun die meisten Männer.“
„Aber bei denen geht es nur um Sex. Sicher, bei mir manchmal auch, aber in meinen Tagträumen hatten Brüste etwas ... ich weiß nicht ... etwas Nährendes. Manchmal habe ich irgendein mit Spitze verziertes Dessous wie diese Camisole nach unten gezogen und eine wunderschöne Brust enthüllt. Dann habe ich sie geküsst. Und meinen Kopf daran gelegt.“ Er lächelte verlegen. „Sigmund Freud wäre von mir begeistert gewesen.“
Sunnys Kehle war wie zugeschnürt, und sie konnte kaum sprechen. Als sie endlich etwas herausbrachte, war ihre Stimme heiser vor Rührung und Erregung. „Das kann ich gut verstehen. Die Brust war für dich ein sicherer, friedlicher Ort. Eine Zuflucht. So wie eine Männerschulter für eine Frau. Wenn ich mich einsam fühle, träume ich am liebsten davon, dass ich bei einem Mann auf dem Schoß sitze, mit dem Kopf an seiner Schulter und seinen kräftigen Armen um mich. Mit Sex hat das eigentlich gar nichts zu tun.“
Seine Finger hielten inne und kamen wenige Millimeter über ihrer Haut zur Ruhe. Er sah Sunny in die Augen. „Nein?“
Sie wagte kaum zu atmen. „Ich weiß es nicht“, flüsterte sie.
Einen bedeutungsschweren Moment lang schauten sie einander tief in die Augen.
Es war Ty, der das Schweigen schließlich brach. „Welche Farbe hat deine Camisole? Es ist so dunkel, dass ich es nicht erkennen kann.“
„Ein blasses Rosa.“
„Rosa.“ Er wiederholte das Wort und lächelte, als fände er es wunderschön.
Seine Finger berührten sie nur noch federleicht, aber Sunny fühlte das Streicheln überall. Sie musste sich beherrschen, um nicht laut auf-

zustöhnen. Doch es gab eine Reaktion, die sie nicht vor ihm verbergen konnte.

Er öffnete einen weiteren Knopf und betrachtete sie. Dann lächelte er. „Ich habe sie noch nicht mal berührt. Das hat allein meine Stimme bewirkt." Er strich mit den Fingerspitzen über die festen Brustwarzen. „Hmm, hübsch."

Das Verlangen durchströmte sie immer heftiger. „Wir verpassen den Film."

„Wir waren die Einzigen, die auf die Leinwand geschaut haben. Alle anderen sind uns weit voraus."

„Aber die sind jung, wir sind erwachsen."

„Das stimmt, und du weißt ja, was Erwachsene tun, wenn sie sich in dieser Sache einig sind."

Er umschloss ihren Hinterkopf und küsste sie. Sofort sprang der Funke über, und in ihr explodierte das Verlangen. Als ihre Knie weich wurden, schmiegte Sunny sich an ihn, legte den Arm um seinen Nacken und fand es herrlich, sein Haar an der Armbeuge zu fühlen.

Ty senkte den Kopf und strich mit der Nase über ihr Dekolleté. „Heute Abend trägst du das Parfüm hier."

„Ja."

„Herrlich."

Er küsste sie dort. Ganz zärtlich. Sunny hielt den Atem an, schob die Finger in sein dichtes Haar und hielt seinen Kopf fest, denn sie wollte seinen warmen, feuchten Mund an der Spitze der Brust fühlen.

Stattdessen nahm er die Brustwarze zwischen zwei Finger und reizte sie mit dem Daumen.

„Ich will dich genau hier küssen." Seine erregenden Worte ließen Sunny aufstöhnen. „Ich wette, der Stoff kratzt auf meiner Zunge." Ihr Kopf fiel nach hinten. Es war die stumme Aufforderung, es endlich in die Tat umzusetzen. „Ich will, dass du mich so willst wie ich dich." Durch den Rock hindurch drückte er ihren Oberschenkel.

Ein wenig schockiert, aber auch fasziniert von seiner Direktheit starrte sie ihn an. Ihre Hände lagen jetzt auf seinen Schultern.

„Ich will dich so sehr, dass es wehtut. Seit ich gesehen habe, wie du die Schokoerdbeere gegessen hast." Abrupt hob er den Kopf, nahm ihr Gesicht zwischen die Hände und fuhr mit beiden Daumen über ihre feuchten Lippen. „Dein Mund ist hinreißend. Ich konnte den Blick nicht davon losreißen, als ich gesehen habe, wie sie zwischen deinen Lippen verschwunden sind. Und ich wollte, dass du …"

Er schüttelte den Kopf, als hätte er Mühe, einen klaren Gedanken zu fassen, und lachte trocken. „Ich wollte, dass du etwas tust, wofür ich dich festnehmen müsste, weil es hier noch immer verboten ist." Er lächelte, als sie ihn verblüfft ansah. „Vielleicht sollten wir deinen wunderschönen Mund erst mal mit etwas anderem beschäftigen."

Bevor er sie wieder küssen konnte, wurden sie gestört.

„Sheriff Beaumont? Sheriff? Entschuldigen Sie, Sir."

Ty fuhr herum. Jemand klopfte an die Seitenscheibe. Sein grimmiger Blick ließ den Mann erst zusammenzucken, dann zurückweichen.

„Ich störe Sie nur ungern, Sheriff."

„Ich bin nicht im Dienst, Wade."

„Das weiß ich, Sir, und ich hasse es, Sie zu stören. Sie und die Lady …" Er beugte sich noch weiter hinab, um Sunny anzusehen. „Meine tausendfache Entschuldigung, Ma'am."

Inzwischen hatte Sunny hastig und ungeschickt die Bluse zugeknöpft. Sie war froh, dass die Dunkelheit ihr zerzaustes Haar, die geröteten Wangen und den zerknitterten Rock verbarg.

„Was ist los, Wade?"

„Na ja, Sir, es ist so etwas wie ein Notfall, nehme ich an. Wenn nicht, das schwöre ich bei Gott, würde ich Sie nicht stören."

„Kommen Sie zur Sache", befahl Ty scharf.

„Es geht um Sally, Sheriff. Sie … na ja, sie …"

„Was?"

„Bei ihr haben die Wehen eingesetzt."

„Wehen!", riefen Ty und Sunny wie aus einem Mund.

„Ja, Sir. Als ich von der Arbeit kam, hat sie mir erzählt, dass sie sich schon den ganzen Tag so schwach fühlt. Da dachte ich mir, ein Film würde sie etwas aufmuntern. Also sind wir …"

Ty zögerte keine Sekunde. Er griff unter den Fahrersitz, holte ein magnetisches, batteriegetriebenes Blaulicht heraus, schaltete es ein und stellte es aufs Wagendach. Dann hängte er den Autokino-Lautsprecher an den Pfosten neben der Fahrertür zurück. „Warten Sie am Ausgang auf mich", sagte er zu dem jungen Mann. „Ich geben Ihnen Geleit zum Krankenhaus."

„Da wäre ich Ihnen wirklich sehr dankbar. Nochmals Entschuldigung für …"

„Machen Sie schon!", befahl Ty.

Wade tippte sich an die Baseballkappe und rannte davon. Fluchend startete Ty den Motor und fuhr zum Ausgang. Sein grimmiges Gesicht amüsierte Sunny. Irgendwann konnte sie ein leises Lachen nicht mehr unterdrücken. Er warf ihr einen verärgerten Blick zu, sowie er es hörte.

„Dieser Idiot. Weiß nicht mal, wann bei seiner Frau die Wehen einsetzen", murmelte er.

„Ist er einer von den Florys?"

„Ja."

„Bei der Familie hat Intelligenz noch nie zu den hervorstechenden Eigenschaften gehört", erwiderte Sunny.

„Ich glaube, sie haben zu oft ihre Cousinen geheiratet. Achtung, es geht los. Da kommen sie." Ein klappriger Pick-up hielt hinter ihnen. „Ich hoffe, die verdammte Karre schafft es bis zum Krankenhaus."

Ty gab Gas und raste auf den Highway. Er hatte im Datsun nicht nur das Blaulicht dabei, für Notfälle wie diesen hatte er eine Sirene einbauen lassen. Als er sie einschaltete, hielt Sunny sich die Ohren zu. Ihr Haar wehte im Wind, und sie lachte so sehr, dass ihr die Tränen kamen.

Hin und wieder schaute sie über die Schulter. Wie durch ein Wunder blieb der Pick-up direkt hinter ihnen. Die anderen Autofahrer machten Platz, als sie vorbeirasten.

Doch nachdem sie das Krankenhaus erreichten und mit quietschenden Bremsen vor der Notaufnahme hielten, gab der Motor des Pickups den Geist auf. Weißer Wasserdampf quoll unter der Haube hervor.

Ty stieg aus, lief zur Beifahrertür des Transporters, riss sie auf und half der werdenden Mutter heraus. Ihr Ehemann schien es nicht so eilig zu haben. Wade kletterte ins Freie, ging nach vorn, starrte auf den qualmenden Kühler und kratzte sich am Kopf.

„Was glauben Sie, was mit meinem Wagen los ist?"

„Bringen Sie Ihre Frau hinein!", schrie Ty ihn an. „Oder wollen Sie, dass Sie das Kind hier draußen auf dem Asphalt kriegt? Ich kümmere mich um Ihre verdammte Karre."

Sein Kasernenhofton wirkte. Wade eilte zu seiner Frau und dirigierte sie durch die breite Glastür. „Danke, Sheriff", rief er über die Schulter, bevor sie sich hinter ihnen schloss.

Ty stieg in den Pick-up und fuhr ihn rückwärts in eine Parklücke. Dann setzte er sich wieder zu Sunny in sein Sportcoupé. „Ich habe den Schlüssel stecken lassen. Wer würde den schon stehlen?"

Er verstaute das Blaulicht unter dem Sitz und überprüfte, ob die Sirene auch wirklich ausgeschaltet war, bevor er das Krankenhausgelände verließ.

„Wow“, sagte Sunny und lächelte schelmisch. „Das war wirklich aufregend!“

Ty runzelte die Stirn. Doch mit einem Mal wurde ihm bewusst, wie komisch die ganze Episode war. Erst lächelte er, dann brachen sie beide in schallendes Gelächter aus.

„Ich hätte ihn umbringen können, als er an die Scheibe …“

„Ich dachte schon, er kommt gar nicht mehr zur Sache …“

„Und als er dann damit herausrückte, dass seine Frau …“

„Unglaublich, wie er herumgedruckst hat!“

Ty wischte sich die Tränen aus den Augenwinkeln. „Ich muss dringend etwas essen. Die ganze Aufregung hat mich hungrig gemacht. Was ist mit dir?“

Ohne ihre Antwort abzuwarten, hielt er vor dem Busy Bee Café an der Hauptstraße, das als einziges Restaurant der Stadt so spät noch geöffnet hatte. „Hier war ich seit Jahren nicht mehr“, sagte Sunny, während er ihr die Beifahrertür öffnete.

„Ich bin sicher, es hat sich kaum verändert. Wahrscheinlich haben sie seitdem auch nicht den Boden gefegt.“

Nachdem sie hineingingen, stellte Sunny fest, dass das Lokal tatsächlich noch genau so aussah wie damals. Der vertraute stechende Geruch von altem Frittieröl lag in der Luft, und auch die Kellnerin, die sie als junges Mädchen oft bedient hatte, war noch da. Sie erkannte Sunny sofort. „Hallo, Sunny. Willkommen zurück. Wow, Sie sehen toll aus.“

„Danke. Wie geht es Ihnen?“

„Wie immer. Ich bleibe alt und hässlich.“

Ty zeigte auf eine Nische, und Sunny glitt auf die mit kastanienbraunem Kunststoff bezogene Sitzbank. Sie zog die Speisekarte aus dem Metallständer, während Ty bei der Kellnerin zwei Kaffee bestellte.

„Ist das in Ordnung?“, erkundigte er sich.

„Perfekt“, erwiderte Sunny.

„Ich habe dich gar nicht gefragt, ob du lieber ins Autokino zurück möchtest.“

Sie schüttelte den Kopf. „Ich habe für eine ganze Weile genug unappetitliche Szenen gesehen.“

„Da wir gerade von Appetit reden, schlag die Speisekarte auf und sag mir, was du essen möchtest.“

Als die Kellnerin den Kaffee brachte, orderten sie beide ein Steaksandwich. „Sie schien genau wissen, wie du das Steak magst“, meinte Sunny, als die Frau davonging. „Du kommst oft her, was?“

„Ja, an ruhigen Abenden."
„Wenn du nicht ausgehst."
„Wenn ich nicht anderswo zum Essen eingeladen bin."

Seine Antwort erinnerte sie an das, was er ihr über sein Sexleben erzählt hatte. Doch anstatt sich darüber zu ärgern, erwiderte sie sein Lächeln. Es war einfach zu entwaffnend, um ihm zu widerstehen.

Für die ein wenig welken grünen Blätter im einfallslosen Salat entschädigte das würzige selbst gemachte Dressing. Die Sandwiches waren mit frischen Gartentomaten garniert. Die Panade auf dem Fleisch war goldbraun und knusprig.

„Nachtisch?", fragte Ty, als Sunny ihren leeren Teller zur Seite schob.

„Nein danke."

Aber sie erlaubte der Kellnerin, ihren Becher mit dem heißen, starken Kaffee aufzufüllen. Sobald das Geschirr abgeräumt war, setzte die Frau sich wieder vor den Fernseher, der auf dem Tresen stand. Kurz darauf gesellte sich der Koch zu ihr. Ty und Sunny waren die einzigen Gäste.

Sunny schaute auf den dampfenden Kaffee und strich mit dem Finger über den angeschlagenen Rand des Bechers.

„Was glaubst, wo wir jetzt wären, wenn Wade Flory uns nicht gestört hätte?", fragte Ty unvermittelt.

Sie hob den Kopf, doch als ihre Blicke sich trafen, senkte sie ihn wieder. Von Subtilität schien er noch nie etwas gehört zu haben. Er näherte sich einem Thema nicht schrittweise und behutsam, sondern kam mit der Wucht einer Pfahlramme auf den Punkt. Seine offene, unverblümte Art traf sie jedes Mal unvorbereitet. Auch jetzt wich sie zunächst aus. „Was meinst du?"

„Du weißt verdammt genau, was ich meine. Wozu hätten unsere heißen Küsse geführt?"

„Woher soll ich das wissen?"

Er beugte sich vor. „Du weißt es, Sunny. Wir wären im Bett", flüsterte er.

Wahrscheinlich hatte er recht, und das machte sie nur noch zorniger. „Denkst du eigentlich immer nur daran?"

„Nicht immer", erwiderte er gelassen, „aber in letzter Zeit schon. Ich habe eine Wette laufen, schon vergessen?"

Sie seufzte verärgert. „Wenn du mich in Ruhe lässt, kaufe ich dir persönlich einen Karton Bourbon."

Er zog die Stirn kraus und tat so, als würde er über ihr Angebot nachdenken. Dann schüttelte er den Kopf. „Nein, das wäre nicht dasselbe.

Keine Herausforderung. Und ich müsste George eine neue Rute fürs Fliegenfischen spendieren."

„George! Ich könnte den Mann erwürgen. Er war mal so nett. Ich kann nicht glauben, dass er sich auf so etwas ..." Sie kniff die Augen zusammen. „Oder hast du es dir nur ausgedacht?"

Sein Lächeln war undurchdringlich.

„Ist es so?", zischte sie ihn an. „Es gibt gar keine Wette! Das ist alles nur ein neuer Trick, um Frauen rumzukriegen, den dein krankes Hirn erfunden hat, nicht wahr?"

Wieder bekam sie nur ein Lächeln zur Antwort.

Sie rutschte zum Ende der Sitzbank. „Bring mich nach Hause."

Sein Blick wanderte an ihr hinab. „Gern."

„Und wenn ich dort ankomme, gehe ich allein hinein."

„Sunny, Sunny", sagte er in schmeichlerischem Ton. „Keine Zärtlichkeiten mehr heute Abend?"

„Nein."

„Das ist nicht fair. Ich hatte noch nicht mal die Hand unter deinem Rock. Ich wette, die Hälfte der Männer im Autokino war wenigstens schon so weit."

Er zog einen so hinreißenden Schmollmund, dass sie lachen musste. Gegen seinen Charme hatte ihre Entrüstung einfach keine Chance. „Du bist unverbesserlich."

Die Glocke über dem Eingang läutete, als jemand das Restaurant betrat. Sunny schaute hinüber. Ihr Lächeln verblasste schlagartig, und ihr eben gerade noch rosiger Teint wurde aschfahl.

Der Mann, der hereinkam, sah sich um. Als er Sunny bemerkte, wirkte er ebenso schockiert wie sie.

Ty war ihre entsetzte Miene nicht entgangen. Er drehte sich um. Don Jenkins kam auf sie beide zu.

„Hallo, Sunny."

„Hallo, Don."

Sunny versetzte es einen Stich im Herzen. Sie wusste, wie es sich anfühlte, so tief verletzt zu werden, wie sie es mit Don getan hatte. Aber sie durfte es sich nicht anmerken lassen. Das Lächeln, das sie aufsetzte, war viel zu strahlend und viel zu breit, um natürlich zu sein, doch sie hoffte, dass er es nicht durchschauen würde.

„Du siehst großartig aus", sagte Don.

„Danke. Du auch."

Das stimmte nicht. Er sah abgehärmt aus. Die Schultern waren schmal und hingen herab. Fran hatte angedeutet, dass es um seine Ehe nicht zum Besten bestellt war, und gegen ihren Willen freute Sunny sich darüber, wie angespannt und unglücklich er aussah.

Aber sein Gesicht war so vertraut, dass sie nicht hätte sagen können, was an ihm anders war. Sein Scheitel saß so, wie er immer gesessen hatte, und auch die Angewohnheit, die Hände in den Hosentaschen zu vergraben, hatte er beibehalten.

„Abend, Ty", sagte Don, als er sich ein wenig spät an seine guten Umgangsformen erinnerte. Er sah den Sheriff an, der ihm kühl zulächelte.

„Abend, Don."

Don wandte sich wieder Sunny zu. „Ich nehme an, du bist wegen Frans Hochzeit in der Stadt."

Sie hatte Latham Green wegen einer Hochzeit verlassen und war jetzt wegen einer anderen zurückgekehrt. Alle dachten es, aber keiner sprach es aus.

„Ich freue mich so für sie", sagte sie begeistert. „Steve scheint ein wunderbarer Mensch zu sein."

„Ja, er ist ein toller Kerl." Don verlagerte sein Gewicht auf den anderen Fuß. „Wie läuft es für dich in New Orleans?"

Sunny brauchte nicht zu fragen, woher er wusste, wo sie jetzt lebte. Offenbar hatte es sich bis zu ihm herumgesprochen. „Ach, ich liebe es dort. Ich habe eine Wohnung an der St. Charles Street, ganz in der Nähe der Universität."

Offensichtlich beeindruckt zog er die Augenbrauen hoch. „Nette Gegend."

„Ich fühle mich dort sehr wohl. Es ist so aufregend in der Großstadt. Dauernd ist etwas los."

„Ich habe dein Foto in der Zeitung gesehen. Du standst vor einem Karnevalswagen, den du entworfen hast."

Sie legte den Kopf zurück. „Hat er dir gefallen?"

„Sehr sogar", antwortete er ernst.

Sunny wollte die nächste Frage nicht stellen, doch sie brannte ihr auf der Seele und wollte heraus. „Wie geht es Gretchen?"

Er bewegte die Schultern. Es sollte wohl nach einem Achselzucken aussehen. „Ach, der geht es … ganz gut."

Ihre Blicke trafen sich, und sie hielt seinem einige Herzschläge lang stand. „Wir wollten gerade gehen. Können wir, Ty? Es war schön, dich wiederzusehen, Don. Grüß Gretchen von mir."

Don trat zur Seite, damit sie aufstehen konnte. Ty warf eine Handvoll Dollarnoten auf den Tisch, verabschiedete sich schroff von Don und folgte Sunny nach draußen.

Ungeduldig wartete sie darauf, dass er ihr die Beifahrertür öffnete. Als er es tat, ließ sie sich auf den Sitz fallen, bevor ihre Knie nachgeben konnten. Auf der Straße zum See fuhr Ty so schnell, wie es die Geschwindigkeitsbegrenzung erlaubte. Sunny legte den Kopf zurück und hielt das erhitzte Gesicht in den Wind. Keiner von ihnen sprach ein Wort.

Kurz darauf hielt Ty vor dem Blockhaus. „Danke für den Abend. Es hat Spaß gemacht", sagte Sunny und ergriff die Flucht.

Sie rannte die Stufen zur Veranda hinauf, schaffte es nicht, die Tür aufzuschließen, und fluchte leise vor sich hin, als sie den Schlüssel auch noch fallen ließ. Aber wie es aussah, hätte Ty sich ohnehin nicht so leicht abschütteln lassen. Er trat neben sie, hob den Schlüssel auf und schloss die Tür auf.

Er wartete nicht darauf, dass sie hineinging, sondern schob sie einfach über die Schwelle und schaltete das Licht ein. Als ihre Augen sich an die plötzliche Helligkeit gewöhnt hatten, umfasste er ihre Schultern.

„Lass das! Was ist los mit dir?", fragte sie und versuchte, sich aus seinem Griff zu winden.

„Das ist mein Text, Sunny. Was ist los mit dir?"

„Nichts!"

„Warum hast du dich vor Jenkins so benommen?"

„Wie denn?"

Er schüttelte sie leicht. „Stell dich nicht dumm. Fang an zu reden."

„Worüber?"

„Ich will jetzt wissen, warum du damals bei deiner Hochzeit aus der Kirche marschiert bist."

## 7. KAPITEL

Abrupt hörte Sunny auf, sich zu wehren. „Wie kommst du darauf, dass ich es ausgerechnet dir erzählen würde?"

Ty senkte den Kopf, bis seine Nase fast ihre berührte. „Weil uns beide etwas verbindet, ob du es nun zugibst oder nicht."

„Was soll uns denn verbinden?"

„Das weißt du genau."

Sie lachte abfällig. „Deine Wette vielleicht. Wenn es überhaupt eine gibt."

„Nein, mehr als nur die."

„Das bezweifle ich."

„Viel mehr", sagte er sanft. „Seit ich dich vorhin in die Arme genommen habe, sprühen zwischen uns die Funken. Du willst es dir vielleicht nicht eingestehen. Und vielleicht gefällt es dir auch nicht. Aber du kannst es zum Teufel noch mal nicht bestreiten."

Trotzig reckte sie das Kinn. „Warum lässt du mich nicht einfach in Ruhe?"

„Weil ich dich einfach will. Im Bett."

Seine Direktheit verschlug ihr die Sprache. Aber nicht lange. „Dir fehlen nie die Worte, was?"

„Nie. Und dir auch nicht. Es sei denn, es geht um deine Hochzeit. Dann wirst du plötzlich sehr verschlossen. Warum?"

„Das geht dich nichts an."

„Doch, das tut es."

„Mit welchem Recht verhörst du mich?"

Er packte ihre Hand und presste sie an seinen Hosenschlitz. „Das hier gibt mir das Recht. Als dein nächster Liebhaber habe ich ein Recht zu erfahren, was dich beschäftigt."

Sie zog die Hand fort und rieb sich die Handfläche, als hätte sie sich verbrannt. Er nutzte ihr empörtes Schweigen. „Warum hast du vorhin die dämliche Show abgezogen, als Jenkins hereinkam?"

„Welche Show?"

„Liebling, dein Auftritt als Südstaatenschönheit hätte Vivien Leigh verblassen lassen."

„Ich weiß nicht, wovon du redest."

„Dann muss ich wohl deutlicher werden. Das Augenklimpern. Das gezierte Lächeln. Die alberne Ausdrucksweise. ‚Ich liebe es dort.'" Er schüttelte den Kopf. „Woher hast du den Unsinn? Erwartet Jenkins etwa, dass du dich so aufführst? Kein Wunder, dass eure Beziehung gescheitert ist."

Seine Worte trafen sie. Aber anstatt zu widersprechen, ging sie einfach zum Gegenangriff über. „Beziehung! Was für ein komisches Wort aus deinem Mund. Was weißt du schon über Beziehungen? Soweit ich weiß, dauern deine Beziehungen mit dem anderen Geschlecht selten länger als eine Nacht, wenn überhaupt."

„Wir reden über dich, nicht über mich."

„Du redest über mich."

„Es war deine Hochzeit, die geplatzt ist."

„Na ja, wenigstens hätte ich fast geheiratet", schrie sie ihn an.

„Ich nicht", schrie er zurück. „Ich habe geheiratet."

Einen Moment lang erstarrte er. Dann wandte er sich ab und kehrte Sunny den Rücken zu. Sie sah, wie er sich durchs Haar fuhr, während er einen leisen Fluch ausstieß.

Erst jetzt merkte sie, dass ihr die Luft weggeblieben war. Sie atmete tief durch. „Du bist verheiratet?"

„Geschieden."

„Seit wann?"

„Seit langer Zeit."

„Was ist passiert?"

„Ich wurde angeschossen."

„Angeschossen?" Sie ließ sich auf die Armlehne der Couch sinken.

Langsam drehte Ty sich wieder zu ihr um. Er schaute zu ihr hinunter, für einen langen, stillen Moment. Dann begann er in kurzen, abgehackten Sätzen zu reden. „Wir haben geheiratet. Ich wurde befördert und kam zum Drogendezernat. Ich freute mich. Sie fand es schrecklich. Wir stritten uns jedes Mal, wenn ich das Haus verließ. Sie verstand nicht, warum ..."

Er brach ab und fuhr sich mit gespreizten Fingern durchs Haar, bevor er weitersprach. „Eines Abends wurde sie aus dem Krankenhaus angerufen. Die Verletzung war nicht so schlimm. Es war ein glatter Durchschuss." Gedankenverloren berührte er seine Seite. „Aber es war genug, um ihr einen höllischen Schrecken einzujagen. Als ich wieder auf den Beinen war, hat sie mir erklärt, dass sie es nicht mehr aushält. Dass sie nicht mit dem Wissen leben kann, dass jedes Mal, wenn ich aus dem Haus gehe, das letzte Mal sein kann. Wir haben uns scheiden lassen."

Sunny betrachtete das Streifenmuster der Couch. „Bist du deshalb hergekommen?"

„Nein. Das war etwas anderes." Seine Lippen verhärteten sich zu dem schmalen, bitteren Strich, den sie mittlerweile kannte. Er zeigte sich, sobald die Rede auf den Grund für seinen Umzug nach Latham Green kam.

Er ging ans Fenster, schob den Fensterladen auf und starrte in die Dunkelheit hinaus, die die Blockhütte umgab. Mit den Gedanken schien er ganz woanders zu sein. Sunny fragte sich, ob er die Frau, die ihn verlassen hatte, noch liebte. Zu ihrem eigenen Erstaunen fragte sie ihn genau das.

Langsam wandte er den Kopf und sah sie ernst an. Dann umspielte ein mattes Lächeln seine Lippen. „Nein, Sunny. Sonst hätte ich sie nicht gehen lassen." „Aber du siehst so traurig aus, wenn du darüber redest."

„Ich bedaure nur, dass ich sie so lange daran gehindert habe, glücklich zu werden. Ich wünschte, ich hätte früher eingesehen, dass wir nicht richtig füreinander waren, dass wir unterschiedliche Dinge wollten." Er ging vor Sunny in die Hocke und legte seine Hände auf ihre. „War es bei dir und Jenkins auch so? Hast du in letzter Minute begriffen, dass ihr unterschiedliche Dinge wolltet?"

„Ja, im Grunde war es so."

„Was war es im Besonderen? Wolltest du damit weitermachen, Männerherzen zu brechen?"

Sie schob ihn zur Seite und sprang auf. „Warum gehst du … warum geht eigentlich jeder davon aus, dass es meine Schuld war?"

Erst nachdem sie die Frage ausgesprochen hatte, ging ihr auf, wie verräterisch sie war. Sie konnte nur hoffen, dass Ty es nicht gemerkt hatte. Aber das war wohl zu viel verlangt. Er war Polizist und ausgebildet, Widersprüche und Feinheiten herauszuhören. Er packte sie an den Schultern und drehte sie zu sich um.

„Willst du damit sagen, es war Jenkins' Idee?"

„Ich will gar nichts sagen."

„Nicht willentlich, aber belastende Geständnisse werden meistens unabsichtlich abgelegt. Was ist passiert, Sunny? Was hat Jenkins getan?"

Trotzig presste sie die Lippen zusammen. Ty schaute ihr forschend in die Augen.

„Jetzt, da ich darüber nachdenke", sagte er, „war dein Verhalten im Café in mehr als nur einer Hinsicht seltsam. Du hast ihn in der Kirche stehen lassen. Hättest du dich da bei eurer ersten Begegnung danach nicht anders benehmen müssen? So als würdest du dich schämen? Dich schuldig fühlen? Aber du warst nicht mal verlegen. Stattdessen hast du ihm erzählt, wie glücklich du in New Orleans bist. Du bist nicht grausam. Wärst du diejenige gewesen, die ihn verlassen hat, hättest du ihm nicht von deinem Leben ohne ihn vorgeschwärmt."

Sie wandte sich ab. Er nahm ihr Kinn zwischen Daumen und Zeigefinger und drehte ihr Gesicht wieder zu sich.

„Lass das", sagte sie.

„Das ist es, nicht wahr? Jenkins hat vor der Hochzeit etwas gesagt oder getan, das dich gezwungen hat, so drastisch zu reagieren. Etwas Unmögliches. Etwas Unerträgliches."

„Über hundert Leute haben gesehen, wie ich mich umgedreht habe und gegangen bin. Du hast selbst gehört, wie launisch ich angeblich bin", erwiderte sie und warf das Haar über die Schulter. „Ich habe es mir anders überlegt, das ist alles."

„Nein, nein. Das kaufe ich dir nicht ab, Sunny. Irgendetwas hat bewirkt, dass du es dir anders überlegt hast. Aber was? Er muss etwas so Schreckliches, so Gemeines gemacht ..." Er brach ab und musterte sie eindringlich. „Eine andere Frau", fügte er leise hinzu.

Sunny wand sich aus seinem Griff. Sie lief durchs Zimmer, als würde sie nach einem Fluchtweg suchen. Sie hatte die Arme um den Bauch gelegt. Ihr war plötzlich kalt. Sie rieb sich die Oberarme, während sie auf die Veranda ging, um sich in der schwülen Luft aufzuwärmen. Die Schatten waren dicht, und am liebsten hätte sie darin Schutz gesucht.

Aber vor dem scharfsichtigen Mann, der als Einziger auf ihr Geheimnis zu kommen drohte, gab es kein Entkommen. Er trat hinter sie.

„Was ist passiert, Sunny?" Seine Stimme klang nicht mehr scharf, sondern sanft und vertrauenerweckend wie die eines Geistlichen.

Sie sollte wütend auf ihn sein, aber zu ihrer Überraschung empfand sie fast so etwas wie Dankbarkeit. Drei Jahre lang hatte sie den Schmerz für sich behalten. Es tat gut, ihn endlich herauszulassen.

„Ich hatte goldene Armbänder für alle meine Brautjungfern gekauft. Gretchen hatte eins bekommen, an dem der Verschluss nicht funktionierte ..." Hinter ihr stieß Ty eine leise Verwünschung aus. Sunny reagierte nicht darauf. Jetzt, da sie angefangen hatte, wollte sie es so schnell wie möglich zu Ende bringen. „Also habe ich es beim Juwelier reparieren lassen."

Sie fröstelte. Er legte die Hände auf ihre Schultern und zog sie an sich. „Am Morgen des Hochzeitstages", fuhr sie fort, „bin ich früh aufgestanden. Ich hatte tausend Dinge zu erledigen und wollte keine Zeit verlieren. Als Erstes bin ich zu Gretchen gefahren, um ihr das Armband zu bringen. Ich bin ins Haus gegangen und habe laut gerufen. Ich bekam keine Antwort und dachte mir, dass sie noch schläft. Also bin ich ins Schlafzimmer geschlichen."

Sie machte eine Pause und holte tief Luft. „Und dort lag Don mit ihr im Bett."

Es klang noch immer so fassungslos, wie sie sich an dem Morgen gefühlt hatte, an dem sie den Mann, den sie wenige Stunden später heiraten wollte, nackt in den Armen einer anderen Frau gesehen hatte. Einer Frau, die sie für eine gute Freundin gehalten hatte. Wut war nicht ihre erste Reaktion gewesen. Nicht einmal Empörung. Nur abgrundtiefe Verwirrung.

Was um alles in der Welt tut Don in Gretchens Bett?

Natürlich war die Antwort offensichtlich.

„Sie sind aufgewacht. Du kannst es dir vorstellen …" Sie verstummte. Ihr Kopf fiel nach vorn. Mit geschlossenen Augen rieb sie sich die Stirn. „Es war für uns alle eine schrecklich unangenehme Situation. Ich habe die beiden beschimpft und bin hinausgerannt."

„Ist er dir gefolgt?"

„O ja. Er hat mich eingeholt und verlangt, dass wir reden. Ich konnte kaum fassen, was passiert war. Es war so absurd, so unerwartet. Ich war wie benommen."

„Was hat er gesagt?"

Seufzend zuckte sie mit den Schultern. „Das so etwas eben passieren kann. Er hatte keine Entschuldigung, keine Erklärung dafür. Er hat gesagt, dass Gretchen ihm nichts bedeutet. Dass er mich liebt und mich heiraten will. Dass er sich für das, was er getan hat, hasst." Wieder seufzte sie. „Solche Sachen."

„Und du hast ihm geglaubt?"

„Ja. Ich nehme es jedenfalls an. Ich weiß es nicht."

„Waren er und Gretchen vorher schon zusammen gewesen?"

„Er hat geschworen, dass es das erste Mal war, aber was spielte das schon für eine Rolle, oder? Sie hatten mich beide betrogen. Gretchen hat angerufen und mich unter Tränen um Verzeihung gebeten."

„Also hast du beschlossen, die Hochzeit durchzuziehen?"

„Ich dachte, ich hätte keine andere Wahl. Meine Eltern hatten so viel Geld dafür ausgegeben. Praktisch jeder in der Stadt wollte kommen. Ich war so durcheinander, und es gab niemanden, mit dem ich darüber reden konnte, denn ich wollte nicht, dass jemand davon erfährt. Ich hatte keine Wochen oder auch nur Tage Zeit, um in Ruhe darüber nachzudenken, was ich eigentlich wollte. Ich musste mich innerhalb weniger Stunden entscheiden."

Sie lächelte betrübt. „Don hat mir immer wieder gesagt, dass es unvernünftig wäre, die Hochzeit abzublasen. Dass er sein ganzes Leben mit mir teilen will und eine Nacht gemessen daran bedeutungslos ist. Dass ich altmodisch bin und ich ihm vergeben muss, wenn ich ihn wirklich liebe. Und ich habe geglaubt, dass ich ihn liebe. Einen Rückzieher zu machen, erschien mir unmöglich."

Sie schwieg. Als sie nach einer Weile weitersprach, klang ihre Stimme so, als würde sie alles noch einmal durchleben. „Es erschien mir unmöglich, bis der Geistliche mich gefragt hat, ob ich mein Leben Don anvertrauen will. Und in der Sekunde wusste ich, dass ich es nicht konnte. Wenn er am Abend vor unserer Hochzeit mit einer anderen Frau ins Bett ging, würde er es wahrscheinlich wieder tun. Das Mindeste, was ein Ehepaar voneinander erwarten kann, ist Treue, oder etwa nicht?" Sie schnappte nach Luft. „Ich habe die Frage des Geistlichen gehört und gewusst, dass ich Don nicht heiraten kann. Egal wie demütigend es für mich ist."

Sunny starrte in die Dunkelheit hinaus, verloren in ihren Erinnerungen. Erst als sie in die Gegenwart zurückkehrte, merkte sie, dass Ty Beaumont sie in den Armen hielt. Sein Kinn lag auf ihrem Kopf. Sie konnte seinen Atem in den Haaren fühlen. Er streichelte ihren Hals.

Plötzlich wurde ihr bewusst, welche Folgen ihr Geständnis hatte. Ty hatte sie dazu gebracht, ihm etwas zu erzählen, das sie die ganze Zeit für sich behalten hatte. Nicht einmal ihre Eltern wussten, warum sie an jedem Tag aus der Kirche gerannt war. Dass Ty es wusste, gab ihm Macht über sie. Bei Don und Gretchen war ihr Geheimnis sicher. Aber jetzt kannte Ty es.

Bestenfalls bemitleidete er sie. Und sein Mitleid ertrug sie nicht!

Sie wirbelte herum und funkelte ihn wütend an. Ihre Augen füllten sich mit Tränen. „So! Zufrieden! Ist es das, was du hören wolltest?"

„Ich hatte keine Ahnung, dass es so schmerzhaft sein würde."

„Dann hättest du nicht darauf bestehen sollen, dass ich es dir erzähle."

„Nein, es ist für uns beide besser, dass du es mir erzählt hast. Was ich allerdings nicht verstehe, ist, warum du die Schuld auf dich genommen hast. Warum hast du alle in dem Glauben gelassen, dass Don der Geschädigte ist?"

„Den Rest müssen Sie schon selbst herausbekommen, Mr Beaumont. Ich gehe jetzt hinein." Sie wollte an ihm vorbeigehen, aber er hielt sie am Arm fest und zog sie zurück. „Warum, Sunny?"

Sie schaute zu ihm hinauf, und erneut kamen ihr die Tränen. „Kannst du es dir nicht denken?"

Die Erkenntnis traf Ty mit der Wucht einer Pistolenkugel, womit er schließlich Erfahrung hatte. Sunnys Worte taten ebenso weh. „Du bist noch verliebt in diesen Scheißkerl?"

„Gute Nacht. Ich gehe jetzt hinein."

„Warte." Wieder zog er sie zurück. „So einfach ist das? Deshalb hast du die Schuld auf dich genommen, anstatt sämtlichen Leuten in der Kirche zu sagen, dass er und Gretchen es miteinander getrieben haben? Ich finde nämlich, genau das hättest du tun sollen."

„Ich habe dich nicht um deinen Rat gebeten. Damals nicht und jetzt auch nicht."

„Deshalb hast du vorhin im Café so ausgesehen, als würde dir das Herz stehen bleiben? Bevor du Scarlett O'Hara gespielt hast, meine ich. Wie kannst du nur einen Mistkerl wie ihn lieben?"

„Ich erwarte nicht, dass ein Mann mit deinem Einfühlungsvermögen es versteht."

„Willst du wissen, was ich glaube?"

„Nein."

„Ich glaube, du machst dir nur vor, dass du ihn noch liebst. Weil er der einzige Mann ist, der dich abgewiesen hat – und nicht umgekehrt."

„Du bist verrückt."

„Nein, Jenkins ist es. Sonst hätte er es nicht gewagt, dich schon vor der Hochzeit zu betrügen. Wie kann man nur so dumm sein? Ich kenne Gretchen Jenkins. Sie ist eine gut aussehende Frau, aber sie hat nichts von deinem Feuer. Verglichen mit dir ist sie langweilig."

Er legte den Kopf auf die Seite und sprach weiter. „Vielleicht hat Jenkins genau davor Angst gehabt. Vielleicht hat er geahnt, dass er einer Frau wie dir nicht bieten kann, was sie braucht. Am Abend vor der Hochzeit hat er es mit der Angst bekommen und musste sich seine Männlichkeit beweisen. Also ist er mit einer anderen Frau – nicht irgendeiner anderen, sondern eine deiner besten Freundinnen – ins Bett gehüpft."

„Das ... das ist doch lächerlich! Richtige Männer brauchen ihre Männlichkeit nicht zu beweisen!", rief Sunny.

„Genau."

Ihr ging auf, dass er sie in eine Falle gelockt hatte. Hastig versuchte sie, sich mit einem Bluff daraus zu befreien. „Ich habe Dons Männlichkeit nie bedroht."

„Bist du sicher?"

„Natürlich. Wie hätte ich das denn tun können?"

„Indem du einfach nur du selbst warst. Schlau, begabt, selbstbewusst und unabhängig. Manche Männer fühlen sich von Frauen wie dir bedroht. Offenbar ist Don einer davon. Er brauchte eine Frau, die seinem Ego schmeichelt und ihm dauernd sagt, wie stark und bewundernswert er ist."

„Das habe ich getan", beteuerte sie verzweifelt. Bis zum heutigen Tag verstand sie nicht, warum Don mit Gretchen ins Bett gegangen war. Was hatte Gretchen ihm gegeben, das sie ihm nicht geboten hatte? Welches Bedürfnis, das sie vernachlässigt hatte, konnte Gretchen erfüllen?

„Aber du bist ebenso stark und bewundernswert wie er. Sogar noch stärker und noch bewundernswerter. Damit konnte Jenkins nicht umgehen." Er legte die Arme um sie. „Dich gehen zu lassen war idiotisch. Und dir einzubilden, dass du noch immer in ihn verliebt bist, ist auch idiotisch."

Sie versuchte, seine Arme abzuschütteln, aber er ließ es nicht zu. Es kostete ihn kaum Kraft, sondern wirkte mühelos. Genau wie sein selbstsicheres Lächeln, vor dem die Erinnerung an Don verblasste. Der Mann, den sie liebte, hatte keine Chance gegen den Mann, den sie hassen wollte. Ty Beaumont wusste einfach viel zu gut, wie er mit ihr umzugehen hatte. Er konnte sie sexuell erregen oder dazu bringen, ihre Seele zu entblößen. Sie wusste nicht, wie er es geschafft hatte oder warum sie so verletzlich gewesen war, aber es war passiert, und sie würde es ihm niemals verzeihen.

Ty ahnte nicht, was sie dachte, und fuhr mit seinem einlullenden Monolog fort. „Don Jenkins passt einfach nicht zu dir. Früher oder später wäre eure Ehe ohnehin gescheitert. Mit dem, was du getan hast, hast du dir nur noch größeres Unglück erspart."

„Wie kannst du es wagen, dich einfach hinzustellen und so zu tun, als wüsstest du, was mich glücklich macht?"

„Weil ich es weiß. Du brauchst einen Mann, der dir gewachsen ist. Einen, der dein Selbstbewusstsein genießt und sich davon nicht einschüchtern lässt. Einen, der ebenso leidenschaftlich ist wie du. Du brauchst jemanden, der dir auch im Bett gewachsen ist, Sunny. Und zwar oft."

„Und du glaubst, die Beschreibung passt auf dich."

Er rieb sich an ihr. „Sag's mir."

„Ich sage dir nur eines", entgegnete sie aufgebracht. „Ich liebe Don."

„Beweis es. Widersteh mir. Widerstehe dem hier."

Er schob sie gegen einen der Pfosten, die das Verandadach trugen, und küsste sie stürmisch. Sie wollte lauthals protestieren, aber er ließ es nicht zu. Sie versuchte, den Kopf zur Seite zu drehen, um seinen verführerischen Lippen auszuweichen, doch sie folgten ihren und ließen sich nicht abschütteln.

Sie stemmte sich mit den Händen gegen seine Schultern, aber er blieb, wo er war, und hielt sie zwischen dem glatten Zypressenholz und seinem athletischen Körper gefangen.

„All das Feuer", murmelte er an ihrem Hals, „und Jenkins wollte es löschen."

„Du nicht?"

Er strich mit den Lippen über ihre und schüttelte den Kopf. „Ganz und gar nicht, Sunny. Ich will, dass es noch heißer brennt. Und ich möchte im Zentrum dieses Feuers stehen."

Sie schnappte nach Luft, und er nutzte die Gelegenheit, um den Kuss zu vertiefen. Zittern erfasste ihren Körper und machte sie kraftlos. Sie versuchte, sich dagegen zu wehren, versuchte, das Gefühl zu ignorieren, das sie durchströmte und gefügig zu machen drohte.

Er knöpfte ihre Bluse auf und zog sie aus dem Rock. „Nicht", protestierte sie schwach.

„Warum nicht?"

„Weil ich dich hasse."

„Liebe tut dir offenbar nicht gut", sagte er und strich über ihre Brüste. „Vielleicht solltest du es mal mit Hass probieren."

„Hör auf", stöhnte sie.

„Bevor ich dich gekostet habe?"

„Ja."

„Du willst also, dass ich dich in Ruhe lasse, ja?"

„Ja."

„Nein, das willst du nicht."

„Doch, das will ich."

Er legte die Lippen an ihr Ohr und eine Hand auf den Bauch, die Finger nach unten gerichtet. „Bis hierher und nicht weiter?"

„Ja."

„Ich kann dir Vergnügen bereiten, Sunny. Mit den Fingerspitzen. Mit nur einer Berührung."

„Nein. Hör auf.“

„Du willst nicht, dass ich dich dort berühre, wo du es kaum erwarten kannst?“

„Nein, das will ich nicht“, schluchzte sie.

„Du bist eine schlechte Lügnerin, Sunny Chandler“, flüsterte er heiser.

Sie wollte sich an ihm festhalten, sehnte sich danach, den Kopf an seine Brust zu legen und dort die Kraft zu finden, die ihr fehlte. Und auch wenn sie sich dafür schämte, wollte sie seine Hand fühlen, bis dieses fieberhafte, quälende Verlangen gestillt war.

Aber sie kämpfte gegen ihre Schwäche und hob den Kopf. Mit reiner Willenskraft wandelte sie ihre Leidenschaft in Feindseligkeit um. Ihre Lippen waren geschwollen, und das nicht nur von seinen Küssen, sondern auch davon, dass sie darauf gebissen hatte, um nicht seufzend aufzugeben. Ihre goldenen Augen glitzerten trotzig.

„Du hast nur bewiesen, dass ich menschlich bin, aus Fleisch und nicht aus Stein. Ich gehe jetzt mit dir ins Bett, wenn du es unbedingt willst. Du kannst deine Wette gewinnen. Du kannst dein phänomenales Ego pflegen, indem du deiner langen Liste von Eroberungen eine weitere hinzufügst.“ Sie holte Luft. „Aber wenn es vorbei ist, werde ich Don noch immer lieben. Und du wirst wissen, dass ich nicht mit dem Herzen dabei war. Ich werde dich so benutzt haben, wie du mich benutzt hast. Ist es das, was du willst?“

Ty hatte einen schweren taktischen Fehler begangen, und er wusste es.

Wütend auf sich selbst leerte er die x-te Tasse Kaffee, seit er aus Sunnys Blockhaus zurück war. Er war nicht zu Bett gegangen, denn er wusste, dass es sinnlos wäre. Er würde nicht schlafen. Das Verlangen und die heftigen Vorwürfe, die er sich machte, würden ihn die ganze Nacht wachhalten. Also hatte er sich entschieden, eine Kanne Kaffee zu kochen und aufzubleiben.

Inzwischen kroch die Sonne über den östlichen Horizont, und noch immer ärgerte er sich über das, was er am Abend zuvor alles falsch gemacht hatte. Ein verletztes Tier, das in die Ecke gedrängt wurde, kratzte. Als er Sunny erklärt hatte, dass sie Don Jenkins nicht liebte, gar nicht lieben konnte, war doch vorhersehbar gewesen, dass sie im Zweifel auch auf einen ganzen Stapel Bibeln das Gegenteil schwören würde.

Warum war ihm das zu spät klar geworden?

„Weil ich dumm bin, deshalb“, murmelte er und stand auf. Er spülte die Tasse aus, zog den Stecker der Kaffeemaschine aus der Wand und ging ins Schlafzimmer. Dort fiel sein Blick auf den Spiegel über der Kommode. Er hatte die blutunterlaufenen, müden Augen eines Mannes, der drei Tage lang getrunken hatte. Der Bart war viel dunkler als das Haar, und die Stoppeln verfinsterten das halbe Gesicht. Das Hemd war aufgeknöpft und hing ihm aus der Hose. Er sah nicht aus wie der oberste Gesetzeshüter von Latham Green, sondern wie jemand, der dem Sheriff besser nicht über den Weg lief.

Am Waschbecken im Bad verteilte er Rasierschaum auf dem Gesicht und dachte einmal mehr daran, wie der gestrige Abend verlaufen war. Sunny war ganz Frau, daran gab es nicht den geringsten Zweifel. Eine sinnliche, leidenschaftliche Frau. Dass er ihr Vorspiel so abrupt beendet und mit ihr zum Autokino gerast war, hatte sie höllisch wütend gemacht. Hätte er sie einfach aus seiner Küche und ins Schlafzimmer getragen, hätte sie sich nicht gewehrt. Sicher, sie hätte vielleicht ein wenig so getan, aber es hätte in der Natur der Sache gelegen, dass es kein echter Widerstand gewesen wäre.

Schon nach ihrer ersten Begegnung war er zu dem Schluss gekommen, dass er Sunny Chandler nur erobern konnte, indem er nichts tat. Ihm war sofort klar gewesen, dass er ihr nicht schmeicheln durfte, denn sie war immun gegen Schmeichelei. Überrumpeln oder überreden konnte er sie auch nicht, dazu war sie zu schlau. Und an ihr Mitleid zu appellieren, war keine Option gewesen, denn sie hätte ihm nicht geglaubt.

Instinktiv hatte Ty gewusst, dass es nur einen Weg gab, sie in sein Bett zu locken – er musste ihr offen sagen, was er vorhatte, und es nicht zu sehr versuchen. Kurze, heftige Avancen, dann ein überraschender Rückzug. Verwirrung war der Schlüssel zum Erfolg. Wenn er seinen letzten Schritt machte, würde das arme Mädchen von seiner klugen Taktik so durcheinander sein, dass sie froh war, endlich in sein Bett fallen zu können.

Bisher war alles so gelaufen, wie er es geplant hatte. Nur mit einem gewaltigen Hindernis hatte er nicht gerechnet – dass sie noch immer glaubte, in Don Jenkins verliebt zu sein.

Ty schnitt sich ins Kinn, verfluchte die stumpfe Klinge und warf den Einmalrasierer in den Abfalleimer. Dann zog er sich aus, ging unter die Dusche und drehte sie voll auf. Vielleicht würde der harte Strahl ihm ja etwas Verstand in den Kopf prügeln.

In Jenkins verliebt! Ha! Was für eine blödsinnige Idee.

Grimassen schneidend seifte er sich ein. Was für eine Vorstellung. Sunny konnte unmöglich noch in den Waschlappen vernarrt sein. Begriff sie denn nicht, dass Jenkins genau der Falsche für sie war? Dass alles, was er über Jenkins' Unsicherheit gesagt hatte, wahr war? Sicher, es war kein Psychologe, aber es sah doch ein Blinder, dass seine Theorie stimmte.

Jenkins war der einzige Mann, der ihr jemals wehgetan hatte. Sie war wie ein Kind, dem aus einer Kiste mit Spielsachen ein einziges Teil verwehrt worden war. Jenkins war nur deshalb der, den sie wollte, weil sie wusste, dass sie ihn nicht haben konnte. Hätte sie ihn wirklich so sehr geliebt, wie sie behauptete, hätte sie ihm jeden Fehltritt verziehen und ihn trotzdem geheiratet. Warum verschloss sie sich dieser Wahrheit?

Ty stellte das Wasser ab, verließ die Duschkabine und trocknete sich flüchtig ab, bevor er nackt ins Schlafzimmer ging und in der Kommode nach Unterwäsche und zwei zueinanderpassenden Socken suchte.

Sunny konnte nicht nur einstecken, sondern auch austeilen. Einen Volltreffer hatte sie gelandet, als sie seinen Bluff entlarvte und ihm sagte, dass sie mit ihm ins Bett gehen würde. Nur für Sex. Keine Gefühle.

Warum zum Teufel hatte er ihr Angebot nicht angenommen? Warum hatte er sie nicht einfach auf die Arme genommen und ins Schlafzimmer getragen? Dort hätte er ihr jeden Gedanken an Don Jenkins oder irgendeinen anderen Mann ausgetrieben. Und sein Verlangen gestillt, das ihm selbst nach der kalten Dusche keine Ruhe ließ.

Er verfluchte sich dafür. Er verfluchte die Frau, die ihn so schwach machte. Und seine Unfähigkeit, ihr zu widerstehen. Er verfluchte sich dafür, dass er nicht einfach zu einer der Frauen ging, die allzu bereit waren, seine Lust zu stillen.

Nachdem er endlich angezogen war, schnappte er sich die Autoschlüssel und verließ das Haus. Der Streifenwagen sprang sofort an und lief rund, obwohl der Motor es nicht gewohnt war, dass Ty das Gaspedal sofort bis zum Boden durchtrat. Zum Glück war es noch früh, und auf den Straßen herrschte nur wenig Verkehr.

Die Sonne war gerade erst aufgegangen, aber es war schon heiß. Das Hemd klebte ihm am Rücken, während er sein Büro im Gerichtsgebäude betrat. Sein Gesicht zierten ein tiefes Stirnrunzeln und ein Stück Toilettenpapier am Kinn, das das Blut aus dem Kratzer stoppen sollte.

„Hi", sagte George Henderson und drehte sich um, als die Tür hinter dem Sheriff laut ins Schloss fiel. „Der Kaffee ist fast fertig."

„Ich will keinen. Hast du gestern die Berichte geschrieben?"

Erstaunt sah George seinen Chef an. „Ja. Sie liegen auf deinem Schreibtisch."

„Das wurde auch Zeit", erwiderte Ty knurrend.

Die schlechte Laune war untypisch für ihn. Genau wie das zerzauste, noch feuchte Haar, das aussah, als hätte er es nach dem Duschen nicht gekämmt. Und wie das ziellose Umhergehen, als würde er nach etwas Ausschau halten, das er gegen die Wand werfen konnte.

„Schlechte Nacht gehabt?", fragte George arglos.

„Was soll das heißen?"

„Nichts. Ich frage nur."

„Lass es. Ich bin dann mal in meinem Büro."

Seine Hand lag schon auf dem Türknauf, als George ihn mit einer weiteren tapferen Frage aufhielt. „Was macht unsere Wette?"

Ty wirbelte herum. „Die hast du noch nicht gewonnen."

George lachte. „Deine Stimmung verrät mir, dass ich sie auch noch nicht verloren habe."

Ty marschierte in sein Büro und knallte die Tür so heftig zu, dass das Glas klirrte. Er ließ sich in seinen quietschenden ledernen Drehsessel fallen und legte die Stiefel auf eine Ecke des Schreibtischs. Dann lehnte er sich zurück und schloss die Augen.

Sofort sah er Sunny vor sich und erinnerte sich daran, wie ihre Brüste in dem seidigen, mit Spitze verzierten und unglaublich erregenden Ding namens Camisole ausgesehen hatten.

Er rieb sich die brennenden Augenlider mit den Fingerspitzen und unterdrückte ein Aufstöhnen, das der Hilfssheriff besser nicht hörten sollte. Warum quälte er sich so? Warum hatte er sie gestern Abend nicht einfach genommen und diese Geschichte ein für alle Mal zu Ende gebracht?

Weil er gewusst hatte, dass es nicht genug gewesen wäre. Sicher, er hätte die lächerliche Wette mit George gewonnen, aber für ihn ging es um viel mehr als das. Er wollte mehr als nur eine Nacht. Er bezweifelte, dass er Sunny irgendwann in der nächsten Zukunft nicht begehren würde. Und auch in der entfernten Zukunft nicht.

Sie war nicht wie die Frauen, mit denen er lustvoll, aber ohne große Gefühle ins Bett gegangen war. Wenn er mit Sunny ins Bett ging, sollten mehr als nur wild gewordene Hormone daran beteiligt sein. Er wollte, dass alles – Emotionen, Ängste, Träume – eine Rolle spielte, wenn sie miteinander schliefen.

Aber warum?

Weil sie ihn faszinierte. Sie gab sich lässig und weltgewandt, aber schon auf der Party im Country Club hatte er ihre selbstsichere Fassade durchschaut. Sie besaß eine Verletzlichkeit, die sie vor ihrer Umwelt sorgsam verbarg. Er hatte unbedingt wissen wollen, woher die kam. Gestern Abend hatte er es herausgefunden.

So weit, so gut. Jetzt wusste er, was ihn an ihr reizte. Warum gab er sich nicht damit zufrieden? Warum reichte es ihm nicht, Sunny Chandlers dunkles Geheimnis zu kennen? Er hätte ihr Angebot, mit ihr ins Bett zu gehen, annehmen können. Dass er es nicht getan hatte, war allein seine Entscheidung gewesen. Was war los mit ihm?

Die Hitze. Die Luftfeuchtigkeit. Natürlich konnte er dem Wetter die Schuld an der kribbelnden Haut, der Gereiztheit, der Schlaflosigkeit, dem anhaltenden Verlangen, den erotischen Tagträumen und der miserablen Laune geben.

Oder er konnte der bitteren Wahrheit ins Auge sehen.

Er hatte sich verliebt.

## 8. KAPITEL

Sunny rollte sich aus dem Bett und tastete sich verschlafen durch die Blockhütte, um ans Telefon zu gehen, das im Wohnzimmer beharrlich läutete. Erst kurz vor Morgengrauen waren ihr endlich die Augen zugefallen, danach hatte sie schlecht geschlafen. Ihr Kopf fühlte sich an, als wäre er mit Watte ausgestopft.

„Hallo?"

„Du hast eine ziemlich aufregende Nacht hinter dir!"

„Hi, Fran." Gähnend ließ sich Sunny in einen Sessel fallen und schlug die Beine unter. „Was ist los?"

„Mit mir absolut nichts."

„Wie kannst du so etwas sagen? Du heiratest morgen." Sunny schloss die verquollenen Augen. Das Sonnenlicht, das durch die geöffnete Jalousie strömte, tat weh.

„Eine schlichte Hochzeit verblasst gegen das, was du in letzter Zeit erlebt hast."

„Zum Beispiel?"

„Erst fährst du mit Ty Beaumont ins Autokino. Dann läufst du im Busy Bee deinem Exverlobten über den Weg."

„Wie ich sehe, sind die Buschtrommeln heute Morgen schon im Einsatz", erwiderte Sunny trocken. „Interessiert dich gar nicht, was wir gegessen haben?"

„Steaksandwiches."

„Du meine Güte, das sollte nur ein Scherz sein!", rief Sunny. „Woher weißt du das alles?"

„Mich haben gleich mehrere Leute angerufen, die sich gestern Abend die Doppelvorstellung mit Charles Bronson angesehen haben. Alle sind sich daran einig, dass keiner der beiden Filme so aufregend war wie die Tatsache, dass du in Tys Datsun gesessen hast. Den Rest hat Steve gehört, als er heute Morgen im Busy Bee Doughnuts geholt hat."

„Unglaublich", murmelte Sunny.

„Also, wie war es?"

„Der Film oder das Steaksandwich?"

„Ach, komm schon, Sunny", meinte Fran ungeduldig. „Dein Date mit Ty. Deine erste Begegnung mit Don. Such dir eins aus."

„Das eine war so grauenhaft wie das andere."

„Es muss schrecklich gewesen sein, Don ohne jede Vorwarnung über den Weg zu laufen. Was hat er gesagt?"

„Soll das heißen, die Gerüchteküche hat dich noch mit einer wörtlichen Wiedergabe versorgt?“

Ihre Spitze dämpfte Frans Begeisterung. „Bist du mir böse?“

Sunny massierte sich die pochende Stirn. „Nein, Fran, ich bin dir nicht böse. Ich wollte nicht so zickig klingen. Verzeih mir, dass ich meine Laune an dir auslasse, nur weil ich hämmernde Kopfschmerzen habe und eine schlaflose Nacht hinter mir liegt.“

„Woher hast du den Kopfschmerz?“, fragte Fran mitfühlend.

„Don wiederzusehen, hat mich erschüttert. Ich gebe es zu.“

„Was habt ihr zueinander gesagt?“

„Eigentlich nichts. ‚Wie geht es dir?‘ – ‚Gut. Und dir?‘ Solche Nichtigkeiten. Was er gesagt hat, war gar nicht so schlimm. Viel schlimmer war, wie er ausgesehen hat. Kaputt.“

„Ich finde, er hat schon immer so niedergeschlagen ausgesehen. Offen gestanden„ ich glaube, er macht immer ein trauriges Gesicht, weil er Mitleid erregen will.“

Frans Theorie ähnelte der von Ty, gegen die Sunny sich so vehement gewehrt hatte. „Ich glaube nicht, dass seine Ehe mit Gretchen glücklich ist.“

„Ich weiß, dass sie es nicht ist. Aber jedem ist auch klar, dass er sie nur geheiratet hat, um sich über die Trennung von dir hinwegzutrösten.“ Sunny antwortete nicht. „Wenn Don also an deinem Kopfschmerz schuld ist, muss ich annehmen, dass Ty für deine Schlaflosigkeit verantwortlich ist. Darf ich zu hoffen wagen, dass du nicht geschlafen hast, weil du anderweitig beschäftigt warst?“

„Nein, das darfst du nicht“, antwortete Sunny scharf.

„Entstammt deine schlechte Laune Enttäuschung oder Erleichterung?“

„Erleichterung. Zum Glück muss ich ihn nie wiedersehen.“

„Ihn nie wiedersehen? Tut mir leid, Liebes, aber du siehst ihn schon heute Abend wieder.“

„Ich verbringe den heutigen Abend mit dir.“

„Richtig. Nach der Hochzeitsprobe.“

„Ty kommt zur Hochzeitsprobe? Warum? In welcher Eigenschaft?“

„Als Trauzeuge. Hattest du keine Ahnung?“

„Verbessere mich, falls ich mich irre, aber solltest du nicht lächeln?“

Sunnys Gesichtsausdruck war von einem Lächeln weit entfernt. Sie marschierte den Mittelgang der Kirche hinauf und ignorierte ihren Begleiter, soweit die Situation es erlaubte. Doch die Situation ließ nicht viel Spielraum.

Allein aufgrund seiner Körpergröße war Ty nicht so einfach zu ignorieren. Er bewegte sich langsamer als sonst, um sich Sunnys Tempo anzupassen, während sie in perfekter Harmonie zu den Klängen der Orgel gemessenen Schrittes nach hinten gingen. Sein Aftershave war ihr so vertraut, dass sie es mittlerweile sogar in ihren Träumen roch.

Sie erreichten das Ende des Gangs. Im Vorraum der Kirche nahm sie ihre Hand von seinem Arm und sah ihn an. Sie hatte es so lange wie möglich hinausgezögert. Ihr hatte vor der Hochzeitsprobe gegraut, und die Situation war so unangenehm, wie sie befürchtet hatte.

Sie trug weiße Jeans und ein marineblaues Shirt, denn sie wollte unbedingt vermeiden, dass Ty sich irgendwelche romantischen Vorstellungen machte. Doch als sie atemlos – und verspätet – die Kirche betreten hatte, war sein Blick belustigt gewesen und hatte ihr verraten, dass er sie durchschaute und ihr Plan nicht funktionierte.

„Du hast mir nicht erzählt, dass du Steves Trauzeuge bist", sagte sie mit eisiger Stimme.

„Überrascht?"

„Allerdings. Und es war eine unangenehme Überraschung."

„Was hätte es für einen Unterschied gemacht, wenn du es gewusst hättest?"

Zum einen hätte sie sich innerlich darauf vorbereiten können, dass sie nach der Trauung mit ihm durch den Mittelgang schreiten musste. Nach ihrem letzten Auftritt in dieser Kirche war das schwer genug. Ty Beaumont an ihrer Seite zu haben, machte es noch schwerer.

„Ich hätte Fran bitten können, sich jemand anderen zu suchen", antwortete sie.

Er lachte. „Aber das hast du nicht."

Um seinem spöttischen Lächeln zu entgehen, schaute sie nach vorn. Fran und Steve waren am Altar aufgehalten worden. Die Hochzeitsplanerin erklärte Frans Töchtern gerade, wo sie während der Trauung stehen und bei welchem Stichwort sie sich auf den Weg durch die Kirche machen sollten.

Sunny wünschte, sie würden sich beeilen. Sie war schon viel zu lange mit Ty allein im Vorraum. Und das war ihr äußerst unangenehm, nachdem er gestern Abend so zornig aus dem Blockhaus gestürmt war.

„Das konnte ich nicht, also muss ich es jetzt lächelnd ertragen", sagte sie.

„Aber du lächelst nicht. Wir sind wieder dort, wo wir angefangen haben. So war es doch im Country Club, nicht wahr?"

„Mir ist nicht nach Lächeln zumute."

Er beugte sich zu ihr hinab. „Weil wir Stadtgespräch sind", flüsterte er.

„Allerdings", gab sie wütend zurück. „Und das ist auch kein Wunder, nachdem du uns beide kreuz und quer durchs Autokino gefahren hast."

Er zuckte mit den Schultern. „Das gehört zu meinem Job."

„Du warst gar nicht im Dienst!"

Vorn in der Kirche drehten sich mehrere Leute zu ihnen um, und die Hochzeitsplanerin verstummte kurz. Sunny lächelte ihnen entschuldigend zu.

Ty sprach aus dem Mundwinkel weiter. „Die Szene im Busy Bee war dramatisch genug, um die Gerüchteküche für die nächsten drei Jahre anzuheizen. Hast du vor, den Klatschtanten von Latham Green regelmäßig Material zu liefern?"

„Oh!" Sunny ballte die Fäuste und biss die Zähne zusammen. „Du bist ..."

„Warte", unterbrach er sie mit erhobenen Händen. „Bevor du mit Schmutz wirfst, lass mich dir erzählen, was ich heute gekauft habe."

„Das ist mir völlig ..."

„Eine Rute fürs Fliegenfischen."

Sie schluckte das letzte Wort herunter und starrte ihn verblüfft an. „Eine Rute fürs Fliegenfischen?"

Er nickte. „Du weißt, was das bedeutet, nicht wahr?"

Ihr Blick war misstrauisch.

„Es bedeutet, dass ich die Wette mit George abblase."

„Warum?"

„Weil ich sie nicht mehr gewinnen kann."

Sie hob das Kinn. „Das konntest du nie."

Ty rieb sich den Nacken und schüttelte betrübt den Kopf. Ihr gefiel, wie das Haar hinten auf seinem Kopf einen Wirbel bildete. Zugleich hasste sie sich dafür, dass sie es überhaupt bemerkt hatte. Und noch mehr dafür, dass sie es berühren wollte.

„Ich hätte dein erstes Nein respektieren sollen. Das hätte mir eine Menge ... Träume erspart." Er schaute auf ihren Mund. „Und dir eine Menge Ärger." Er lächelte. Es war ein freundliches, argloses Lächeln, mit dem er in jedem Wildwestfilm im weißen Cowboyhut hätte auftreten können. „Wir sind Trauzeugen. Wir dürfen nicht zulassen, dass die Feindseligkeit zwischen uns Steve und Fran die Hochzeit verdirbt. Also, was meinst du? Sind wir Freunde?"

Er streckte die Hand aus. Sunny zuckte zusammen. Sie betrachtete seine Hand einen Moment lang, bevor sie vorsichtig ihre hineinlegte. Feierlich besiegelten sie die Abmachung.

„Wow! Da fällt mir wirklich ein Stein vom Herzen", sagte Ty erleichtert. „Jetzt kann ich mich entspannen."

„Hat jemand etwas von Entspannen gesagt?", fragte Steve. Er, Fran und die anderen gesellten sich zu ihnen in den Vorraum. Der Bräutigam zupfte an seiner Krawatte. „Ich könnte einen Drink gebrauchen."

„Du klingst wie ein verzweifelter Mann", scherzte Fran.

„Das bin ich." Er zog sie an sich und knabberte an ihrem Ohr. „Weil ich noch eine Nacht warten muss, bevor ich in dein Bett darf. Offiziell zumindest." Er sagte es so leise, dass nur Fran, Ty und Sunny es hörten. Ty lachte.

Spielerisch wehrte Fran Steves amourösen Angriff ab. „Komm doch auch mit zu mir, Ty", lud sie ihn ein. „Es gibt Sandwiches. Sunny wird auch da sein. Sie übernachtet heute bei mir."

„Danke. Klingt großartig", erwiderte er und legte den Arm um Sunnys Schultern. „Vor allem, wenn meine liebe Freundin Sunny auch da sein wird."

Es dauerte volle fünf Minuten, bis feststand, wer in welchem Auto zu Frans Haus fahren würde, denn Ty war zu Fuß von seiner Dienststelle zur Kirche gegangen, und Frans Töchter wollten unbedingt zusammen in einem Wagen mit ihren Großeltern sitzen. Schließlich wurde entschieden, dass Frans Vater Sunnys Wagen nehmen würde und das Brautpaar, Sunny und Ty bei Steve einsteigen würden.

„Ups, ich habe ganz vergessen, dass etwas auf dem Rücksitz liegt", sagte Steve, als sie sein Auto erreichten. Am Griff hing ein Smoking, auf dem Polster befanden sich ein Schuhkarton und mehrere noch nicht ausgepackte Hochzeitsgeschenke.

„Kein Problem. Wir haben Platz genug, wenn es Sunny nichts ausmacht, sich auf meinen Schoß zu setzen", meinte Ty und kletterte auf den Rücksitz.

Sunny konnte nicht protestieren. Der Wagen hatte Schalensitze, deshalb konnte sie sich nicht zu Fran und Steve nach vorn drängen. Außerdem ließ Ty ihr keine Zeit, zu widersprechen. Er griff durch die Tür nach ihrem Handgelenk und zog sie hinein.

Sie landete auf seinem Schoß. Er spreizte die Knie, legte die Hände um ihre Hüften und positionierte ihren Po auf seinem Oberschenkel, gefolgt von, wie sie fand, unnötig vielen Bewegungen, bis er endlich zufrieden war.

„Bequem?" Seine Lippen berührten ihr Ohr.

„Ja."

„Gut, dass wir nur Freunde sind. Sonst könntest du mich ... in Verlegenheit bringen."

Sunny starrte auf Frans Hinterkopf, saß vollkommen reglos da und tat alles, um jegliche Reibung zwischen ihrem und Tys Körper zu vermeiden. Er schien nicht zu wissen, was er in der Enge mit seinen Armen tun sollte. Er probierte einige Haltungen aus und legte sie schließlich um Sunnys Taille. Nach einem Moment ließ er die locker verschränkten Finger nach unten gleiten. Zwischen ihre Oberschenkel.

Steve und Fran waren in ein Gespräch vertieft und bekamen nicht mit, was sich hinter ihnen abspielte. „Ich weiß, was du versuchst", murmelte Sunny.

„Was denn?"

Sie warf Ty einen wütenden Blick zu.

Er lachte. „Glaub mir, Sunny, wenn ich etwas Ungehöriges versuche, erfährst du es als Erste." Sie konnte schlecht widersprechen, denn das Verlangen, das seine Nähe in ihr auslöste, nahm immer mehr zu. „Also lehn dich einfach zurück, entspann dich und genieß die Fahrt."

Entspannen? Ja, sicher. Blöderweise nur lagen seine Daumen genau dort, wo ihre Oberschenkel sich trafen, und ihre Sinne drohten außer Kontrolle zu geraten. Sie konnte sich beim besten Willen nicht daran erinnern, warum es eine schlechte Idee gewesen war, sich mit ihm einzulassen.

Doch es war eine, und der Grund dafür würde ihr schon noch einfallen. Bis dahin musste sie zu Ty auf Abstand gehen. Vorher würde sie nicht normal atmen können. Als Steves Wagen in Frans Einfahrt parkte, tastete sie nach dem Türgriff und wäre fast ins Freie gefallen, da plötzlich die Tür geöffnet wurde.

Während der nächsten Stunde bekam sie die ersehnte Atempause. Sie und Fran standen in der Küche, schmierten Sandwiches und nahmen Getränkebestellungen entgegen, während die anderen Erwachsenen, Ty eingeschlossen, die kleinen Mädchen beaufsichtigten, die viel zu aufgeregt waren, um sich brav zu benehmen.

Frans Eltern verabschiedeten sich ebenso früh wie Steves. Sie wollten sich ausruhen, da jedes Paar eines der Mädchen zu sich nehmen würde, während das Brautpaar in den Flitterwochen war.

„Ich muss die beiden zu Bett bringen“, sagte Fran erschöpft, nachdem sie die beiden nach oben geschickt hatte.

„Ich helfe dir“, bot Steve an und stand vom Tisch auf. „Das heißt, wenn es dir nichts ausmacht, noch ein wenig zu bleiben, Ty.“

„Lasst euch ruhig Zeit“, erwiderte Ty mit einer lässigen Handbewegung. „Ich habe es nicht eilig.“

„Ich fahre dich in die Stadt, sobald die Mädchen schlafen.“ Steve verließ die Küche, um Fran nach oben zu folgen.

„Ich nehme an, das Aufräumen bleibt uns überlassen“, sagte Sunny fröhlich, nachdem sie und Ty einander schweigend und über den Tisch hinweg angestarrt hatten. Sein Blick war alles andere als kumpelhaft gewesen. Er mochte versichert haben, dass er nur ein guter Freund sein wollte, aber die Art, wie er sie ansah, sprach eine andere Sprache.

Sie fragte sich, wie sich an einem so unromantischen Ort wie Frans chaotischer Küche mit ihrer grellen Gänseblümchentapete sexuelle Spannung aufbauen konnte. Die Luft knisterte förmlich.

„Ich wasche ab“, verkündete sie und sprang von ihrem Stuhl, als hätte eine Spiralfeder sie nach oben befördert. Sie hielt das Geschirr kurz unter den Wasserhahn und stellte es in die Spülmaschine.

„Darf ich dir etwas sagen? Unter Freunden?“, fragte Ty, der ein weiteres Tablett mit schmutzigem Geschirr vom Tisch brachte.

„Natürlich.“

„Du hast einen tollen Hintern.“

Sunny hatte sich gerade über den Geschirrspüler gebeugt. Sie richtete sich auf und drehte sich so schnell zu ihm um, dass Seifenwasser auf sein Hemd spritzte. „Ich kann nicht glauben, dass du das gesagt hast.“

„Du glaubst nicht, dass dein Hintern toll ist? Er ist es, das kann ich dir versichern.“

„Ich meine“, entgegnete sie empört, „dass du dich Freund nennst und trotzdem etwas so … so …“

„Sexistisches sagst?“

„Ja!“

„Na ja, wie man sich als Freund verhält, habe ich erst heute Abend gelernt. Du kannst nicht erwarten, dass ich mich innerhalb weniger

Stunden von einem frauenfeindlichen Macho in einen guten Kumpel verwandle."

„Du kannst eben nicht aus deiner Haut."

„Es ist doch nicht so, dass ich versucht hätte, dich aus einer Singlebar abzuschleppen", entgegnete er gelassen. „Dann könnte ich sogar verstehen, dass es dich stört, wenn ich sage, dass du einen tollen Hintern hast. Aber ich wollte einfach nur ehrlich sein, von Freund zu Freund."

„Na, dann vielen Dank, von Freund zu Freund."

„Wenn du nicht willst, dass die Leute dein Hinterteil bemerken, solltest du keine weißen Jeans tragen, die …"

„Schon gut! Danke für den Rat. Ich werde ihn beherzigen. Können wir jetzt über etwas anderes reden?"

„Okay. Wie wäre es mit deinem Busen?"

Streitlustig baute sie sich vor ihm auf, doch als sie in seine Augen schaute, musste sie lachen.

„Das gefällt mir besser", sagte er. „Ich habe schon angefangen, mir Sorgen um dich zu machen."

„Warum?"

„Versteh mich nicht falsch. Du siehst so hübsch aus wie immer, aber als du vorhin in die Kirche kamst, hast du einen müden Eindruck gemacht." Mit der Fingerspitze zog er die Schatten unter ihren Augen nach.

„Ich hatte keinen sehr guten Tag", räumte sie ein.

„Und keine sehr gute Nacht?"

„Und keine sehr gute Nacht."

„Tut es dir leid, dass wir sie nicht zusammen verbracht haben?"

„Nein!" Sie trat einen Schritt zurück.

„Bist du ganz sicher? Ich weiß jedenfalls, dass es sich auf meine Stimmung positiv ausgewirkt hätte, wenn wir es getan hätten. Die Atmosphäre ist drückend. Guter Sex wäre wie ein erfrischender Regen, der die Luft reinigt."

„Ist Sex für dich ein Allheilmittel?"

„Nicht für alles. Aber mit Sicherheit für das, was mich quält."

Sunny wehrte sich gegen die hypnotische Kraft seiner Augen und wandte sich ab. „Ich hatte heute andere Dinge im Kopf."

„Hast du dich mit Jenkins getroffen?"

Die Frage erstaunte sie. „Natürlich nicht. Warum sollte ich?"

„Na ja, nachdem ihr euch gestern Abend begegnet seid, findet ihr vielleicht wieder zueinander."

„Er ist verheiratet!“

„Was heißt das schon heutzutage.“

„Mir ist das nicht gleichgültig.“

„Die Gerüchteküche meldet, dass Jenkins’ Familienstand sich demnächst ändern könnte“, erklärte er. „Vielleicht ist er bald wieder frei.“

„Das ist mir egal. Ich würde trotzdem nicht wollen, dass …“

Sunny brach ab. Sie konnte nicht glauben, dass sie das wirklich gesagt hatte. Ty stand vor ihr wie ein Raubtier, das seine Beute fixierte. „Was würdest du nicht wollen, Sunny?“

„Dem Himmel sei Dank, sie schlafen endlich“, verkündete Fran, als sie mit Steve die Küche betrat.

Ty und Sunny sprangen auseinander.

„Vielleicht lassen die Mädchen dich morgen ausschlafen.“ Steve küsste Fran auf die Stirn.

Sunny riss den Blick von Tys Augen los und verschränkte nervös die Hände, um sich wieder in den Griff zu bekommen. „Ich kümmere mich um sie. Du bleibst im Bett, Frannie, so lange wie möglich. Ich mache den beiden Frühstück und sorge dafür, dass sie still sind.“

„Danke“, sagte Fran lächelnd.

„Es ist spät“, schaltete Steve sich ein. „Und Tys Wagen steht am Gerichtsgebäude. Er kann erst nach Hause, wenn ich ihn hinfahre, also …“ Mit einem sehnsüchtigen Ausdruck auf dem Gesicht sah er Fran an.

„Sunny, wir haben deine Sachen noch nicht hereingeholt“, begann Ty unvermittelt. „Du hast mich doch gebeten, dir dabei zu helfen, nicht wahr?“

Verwirrt starrte sie ihn an. Er hob und senkte vielsagend die Augenbrauen. „Oh.“ Endlich verstand sie. „Ja, das wäre sehr nett von dir, Ty. Entschuldigt uns eine Minute.“

Sie schlüpfte durch die Hintertür hinaus. Ty folgte ihr. Sie mussten beide ein Lachen unterdrücken. „Die beiden wollen eine Weile allein sein, waren aber zu höflich, darum zu bitten. War ich diskret genug?“, fragte er.

„Bevor ich begriffen habe, was du wolltest, habe ich mich gefragt, was um alles in der Welt mit deinen Augenbrauen los ist.“

An ihrem Wagen angekommen, öffnete sie die hintere Tür und reichte ihm ihre Sachen. Sie hatte eine kleine Reisetasche, das Kleid, das sie auf der Hochzeit tragen wollte, und ein bequemes Outfit zum Wechseln dabei.

„Ist das alles?“, fragte er.
„Ja.“
„Du reist mit leichtem Gepäck.“
Auf dem Weg über den Rasen sahen sie Steve und Fran durch die Fliegengittertür. Sie hielten sich in den Armen und küssten sich leidenschaftlich.
„Hmm, vielleicht sollten wir noch eine Minute warten.“ Ty blieb am Picknicktisch stehen und deponierte Sunnys Sachen darauf. Dann setzte er sich auf die Bank und zog sie neben sich.
Die warme Nacht umfing sie. In den dichten Zweigen des Baums über ihnen sangen die Zikaden. Der Mond schien hindurch und tauchte ihre Gesichter in wechselnde Schatten.
„Du hast etwas von Smithie gehört, nicht wahr?“, fragte Ty leise.
Sunny sah ihn an. Sein Gespür schien ihn nie im Stich zu lassen. „Woher weißt du das?“
„Und es war keine gute Nachricht.“
Sie verzog den Mund. „Nein. Es war keine gute Nachricht. Er hat sich lang und breit entschuldigt und mir alles Gute gewünscht, aber meinen Kreditantrag abgelehnt.“
„Verdammt!“
Sie lächelte betrübt. „Genau das habe ich auch gesagt.“
„Was willst du jetzt tun?“
„Ich habe mich noch nicht entschieden.“ Zwischen ihren Augenbrauen bildete sich eine Sorgenfalte. Ihre ganze Körperhaltung und die leicht gespitzten Lippen verrieten, wie niedergeschlagen sie war.
Ty stützte die Ellbogen auf den Tisch hinter ihnen und lehnte sich zurück. „Warum lässt du es nicht sein? Warum willst du es dir noch mal antun, um Geld betteln zu müssen? Gib die Idee auf und freu dich darüber, dass du nicht für eine Firma verantwortlich bist. Du hättest wahrscheinlich keine ruhige Minute mehr und würdest …“
„Ich kann nicht aufgeben“, rief sie zornig. „Was redest du da? Ich soll mich freuen? Ich will Verantwortung tragen. Ich will …“ Sie verstummte, als sie ihn lächeln sah. „Du wolltest mich nur auf die Probe stellen, nicht wahr?“
„Es hat funktioniert, was?“
Verlegen senkte sie den Kopf. „Ich nehme an, ich habe mich gerade entschieden.“
„Nein, das hast du schon vor langer Zeit getan. Du gibst nicht auf, bis du Erfolg hast. Ich habe dich nur daran erinnert.“

„Ich kann noch nicht aufgeben, Ty, ich kann es einfach nicht", sagte sie. Als sie merkte, dass ihre Hand auf seinem Oberschenkel lag und sie ihn gedrückt hatte, um ihren Worten Nachdruck zu verleihen, nahm sie sie hastig fort.

„Es muss schön sein", sagte er nach einem langen Moment.

„Was?" Sunny sah ihn an und folgte seinem Blick zum Haus hinüber, wo Fran und Steven noch immer Arm in Arm dastanden und sich flüsternd unterhielten.

„Oh. Ja." Erst jetzt nahm sie bewusst wahr, dass Ty ihren Rücken streichelte.

„Irgendwie beneide ich sie", fuhr er fort. „Um ihre Liebesaffäre. Die Heirat."

„Ja, es muss hart sein, der Frauenheld der Stadt zu sein."

„Bin ich das?"

„Bist du nicht?"

„Ich kann mich nicht beklagen."

„Nein, das kannst du wohl nicht."

Er schaute noch immer zur Hintertür. „Manchmal denke ich, es muss schön sein, jede Nacht mit derselben Frau zu verbringen. Aber wahrscheinlich würde es irgendwann langweilig werden."

„Nicht unbedingt." Sunny war entsetzt über seine zynische Einstellung.

„Meinst du nicht?" Er schien darüber nachzudenken. „Vielleicht hast du recht, aber man würde das Aufregende und Einmalige gegen das Vertraute eintauschen."

„Ich persönlich finde, es spricht einiges für die Intimität, die Vertrautheit mit sich bringt."

„Das kann sein. Kurze Affären sind meistens nicht sehr entspannt. Wenn man verheiratet ist, fällt es einem viel leichter, sich vor dem anderen nackt zu zeigen. Ein verheirateter Mann kann einfach zu seiner Frau gehen und sie ausziehen, ohne dass es einem von beiden peinlich ist. Im Gegenteil, wenn sie sexuell harmonieren, kann allein das Ausziehen ein äußerst vergnügliches Ritual sein."

„Ja, das glaube ich auch."

„Er könnte ihre Hand nehmen, sie küssen und dorthin legen, wo …" Er schaute an ihr hinab. „Du weißt schon."

„Ja, ich weiß."

„Gut. Das habe ich mir gedacht." Er lächelte. „Er würde ihr zeigen, wie sie ihn streicheln muss, weil er will, dass sie weiß, wie sehr er sie begehrt. Dann könnte er sich hinabbeugen und ihre Brüste küssen, sie mit den Lippen und der Zunge verwöhnen, ohne sich zu fragen, ob es ihr gefällt. Denn er wüsste bereits, was sie als Vorspiel am liebsten hat. Richtig?"

Sunny öffnete den Mund, brachte jedoch keinen Satz heraus. Sie nickte nur und gab ein heiseres „Ja" von sich.

Eine Haarsträhne lag an ihrer Wange. Er pustete sie zur Seite, bis sie sich vor ihr Ohr legte, in dem sie die zwei Diamantstecker trug. Es schien ihn zu faszinieren, wie die Edelsteine zwischen den Haaren hindurchglitzerten.

„Ja, ich sehe, was du meinst, Sunny. Die Ehe hat ihre Vorteile. Aber nach einer Weile wiederholt sich alles Nacht für Nacht und wird ermüdend."

„Das glaube ich nicht."

„Nein?" Er legte den Kopf in den Nacken, um sie besser sehen zu können.

Sunny befeuchtete ihre Lippen. „Nicht, wenn sie einander Vergnügen bereiten wollen."

„Hmm. Und auch nicht, wenn sie beide abenteuerlustig sind."

„Ja, und … wenn sie einander auch im Bett glücklich machen wollen."

„Das klingt ja fast nach Liebe, Sunny." Er nahm ihr Ohrläppchen zwischen Daumen und Zeigefinger und spielte mit den Diamantsteckern. „Redest du gerade von Liebe?"

„Ich … ich nehme an, das tue ich."

„Dann wäre es doch eigentlich völlig egal, wie sie es tun, nicht wahr?" Ihre Blicke trafen sich und verschmolzen. „Alles, was sie tun, tun sie aus Liebe. Wenn er mit ihr schläft, wäre es mehr als Sex. Sicher, es wäre großartiger Sex, aber er wäre ein Ausdruck von Liebe und Vertrauen und tiefer Bindung, so etwas." Er lächelte. „Und er hätte keinen Grund zur Eile. Er könnte ganz lange in ihr bleiben. So lange er möchte. Selbst nachdem sie Wange an Wange eingeschlafen sind." Er legte seine Stirn an ihre und kniff die Augen zusammen. „Verdammt, Sunny, je länger ich darüber rede, desto mehr will ich es."

Sunny kannte das Gefühl. In diesem Moment sehnte sie sich nach nichts mehr als nach genau dieser Intimität, die Ty mit seinen Worten in so schöne Bilder gefasst hatte. Sie wollte seine Lippen berühren und ihn leidenschaftlich küssen. Sie stieß sogar einen sehnsüchtigen Laut aus und drehte den Kopf zu seinem.

Aber er wandte sich ab und lächelte wehmütig. „Aber das alles kommt für uns nicht infrage. Du lebst glücklich und unabhängig in New Orleans. Und ich bin, wie du selbst gesagt hast, der Frauenheld der Stadt." Er stand auf. „Da kommt Steve. Gute Nacht, Sunny. Wir sehen uns bei der Hochzeit."

Sunny war nicht anzusehen, in welch düsterer und trauriger Stimmung sie war. In dem Kleid, das perfekt zu ihren Augen und dem Haar passte, war sie eine strahlende Erscheinung. Ein Sonnenschein. Aber innerlich fühlte sie sich so leblos wie kaltes Metall.

Mit erhobenem Kopf und gestrafften Schultern ging sie durch den Mittelgang nach vorn, aber am Altar zu stehen und die Trauung aus nächster Nähe mitzuerleben war die reine Hölle. Sie spürte die Blicke der Hochzeitsgäste im Rücken und wusste, dass sich viele ebenso sehr für sie wie für das Brautpaar interessierten.

Sie vermied es, den Trauzeugen anzusehen, aber seine blauen Augen zogen sie immer wieder an. Wie eine Flamme die Motten, dachte sie und fragte sich, ob auch sie darin verglühen würde.

Dann nahm sie Tys Arm, ging mit ihm durch die Kirche und achtete darauf, dass ihr Körper seinen nicht berührte. Sie wusste, dass sie teilnahmslos, wenn nicht sogar unfreundlich wirkte. Sie benahm sich, als wären sie Fremde. Fragende Blicke verfolgten sie, und in manche mischte sich auch Neid oder Ablehnung.

Am liebsten wäre Sunny stehen geblieben und hätte den Frauen gesagt, dass sie keinen Anspruch auf ihren Sheriff erhob. Dass sie sich ruhig um ihn streiten sollten. Dass Sunny Chandler keine Konkurrentin war. Sobald diese Hochzeit vorüber war, würde sie ihn niemals wiedersehen, und das war ihr durchaus recht.

Nur noch eine halbe Stunde, dachte sie, als sie zum wiederholten Mal auf die Uhr sah. Fran hatte ihr erzählt, dass der Empfang nicht länger als eine Stunde dauern würde. Sie und Steve würden nicht zu spät aufbrechen, denn sie wollten am Abend von New Orleans aus in die Karibik fliegen.

Für Sunny konnte die Tortur gar nicht früh genug zu Ende gehen. Ihre Füße schmerzten in den neuen Pumps, genau wie die Wangen vom falschen Dauerlächeln. Sie konnte es kaum abwarten, diese Stadt zu verlassen. Und dieses Mal, schwor sie sich, würde sie niemals nach Latham Green zurückkehren.

Vielleicht würde sie nicht wie geplant erst morgen, sondern schon heute Abend abreisen. Warum sollte sie damit warten? Es gab nichts, das sie hier festhielt. Wenn sie es rechtzeitig zum Blockhaus schaffte …

„Sunny?"

Die vertraute Stimme ließ sie zusammenzucken. „Hallo, Don."

Sie hatte ihn und Gretchen während der Trauung mehrmals unter den anderen Gästen gesehen. Gretchen war ihrem Blick jedes Mal ausgewichen. Sunny tat es noch immer leid, dass sie mit ihr eine gute Freundin verloren hatte, aber es ließ sich nicht ändern.

„Kann ich kurz mit dir reden?", fragte Don.

„Das tun wir doch bereits."

„Ungestört, meine ich. Bitte, Sunny", sagte er flehentlich, bevor sie ablehnen konnte. „Wenigstens das sind wir einander doch schuldig, findest du nicht?"

Sie drehte sich um und verließ den Raum, in dem der Empfang stattfand. Don folgte ihr. Auf dem Flur blieb sie stehen. „Noch ungestörter als hier sollte es nicht werden", sagte sie.

Er sah nervös aus und trat von einem Fuß auf den anderen. Früher hatte sie diese Eigenart an ihm gemocht, aber jetzt ertrug sie es kaum, denn es ließ ihn unentschlossen wirken.

„Ich habe oft daran gedacht, dich anzurufen", begann er.

„Ich bin froh, dass du es nicht getan hast. Es wäre peinlich gewesen. Und falsch. Du bist ein verheirateter Mann, Don."

Er lachte bitter. „Als wüsste ich das nicht." Sunny gab keinen Kommentar ab. „Es geht um … Gretchen und mich … Wusstest du, dass sie schwanger ist?"

Sunny war überrascht, aber nicht erschüttert. Warum eigentlich nicht? Noch vor kurzer Zeit hätte sie die Vorstellung, dass Dons Kind in Gretchens Bauch heranwuchs, unerträglich schmerzhaft gefunden. „Nein, das wusste ich nicht. Glückwunsch."

„Nein, beglückwünsche mich nicht." Er zog eine Grimasse. „Es ist ein Fehler, dieses Baby zu bekommen. Die Ehe ist gescheitert, und es ist Gretchens letzter Versuch, sie doch noch zu retten."

„Das solltest du mir nicht erzählen, Don. Entschuldige …"

„Sunny, bitte." Er griff nach ihrer Hand, als sie davongehen wollte. „Ich muss mit dir reden."

„Ich will nichts von deiner Ehe hören. Es geht mich nichts an."

„Doch, das tut es. Ich habe einen großen Fehler gemacht, Sunny. Einen schrecklichen Fehler. Das habe ich dir bereits gesagt, als du mich erwischt hast … mit … an unserem Hochzeitstag. Ich nehme an, du hast mir nicht geglaubt. Aber ich verzeihe dir, dass du mich verlassen und vor der ganzen Stadt lächerlich gemacht hast."

Sie wich zurück, als hätte er sie geohrfeigt. „Ich kann mich nicht erinnern, dich um Verzeihung gebeten zu haben", zischte sie. „Wage es nicht, mir die Schuld zu geben. Ich habe nichts falsch gemacht. Ich habe niemandem von dir und Gretchen erzählt."

„Ich weiß, ich weiß. Reg dich nicht auf. Bitte. Hör mir einfach nur zu."

Er blickte über die Schulter, als hätte er Angst, mit ihr gesehen zu werden. An seiner Stirn glitzerten Schweißtropfen. An Ty Beaumont sahen sie viel besser aus. Sie fragte sich, woher in dieser Situation dieser absurde Gedanke kam.

„Sunny, ich liebe dich noch immer", sagte Don verzweifelt. „Ich bin mit Gretchen nicht glücklich. Sie … sie ist nett und alles, aber sie ist nicht du. Und jetzt, da das Baby kommt, fühle ich mich wie in die Falle gegangen. Ja, das ist es, wie in einer Falle."

Zu seiner Verblüffung begann Sunny zu lachen. „Es tut mir leid, Don", sagte sie und schaute in sein ungläubiges Gesicht. „An dem, was du sagst, ist nichts lustig. Aber ich vermute, dass du diese kleine Ansprache wahrscheinlich vor drei Jahren Gretchen gehalten hast. Bestimmt hast du ihr gesagt, dass du dich am Abend vor unserer Hochzeit wie in die Falle gegangen fühlst und etwas Unanständiges tun musst, um dir zu beweisen, dass du noch frei bist."

Voller Mitleid mit ihm schüttelte sie den Kopf. Und mit sich selbst. Drei Jahre lang hatte sie sich an die Erinnerung an eine tiefe Liebe geklammert, die es nie gegeben hatte. Don mochte aussehen wie ein richtiger Mann, aber er war schwach und gab immer anderen die Schuld an seinem Unglück. Er war ein Jammerlappen. Warum hatte sie so lange gebraucht, um das zu begreifen?

„Es tut mir leid, dass du unglücklich bist, Don. Wirklich."

Sie kehrte ihm den Rücken zu und ging den Flur entlang.

„Sunny, ich liebe dich. Ich habe nie aufgehört, dich zu lieben. Bedeutet das denn gar nichts?"

Sie drehte sich zu ihm um. „Wenn es wahr ist, bedeutet es nur, dass du ebenso dumm bist wie ich. Leb wohl, Don."

Sie konnte nicht mehr bleiben. Sie hatte Tränen in den Augen. Sie würde Fran später alles erklären, und als die gute Freundin, die sie war, würde Fran es verstehen.

Sunny eilte an den Leuten vorbei, die vor dem Eingang standen, und rannte zu ihrem Wagen. Sekunden später raste sie die Straße zum See entlang, ohne darauf zu achten, dass der Wind ihrer Frisur zerstörte.

Sie hinterließ eine Staubwolke, aus der erst schemenhaft, dann immer deutlicher ein Streifenwagen auftauchte. Als Sunny im Rückspiegel sah, wie er rasch näher kam, fluchte sie. Anstatt langsamer zu fahren, wozu das Blaulicht sie aufforderte, gab sie Gas.

## 9. KAPITEL

Sunny fuhr bis vor die Veranda, sprang aus dem Wagen und rannte die Stufen hinauf. Sie eilte ins Blockhaus, knallte die Tür hinter sich zu und schloss sie ab. Dann ging sie ins Schlafzimmer und zog den langen Reißverschluss an ihrem Rücken auf.

Sie musste das Kleid ausziehen. Nichts sollte sie an Hochzeit oder Ehe erinnern. Sie musste weg von hier. Für immer.

„Sunny, mach auf!“

Sie hörte, wie Ty mit den Fäusten gegen die Tür hämmerte, achtete jedoch nicht darauf. Sie stieg aus dem Seidenkleid und warf es durchs Zimmer. Wie ein Fallschirm landete es in einer Ecke.

„Ich warne dich“, rief er.

Sunny wischte sich die Tränen aus den Augen und verschmierte dabei ihr Make-up. Wie hatte sie nur so dumm sein können zu glauben, dass sie noch immer in Don verliebt war. Sie hatte so sehr gelitten, und wofür? Sie hatte den Schmerz ertragen, und wofür? Warum hatte sie sich das alles zugemutet? Die Demütigung. Den Spott. Warum hatte sie ihn geschützt?

Sie streifte die Pumps ab. Dann erstarrte sie. Holz splitterte, laute Flüche drangen durchs Blockhaus, gefolgt von schweren Schritten im Wohnzimmer.

Sunny riss die Schlafzimmertür auf. Sie konnte nicht glauben, dass Ty es fertigbrachte, die Haustür aufzubrechen. Aber sie stand offen, hing an nur noch einem Scharnier und zitterte immer noch von den wuchtigen Schlägen, denen sie nachgegeben hatte. Und Ty kam auf sie zu, die Augen so kalt wie ein zugefrorener Fjord, das Gesicht wie in Stein gehauen, die Schritte so entschlossen, dass ihr fast das Herz stehen blieb.

Er hatte die schwarze Smokingjacke ausgezogen und die Fliege gelöst. Sie hing ihm um den Hals und ließ ihn noch zorniger aussehen. Der Kragen des eleganten Oberhemds war leicht geöffnet, aber die Kragenknöpfe aus Onyx waren zwischen den Falten deutlich zu erkennen.

Der unbändige Zorn, den er ausstrahlte, faszinierte sie so sehr, dass sie wie angewurzelt dastand. Als er sie erreichte, fasste er nach ihr und riss sie hoch, bis ihre Zehen über dem Fußboden schwebten. „Was fällt dir ein, wie eine Wahnsinnige durch die Gegend zu rasen?“

„Lass mich in Ruhe.“

Er war der letzte Mensch, mit dem sie sich anlegen wollte. Nicht nach dem gestrigen Abend, an dem er ihr erst Hoffnungen gemacht und sie dann mit einem beiläufigen „Gute Nacht, Sunny“ zurückgelassen hatte. Sie würde nicht auf seinen Charme hereinfallen. Nicht jetzt. Nie wieder.

„Verschwinde aus meinem Haus“, schrie sie ihn an. „Wie kannst du es wagen, meine Tür …“

„Halt den Mund! Hast du nicht gesehen, dass ich hinter dir war?“

„Doch!“

„Das Blaulicht?“

„Auch das!“

„Warum hast du nicht angehalten?“

„Weil ich es nicht wollte.“

„Was hattest du vor? Wolltest du dich umbringen?“

„Nein!“

„Trauerst du dem Mistkerl etwa so sehr nach, dass du dein Leben wegwerfen willst?“ Er schüttelte sie leicht. „Er ist es nicht wert, meine kleine Wahnsinnige. Begreifst du das denn nicht?“

Doch, das tat sie. Tys Vorwürfe waren nicht härter als die, die sie sich selbst machte. Sie hatte drei Jahre mit der Trauer um einen Mann verschwendet, der in ihrer Erinnerung bedeutender war als in der Realität. Sie hatte ein Zerrbild geliebt, ein Fantasieprodukt, erstanden aus der Asche ihres zutiefst erschütterten Selbstbewusstseins.

In diesem Moment gestand sie sich ein, wie dumm sie gewesen war, und hielt sich an Ty fest. Er stützte sie, während ihre Tränen über sein weißes Smokinghemd rannen. Dann beugte er kurz die Knie, legte einen Arm um ihre Beine und nahm sie auf die Arme.

Er trug sie ins Wohnzimmer und setzte sich mit ihr in einen der viel zu weichen Polstersessel. Er hielt sie auf seinem Schoß fest, schlang die Arme um sie und schob behutsam ihren Kopf unter sein Kinn.

Und dann tat er nichts mehr, sondern ließ sie einfach weinen. Er ertrug jedes Schluchzen, mit dem sie ihren Schmerz herausließ. Geduldig wartete er, bis ihre Tränen schließlich versiegten. Immer noch saß er still da und drückte sie an sich, während der Schluckauf sie schüttelte.

Erst als sie sich ein wenig beruhigte, hob er ihr Kinn an und sah ihr ins Gesicht. Mit den Daumen wischte er die dunklen Spuren ab, die die Tränen dort hinterlassen hatten. „Besser?“ Sie nickte. „Er ist es nicht wert, dass du um ihn weinst, Sunny.“

Sie blinzelte die letzten Tränen fort und schaute ihm in die Augen. „Ich weiß.“

„Das weißt du? Warum hast du dann …“

„Ich habe nicht um Don geweint. Ich habe um all die Zeit geweint, die ich an ihn verschwendet habe."

„Wie meinst du das?", fragte er.

Sunny starrte auf seinen Hals, an dem ein kräftiger Puls schlug. „Drei Jahre lang habe ich unter etwas gelitten, das wahrscheinlich das Beste war, was mir passieren konnte. Ich hätte Don und Gretchen dafür danken sollen. Was die beiden getan haben, hat mich davor bewahrt, einen entsetzlichen Fehler zu begehen."

Ty ließ eine Hand auf ihrem Oberschenkel ruhen. Mit der anderen suchte er in ihrem zerzausten Haar nach Nadeln. Eine nach der anderen zog er sie heraus und beobachtete, wie jede Locke sich löste und auf ihre bloße Schulter fiel.

„Don hat eine Frau gebraucht, die sein verunsichertes Ego pflegt. Das weiß ich jetzt." Sunny drehte den Kopf, um Tys tastenden Fingern die Suche zu erleichtern. „Er brauchte eine Frau, die ihr ganzes Leben allein ihm widmet, für die es nichts anderes gibt, keine eigenen Ziele."

Ty legte die Nadeln, die er eingesammelt hatte, auf einen Beistelltisch und kämmte mit den Fingern durch Sunnys Haar, um ein wenig Ordnung in das lockige Chaos auf ihrem Kopf zu bringen. „Er brauchte eine Hausfrau, die ihn anbetet", sagte er sanft und betrachtete die sinnliche Frau auf seinem Schoß. Sein Blick fiel auf das Fußkettchen. „Die bist du ganz sicher nicht."

„Es wäre ein Vollzeitjob gewesen. Ich hätte meine Arbeit aufgeben müssen."

„Und was ist mit deinen Bedürfnissen?"

„Ich habe gelernt, sie zu vernachlässigen."

„Warum?"

Sie wusste, dass er ihr diese harten Fragen nur stellte, damit sie sich ihre Gefühle bewusst machte. „Weil ich Angst hatte, verletzt zu werden", gestand sie.

„Verletzt?"

„Enttäuscht."

Zärtlich lächelte er. „Ja, das verstehe ich."

Sie lächelte zurück und legte den Kopf an seine Schulter. Einige Minuten lang sagten sie nichts und genossen den friedlichen Moment, in dem es nichts als Trost und Nähe gab.

„Ty?"

„Hmm?"

„Das hier ist das, wovon ich immer geträumt habe."

Er schaute zu ihr hinunter. „Von mehr hast du nicht geträumt?"

Nie war sein Mund wärmer und weicher gewesen, als er sie jetzt küsste. Sunny wagte es nun endlich, sich ganz ihren Gefühlen hinzugeben. Sie schob ihre Zunge zwischen seine Lippen, um möglichst viel von ihm zu fühlen.

Der Schein der Abendsonne drang durch die Fensterläden und die Tür, die vergessen an ihrem Scharnier hing, und tauchte den Raum in fliederfarbenes Licht. Die Schatten waren tief, aber nicht bedrohlich. Die Luft war schwer und süß und duftete nach Geißblatt, Magnolien und Gardenien. Nach Sommer.

Die einzigen Geräusche stammten von den nachtaktiven Tieren, die aus ihren Verstecken kamen, den Vögeln, die in den Bäumen nacheinander riefen, und dem Liebespaar, das sich seufzend voneinander löste. Und von Sunnys Strümpfen, die aneinanderrieben, als sie die Beine bewegte und sich in Tys Armen noch kleiner zu machen versuchte.

„Sunny, Sunny." Ihr Name war ein leises Stöhnen, das ihm über die feuchten Lippen kam. Mit ihrer Hilfe zog er die kleinen Stifte aus dem Hemd und legte sie zu den Haarnadeln auf dem Beistelltisch. Sunny schob die Hand unter den gestärkten Stoff und strich über die breite Brust.

Er vertiefte den Kuss und berührte ihren Hals andächtig, offensichtlich fasziniert von ihrer weichen Haut. Unter seinem Hemd erkundeten ihre Finger seinen Oberkörper. Sie glitten durch das gekräuselte Haar, prüften die straffen Muskeln und tasteten nach einer festen Brustwarze.

Wieder flüsterte er heiser ihren Namen, nahm die Hand von ihrer Brust und legte sie dorthin, wo sie es kaum noch erwarten konnte, ihn zu spüren. Unter seinen Fingern bewegte sich die Seide ihres Slips, und sogar das Rascheln war ein äußerst erotisches Geräusch. Sie hielt den Atem an, als er sie durch den Stoff hindurch zu streicheln begann.

„Ty?"

„Was denn, Liebling?"

„Dieses Mal darfst du nicht aufhören."

„Ganz bestimmt nicht."

Sie bedeckte seinen kräftigen, gebräunten Hals mit Küssen, schob das Hemd zur Seite und presste die Lippen genau dort auf seine erhitzte Haut, wo sie das Herz schlagen fühlen konnte.

Er streichelte ihre Brust und streifte die Brustwarze immer wieder mit dem Daumen, bevor er mit der Hand nach unten wanderte und sie um ihre Taille legte. Dann tastete er nach ihrem Knie. Der Unterrock bauschte sich an ihren Hüften.

Er nahm den Kopf von ihrer Schulter und warf einen Blick auf ihre Beine, die ebenfalls in helle Seide gehüllt waren. Sie trug einen Strumpfhalter, und Ty konnte sehen, wo in der Mitte des Oberschenkels die Strümpfe daran befestigt waren. Der Anblick war so sexy, dass er sich fragte, wie lange er sich noch beherrschen konnte.

Er schob die Hand darunter und streichelte die seidige Haut. Es war eine so erregende Berührung, dass Sunny leise seinen Namen stöhnte. Sie warf den Kopf zurück und öffnete die Lippen zu einer stummen Bitte. Er erfüllte sie nur zu gern und küsste sie leidenschaftlich.

Der Kuss war wild und sinnlich. Während er ihn vertiefte, glitt sein Daumen zwischen ihre Schenkel, damit Ty sie auch dort verwöhnen konnte. Ein Mal. Zwei Mal. Sie presste sich an seine Hand und streichelte sein Haar.

„Lass uns miteinander schlafen, Sunny."

Sie wollte nicken, aber ihr schien die Kraft dazu zu fehlen, obwohl ihr Körper sich noch nie so lebendig angefühlt hatte. Ty stand auf, trug sie mühelos ins Schlafzimmer und setzte sie auf dem Bett ab.

Voller Begierde schaute er sie an, ließ seinen Blick über ihre goldenen, vor Verlangen glänzenden Augen wandern, über die feuchten korallenfarbenen Lippen und das zerzauste, im Halbdunkel schimmernde Haar. Die Seide schmiegte sich an ihren Körper, den er besitzen wollte, seit er ihn zum ersten Mal gesehen hatte.

Ihre Schultern waren breit, aber feminin geformt. Die Haut am Hals und an der Brust war glatt und weich und von der Sonne leicht gebräunt. Die Brüste waren fest und rund. Die Spitzen zeichneten sich unter der Seide deutlich ab.

Sie griff nach den Trägern und wollte sie abstreifen. „Nein", sagte er und hielt ihre Hände fest. „Behalt es an."

Noch bevor sie sich fragen konnte, warum er nicht wollte, dass sie sich auszog, presste er sie an sich. Sein Kuss ließ nur einen Gedanken zu – wie sehr sie diesen Mann wollte. Wie sehr sie sich danach sehnte, ihn in sich zu fühlen, damit er ihr die Leere nahm, unter der sie schon so lange litt. Damit er ihr den Glauben an die Liebe wiedergab und ihr bewies, dass auch sie begehrenswert war.

Seine Hände glitten an der Rückseite ihrer Oberschenkel hinauf und umschlossen den festen Po. Er drückte sie an sich, bis sie beide so heftig atmeten, dass sie den Kuss abbrechen mussten.

Er schob die Hände in ihren Slip und strich mit den Handflächen über die nackte Haut. Sie wehrte sich nicht, als er das knappe Kleidungsstück nach unten streifte und es an den Knien losließ. Sie befreite sich davon.

„Leg dich hin."

Sie tat es und beobachtete, wie er sich von dem Kummerbund des Smokings befreite und ihn achtlos zu Boden fallen ließ. Er knöpfte seine Hose auf und zog sie zusammen mit den Schuhen und Socken aus. Die Boxershorts folgten. Nun trug er noch das aufgeknöpfte Smokinghemd, und die schwarze Fliege baumelte am Kragen, während er sich auf Sunny legte, ihre Schenkel mit den Hüften spreizte und sich dazwischen schob. Er nahm ihren Kopf zwischen die Hände und küsste sie voller Leidenschaft. Als sie aufstöhnte, strich er mit der Zunge über ihre Lippen und schmeckte das Salz, das ihre Tränen darauf hinterlassen hatten.

„Ab sofort hast du Don Jenkins vergessen", stieß er heiser hervor. „Er existiert nicht mehr für dich. Verstanden?" Als Antwort bewegte sie die Hüften, und er lächelte. Jedenfalls glaubte sie es. Sein Gesicht war ihrem so nahe, dass sein Mienenspiel schwer zu erkennen war. „Jetzt gibt es nur noch dich und mich, Sunny. Und ich werde dafür sorgen, dass du nicht umsonst so lange auf mich gewartet hast."

Er richtete sich auf und betrachtete sie für einen Moment. Gewaltiges Verlangen spiegelte sich in seinen Augen. Er kniete zwischen ihren gespreizten Schenkeln, spielte mit dem Spitzenbesatz des Strumpfhalters und streichelte die Haut darunter, bevor er wieder über Sunny glitt. Mit beiden Händen massierte er ihre Brüste und küsste die Brustwarzen durch den Stoff hindurch, bis seine Zunge die Seide zu durchdringen schien.

Nach einem Moment packte ihn die Ungeduld. Er versuchte, ihr den Träger von der Schulter zu schieben. Die Seide gab nach, und der Träger zerriss. Weder Sunny noch er achteten auf den Schaden, denn plötzlich lag eine Brust frei, und er presste sein Gesicht darauf und umschloss die Spitze mit den Lippen.

„Du bist wunderschön", flüsterte er.

Sunny schrie leise auf, sowie er in sie eindrang, und hob ihm die Hüften entgegen. „Du bist so eng." Sein Atem strich über ihr Ohr.

„Das tut mir leid."

„Mir nicht."

Er küsste sie so leidenschaftlich wie noch nie, und als er danach die Augen öffnete, waren sie tiefblau und voller Zärtlichkeit. „Du bist Jungfrau, nicht wahr, Sunny?"

Es zu bestreiten, wäre lächerlich. „Rein anatomisch gesehen."

„Nur das zählt."

„Ich weiß wirklich nicht, warum du so überrascht bist", sagte sie mit rauer Stimme. „Du hast doch das Gerücht gehört, dass ich es nie bis zum Letzten kommen lasse."

Er lächelte. „Hey, ich beklage mich nicht."

„Nein?"

Seine Augen leuchteten, als er sich zurückzog. „Nein."

„Warum tust du das? Hör nicht auf, Ty."

„Ich höre nicht auf", versicherte er ihr und strich über ihr Haar und die Wange. „Ich will es uns nur ein wenig erleichtern."

Er küsste eine Brust und reizte die feuchte Brustwarze mit dem Daumen, während er mit dem Mund eine heiße Spur ihren Bauch entlang zog und spielerisch am Strumpfhalter knabberte. Dann vergrub er den Kopf zwischen ihre Schenkel. Sein Haar kitzelte die äußerst empfindliche Haut, und Sunny stockte der Atem, als sie seine Zunge fühlte. Ihr goldenes Fußkettchen tanzte über seinen Rücken, während sie mit den Zehen an ihm hinabstrich.

Die Lust, die sie mit unvorstellbarer Wucht durchströmte, erfasste ihren ganzen Körper und erfüllte sie bis in den letzten Winkel ihrer Seele. Hemmungslos gab sie sich ihr hin und kostete sie so aus, wie sie es sich noch nie getraut hatte.

Als sie daraus auftauchte, war sie wieder mit Ty vereint, und ihr Körper schien sich nie wieder von ihm lösen zu wollen.

„Ich will dir nicht wehtun, Liebling."

„Das tust du nicht."

„Spürst du das?"

Er bewegte sich, und sie schrie leise auf, nicht vor Schmerz, sondern vor Lust.

„Tut es weh?"

„Nein, nein."

„Fühlt es sich gut an?"

„Ja."

„Soll ich weitermachen?"

„Ja, Ty. Immer weiter …"

„Ist dir kalt? Soll ich uns zudecken?"

„Nein." Sunny seufzte glücklich.

Nackt in Tys Armen zu liegen, war so herrlich, dass keiner von ihnen sich zu bewegen wagte. Er hatte sie ganz ausgezogen und war dabei so zärtlich gewesen, dass es gar nicht zu dem Verlangen zu passen schien, das noch immer in seinen blauen Augen brannte.

„Du hast eine Gänsehaut."

„Weil es kitzelt."

„Was? Das hier?" Erneut strich er an ihrer Seite hinab, vom Arm bis zur Hüfte. Sie lachte. „Entschuldige, aber die Nebenwirkungen gefallen mir einfach zu sehr, um damit aufzuhören."

„Die Nebenwirkungen?", wiederholte sie. Er berührte die rosige Spitze einer Brust, und sie stöhnte vor Vergnügen. „Ja, die Nebenwirkungen sind wirklich wunderbar." „Sie sind gerötet. War ich zu ungestüm? Haben meine Bartstoppeln gekratzt?"

„Ja, und es war herrlich." Ihr Lächeln war das eines sehr unartigen Mädchens.

Ty freute sich darüber, dass sie ihm den Körper, nach dem er sich sehnte, so freizügig darbot. Sie schämte sich ihrer Nacktheit nicht und war auch nicht sofort aus dem Bett gesprungen und ins Bad geeilt, nachdem sie miteinander geschlafen hatten. Stattdessen hatte sie sich an ihn geschmiegt und hatte sich als die liebevolle, sinnliche Frau erwiesen, die er immer in ihr gesehen hatte.

Jetzt lehnte er mit dem Rücken an der Wand und schaute auf ihren Kopf, der auf seinem Bauch lag. Er breitete ihr Haar darauf aus, strich durch die Locken und war sicher, dass es für ihn nichts Schöneres geben konnte.

Dieses gemächliche, vollkommen entspannte Nachspiel war neu für ihn. Selbst mit seiner Frau war der Sex immer ein Abschluss, nie ein Beginn gewesen. Mit Sunny war das ganz anders, und er wusste, wie schwer es ihm fallen würde, das Bett zu verlassen.

„Warum hast du nie mit Don geschlafen, Sunny?"

„Geht dich das etwas an?"

„Nein."

„Also?"

„Ich bin neugierig."

Sie strich über seinen Bauch. „Ich wollte es. Er fand, wir sollten damit warten."

Ty lachte ungläubig. „Das wundert mich gar nicht. Er hatte Angst, nicht einlösen zu können, was er versprochen hatte."

„Im Gegensatz zu dir", erwiderte sie und ließ ihre Hand nach unten wandern.

Er stöhnte leise auf, sprach jedoch weiter. „Er war nicht der Richtige für dich, und er wusste es. Er wollte verhindern, dass du es schon vor der Hochzeit merkst. Du warst die Frau, die er wollte, aber alles, was ihm an dir gefiel, hat ihm auch Angst gemacht."

Sie hob den Kopf und sah ihn an. „Mache ich Männern Angst?"

„Nur denen, die sich nicht trauen, hinter deine Fassade zu schauen."

Sie warf ihm einen wütenden Blick zu, legte den Kopf jedoch wieder auf seinen Bauch. „Du scheinst ja auf dem Gebiet Experte zu sein. Warum hast du eigentlich nicht wieder geheiratet?"

„Ich habe nicht die Richtige gefunden."

„In Latham Green ist das Angebot begrenzt. In einer großen Stadt hättest du mehr Auswahl gehabt."

„Aber ich könnte nicht in einer Großstadt leben."

Sie hörte die Veränderung in seiner Stimme. Die Antwort hatte scharf und verbittert geklungen. Sunny wollte ihnen nicht die Stimmung verderben, aber sie musste wissen, was ihn so sehr belastete. Er hatte ihr geholfen, sich ihre wahren Gefühle bewusst zu machen und mit ihnen umzugehen. Vielleicht konnte sie das auch für ihn tun.

„Was ist passiert, Ty?"

„Ich bin gegangen."

„Aber warum? Erzähl es mir."

Sie fühlte, wie sich die Muskeln unter ihrem Kopf anspannten, als er mit sich rang. Nach einem Moment entspannten sie sich wieder, und er begann zu reden.

„Mein Partner, der auch mein bester Freund war, und ich wurden auf einen brisanten Fall angesetzt. Die Sicherheitsvorkehrungen waren hoch. Nur sehr wenige Leute waren informiert. Wir wussten von Anfang an, dass es ein äußerst gefährlicher Auftrag war. Wir sollten die Hintermänner eines Drogenrings schnappen. Es bestand der Verdacht, dass es sich um Polizisten handelte."

Sunny streichelte beruhigend über seinen Oberschenkel. Er war noch angespannt, und sie wusste, wie schwer es ihm fiel, über die schmerzhaften Ereignisse in seinem Leben zu sprechen. Aber genau das musste er tun, wenn er nicht länger darunter leiden wollte.

„Unsere Ermittlungen dauerten Monate. Eines Abends hat mein Partner mich zu Hause angerufen. Er war aufgeregt. Ein bezahlter Informant hatte ihm ein paar Neuigkeiten geliefert, die er mir sofort erzählen wollte. Ich habe mich mit ihm in einem Café verabredet, denn wir waren am Telefon immer sehr vorsichtig. Man konnte nicht wissen, wer vielleicht mithört."

Er schwieg. Hätte Sunny seine Finger nicht in ihrem Haar gefühlt, hätte sie geglaubt, dass er eingeschlafen war, so reglos lag er da.

„Offenbar hatte doch jemand mitgehört", fuhr er irgendwann fort. „Mein Partner wartete auf dem Parkplatz, als ich dort ankam. Er rief meinen Namen, und ich ging auf ihn zu." Seine Stimme klang brüchig. „Der erste Schuss traf ihn zwischen den Augen. Die nächsten Treffer warfen ihn gegen ..."

„Nicht, Ty." Sunny presste das Gesicht gegen seinen Bauch, legte die Arme um seine Taille und zog ihn fest an sich. „Denk nicht mehr daran. Es tut mir leid, dass ich dich gefragt habe."

„Das muss es nicht. Es ist höchste Zeit, dass ich darüber rede." Er atmete tief durch. „Nachdem mein Partner ermordet worden war, habe ich alles getan, um die Verbrecher zu finden, die ihn auf dem Gewissen hatten." Er lachte bitter. „Der Hauptschuldige war ausgerechnet der Chef des Drogendezernats, der uns auf den Fall angesetzt hatte."

„Was ist passiert?", fragte sie.

„Ich habe ihn festgenagelt. Er sitzt hinter Gittern. Den Mord an meinem Partner konnten sie ihm nicht nachweisen, dafür ist er leider nicht verurteilt worden. Sie haben mir seinen Job angeboten."

„Warum hast du ihn nicht angenommen?"

„Ich wollte ihn nicht. Ich hatte die Nase voll von den Verwaltungsbeamten, die ihn lieber heimlich und leise entlassen wollten, anstatt aufzudecken, wie korrupt manche Kollegen waren." Er seufzte. „Also bin ich gegangen und hierhergekommen. In Latham Green kann ich noch etwas ausrichten."

„Du bist ein sehr aufrechter Mann."

„Oder ein Dummkopf."

Der Blick, den sie ihm zuwarf, war voller Bewunderung. „Ein aufrechter Mann."

„Danke."

Sie küsste die Narbe an seiner Seite. „Sie haben versucht, auch dich umzubringen, nicht wahr?"

„Ja. An dem Abend, an dem sie meinen Partner erschossen haben."

„Und deshalb hat deine Frau dich verlassen?"

„Sie hat mich vor die Wahl gestellt. Entweder ich ziehe mich von dem Fall zurück, oder sie verlässt mich." Er strich über Sunnys Haar. „Aber das konnte ich nicht. Ich wollte die Schuldigen zur Strecke bringen."

„Warum hast du sie nicht hierher mitgebracht, als alles vorbei war?"

Er spielte mit einer ihrer Locken. „Weil ich inzwischen begriffen hatte, dass wir nicht gut füreinander waren. Egal ob in Latham Green oder anderswo." Sein Blick wurde herausfordernd. „Ich habe sie nie so begehrt wie dich."

Sie wollte protestieren, aber dann überlegte sie es sich anders und lächelte verführerisch. „Dabei haben wir doch noch gar nicht richtig angefangen." Sie senkte den Kopf und bedeckte seinen Bauch mit federleichten Küssen. Der Duft seiner Haut war berauschend, und sie wollte sie schmecken. Zaghaft berührte sie sie mit der Zunge und wurde immer mutiger.

„Sunny", stieß er hervor. Er schob die Hände unter ihr Haar und umschloss locker ihren Kopf. Der Druck seiner Finger nahm ein wenig zu, als sie seine Oberschenkel küsste. Und nicht nur die. Ihr Mund blieb dort, bis er es nicht mehr aushielt.

„Nein, Sunny", keuchte er, als sie sich auf ihn setzen wollte. „Ich will dir nicht wehtun."

Sie schüttelte den Kopf und ließ sich langsam auf ihn sinken.

Minuten später lagen sie nebeneinander, und er strich ihr die feuchten Locken aus dem Gesicht. „Das hättest du nicht tun sollen", sagte er leise.

„Hat es dir nicht gefallen?"

„Natürlich, aber du hättest dir wehtun können."

„Es war so schön, dass ich es wahrscheinlich gar nicht gemerkt hätte." Sie küsste ihn zärtlich. „Da wir gerade dabei sind, du hast auch etwas getan, was du nicht hättest tun sollen."

„Ich hätte dich nicht streicheln sollen?"

Sie errötete. „Ich war ziemlich wild, oder?"

„Ja. Und es war wunderschön." Er betrachtete ihr Gesicht, als könnte er nicht genug davon bekommen. „Du bist wunderschön, Sunny."

„Danke."

„Das ist mein Ernst. Und ich rede nicht nur von deinem Aussehen. Dass mir gefällt, wie du aussiehst, müsstest du inzwischen gemerkt haben." Er strich an ihrem Kinn entlang. „Aber ich mag und bewundere auch deine Persönlichkeit."

Sunnys Augen wurden feucht. „Wirklich?"

„Sehr sogar", flüsterte er und legte den Kopf auf die Seite. „Du willst doch wohl nicht weinen, oder?"

„Vielleicht."

„In meinem Bett ist Weinen nicht erlaubt. Deshalb muss ich mir etwas einfallen lassen, womit ich dich ablenken kann."

Gleich das erste Ablenkungsmanöver bewies, wie begabt er darin war.

## 10. KAPITEL

Sunny war vor Ty wach. Sie erwachte so langsam und gemächlich, wie es sich für einen Sonntagmorgen gehörte, und fühlte sich so wohl, dass sie schon lächelte, noch bevor sie die Augen aufschlug.

Die Sonne schien durch den Fensterladen und zeichnete helle Streifen auf den Holzboden. Staubflocken wehten wie Feenstaub durchs Zimmer. Draußen zwitscherten Vögel. Wäre da nicht der Mann neben ihr gewesen, hätte Sunny glauben können, dass sie das alles nur träumte.

Er atmete tief und gleichmäßig. Sie lauschte und fand herrlich, wie männlich es sich anhörte. Sie genoss die Wärme, die sein athletischer Körper verströmte. Ihre Wange lag an seiner Brust, ihr Haar hatte sich um seine Finger gewickelt.

Ab jetzt würde sie an jedem Tag, an dem sie nicht neben Ty Beaumont erwachte, dieses Gefühl des Einsseins vermissen. Die Vorstellung, ohne ihn zu leben, war schrecklich.

Als sie drei Jahre zuvor nach New Orleans geflohen war, hatte sie geglaubt, an ihrem gebrochenen Herzen zu sterben. Jetzt war ihr klar, dass sie nur unter ihrem verletzten Stolz gelitten hatte. Heute von hier wegzugehen und Ty zu verlassen, würde ihr wirklich das Herz brechen.

Sie liebte ihn.

Und das machte sie wütend auf ihn. Der arrogante, für ihren Geschmack viel zu selbstsichere Kerl hatte sie doch tatsächlich dazu gebracht, sich in ihn zu verlieben.

Sie drehte den Kopf gerade weit genug, um ihm ins Gesicht schauen zu können, und musste lächeln. Er atmete durch den Mund, und die Lippen waren leicht geöffnet. Sie spürte ein Kribbeln im Bauch, als sie daran dachte, was für ein Vergnügen er ihr mit seinem Mund bereiten konnte.

War das, was sie für ihn empfand, rein sexuell?

Die Antwort fiel ihr leicht. Nein, es war mehr als das. Viel mehr. Sie mochte seinen Humor, auch wenn er sich in der letzten Woche mehrmals über sie lustig gemacht hatte. Sie mochte seinen Sinn für Gerechtigkeit und die angeborene Freundlichkeit.

Er war einfühlsam. Gestern Abend war er wie ein großer Bruder gewesen, bevor er zu ihrem Liebhaber geworden war. Instinktiv hatte er gewusst, was sie brauchte. Sie war ihm dankbar, dass er ihre Fähigkeiten als Geschäftsfrau hoch einschätzte. Er spottete nicht über ihre Ideen. Er war nicht herablassend. Er bot ihr seinen Rat an und predigte nicht.

Ihr imponierte, wie er sein Leben wieder in die Hand genommen hatte, nachdem es aus den Fugen geraten war. Angesichts der Korruption hatte er nicht den einfacheren Weg gewählt und weggesehen, sondern allein und ohne einen einzigen Verbündeten dafür gesorgt, dass die Gerechtigkeit siegte. Er war ein integerer, hochmoralischer Mensch. Wenn er einen Fehler beging, stand er dazu und versuchte nicht, anderen die Schuld daran zu geben. Kein Zweifel, er war ein Mann, der es verdiente, geliebt zu werden.

Er und Don Jenkins waren nicht miteinander zu vergleichen.

Wenn sie noch länger neben ihm lag, würde sie ihn berühren. Und ihn zu berühren, das wusste sie aus Erfahrung, würde dazu führen, dass sie miteinander schliefen. Aber das wollte sie nicht. Sie brauchte Zeit, um sich über ihre Gefühle klar zu werden, um nachzudenken, die Dinge richtig einzuschätzen und einen Plan zu schmieden.

Ohne ihn zu wecken, stand sie auf und schlich auf Zehenspitzen durchs Zimmer. Sie zog Shorts und ein weites Top an und ging hinaus. Ty schlief noch immer.

Im Wohnzimmer schlang sie die Arme um ihren Körper, als hätte sie Angst, vor Glück zu platzen. Sie war verliebt! Nach Jahren der Einsamkeit und Verbitterung fühlte sie sich so lebendig wie nie zuvor.

Aber was sollte sie mit ihrer neuen Liebe anfangen? Sie in die Reisetasche packen und damit nach New Orleans zurückkehren? Heute war Sonntag. Ihre Woche in Latham Green war offiziell vorbei. Sie brauchte nicht mehr zu bleiben.

Doch anstatt sich darüber zu freuen, war sie unschlüssig. Sollte sie ihre widersprüchlichen Gefühle für Ty Beaumont nicht noch eine weitere Woche auf die Probe stellen? Ja, das sollte sie. Aber sie hatte immer wieder angekündigt, am Sonntag abzureisen, und wahrscheinlich würde er sich fragen, warum sie es sich plötzlich anders überlegt hatte. Und sie wollte auf keinen Fall diejenige sein, die als Erste das Thema Liebe ansprach.

Wenn sie blieb, brauchte sie eine Ausrede. Gedankenverloren ging sie auf die Veranda vor dem Haus. Sie konnte behaupten, dass ihre Eltern sie gebeten hatten, das Blockhaus renovieren zu lassen. Oder …

Auf der zweiten Stufe stand ein Karton Wild Turkey.

Trotz des warmen Morgens lief es Sunny kalt über den Rücken. Sie starrte auf den Bourbon, als wäre es das Widerlichste, das sie je gesehen hatte. Etwas Abscheuliches. Etwas so Schreckliches, dass sie den Blick abwenden musste.

Dieser Mistkerl!

Irgendwann war sie zu dem Schluss gekommen, dass es nie eine Wette zwischen ihm und George Henderson gegeben hatte. Sie hatte sich gesagt, dass er sich das mit der Wette nur ausgedacht hatte, um sie bedrängen zu können, bis er sie in sein Bett bekam.

Jetzt herauszufinden, dass es tatsächlich eine Wette gegeben und beide Männer sie ernst genommen hatten, war fast so erschütternd, wie Don in Gretchens Bett zu sehen.

Wann hatte Ty seinen Sieg verkündet? Als er die Tür geschlossen hatte? War er zum Telefon geschlichen und hatte triumphierend George angerufen? Hatte er es getan, während sie im Bett lag und sich darüber freute, was gerade passiert war? Und darauf, was noch alles passieren würde?

Es zerriss ihr fast das Herz, aber Sunny kämpfte gegen die Tränen der Demütigung und Enttäuschung. Barfuß kehrte sie ins Haus zurück und ging in die Küche. Sie riss Schubladen auf, wühlte darin und knallte sie wieder zu, als sie nicht fand, wonach sie suchte.

Als sie es endlich in der Hand hielt, eilte sie auf die Veranda und beugte sich über den festen Karton. Zornig schwang sie einen großen Schraubenzieher und bog damit den Deckel auf. Sekunden später zerbarst die erste Flasche an der Wand, und an diesem friedlichen Sonntagmorgen hörte es sich an, als wäre eine Sprengladung explodiert. Glassplitter flogen durch die Luft. Bourbon ergoss sich überallhin. Ein stechender Geruch breitete sich aus.

Aber Sunny war noch nicht zufrieden. Sie schleuderte drei weitere Flaschen gegen die Wand des Blockhauses. Sie war wütend darüber, dass sie schon wieder hintergangen worden war, und noch wütender auf ihre eigene Naivität. Nach der vierten Flasche machte sie eine Pause und stand schwer atmend da.

„Falls du vorhast, mich an jedem Morgen so zu wecken, steht uns eine stürmische Beziehung bevor.“

Sie wirbelte herum. Ty stand in der Tür, lässig gegen den Rahmen gelehnt. Er trug nur seine Boxershorts. Sein zerzaustes Haar sah hinreißend aus. Die Augen waren kaum zu erkennen, denn er blinzelte in den grellen Sonnenschein und hatte die Brauen zusammengezogen.

„Du hast vielleicht Nerven“, stieß sie aus. „Dass du dich überhaupt traust, mir gegenüberzutreten.“

„Was ist denn los?“

Sie zeigte auf den Karton und den Bourbon, der noch immer an der Wand hinabrann. „Mehr als das hier hat dir die letzte Nacht wohl nicht bedeutet, was?“

Sein Stirnrunzeln vertiefte sich. Er schüttelte den Kopf, und es wirkte fassungslos. „Ich mache Kaffee“, sagte er.

Empört starrte Sunny auf die leere Tür.

Wie konnte er es wagen, sie hier stehen zu lassen, obwohl sie ihm noch nicht mal gesagt hatte, wie sehr sie ihn verachtete! Sie ging in die Küche. Ty löffelte gerade Kaffeepulver in das Sieb der Espressokanne. Dann füllte er sie mit Wasser, entzündete ein Streichholz und hielt es an den Gasbrenner. Erst als er die Flamme reguliert hatte, drehte er sich um und sah Sunny fragend an.

„Verschwinde aus meinem Haus.“

„Sunny“, sagte er mit einem langen Seufzer, bevor er sich gegen die Spüle lehnte und die Arme vor dem nackten Oberkörper verschränkte. „Du scheinst nicht zu wissen, wie man sich am Morgen danach benimmt. Lass mich dir etwas Nachhilfe geben. Das Wenigste, was du für einen Mann tun kannst, der dich sieben Mal zum Höhepunkt gebracht hat … oder war es acht Mal? Bei einer so wilden Frau wie dir ist das schwer zu sagen. Jedenfalls könntest du dich ruhig mit einem Kaffee dafür revanchieren.“

„Du bist widerlich.“

„Davon habe ich heute Nacht nichts gemerkt“, erwiderte er gelassen. „Und nur damit du es weißt, die Nacht hatte nur mit dir und mir und absolut nichts mit George und der Wette zu tun.“

„Hast du etwa nicht deshalb mit mir geschlafen?“

„Nein.“

„Wie erklärst du dann den Karton Wild Turkey auf meiner Veranda?“ Vorwurfsvoll zeigte sie nach vorn.

„Das kann ich nicht. Ich habe keine Ahnung, woher George weiß, dass ich hier bin. Vielleicht hat er gesehen, dass ich wie ein Verrückter aus der Stadt gerast bin, ist mir hierher gefolgt und hat seine eigenen Schlüsse gezogen.“

„Oder vielleicht hast du dich aus dem Bett geschlichen und ihn angerufen.“

Ty starrte sie mehrere Sekunden lang an, bevor er sich umdrehte und einen Becher aus dem Schrank nahm. Erst nachdem er sich einen Kaffee eingegossen und daran genippt hatte, sah er sie wieder an. „Das habe ich nicht getan."

„Das kann ich nicht wissen."

„Na ja, das solltest du aber. Du hast praktisch die ganze Nacht nicht die Hände von mir gelassen." Er lächelte. „Und glaub mir, wir hätten es beide gemerkt, wenn ich mich dir … entzogen hätte."

Ihre Wangen erwärmten sich. Hastig senkte sie den Blick und suchte nach einer schlagfertigen Antwort. Sie fand keine.

„Auf jeden Fall ist es jetzt vorbei. Du hast deine Wette gewonnen. Meine Woche hier ist vorbei. Sobald der werte Gast seinen Kaffee ausgetrunken hat, fahre ich nach Hause."

„Nach New Orleans?"

„Wohin sonst?"

„Und was erwartet dich dort?"

„Ich weiß nicht, was du meinst."

„All die Liebhaber, die es nie gegeben hat?"

Sie ignorierte die Frage. „Dort erwartet mich mein Beruf."

„Ein Beruf, den du ebenso gut hier ausüben könntest." Ty stellte den leeren Becher ab. „Das Einzige, was dich dort erwartet, ist deine selbst auferlegte Einsamkeit. Du hast dich von allem isoliert, das dir lieb und vertraut ist, weil du nicht den Mut hattest, dich dem Offensichtlichen zu stellen."

„Dass mein Verlobter meine Brautjungfer mir vorgezogen hat!"

„Nein, dass du dir den falschen Mann ausgesucht hast. Du wolltest nicht zugeben, dass du dich so sehr in ihm getäuscht hast."

„Nach dem, was passiert ist, hatte ich keine andere Wahl, als von hier wegzugehen."

„Natürlich hattest du eine andere Wahl!", rief er. „Du hättest bleiben und Jenkins heiraten können. Oder du hättest allen von ihm und Gretchen erzählen können, anstatt die Schuld auf dich zu nehmen."

„Dazu habe ich ihn zu sehr geliebt", entgegnete sie ebenso aufgebracht. Sie wusste, dass es nicht stimmte, und Ty wusste es auch. Aber sie wollte ihn provozieren.

Es funktionierte nicht.

„Das ist Blödsinn, Sunny", sagte er sanft. „Und dass deine Eltern weggezogen sind, weil sie deine Schande nicht ertragen haben, ist auch Blödsinn."

„Was weißt du denn darüber?"

„Ich habe mit Fran gesprochen. Sie hat mir erzählt, dass deinem Vater ein toller Job in Jackson angeboten worden ist. Dass sie Latham Green verlassen haben, hatte mit dir gar nichts zu tun. Aber du wolltest es glauben, um deinen eigenen Weggang zu rechtfertigen. Du hast allen anderen die unabhängige Karrierefrau mit vielen Liebhabern und jeder Menge Abenteuerlust vorgespielt. Irgendwann hast du dann selbst daran geglaubt. Aber wir wissen beide, dass diese Frau überhaupt nicht existiert. Das ist nicht das Leben, das du führen willst. Du bist nicht nach New Orleans gezogen, um ein neues Leben zu beginnen, sondern um vor deinem alten wegzulaufen."

Sunny war so zornig, dass sie zitterte. „Nehmen Sie Ihre unausgegorene Psychologie und gehen Sie zur Hölle, Sheriff Beaumont. Ich kann es gar nicht abwarten, wieder in New Orleans zu sein, deshalb fahre ich, sobald du dich anziehst und verschwindest."

„Na gut", sagte er achselzuckend. „Fahr ruhig. Aber ich komme nach."

„Warum?"

Er ging auf sie zu und blieb erst stehen, als er direkt vor ihr war. „Weil ich dich will. Ich muss verrückt sein, aber ich tue es. Ich will dich, seit ich beobachtet habe, wie du diese verdammten Erdbeeren gegessen hast. Letzte Nacht hast du bewiesen, dass du genau die Frau bist, für die ich dich gehalten habe. Die Frau, nach der ich so lange gesucht habe."

„Ich hoffe, du hast die Nacht genossen, denn es war die letzte, die du mit mir verbracht hast."

Er lachte. „Ganz sicher nicht, Sunny. Du kannst heute vor mir weglaufen, aber ich finde dich. Ich habe dir gesagt, wie verrückt ein Mann sein muss, der dich aus der Kirche marschieren lässt, erinnerst du dich? Ich bin nicht wie Jenkins. Ich bleibe dir auf den süßen kleinen Fersen, bis du für immer in meinem Leben, in meinem Haus und in meinem Bett bist."

Einen Moment lang war Sunny sprachlos. „Du glaubst allen Ernstes, ich würde mit dir zusammenleben? Hier in Latham Green?"

„Ehemänner und Ehefrauen leben normalerweise zusammen. Natürlich nicht immer, aber normalerweise."

„Ehemänner und ... Du glaubst, ich heirate dich?"

Er lächelte zuversichtlich. „Ich glaube es nicht, ich weiß es."

„Du bist verrückt."

„Da könntest du recht haben. Die meisten Männer würden einen

Hitzkopf wie dich nicht ertragen, aber ich liebe die Aufregung. Ich bin mit vielen Frauen zusammen gewesen, aber keine davon hat mich je aus dem Bett geholt, indem sie die Veranda mit Bourbon überflutet hat", sagte er und lachte.

„Na los, lach nur. Ich lache gleich mit, denn ich finde es ausgesprochen komisch, dass du anzunehmen scheinst, ich würde dich heiraten und mit dir in diesem Provinzkaff leben."

„Du bist in diesem Provinzkaff aufgewachsen, und sieh dir an, was aus dir geworden ist. Ich finde, es ist ein großartiger Ort für Kinder."

„Kinder?"

„Sicher. Als Bürger dieser Stadt ist es unsere Pflicht, dafür zu sorgen, dass die Schulen von Latham Green eine Zukunft haben, meinst du nicht?"

Sie schwieg.

Er kniff sie zärtlich ins Kinn. „Ich weiß, du wehrst dich noch dagegen. Im Moment weißt du nicht, was gut und was schlecht für dich ist. Aber wenn du eine Weile darüber nachgedacht hast, wirst du es einsehen." Ty schlenderte durch die Küche. „Und falls du dich entscheidest, heute abzureisen, sei beim Packen bitte leise. Wie du weißt, hast du mich fast die ganze Nacht wachgehalten." Er gähnte. „Ich gehe wieder zu Bett."

Einmal mehr starrte Sunny auf eine leere Tür.

Er bluffte. Oder nicht?

Das mit der Wette war kein Vorwand gewesen. Er hatte gesagt, dass er sie in der Nacht nach der Hochzeit ins Bett bekommen würde, und er hatte es geschafft.

Die Vorstellung, ihn zu heiraten, war absurd. Oder nicht?

Sie liebte ihn. Würde sie nicht lieber mit ihm in Latham Green leben als einsam in der Großstadt?

Nein, nichts konnte sie davon abbringen, nach New Orleans zurückzukehren.

Nichts?

Dieses Mal würde sie vor dem Mann davonlaufen, den sie wirklich liebte. Vor dem Mann, der sie …

Sie stieß gegen seine nackte Schulter. Dass er tatsächlich wieder zu Bett gegangen war und jetzt friedlich schlief, machte sie wütend. Nach dem zweiten heftigen Schlag gegen seine Schulter drehte er sich auf den Rücken und sah sie verschlafen an.

„Du bist noch hier?"

„Du hast nichts davon gesagt, dass du mich liebst."

„Muss ich dir das sagen?" Ty stützte sich auf einen Ellbogen.

„Na ja, es wäre nett."

Er lachte über ihre Gereiztheit. „Sunny, hätte ich mich nicht in dich verliebt, wäre ich schon am ersten Tag mit dir ins Bett gegangen. Ich wäre dir vom Country Club hierher gefolgt, hätte mich mit dir vergnügt und dich abgehakt. Und ..." Er richtete den Zeigefinger auf ihren offenen Mund. „Und versuch gar nicht erst zu bestreiten, dass es passiert wäre. Schon beim ersten Blick, den wir beide gewechselt haben, war es nur eine Frage der Zeit, bis wir die Lust stillen, die wir ineinander geweckt haben. Ich habe bis gestern Abend gewartet, weil ich wollte, dass du mir vertraust. Du solltest wissen, dass es mir nicht nur um den Sex ging."

„Dann war es dein Ernst, dass du mich so magst und bewunderst, wie ich bin."

„Mein voller Ernst."

Sie nagte an ihrer Unterlippe. „Ich will höchstens zwei Kinder."

Er legte die Hände hinter den Kopf. „Klingt vernünftig, da du diejenige bist, die sie bekommen muss. Du bist doch nicht zu alt, oder?"

„Ich werde dreißig", erwiderte sie spitz.

„Dreißig? Na ja, das ist okay."

Sie atmete tief durch. „Und glaub ja nicht, dass ich bieder werde. Ich weigere mich, mich in diese altmodischen Fetzen zu hüllen, die in dieser Stadt getragen werden."

„Das ist gut. Mir gefällt, wie du dich anziehst." Sein Blick glitt an ihr hinab. „Und wie du dich ausziehst."

Sunny fühlte eine inzwischen vertraute Schwäche in den Knien. „Ich werde häufig nach New Orleans fahren."

„Das verstehe ich."

„Ich gebe meinen Beruf nicht auf."

„Das würde ich niemals von dir verlangen."

„Ich habe vor, bei jeder Bank in Louisiana und Mississippi vorzusprechen, bis ich einen Kredit bekomme."

„Das brauchst du nicht. Ich habe etwas Geld zurückgelegt."

„Ich will meine Firma nicht mit deinem Geld gründen", sagte sie nach einem sprachlosen Moment.

„Also wirklich, Sunny, sei nicht so trotzig. Wenn wir verheiratet sind, ist es unser Geld." Sie antwortete nicht. Er seufzte. „Na gut, schließen wir ausnahmsweise mal einen Kompromiss. Du versuchst es erst allein, und wenn das zu nichts führt, reden wir erneut darüber."

Sie nickte. „Einverstanden."

„Noch etwas?"

„Ich koche nicht sehr gut."

„Wir werden nicht verhungern."

„Gärtnern ist auch nicht mein Ding. Ich mag keine Insekten und Schlangen und wühle auch nicht gern in der Erde, also erwarte nicht, dass ich meine selbst angebauten grünen Bohnen auf der Dorfkirmes präsentiere."

„Mir sind die aus der Dose lieber."

„Ich bin ordentlich und gehe davon aus, dass du …"

„Sunny?"

„Was denn?"

„Magst du mich?"

Sie schaute auf sein Gesicht hinunter und fand, dass es das liebenswerteste war, das sie jemals gesehen hatte – auch wenn es dringend eine Rasur brauchte. „Sehr sogar."

„Liebst du mich?"

Sie schluckte. „Sehr", sagte sie heiser.

Er schlug die Bettdecke zurück. „Dann halt endlich den Mund und komm her."

Als sie nackt neben ihm lag, zog er sie an sich. „So, die technischen Fragen sind geklärt. Du weißt, dass meine Liebe deine Unabhängigkeit nicht bedroht. Auch nicht deinen Beruf oder irgendetwas anderes, das dich ausmacht. Und jetzt, da du ruhig bist, möchte ich dir sagen, was ich fühle."

Er strich ihr Haar zurück. „Ich liebe dich, Sunny Chandler. Ich habe mich auf den ersten Blick in dich verliebt. Selbst ohne die Wette mit George hätte ich dich so bald wie möglich in meinem Bett haben wollen. Ich wäre dir nach New Orleans gefolgt. Es ist mir egal, ob es machohaft klingt oder nicht, aber ich will dich beschützen, solange du lebst. Jeder soll wissen, dass du Ty Beaumonts Frau, seine Lady, seine Ehefrau bist. Wer dir wehtut, bekommt es mit mir zu tun, und du weißt ja, wie ich mit Leuten umspringe, die sich mit mir anlegen. Du bist anstrengend, du gehst mir manchmal auf die Nerven, und ich bete dich an."

Lachend strich sie über seine Lippen. „Genau das könnte ich auch von dir sagen." Ihre Augen funkelten. „Warum hast du es nicht gleich mit Romantik versucht?"

„Das hätte nie funktioniert. Du solltest selbst darauf kommen, dass du mich liebst."

„Du hältst dich wohl für schlau, was?"

„Sehr", erwiderte er ohne jede Bescheidenheit.

Sie legte den Arm um ihn, zog ihn hinab und küsste ihn leidenschaftlich. Er streichelte ihre Brüste, bis sie sich unter ihm wand. Jede Zärtlichkeit war perfekt auf das Verlangen des anderen abgestimmt, und schon bald ging ihr Atem schneller.

„Ty", seufzte sie. „Lass das."

„Es gefällt dir nicht?"

„Doch, aber wenn du nicht aufhörst, ist für mich alles vorbei, bevor du überhaupt richtig angefangen hast."

„Willst du darauf wetten, Sunny Chandler?"

– ENDE –

4 Romane nur 9,99 €

Band-Nr. 20043
9,99 € (D)
ISBN: 978-3-86278-757-9
544 Seiten

*Linda Howard u.a.*
Im Sog der Lügen

*Linda Howard* – **Lass mich deine Küsse spüren**: Der Unternehmensberater Bruce ist der Beste seines Fachs. Arbeit und Privates trennt er strikt. Bis er Tessa trifft. Doch plötzlich muss er befürchten, dass Tessa Firmengelder veruntreut.

*Jayne Ann Krentz* – **Mach meine erotischen Träume wahr**: Eine Traumhochzeit, ein liebevoller Ehemann …! Angie schwebt im siebten Himmel. Aber dann verändert sich alles! Hat Gordon sie nur aus geschäftlichen Gründen geheiratet?

*Linda Winstead Jones* – **Traumfrau mit Geheimnis**: Reva fühlt sich von Dean angezogen. Trotz ihrer Angst, er könne hinter das Geheimnis ihrer Vergangenheit kommen. Allerdings muss sie bald feststellen, dass auch Dean etwas vor ihr verbirgt …

*Debra Webb* – **Verliebt in den besten Freund**: Seit Jahren ist Beth in Zach Ashton verliebt. Gerade als sie sich näherkommen, erfährt Beth von dem Familiengeheimnis der Ashtons …

4 Romane nur 9,99 €

Band-Nr. 20041
9,99 € (D)
ISBN: 978-3-86278-732-6
512 Seiten

*Sandra Brown*
Wer seinem Herzen folgt

*Sandra Brown* – **Nur wer Liebe lebt:** Bruce kann nicht aufhören, an Jenny zu denken, dabei ist sie unerreichbar. Schließlich ist sie die Verlobte seines Bruders! Bis ein verhängnisvoller Anruf alles ändert …

*Barbara Delinsky* – **Süß ist der Rausch der Sinnlichkeit:** Nachdem ihr Bruder auf Franks Motorrad tödlich verunglückt ist, verboten ihre Eltern Marni den Kontakt zu Frank. Jetzt ist er zurück. Und Marni muss sich erneut entscheiden …

*Miranda Lee* – **Morgen heiratet mein Mann**: Eine Traumhochzeit soll Fiona ausrichten – für ihren Exmann Philip! Und auch wenn er jetzt einer anderen gehört, genügt ein Blick von ihm, um bei Fiona das alte Feuer neu zu entfachen …

*Sherryl Woods* – **Im Bann der Lust:** Warum muss sie sich zu J. K. hingezogen fühlen? Er ist der beste Freund ihres Ex – und wie dieser ein unverbesserlicher Schürzenjäger …

4 Romane nur 9,99 €

Band-Nr. 20039
9,99 € (D)
ISBN: 978-3-86278-514-8
480 Seiten

*Carly Phillips u. a.*
Wo Träume wahr werden

*Janelle Denison* – **Ein süßes Früchtchen:** Alexis begegnet einem echten Traummann! Sie ahnt jedoch nicht, dass ihre Begegnung mit Jackson zu seinem raffinierten Racheplan gehört …

*Carly Phillips* – **1000 Wünsche hast du frei:** Niemand weiß, in welchen Skandal Juliette verwickelt war. Sie will nur vergessen, am liebsten in den Armen von Doug. Er ist zärtlich, leidenschaftlich – und ein neugieriger Reporter!

*Julie Kenner* – **Lass dich unter Sternen lieben**: Sein Blick verspricht heiße Nächte, als Kyra dem geheimnisvollen Michael begegnet. Soll sie sich zum ersten Mal in ihrem Leben auf ein Abenteuer einlassen?

*Janelle Denison* – **Lustvolle Fantasien**: Im Inselparadies leben Nicole und Mitch ihre erotischen Fantasien hemmungslos aus. Fast vergessen sie, dass sie hier an einem Wettbewerb teilnehmen …